KB239375

은행나무 아래로 오는 사람

은행나무 아래로 오는 사람

은행나무 아래로 오는 사람

박자경 소설집

문학동네

차 례

분꽃 전쟁

나의 좁고 길다란 창 밖으로 드디어, 육중한 코끼리가 올라섰다.

코끼리 머리 위로는 온통 푸르게 열린 하늘이다. 하늘을 이고 한 남자가 나타났다, 사라지곤 한다. 운동모를 쓰고 허리에는 연장 주머니를 찬 모습이다. 자를 펼쳐 무언가를 가늠하고 도로 넣고를 반복하며 이리저리 둘러보고 있다. 지붕 공사를 시작하려는 모양이다. 겨우 한 평쯤 갈아져 채소 씨앗들이 뿌려졌을 뿐 쓰레기만 뒹굴던 공지에 마침내 건물이 들어선 것이다. 하루 낮 만에 땅을 깊숙이 파고 고사목처럼 검은 철골을 붉은 땅에 세운 것이 석 주 전인데 건물은 벌써 알몸을 드러내 보이기 시작한다. 부목과 붕대처럼 보이는 판자와 비닐 천막 따위를 후드득 떨어내고 나면 코끼리는 어떤 모습일까. 나는 부디 내 창에 아름다운 건물이 들어서기를 빈다.

머릿속의 모든 신경을 쟁쟁 울리던 굴착기 소리에 이어 며칠 동안은 끊임없는 망치질 소리가 계속되고 있다. 한낮의 망치질 소리는 목탁 소리 같다. 갑자기 멈추면, 자던 아이도 깰 것 같은 이상하게 적막한 소리다. 망치를 들어올리는 사람의 뻐근한 어깨와, 땡볕이 까맣게 태우고 만 목덜미에서 솟아나는 알 굵은 땀방울이 느껴진다. 따앙 땅, 내리치는 소리와 소리 사이 힘겹게 들어올려지는 쇠망치의 무게가 실려 있다.

— 우리나라에서 외국 자본이 뜯어먹을 수 있는 제일 확실한 게 유통이래.

남편이 말한 적 있다.

사과를 깎으며 나는 건성으로, 예에, 하고 대답했다. 나는 외국 자본의 유통업체라는 것을 겨우 커다란 냉장고처럼 보이는 편의점 정도로만 상상했다. 사실 팬티, 생리대 하나부터 파 한 단까지 시시콜콜히 경쟁을 걸어오는 대형 할인점일 줄은 몰랐다.

신천지라 불리는 이 신도시에서는 웬만한 규모의 중형 슈퍼마켓이나 할인점은 개점도 못 해보고 부도를 맞는 일이 허다하다. 큰 것만이 살아남는 구조와 무계획한 상가의 과잉 공급 때문에 일, 이억 가지고 자기 사업을 시작하는 소규모 장사들은 모두 문을 닫아야 하는 위기를 번져오는 불길처럼 보고 있다. 새로 짓는 상가의 임대가 순조로울 리 없다. 상가마다 비어 있는 것이 허다하고 임대료는 관리비 수준으로 떨어진 지 이미 오래다. 좁고 긴 창의 절반을 쑥 가리고 올라선 건물을 보자니 마음이 불편하다. 남의 집이 다 들어선 지 일 년이 넘도록 자기 혼자만 집을 짓지 않다가 이제 어쩔 수 없이 집을 올리는 사람의 쓰린 속이 느껴져서다. 죽을 수가 든 해에 집을 짓는다지. 평생을 살아온 낡고 낡은 집터에 아이들 다 시집 장가 보내고 난 늙은 노부부가 오래 된 화단과 장독대

를 부수고 새로 집을 지어, 아래층은 세를 내주고 위층에서 살아가
는 생활은 평범한 사람들이 곧잘 설계하는 노후다. 새 집이 생기고,
자식들이 혹여 돌보지 않아도 살아갈 만한 방편이 새 집으로 인해
생겨준다면 죽을 만큼 힘든 일이라 해도 집 짓는 걸 마다지 않으련만.
　─ 집이 서는구나, 웬수놈의 집이.
　나는 생각 없이 혼잣소리를 한다.
　그러나 순간, 참으로 오랫동안 잊었던 영상 하나가 내 검은 기억
속으로 둥실 떠오른다. 비알진 언덕 위에 비뚜름하게 서 있던 붉은
벽돌집 한 채. 그것은 내 눈앞에서 마악 일어서는 찰나의 코끼리가
아니라 내 기억의 외진 곳, 망각의 바다를 향해 열려 있는 시궁문
앞에서 바다로 던져질 날을 기다리는 기억 나부랭이 속의 삐뚤고
이상한 그림이다.

　골목은 조붓하고 길었다.
　엷은 살굿빛 햇살이 밝은 날, 골목 안으로는 푸른 잿빛 그늘이
이어져 있었다. 긴 그림자를 밟고 걷는 듯 습하고 서늘한 그늘의
느낌이 좋았다. 벌써 오월이었던 것이다. 집징수들이 일제히 지어
올렸는지 똑같이 생긴 집이 다섯 채 어깨를 나란히 붙여 앉은 길은,
산을 층내어 앉힌 듯 한쪽의 높은 축대 위로 나란히 뒤돌아 앉은
집들을 마주하고 있었다.
　우리가 밀고 들어갈 집의 초록 대문은 골목의 허리께에 있었다.
붉은 기와를 인 낡은 빨간 벽돌집이었다. 스무 평 남짓한 땅에 방
네 개를 들인 한옥도 아니고 양옥도 아닌 구조였다. 개량 한옥이라
고 할까. 중부 지방 전통 한옥 양식에 덧댄 것이 있다면 마루의 가
운뎃방과 마루 양쪽 귀퉁이에 달린, 각각 부엌과 마당으로 통하는
문 그리고 부엌 뒤쪽의 바닥 깊숙한 목욕탕이었다. 방 한 칸은 세

를 내줄 용으로 아주 출입문이 길로 난 부엌을 달고 있었다. 나는
마당을 거쳐 들여진 단칸방에 세를 들기로 했다.

— 방도 크고, 주인들도 너무 괜찮더라.

방을 얻어놓은 언니는 말했다.

방이 작고 주인들이 심술스럽더라도 나는 언니 결정에 토를 달
처지가 못 되었다. 직장생활을 오 년이나 하다가 겨우 진학하게 된
대학이건만 학생 처지로서는 더이상 거들 수 없는 노부모의 생계비
를 두고 언니는 이미 여러 차례 눈물 바람을 하였다. 내가 대학에
가는 것이 기특하기도 하고 서운하기도 해서였다.

하지만 막상 나의 서울 살림을 주선한 사람은 언니였다. 방을 얻
어놓았다는 전화 끝에 언니는 높은 목소리로 말했다. 공중전화였는
지, 찻소리 사람 소리가 바람 소리처럼 섞여 들렸다.

— 독하게 마음먹고 공부해라. 네 덕에 우리집도 쨍허게 빛 좀 보
자.

순진한 생각. 난 웃었다.

스물둘에 서울이라는 타관으로 시집온 언니는 욕심 많고 억척스
러운 덕에 살림이 제법 풍옥했다. 물론 시골집 툇마루에 검댕 묻은
얼굴로 쪼르라니 앉은 우리의 머루알 같은 눈으로 보기에 그랬다는
말이다. 흰 얼굴에 붉은 입술을 한 언니는 언제나 수선스레 마당으
로 들어섰다. 월귤 같은 해가 마당으로 드는 듯 밝고 훤했다. 언니
는 우리집 스타였다. 눈물을 뿌리면서라도 돈이라면 가시밭길을 아
금받게 뛸 위인이었지만, 다랍다는 말을 들어가며 요리조리 여퉈두
고 불린 돈을 집안 대소사에 목지어 내놓을 줄 아는 사람이었다.
그런 언니가 얻어준 방이었다. 나는 미리 와볼 필요조차 없었다.

그러나 방은 크기는 컸지만 한쪽으로 살짝 모가 나 있었다. 딸려
있는 부엌도 실은 주인집 부엌과 기역자로 맞붙은 것으로 내 방 쪽

으로는 도마 하나 올려놓을 데 없이 아궁이만 달랑 앉아 있을 뿐이었다. 후미진 뒷골목에 모난 방, 값이 좀 헐했으리라는 짐작이 섰다. 더는 호사를 바라지 말라는 언니의 뜻인 것 같았다.

그러나 초록 대문을 막 연 순간 나는 마음이 환해오는 걸 느꼈다. 좁지만 깨끗한 마당에 꽃들이나 푸른 잎사귀를 단 분들이 늘비해서만은 아니었다. 앞 축대 위의 집들이 던진 그늘을 막 벗어난 마루에서 나를 향해 해바라기처럼 웃고 있는 세 얼굴 때문이었다. 비 갠 뒤 개화한 꽃처럼 해사하고 순박한 얼굴들. 젊은 여자와 할머니 그리고 얼굴이 조막만한 작은 아기, 나를 맞이한 안집의 세 식구였다. 그들을 보자 외진 골목도 모난 방도 전혀 궁벽의 느낌을 주지 않았다. 길로 출입문이 딸린 방에 세든 사람도 혼자 사는 여자였다. 객지에서 혼자 자취할 동생의 거처로 여자만 사는 집을 찾기에 언니 발바닥이 부르텄으리라는 생각이 들었다.

칠순을 바라보는 아버지가 설계를 해서 톱질해 보낸 나왕 책상을 세우기 위해 연귀를 맞추고 장부촉을 박는 일은 힘들었다. 웬만한 집 여자들 같으면 엄두도 못 낼 일을 아들 없는 우리집 딸들은 척척 했다. 농사 일만 아니면 따라와줄 텐데, 아버지는 말했지만 늦게제 실속 차려 대학까지 간 딸에 대한 서운함의 표현 아닐까 좀 우울해지는 기분이었다. 하지만 다 맞춰놓고 보니 책상은 어디 하나 외틀어진 데 없이 번듯했다. 서랍 대신 선반이 하나 달린 널찍한 책상이었다. 사포로 갈고 칠을 하라고 아버지는 당부를 했지만 난 그냥 천을 덮어버렸다.

책상을 짜 맞추어 방에 들이고, 이불짐을 풀고 옷걸이를 벽에 박고 조그마한 서랍장을 들여놓자 날은 이윽해졌다. 객지에 와서 처음으로 혼자 자야 하는 밤의 검푸른 어둠이 뜰팡 아래 마당을 더욱 깊어 보이게 했다.

안집 마루 천장에 매달린 알전구가 불빛을 드리우는 마당으로 막 내려서는데 노인이 날 불러 세웠다.

— 이리 와 식사 같이 해요. 찬은 없지만.

마루에 놓인 작은 상으로 찌개를 날라오던 젊은 여자가 내 얼굴을 힐끔 보고는 말했다.

— 반찬이 너무 없어서.

작은 목소리였다.

— 괜찮다, 다 이렇게 먹고사는 거지 뭐, 일루 와요.

노인은 자기 수저까지 내 쪽으로 밀어주었다.

— 에이 엄마는 나가서 맛있는 거 먹고 싶을 텐데 왜 그러세요.

난 그제서야 그녀들이 모녀 관계라는 것을 알았다. 그만큼 그 둘 사이에는 외양이든 분위기든 닮은 데가 없어 보였다. 노인은 덩치가 크고 눈 코 입이 부벌부얼하게 생겼는데도 미인과는 영 거리가 먼, 퉁스럽기도 하고 인심 후덕해 보이기도 하는 얼굴이었다. 그런가 하면 딸은 얄쌍하고 권있는 편이지만 언뜻 보기에는 창백하고 멀겠다.

— 맛있기는 뭐, 사먹는 게 맛있냐, 된장찌개 하나라도 집 음식이 맛있지.

딸은 찬 없는 밥상으로 손님 맞기가 좀 민망한 모양인데도 엄마는 무람없이 말했다. 그러나 노인이 선수를 치는 통에 따라가지 않을 수가 없었는지 딸이 내 수저를 잘 놓아주며 거들었다.

— 그래요, 같이 먹어요.

하는 수 없이 나는 마루에 걸터앉았다. 얼굴 본 첫날부터 작은 상을 마주하고 앉는다는 게 나로서도 좀 불편했지만 그냥 나갔다가는 아무래도 노인이 서운해할 것 같아서였다.

— 반찬이 너무 없어서 미안하네요.

딸이 내 얼굴을 슬쩍 들여다보았다. 반찬은 된장찌개와 고등어 구이, 그리고 김치였다. 없달 수도 차렸달 수도 없었다.

노인은 딸이 예의상 하는 말에 답작이고 들었다.

— 없긴 뭐가 없어. 찌개에 고기에 김치면 됐지. 이것도 자반이 아니고 생고등어인데. 비싸서 그렇지 맛이야 훨 낫지.

손자의 밥에 생선살을 놓아주며 하는 말이었다.

딸의 얼굴이 흐려졌음은 물론이다. 그러나 나는 그런 노인이 마음에 들었다. 앉은 자리에서 이렇게 말했다가 저렇게 말했다가 하는 사람처럼 보이기는 했지만 그런 건 오히려 꾸밈없는 데서 드러나는 모순이다. 솔직하고 입 바른 소리 잘 하는 사람치고 악인이 없는 법이다. 장사하느라고 동생 이사하는 데도 와보지 못한 언니가 역시 사람 보는 눈은 있었다. 나는 노인 장단에 맞추어 그래요, 하면서 즐겁게 수저를 들었다.

다음날은 일요일이었다. 세숫대야며 양치질 컵 등을 사기 위해 동네 슈퍼를 한 바퀴 돌고는 대문에 막 다가서는데 안에서 작은 비명 소리가 들렸다. 쉿내가 날 정도로 신경질적인 소리였다. 그러고는 치양창, 양철붙이가 단단한 바닥에 내동댕이쳐지는 소리에 이어 귀로 카랑키랑하고 울뚝불뚝한 목소리가 바람처럼 들이쳤다.

— 그러게 무슨 지랄로 이런 걸로 빨래를 해. 돈이 아깝지도 않어.

— 누가 그런 걸 사오시래요?

— 남들도 다 쓴다.

— 요즘에 누가 그런 걸 써요?

— 유난 떨지 말어. 네 머리는 뭐 금실로 만들어졌냐? 쓰는 사람들이 있으니까 만들어 파는 거지. 몇 해 전만 해도 빨랫비누로 다 했어. 거기다 대면 언감생심……

노인의 말소리를 박지르고 날아오르는 날카로운 소리.

─ 그런 거 쓰기 싫다는데 왜 자꾸 그러세요. 엄마나 예전에 살던 대로 사세요. 평생 소원이 뭐라더니.

팡, 하며 미닫이 장지문 닫히는 소리.

─ 그래, 난 평생 소원이 개떡 수제비다. 못된 년.

꼭 엿들으려는 의도는 아니었다. 혹여 문 안의 사람들이 내 기척을 알아채고 창피스럽게 생각할까 대문 앞에서 잠깐 서 있었을 뿐이다.

노인이 무어라 웅얼웅얼 입안엣소리를 하며 시멘트로 덮인 마당을 플라스틱 빗자루로 쓸어대는 소리가 들렸다. 나는 조심스레 열쇠를 돌렸다.

문 안으로 발을 들여놓는데 노인의 수선스런 말소리가 날아왔다.

─ 조심해요. 미끄러워.

나는 발뒤꿈치를 들고 마당 가녘을 빙 돌아 내 방문 앞으로 왔다.

─ 벌 받을려구 이런 걸로 빨래를 하고 마당을 닦어?

노인의 혼잣소리였다.

노인이 물을 뿌리고 비로 문지를 때마다 흰 거품이 일었다. 장독대 위로 옹색하게 매달린 빨랫줄에 푸른색 봄 스웨터가 물을 뚝뚝 흘리며 널려 있는 아래로 수돗가에 놓인 투명한 오렌지색 병 하나가 눈에 들어왔다. 샴푸병이었다. 유니나, 라는 이름이었다. 좀 매움한 향이 나는 값싼 머리 세정액이었지만 노인 말대로 물론 빨랫비누보다는 월등 비쌌다. 아마 어제 노인은 생고등어를 사고 저 유니나 샴푸를 산 모양이었다.

엄마가 사온 싸구려 샴푸가 못마땅해서 그걸로 빨래를 하고 수돗가의 타일을 닦다가 그만 미끄러져버린 딸. 약이 어지간히 올랐겠군. 난 속으로 웃었다.

엄마와 딸은 무섭게 닮는 법이다. 키만 껑충하고 턱이 각진 나와 작은 키에 얼굴 동그란 엄마도 분명 겉모습이나 뒤태 어디 하나 비슷하지 않지만 자세히 보면 작은 풀잎의 새순만큼이라도 닮은 구석이 신통하게 찾아지는 법이다.

엄마가 들일을 마치지 못해 내가 마루에 놓인 보온 밥솥을 끌어당겨 공기에 밥을 푸고 있던 날, 윗집 뻐드렁니 아줌마가 뜰로 들어서며 천연덕스레 물은 적이 있다.

— 집이는 저녁 반찬 뭐 했어?

그러더니 댓돌 가까이 이르러서야 엄마와는 물경 서른 해나 차이 나는 나의 어린 얼굴을 보고 놀랐다.

— 워메 난 또 종희 엄마라고. 어째 밥 푸는 뽄세가 엄마하고 그리 똑같다.

난 해끔히 웃었다. 엄마와 닮았다는 것이 난 기분 좋았다. 얇은 습자지를 대고 그린 듯이 서로 닮은 모녀의 모습은 아름답다. 또 아무리 벗어나봤자 엄마를 크게 벗어나는 딸이란 없는 법이다.

그러나 안집 모녀에게는 정말 아무러한 공통점이 없었다. 살빛이나 살성, 얼굴 생김, 성격이나 취향에 이르기까지 지구의 이쪽과 저쪽에서 불쑥 솟아오른 사람들만큼이나 대조적이었다. 무슨 유명의 게임을 하러 만난 사이 같았다. 그러나 그들의 모습은 오히려 정겹게 아웅다웅하는 홀쭉이와 뚱뚱이처럼 묘한 조화를 이루고 있는 것 같았다. 그리고 사실 난 둘이 투닥거리는 것이 재미있었다. 무료한 한낮 세숫물이 얼굴로, 옷으로 차갑게 튀어오르는 기분이랄까.

학교에 가는 길에 딸을 몇 번 보았다. 그때는 정말 저렇게 엄마를 안 닮은 딸도 있구나, 감탄하듯 절감하곤 했다. 화장을 하고 정장 투피스를 한 차림으로 출근하는 딸은 누가 보아도 교양 있고 세련된 미인이었다. 엄마에게서 엿볼 수 없는 살찬 지성이 풍겼다. 프랑스 영화를 보고 비 오는 날이면 향 좋은 커피집을 찾아가기 위해 오래도록 빗길도 달릴 것 같은 여자였다. 엄마와 닮지 않았을 뿐 아니라 이 좁은 골목의 작고 낡은 집에서 나온 사람 같지 않았다. 집 밖에서의 그녀의 사회적 신분 같은 걸 어렴풋이 느낄 수 있었다.

그러나 서로 닮지 않은 것을 두고도 둘의 입장은 무척 달랐다. 고추를 다듬던 날이었다. 마당 하나 가득 매운 고추를 널어놓고 노인이 목장갑 낀 손으로 고추에 묻은 먼지를 닦아내고 꼭지를 따고는 둘로 가르는 동안 딸은 마루에 앉은 채 무슨 책인가만 들여다보고 있었다. 그때 옆집에 사는 오십 줄의 아주머니가 대문을 밀고 들어왔다. 좀 주책 없고 주변 없어 보이는 인상이었다. 종지에 숟가락까지 담아 들고 온 것이 보아하니 장을 한 종지 얻으러 온 푼수였다. 이건 어디 고추예요. 얼마씩에 샀어요, 하며 다가앉더니 마루를 힐끗 올려다보고는 작은 소리로 말했다.

— 아이고 요즘은 시어머니들이 시집살이하는 세상이야.

그러자 안집 노인이 퉁스럽게 받았다.

— 시어머니? 흥, 며느리면 저렇게 높직이 앉아 계시겠수. 따님이니 그렇지.

그제서야 딸이 고개를 들어올렸다.

— 조금 있다 같이 하시재두요.

— 일 없시요. 다 했는데 뭘.

둘의 수작을 보고도 옆집 아주머니는 어눌하게 말을 이었다.

— 딸이여? 난 며느리라고. 요즘 사람이 홀시어머니를 다 모시고 산다, 참 물 좋은 집안이다 그랬지.

아주머니의 말에 딸은 빙긋이 웃었다. 그러나 노인은 불뚝스런 얼굴이었다.

옆집 아주머니가 대문을 닫고 나가기가 무섭게 노인이 뚝뚝하게 말했다.

─물이 좋아? 무슨 어물전에 왔어? 몇 번을 보고도 며느리래.
자기야말로 동태 눈깔인가보네.

그로서는 딸과 닮지 않았다는 것이 기분 좋은 말은 아닌 모양이
었다. 엄마가 퉁퉁거리는 양이 재미있는지 소리 없이 웃는 딸의 잇
속이 하얗게 드러났다.

하지만 한 번도 딸이 자기 입으로 엄마와 닮은 데 없다는 말을
하는 것은 보지 못했다. 조심하는 눈치였다. 아마도 딸과 다르다는
사실이 노인의 자존심을 건드리는 부분인가보았다.

강의가 없는 날이면 나는 대개 집에 있곤 했는데 그럴 때면 가끔
화장실에 가는 뒷방 여자를 볼 수 있었다. 마당의 맨 구석에 있는
그 집의 유일한 화장실은, 굳이 재보지는 않았지만 아마도 모든 방
으로부터 똑같은 거리에 위치하였던 것 같다. 때문에 화장실에 출
입하는 사람은 누구든지 마당에 앉은 사람의 시선을 끌 수밖에 없
었다. 관찰 대상이 된달까. 여자의 엉클어져 부풀어오른 파마 머리
나 누렇게 뜬 얼굴에 잔뜩 돋은 화농성 물집 등도 모두 여자가 대
문을 열쇠로 따고 들어와 화장실로 가는 사이에 여축없이 드러난
것이었다. 여자는 왠지 아주 수줍어하곤 했는데 내게는, 사람들보
다는 오히려 햇살이 부끄러운 것처럼 보였다.

나는 여자가 화장실 계단에 한 발을 올렸을 때 잠옷으로 보이는
화려한 몸뻬 바지 엉덩이에 뚫린 구멍을 보았다.

─무슨 일, 해요?

코가 노래지도록 늦잠을 자고 일어나는 그녀의 직업이 궁금해서
내가 물었다.

노인이 내 귀에 대고 깊은 목안엣소리로 말했다.

─직업 여성이야.

그 말이 '술집 여자'라는 걸 나는 용케도 알아들었다. 여자들의

가장 원시적인 직업 형태의 역사를 증명하는 표현에 나는 고소하였다.

가끔은 마당에 뒷방 여자의 반짝이가 달린 붉은 드레스가 널리기도 했다. 그 드레스에서도 나는 날근날근해진 천에 생긴 구멍을 본 일이 있다. 그녀를 길에서 만나는 건 학교에서 돌아오는 길이었다. 진하고 붉은 화장을 한 얼굴은 마치 종이찰흙으로 만든 것처럼 우툴두툴하고 건조해 보였다. 수줍게 웃으며 길을 내주는 그녀의 손에는 붉은 드레스가 들었음직한 종이 가방이 들려 있었다.

그후로는 가끔 시커먼 남자도 그 방에서 '순 여자만' 사는 집 화장실로 들어갔고, 여자의 화려한 몸뻬를 빌려 입은 긴 머리의 여자도 불쑥 마당으로 들어서곤 했다.

— 저것들이, 혼자 산다더니.

노인이 눈을 모로 뜨며 입을 합죽하게 을렀다. 물세, 똥세 계산이 틀려지는 게 억울한 모양이었다. 밥을 같이 먹자거나 음식은 잘 주면서도 사실 노인은 꽤나 인색하고 음충한 구석이 있었다. 모르는 척하고 마당에 놓인 내 비누를 집어다 빨래도 하고 아이도 씻기곤 했다.

분꽃이 막 꽃잎을 틔우는 유월이었다. 물기를 가득 머금은 푸르고 투명한 이내가 마당에, 길에, 번져오는 시간이면 작은 촛불 같던 분꽃은 드디어 진홍의 얼굴을 화안히 펼쳤다. 도서관에서 공부를 좀 한 날은 그때쯤이면 따뜻한 물이 가슴 가득 차오르는 것 같았다. 그 시각에 나는 집에 갔다.

— 무슨 학생이 데이트도 안 해?

노인은 푸른 시간, 마당으로 들어서는 나를 보며 가끔 말했다.

노인 눈에도 내가 좀 이상한 학생처럼 보일지 모른다는 생각이 들었다. 저금 통장의 잔액을 생각해도 그랬고, 인공 감미료만 잔뜩 집어넣은 매식에 속이 다 느글거려서 저녁밥은 꼭 집에 와 먹었다. 안집 딸도 그 시간이면 골목에 모습을 나타냈다. 분꽃이 터지는 시간, 밖에 나갔던 사람들은 다시 대문을 밀고 뒷방 여자는 먼 세상으로, 노인은 마당으로 하늘색 쌀바가지를 들고 내려섰다. 특별한 일이 있지 않아도 스스로 행복하다, 고 느끼는 때가 바로 그런 때였다. 적당히 소삽해지고 온몸의 감상적인 모든 섬모들이 일제히 눈을 뜨는 때.

그러나 안집 식구들에게는 그때부터가 감정에 가느다란 실금이 가는 시간이었다.

—세상에! 엄마는 불고기 양념에도 인공 조미료를 넣으세요?

저녁이면 들어와 옷 갈아입고 손 씻고는 바로 밥상부터 받는 딸이 어쩌다 부엌에 들어간 날이면 꼭 질색한 목소리가 튀어나왔다.

—안 넣으면 맛없어.

—무슨!

—쪼금은 먹어도 괜찮아. 몸에 좋다고 일부러 먹는 사람도 있다.

노인은 자기 주장이 강했다. 동이 닿지 않으면 무조건 우기거나 어깃장을 놓고 보았다. 악의는 없는 것 같았다. 그냥 버릇이었다.

—누가요?

—아, 니네 외숙모 있잖어. 어릴 때 애들 분유에도 한 숟갈씩 넣더라.

그러면서 노인은 눈을 쪼브라뜨리고는 마구 웃었다.

—그때야 미풍이라는 만화가 있어서 그랬죠. 힘없으면 뽀빠이가 시금치 먹듯이 미풍을 한 숟갈씩 먹는 만화요.

그러면서 딸도 웃음을 흘렸다.

—그러니 애들이 속이 뒤집혀서 살 일이야. 맨날 토하고 설사하고 그래서 개들은 아주 병원에서 다 컸어. 개들 이빨 썩은 것도 다

그 때문이야.

　그러더니 노인은 밥숟갈을 허공에 들어올린 채 미어져나오는 웃음에 숨까지 멈추었다. 특유의 뒤죽박죽 화법이었다. 딸도 어깨를 들먹이며 웃었다. 그러나 일침을 잊지는 않았다.

　— 거 보세요. 많이 먹어 뭐 좋은가.

　그러나 그들의 균열이 언제나 그런 엉뚱한 웃음으로 끝나는 것은 아니었다. 그 정도야 바둑이 멍멍, 고양이 야옹 수준이었다. 어느 때는 날카로운 파열음을 내기도 했고, 그 파편이 밖으로 튀기도 했다. 누가 보아도 고부간처럼 보이는 모녀, 그러나 나는 그들 사이의 틈을 들여다보기 시작하면서 그 틈이 안으로 들어갈수록 넓어지는 동굴처럼 불가해하리만큼 심각할지 모른다는 생각이 문득 들기 시작했다.

　— 아이고 짜라. 꼭 소태 같아요.

　딸이 찌개를 먹으며 말하면 엄마가 눈을 포르족하게 떴다.

　— 소태를 먹어보기나 했나?

　— 김치에 설탕은 왜 넣으세요. 건강에 나쁘다는데.

　— 하루를 살다 죽어도 맛있게 먹어야지.

　— 양말이랑 속옷을 같이 돌리시면 어떻게 해요.

　— 잔소리 말어. 세탁기 처음 나왔을 때는 거기다 운동화도 빨고 만둣속도 짜 먹고 그랬어. 다 깨끗이 빠는데 무슨 상관이야.

　— 왜요, 엄마 어차피 오줌 될 건데 개숫물에 밥 말아먹죠.

　— 얘가 무슨! 그렇게 못마땅하면 네가 다 해!

　노인의 말이 거기까지 진도가 나가면 승패는 가름이 난 것이었다. 딸은, 도대체 대화가 안 돼, 어쩌구 하면서 군시렁군시렁 꾸물꾸물 숟가락을 철수세미로 닦는다, 끓여 소독한다, 늦도록까지 숟가락 세 개 갖고 부산을 떨었다.

  사실 딸은 일요일에는 무슨 유령처럼 종일 잠옷이나 입고 떠도는
주제였다. 몸이 약한지 게으른지 하여튼 그랬다. 그렇다고 노인이
딸에게 무얼 시키지도 않았다. 가끔 낮잠 자는 딸 대신 보채는 아
이를 업고 부엌 계단을 내려서며 으이구 내 팔자야, 하며 찬장 문
을 쾅 닫고 솥뚜껑을 거칠게 열 뿐이었다. 따로 보면 괜찮은 사람
들이었는데 둘이 같이 있는 동안은 별로 화기애애하지 않았다. 분
꽃이 마당에 화드러지게 피어나기 시작할 때면 나도 모르게 생각이
들곤 했다. 또 작은 전쟁이 시작되겠군.
  안집 노인이 친구분들과 온천장에 가고 안 계신 날, 아이가 잠든
시간이었다. 내가 밀린 빨래를 하느라 마당에 나와 있는데 딸이 내
려와 툇마루이자 뜰팡이기도 한 타일 바른 댓돌에 앉았다.
  ─ 요새는 학교들 좀 조용해졌어요?
  그녀가 먼저 말문을 열었다. 아마도 학생 시위들을 두고 하는 말
인가보았다.
  ─ 시험 가까워오니까 좀 그러네요.
  나로서야 스물여섯에 대학을 들어간 주제에 까마득히 어린 아이
들과 어울릴 입장도 못 되었고 사실 데모에 참여한다는 것도 내게
는 사치스러운 일이었다. 일흔을 바라보는 부모님네들이 어린 동생
을 학교 보내느라 허리 휘는 것도 모르쇠하고, 이대로 살다가는 돌
아버릴 것 같아 혼자 서울로 와버린, 나는 이미 이기적이기로 작정
한 사람이었다.
  서클에 들지도, 학회에 들지도, 팀에 들지도 않은 나는 아이들과
어울릴 만한 일이 별로 없었다. 그래서 나는 대개 혼자였다. 하숙집
에서 두 달 만에 나온 것도 그런 이유가 컸다. 돈도 돈이지만 하필
방을 같이 쓰는 아이가 너무나 열심히 학생운동을 하는 친구였다.
주인 아주머니는 내 나이를 생각해서 아마 그 학생과 한 방을 쓰게

했는지도 모르겠다. 물론 그런 시시콜콜한 배려까지 염두에 두었을
리 없을지 모르지만. 아무튼 한 방 학생은 3학년이었다. 후배들이 가
장 무서워한다는 열혈의 청춘. 하지만 사려 깊은 그녀는 내게 무얼
권하거나 가르치려 들지 않았다. 단지 아주 가끔씩 책 한 권을 건네
며 읽어보라고 하였을 뿐이다. 좋은 사람이었다. 그러나 나는 그녀
와 점점 가까워지는 것이 두려웠다. 내가 영영 불행해질 것만 같았다.
　—우리 때도 참 어지간히들 했었는데.
　딸은 자기도 취직 시험 준비하느라고 다른 아이들처럼은 하지 못
했다고 말했다. 물소리 같은 음성이었다. 그녀의 목소리로서는 생
소했다.
　그런 말끝에 그녀가 문득 말을 달았다. 아마도 언젠가는 한 번쯤
내게 하고 싶은 변명이었는지 모르겠다.
　—저 엄마한테 참 못되게 굴죠?
　그렇다고도 아니라고도 답할 수 없어 내가 그냥 피식 웃는데 그
녀가 다시 말을 이었다.
　—엄마하고 같이 살자고 석 달을 울며 졸랐어요.
　조용하고 나직한 음성이었다.
　그들 모녀는 딸이 출가한 후 남들처럼 따로 살았다. 단둘이 살다
헤어지게 된 딸의 결혼식장에서 모녀는 통곡을 했다. 하객들도 눈
시울을 붉혔다.
　—설거지를 하다가도 엄마 혼자 계실 생각만 하면 눈물이 쏟아
졌어요.
　그들이 같이 살게 된 것은 그녀가 아이를 낳은 지 반 달 만에 남
편이 해외로 출장을 나가게 되면서부터였다. 산후 조섭해주러 온
엄마를 딸이 붙든 거였다.
　—외손자를 예뻐하려거든 방앗귀를 업어주랬다.

노인은 딸네 집에서 사는 일도, 손자를 키워주는 일도 처음엔 마다했다. 그러나 직장 다니랴 신랑도 없이 아이 키우랴 그림자처럼 얇아져가는 딸의 청을 끝내 거부할 수만은 없었다.

— 여자가 자기 일하면서 아이 키우는 건 전쟁이에요. 자기만 고생하면 모르는데 아이가 희생하니까 애시당초 승리랄 것도 없는 전쟁이죠. 하는 수 없어요. 그렇다고 직장을 그만둘 수도 없고. 요즘 애 놔두고 직장 다니는 여자들, 친정 엄마 신세지지 않고는 살아갈 수가 없을걸요. 가장 편하고 가장 마음놓을 수 있는 상대니까.

살림해주며 애까지 키워주면 한 달에 얼마를 준다더라, 하는 이야기를 노인은 아무 자리에서나 불쑥불쑥했다. 그럴 때의 딸은 표정이 말갛게 씻긴 얼굴이 되곤 했다. 그것이 그녀가 자기의 감정을 조율하는 방법인 모양이었다.

— 주위 분들은 반대 안 하셨어요?

내가 물었다.

— 왜 안 해요. 집안 어른들이고 엄마 친구분들이고 다들 만류하셨죠. 시댁에다는 제가 무릎 꿇고 말했어요. 애비도 없고 무서워서 그 동안만 엄마 모시고 살겠다고.

— 그럼 좀 있으면 따로 사시겠네요?

— 모르겠어요. 그이가 곧 오기는 하는데, 아이가 아직도 어리니까. 엄마야 지금이라도 내가 놓아드리면 매일 여행만 하고 사실 테지만.

그러면서 여자는 쓸쓸히 웃었다.

— 세상에 우리 엄마 같은 엄마는 없을 거예요. 나 하나 키우겠다고 젊은 나이에 안 해본 일 없이 다 하셨는데, 이제 또 허리 휘게 손자 업으시고. 나 사실 엄마 앞에서 건방 떨면 안 돼요. 어디 잘난 척 할 데가 없어서 엄마 앞에서 고상을 떨겠어요. 그런데 왜 잘 안

되는 건지…… 딸은 스무 살 넘으면 그때부터 엄마에게 악녀예요. 아직 철이 없는 거죠 뭐.

그런 걸 다 알면서도 엄마에게 자질구레한 잔소리를 늘어놓는 것은 무슨 모순인가. 그렇지만 그날 딸이 애써서 변명한 것은 자기가 못된 줄 자기도 안다는 고백이 아니었다. 그녀는 정작 다른 말을 내게 새겨두고 싶었던 것이다. 노인이 경제력이 없어서 자기와 사시는 건 아니라는 걸 알아달라는 게 속뜻이었다. '딸네 집에 얹혀 사는 노인'이라는 세속의 표현에 노인이 늘 날선 목소리로 불쾌를 드러냈던 것을 기억했다.

— 아니, 늙어서 아들과 살 수도 있고 딸과 살 수도 있지. 제년들은 어떻게 될 줄 알고 그런 소리야? 그럼 뭐 아들 없는 사람들은 혼자 늙어 죽어야 해?

뭐하러 딸과 사는 '미친 짓'을 하느냐고 옆구리를 쿡 찌르며 눈을 찡긋대던 친구들이 가고 나면 노인은 길길이 뛰곤 했다.

— 제년들도 서방 없이 혼자 살 날 멀지 않았어. 뭐 즈이네 아들들은 어머니 얼른 오슈 할 줄 알어? 시부모 모시고 살아야 한다는 조건 때문에 즈이 아들 머리가 허옇도록 장가도 못 들이는 주제에 아들 있다고 유세는! 며느리 무서워서 냉장고 문도 못 연다면서 구박을 받더라도 아들네 있으면 좋은가부지? 매친것들! 건넌방에서 며느리가 시어머니 어서 죽으라고 빌고 있는 것도 모르고!

세상 사람들이 그토록 흉잡아 말하는 딸네와의 동숙이 다 늙고 돈 없기 때문이라고 말하면 누구도 더 토를 달지는 못했을 테지만 그녀들은 굳이 외로움 때문이라고 주장했다. 그것이 그녀들의 자존심이었다. 내세우면 내세울수록 더 초라해 보이는 자존심이었다. 딸과 살아간다는 것이 저토록 이상하고 부담스러운 일일까. 아들 없는 집의 딸로서 노인의 분노에 나도 덩달아 가슴이 뛰기도 했다.

더위가 일찍 찾아왔다. 아니다. 그 집만 유난히 더위가 일렀는지 모른다. 한낮의 땡볕이 제법 정수리를 태울 철에 그 집 안으로는 깃들여오는 바람 한 점이 없었다. 긴 골목과 축대 위 집들이 바람을 막아선 때문이었다. 더구나 내 방을 제외한 방 세 개는 모두 서쪽을 향해 있었다. 그래도 딸이 쓰는 안방은 서쪽으로 창이 나지 않았다. 세를 내어준 방도 서쪽으로 부엌이 앉아 방으로는 서녘 해가 들지 않았다. 단지 마루 정중간에 있는 작은방이 방 전면을 거의 차지하는 창으로 오후 햇살을 눈 시어 터지도록 받고 있었다. 그 방의 창호지 바른 장지문을 닫지 않으면 집 안에 뜨거운 햇살이 마루 끝까지 노랗게 쏟아져 들어왔다. 방문을 닫으면 안에서 불이 타고 있는 것처럼 보일 정도였다. 작은방, 서녘 해가 늦도록까지 가득 찬 방, 그 방이 뚱뚱한 노인의 방이었다.

모처럼의 온천 관광에서 돌아온 노인은 왠지 기분이 좋지 않았다. 노인이 집을 비운 사이에 구둣발을 되똑거리며 아이를 안고 옆집 아주머니에게 갔다가 퇴근길에 아이를 업고 와 먹이고 씻기느라 며칠 북새를 떤 끝이라 여행에서 돌아온 노인의 기분이 맑지 않은 것이 딸은 좀 짜증스런 눈치였나.

날이 더워지기도 했지만 노인은 살집 때문에 더욱 더위를 탔다. 화장실에서 나온 노인이 윗도리 단추를 화드득 뜯듯이 잡아당겨 풀렀다. 어지간히 열기가 끓는 모양이었다.

— 엄마는 남들 다 보는 데서…….

벌건 목살 아래 드러난 젖무덤의 둔덕을 보며 딸이 말했다.

— 아이구 더워서 그래.

노인은 얼굴에 붙은 파리라도 쫓는 듯한 투였다.

아닌게 아니라 그 집은 바람이 안 든다는 것 외에도, 방 세 개가 서녘을 향해 있다는 것 외에도, 너무 큰 결함이 있었다. 그건 바로 화장실이었다. 계단을 하나 올라가서 들어가게 되어 있는 화장실은 물론 재래식이었다. 그러나 그건 큰 문제가 아니었다. 문제는 천장 낮고 좁아터진 화장실의, 절반이 반투명 유리로 되어 있는 그 문이 바로 서쪽으로 얼굴을 내고 있는 것이었다.

화장실 문을 열면 햇살로 뜨듯해진 공기 속에 발효된 암모니아 냄새로 골이 아플 지경이었다. 나는 지독한 변비에 시달리기까지 했다. 얼른 일을 보고 나가려고 애를 쓸수록 마음이 급해서인지 변은 더 보아지지 않았다. 오후의 햇살이 반투명 유리창을 뚫고 맹렬히 쏟아져 들어오는 그 속에서 뛰쳐나올 때쯤이면 온몸에는 화장실 냄새가 배고 앙가슴으로 얼굴로, 따갑게 땀이 흘러내렸다. 마당에서 한참 같이 있다가 한 사람이 화장실에 들어가면 모두 시선이 그리로 쏠리게 되어 있었다. 화장실에 있으면 그래서 누구든지, 이 후텁지근하고 냄새 나는 공간에 내가 하루치의 배설을 위해 땀 흘리며 끙끙대고 있음을 그대로 보여주는 기분이었다. 마치 사람들 앞에서 알궁둥이로 쪼그리고 앉아 있는 것 같았다.

뚱뚱한 노인이 그래서 화장실에 들어가는 모습은 뭐랄까, 코끼리가 냉장고에 들어가는 것 같달까. 고행의 소굴로 떠밀려 들어가는 것 같달까. 노인 얼굴에는 사는 일이 왜 이렇게 편치 못할까 하는 기색이 감춤 없이 드러나곤 했다.

— 날이 어찌나 더운지 이 어루러기 좀 봐.

노인이 옷 속을 들여다보며 말했다.

— 자주 씻으세요. 그게 다 곰팡이 때문인데.

딸이 무연한 듯한 투로, 그러나 냉정히 말했다.

— 하도 씻어서 살이 다 물러터졌다. 이 집은 변소간은 서방에 짓는 게 아니라는 사실도 모르는 작자들이 지은 집이야.

딸의 눈이 멀겋게 떠졌다.

─ 왜 집은 탓을 하세요? 집이 뭐 어쨌다구.

─ 솔직히 말해 넌 좋니? 젊은 애가 뭐하러 고생을 사서 하니? 그냥 아파트에서 살면 좀 좋아?

딸은 대답이 없었다. 내 앞이어서 할말을 못하고 있는 것 같았다. 나는 이 집에 대한 그들의 태도가 다르다는 것을 일찍이 알았다. 딸은 뜰팡에 화분을 쪼르라니 놓고 꼭 현관문으로 출입을 하려고 했지만 노인은 아니었다. 뭐하러 현관까지 돌아다니느냐며 마루에서 뜰팡으로 휙휙 나다녔다. 그럴 때면 딸은 엄마를 빤히 쳐다보았다. 자기의 작고 아담한 양옥을 엄마가 되다 만 누옥으로 여기는 것을 원망하는 눈초리였다.

하지만 평소의 노인은 딸이 대학도 나오고 번듯한 직장에 다니고 있으며 더구나 젊은 나이에 집도 장만해 산다는 걸 은근히 자랑하는 눈치였다. 조금 더 잘살려고 욕심을 내어 그렇지 지금이라도 광을 내고 살자면 충분히 그럴 만한 여유쯤이야 있다는 걸 내게도 언뜻언뜻 비쳤었다.

분위기에 얼음 어는 소리가 챙챙 났다. 내 딴에는 얼음을 녹인답시고 슬쩍 말을 걸었다.

─ 아파트에 사셨었어요?

─ 당첨이 됐지, 근데 팔아치운 거지. 단독 주택 사서 집 짓는다고.

나는 힘없이 예에, 하고 대답했다.

─ 집 짓는 게 그렇게 쉬운 일이 아니에요. 오죽하면 죽을 수 든해에 집을 짓게 된다고 할까.

자기의 계획을 깐죽거리는 엄마가 미운지 딸이 입을 작게 오므려 뜨렸다.

─ 다, 인생 오래 산 사람들이 이야기하는 거니 새겨들어. 생일날

잘 먹자고 이레를 굶었더니, 생일날 아침에 팩 죽더란다.

딸의 얼굴이 순간 빨개졌다.

— 엄마는!

나는 내가 눅일 수 없는 분위기라는 걸 알았다. 빨래가 다 말랐나, 하고는 블라우스를 걷어내렸다. 다림질을 할 것처럼 방으로 들어왔다. 물론 블라우스는 채 마르지 않았다.

그네들의 말소리가 해가 환하게 들이치는 문의 창호지를 조그맣게 웅웅 울려댔다.

— 남들 앞에서 왜 그런 소리를 하세요?

— 뭘, 누가 못 할 소리 했어? 너도 땡볕에 고생해봐. 그런 소리 안 나오나.

잠시 뜸이 벌었다.

— 엄마만 고생해요?

— 너는 방이라도 넓고 시원하지!

노인의 언성이 높아지더니 휙 일어서는 기척이었다.

— 그럼 엄마가 안방 쓰세요. 내가 애랑 작은방으로 갈 테니까.

— 누가 그러래? 쓰던 방까지 세를 주고 난리를 피우니까 하는 말이지. 서방 없다고 그렇게까지 쥐어짜냐? 애 키우는 집에서 술집 년이나 들이고!

— 엄마!

아마도 뒷방의 직업 여성이 방에서 뒹굴고 있는 모양이었다.

— 뭐, 내가 못 할 말 했어?

노인은 잘못 찌른 칼이라도 일단 쑤셔보는 성미였다. 어차피 내친 길인데 호랑이 굴이면 어떠냐, 이판사판 가는 거지 하는 식이었다. 딸은 그런 엄마에게 늘 냉정한 말투로 대했다. 난 그렇지 않아요. 난 엄마처럼 흥분하거나 상스럽게 말하지 않아요, 라고 시위라도 하는 듯했다.

명주실만한 물줄기가 바위에 틈을 내듯, 그들의 사소한 차이, 사소한 언쟁은 점점 깊은 골을 만드는 것 같았다. 문제는, 물줄기의 굵기나 흐르는 속도에 있는 것이 아니라 그 줄기참에 있었다. 나는 어쩌면 그들 삶의 유사 이래 진행되어왔을 이반(離反)의 광경을 보고 있는지 몰랐다. 어떤 계급의 차이랄까, 하는 것까지 나는 느꼈다. 모태와의 계급 차이라는 것이 대체 실재할 수 있는 것인지 모르지만 아무튼 후천적인 환경 차이로 그럴 수도 있지 않을까. 내가 우리 과 아이들과 어울리지 못하는 것처럼, 똑같은 희망을 품고 똑같은 이십대의 나이에 똑같은 책상에 앉아 있어도 마치 아이들과 나 사이로 시퍼런 강물이 흐르는 것처럼, 한 세대가 격한 듯 섞이지 못하는 것처럼, 그들 모녀에게도 나는 운명적인 차이를 느꼈다.

여자의 남편이 올 날짜가 가까워지면서부터 아니 날이 더욱 더워지면서부터 그들간의 전쟁은 더욱 공공연하여졌다. 그들은 이제 내 눈이나 귀를 의식하지도 않았다. 딸은 기반을 잡을 때까지는 더욱 긴축을 해야 한다는 입장이면서도 엄마가 사들이는 싸구려 플라스틱 비눗갑이나 얼룩덜룩 촌스런 아이 옷을 보고 분개했다. 그런 때 유난떨지 말리며 화를 내는 노인은 징작 집이 너무 좁다고, 방이 너무 덥다고, 반찬이 너무 없다고 짜증을 부려댔다. 내가 이 모든 일들을 다 듣고 보고 이 집에서 무사히 빠져나갈 수가 있을까, 죽을 때까지 이 집에서 살아야 하지는 않을까 걱정스러울 정도였다.

여자는 그 무렵 가끔 내 방을 찾아왔다. 나름대로 자기 변명을 위해 필요한 방문이라고 처음엔 생각했다. 그러나 그녀는 내게 와서 자기 엄마 흉을 보거나 하소연을 하지는 않았다. 그녀는 엄마와 언쟁하던 때와는 전혀 다른 목소리로 흑백 영화의 아름다움을 이야기하거나 차이코프스키를 듣거나 했다. 나는 알았다. 그녀는 자기 엄마와의 생활에서 함께 잠길 수 없는 문화에 대한 통풍구로서 아쉬우나마 날 택한 것이었다.

—음악의 바다에 빠져서 잠들고 그 속에서 잠이 깨는 게 소원이에요. 어릴 때 일요일 아침 날 깨우는 건 늘 시끄러운 텔레비전 소리였어요. 어딘가 좀 모자란 것 같은 사람들이 잔뜩 몰려나와서 우쭐우쭐 바보짓을 하고 소란을 떨어대는 소리. 일요일 텔레비전은 유난히 더 그렇죠 왜. 머리가 아팠어요. 그 소리가 그렇게나 싫었어요. 그런데 우리 아이를 나와 똑같이 키워야 한다는 게 어느 땐 너무 고민스러워요.

그녀가 한 날은 말했다. 무척 어두운 얼굴이었다. 그 무렵 그녀들의 싸움은 좀더 신경질적이 되어갔고 상대방의 말에 일일이 응수하기보다는 그저 빨간 눈으로 쳐다보는 일이 잦아졌다. 말로 해결이 안 되는 모양이었다.

자기가 빠져나온 배의 임자와 자기의 괴리 때문에 어지러울 그녀의 어두운 마음이 보여서였을까. 나는 나로서는 정말 하기 힘든 고백을 했다. 그때 나를 가장 절망시키고 분노케 하였던 일이었다. 어이없게도 나는 경찰 프락치라는 오해를 받고 있었던 거다. 그래도 날 위한답시고 동급생 하나가 언질을 준 것이었다. 휴게실에서 컵라면을 땀흘려 먹고 났을 때 커피를 마시며 아이가 나를 조용히 바라보다 말했다.

—놀라지 말어. 너 아주 조심해야 될 일이 있어. 우리 과 아이들이 너 프락치라고 믿고 있어. 증거도 있대.

그때 나는 머릿속이 하얗게 비워지는 걸 느꼈다. 세상에 가장 무서운 것은 오해다. 증거가 있건 없건 세상의 모든 오해는 자생력이 있다. 아무 증거 없이도 무궁무진하게 부풀어오르고 가지를 뻗는 원초적인 마력.

네 덕에 우리집도 쨍 허니 빛 좀 보자던 언니와, 나를 선망하면서도 서운함이나 미움을 애써 감추려 들지 않던 동생들의 얼굴도 떠올랐다.

내 편지함에서 학생과 과장이 "한번 다녀가라"는 쪽지를 남겨두었던 것이 아이들이 내게 들이댄 증거의 전부였다. 그러나 나는 알았다. 내가 자기들과 나이가 같고 그래서 자기들과 잘 어울리고 그래서 자기들처럼 데모를 하거나 아니면 하기 싫다고 분명히 말할 수 있었다면, 나는 결코 그런 더러운 오해를 받지는 않았을 것이라는 사실을.

하지만 그대로 학교를 포기할 수도, 전과를 할 수도 없었다. 나는 활에 맞은 채 먼 길을 가야 했다. 안집 딸에게 그 이야기를 시작할 때만 하여도 나는 웃고 있었다. 그런데 그 짧은 이야기 끝에 내 목소리는 바보스럽게 마구 떨리고 있었다. 너무너무 높은 나뭇가지에 옷이 걸려 내려오지 못하는 아이가 차가운 밤 몰아치는 들바람에 온몸을 흔들고 있는 것처럼.

여자가 내 손을 잡았다. 그 눈이 붉어졌다.

그러나 그후 얼마 지나지 않아 내 기억 속의 그 집을 이상한 그림으로 남게 한 사건이 터지고 말았다. 밤이었다. 한참 자고 있는데, 안집에서 이상한 기척이 느껴졌다. 시계를 보니 새로 한시가 가까워오고 있었다. 그들은 결코 십 분 이상 넘게 싸우는 적이 없었다. 자기의 한마디에도 정작 쓰러져 우는 것은 자기 엄마라는 사실을 알기 때문에 그 딸은 한 번도 자기 하고 싶은 말을 속시원히 못 해봤다고 했다. 그런데 그날이 온 것인지. 딸이 속이 시원해진 대신 무슨 일이 일어난 것만 같은 이상한 조짐에 나는 문을 조심스레 열었다.

— 나가면 내가 나가지 왜 니가 나가냐. 얼어 죽든 굶어 죽든 그거야 내 팔자지.

맨발의 노인이 딸을 붙들고 있었다.

엄마의 서슬에 발을 자꾸 헛놓으면서도 딸이 냉정히 말했다.

— 난 처음부터 다시 시작할 테니까 엄마 여기서 살아요. 겨우 이런 똥집에서 사시게 해서 죄송할 뿐이에요.

둘의 말은 낮은 빗소리처럼 두런두런했지만 잘 벼린 칼처럼이나 찼다. 불빛 하나 없는 마당에서 모녀의 실랑이는 마치 불길한 무성영화 같았다. 난 얼른 밖으로 나갔다.

— 왜 이러세요. 이야기를 잘 하지 않고.

내가 딸의 팔을 붙들었다.

— 좀 살아보려고 해도 무슨 장단이 맞아야 살지. 내가 여태 미치지 않은 게 기가 찰 노릇이야.

딸의 말끝이 울음으로 범벅이 되는가 싶더니 몸이 밖으로 획 나가버렸다. 그런 딸의 모습을 노인은 더 말리지 않고 쏘아보았다. 어둠 속에서도 두 눈이 강렬하고 푸른빛을 쏘았다.

나이 드신 분께 이러시는 게 아니에요, 하면서 길까지 따라나간 내게 딸이 말했다.

— 이대로 있다가는 내가 죽을 것만 같아. 숨이 안 쉬어져서. 나 살기 위해서 숨쉬러 나가는 거예요.

타인인 내가 그들의 아늑한 집에 밤마다 불이 붙는 사연을 어찌 알랴. 사소한 차이가 만들어낸 틈으로 어느새 깊이를 헤아릴 길 없는 바다, 시퍼런 물이 노호하는 바다가 흐르고 있을지 모를 일이었다.

마당 안에는 그녀의 노모가 흰 모시 잠옷 바람으로 뜰팡에 앉은 채 한숨 소리 같은 울음을 놓고 있었다. 잠깐 머리 좀 식히고 온대요. 이러다 병나시니까 얼른 들어가세요. 아침에 온댔어요. 나는 말을 지어붙이며 노인을 달랬다. 그러나 무슨 효과가 있는 것 같지는 않았다. 단지 자기가 거기 있는 한 내가 방으로 들어갈 수 없어한다는 것을 깨닫는 것 같았다. 노인은 방에 들어갔고 나도 방에 들어왔다. 오래 뒤척거렸지만 결국은 잠이 들었다.

딸은 아침이 되기도 전 새벽에 돌아왔다. 그러나 새파란 안개가 마당을 휘 떠돌던 그 새벽, 분꽃이 바야흐로 꽃잎을 접으려던 때에 그 좁은 골목, 작은 집, 작은 마루에는 무서운 광경이 벌어져 있었다. 노인이 약을 먹은 것이었다.

작은 불씨가 커다란 산을 태운다. 그러나 대체 한 솥밥을 서른 해 가까이 먹은 사람들끼리 서로 이해 못 할 것이 무엇인지. 오해는, 인간이라는 동물의 가장 비극적인 능력인지도 모른다.

다행히 노인은 죽지 않았다. 그네의 말대로 천한 목숨이어서 잘 죽어지지도 않는지, 위 세척을 하고 노인은 깨어났다.

— 미쳤다고 딸하고 사냐고, 죽도록 일해주다 더 늙고 병들면 내쫓길 거라고. 안 그러면 자기 손에 장을 지진다고 사람들이 그러더라. 안방 차지도 못 하고 그 좁아터진 샛방을 써가면서 뭐하러 붙어사냐고.

집에 돌아온 노인이 울면서 떠듬떠듬 한 말이었다.

노인의 죽바고우라는 사람들이, 어렵던 시절 국숫발 아이들 건져주고 난 멀건 장국을 함께 들여다보던 오래 된 이웃사촌들이, 늙어서 함께 온천장을 가는 친구들이 만날 때마다 노인에게 했다는 충고였다.

— 그 소리만 들으면 정말 죽고 싶더라…….

노인 눈에서 비어져나온 눈물 한 가닥이 길고 조용하게 귀뺨으로 흘러내렸다.

나는 그 집에서 더 살 수가 없었다. 두렵기도 했고, 그들이 나를 불편해했기 때문이었다. 다시 오월이 되었을 때 이사를 나오며 부더 더는 어려운 일이 없어 그들 관계가 편안해지시기를 나는 마음 깊이 빌었다.

그후 세월이 많이 지나서 나는 우연히 그 동네에 들른 적이 있다. 그때 나는 독립된 부엌과 욕실, 그리고 네모 반듯한 방도 두 개나 갖고 있었다. 퇴근길에 출장을 나갔다가 그 동네 어귀에 내렸는데 나도 모르게 그 조붓한 골목으로 빨려들 듯이 들어갔다.

이제는 그 딸의 소원이 이루어졌을까. 그 좁은 땅일망정 하루라도 빨리 이층집을 지어 엄마 아래층, 자기네 위층 살고 싶다던 그 소원. 그래서 딸네 얹혀산다는 그 지긋지긋한 말에서 엄마를 벗어나게 해드리고 싶다는 그 소원.

골목은 여전히 조붓하고 길었다. 뜨거운 해가 등을 후끈 달구는 늦은 오후, 천천히 골목을 걸어오르는 나의 두 눈에 그 집이 보였다. 어딘지 삐뚤고 엉성한 붉은 벽돌집. 대문이 초록에서 청색으로 바뀌었을 뿐 그 집은 아직 아름다운 이층집으로 자라오르지 못한 채 더욱 퇴락하여 있었다.

열린 철대문을 보자 가슴이 세차게 뛰었다. 다른 사람이 살 거라는 생각이 들었다. 얼굴에 크고 이상한 점이 찍힌 낯선 여자가 불쑥 나오면 어쩌나, 아마 그럴 테지, 하면서 나는 대문 안을 들여다보았다.

분꽃 깨꽃이 무리 지어 핀 마당에는 아랫도리를 벗은 작은 사내아이가 세발 자전거를 타고 빙빙 원을 그리고 있었고, 머리를 두 갈래로 묶은 계집아이가 웃고 있었다. 해바라기 같은 얼굴이었다. 모녀는 있었다. 가운뎃방의 서녘 창으로 들이치는 귤색 햇살을 광배처럼 두르고 모녀는 나란히 마루에 앉아 마늘을 까고 있었다. 그리고 그들 옆으로 뜰팡에 한 남자가 앉아 있었다. 웃는 얼굴이었는데 놀랍게도 그는 한쪽 다리가 없었다.

삶은 어느 때 인간을 왕창 속이기도 한다. 그러나 인간은 완전히 절망하지는 않는다. 목숨은 그만큼 질기다. 뜨거운 햇살 가득한 마루에서 나를 알아보고 해바라기처럼 웃던 그녀들. 외국에서 돌아온 남편이 교통 사고로 한 다리를 잃은 후, 노인은 집에서 마늘을 까고 딸은 직장에서 돌아와 마늘을 씻어 자전거에 싣고 장에 납품을 한다고 했다.

긴 머리를 말총처럼 묶고 무릎 튀어나온 바지에, 오래 입어 목둘레가 늘어진 면티를 아무렇게나 입은 딸이 교양이나 멋이라고는 개숫물로 씻은 듯한 얼굴로 말했다.

— 이제 저 사람도 취직이 됐어요. 석 달 됐어요.

나는 참으로 하염없던 그날의 햇빛을 기억한다. 그들이 함께 마늘을 까며 이겨 넘은 시절을, 어둡고 찬 진창길을 조용히 걷던 모녀를. 조금만 사는 일이 더 힘들어지면 그나마 그들의 평화는 깨지고 말리라 생각했던 내가 틀렸다. 시절이 어려울 때 드러나는 놀라운 결속력, 그건 오랫동안 어렵게 살아온 한 가족이 공유하는 생금 같은 지혜랄까. 나는 그날 그들 모녀가 기기 막히게 닮은 데가 있음을 처음으로 알았다.

창 밖의 집 위로 열린 하늘이 새파랗다. 저 집은 누구의 오랜 소원이 이루어지는 것인가. 나는 창 밖의 집이 부디 아름답기를 빈다. 그리고 내 기억 속의 붉은 벽돌집도 지금쯤 작지만 어여쁜 이층집으로 자라 있기를 빈다.

저녁이 오는 시간, 그 집 마당에도 진홍의 분꽃이 화안히 벌겠다.

(『샘이 깊은 물』 1997년 6월호)

빨간 손금

그 동네는 확실히 어떤 막다른 곳의 분위기가 있었다.

처음 그 동네에 갔을 때 나는 마치 잘못 찾아들어간 골목을 만난 듯한 낯설고 두려운 적요를 느꼈다. 동네 한 귀퉁이에 들어서자마자 그날부터 낡아가기 시작하던 마을버스 종점은 그런 분위기를 더욱 돋우는 설치물처럼 보였다. 서울의 한복판, 그것도 지하철역이 오 분 거리에 있고 골목만 빠져나가면 상시 교통 체증 지역으로 불리는 교통 번다한 사거리가 있는 지역에 그런 동네가 있다는 것은 불가사의하게까지 느껴졌다.

하지만 나는 그곳이 왠지 끌렸다. 마치 엄마라는 운명의 존재처럼, 편안하다거나 행복해질 것 같은 느낌과는 별개의 아주 친숙한 끌림이었다. 전생에 스친 적이 있었던 것일까. 대개 이런 이상한 기억의 힘은 나를 두렵게 하였지만 그때마다 불가항력으로 나는 전생에 한 번 밟아본 땅, 한 번 지나본 거리 속으로 빨려들어가곤 하였다. 기억 속의 마을처럼 고즈넉한 동네의 한 빌라에 그리하여 우리는 자리를 틀었다. 내 나이 스물여섯이었고 삼 년 동안 연애하던 남자와 드디어 결혼생활이라는 걸 시작한 때였다.

아름다운 집이었다. 오래 된 건물이 주는 숨막힐 듯 고요한 아름다움만이 아니었다. 앞뜰은, 봄이면 벚나무가 하루아침에 등을 단 듯 일제히 연분홍 꽃을 화안히 들고 섰는 것을 시작으로 해서 곧 이어 라일락이 연보라색 꽃비를 내리고 여름이면 홍장미와 등꽃, 포도 넝쿨이 그늘을 만들었다. 뒤뜰과 담장 밖 길에는 은행나무, 상수리나무, 대추나무와 플라타너스가 숲을 이루고 있었다. 집이 낡은 만치 나무들이 풍성히 자라오른 곳, 이만한 뜨락을 갖춘 집도 서울에서는 드물었다.

그곳에는 이상하게도 너무 늙거나 아니면 너무 젊은 사람들만 살았다. 거의 대화를 나눌 수조차 없이 늙은 노인이 뜨락 평상에 앉아 지나가는 사람 얼굴을 빤히 바라보곤 했다. 가끔 둘이 나란히 반바지를 입고 뜰을 지니는 젊은 사람들은 내개 우리저럼 교통이 편하다는 이유로 그 집에 세들어 사는 맞벌이 부부였다. 그러나 그 집에서 눈이 나리고 열려진 창 밖 가득 은행의 노란 잎이 우수수 떨어져 쌓이도록 우리는 아무도 이웃 삼지 못했다.

그곳에서 산 지 삼 년이 가까워가고 있었다. 첫아이는 두 돌을 막 지났고 제 손가락도 주체 못 하던 내 손도 제법 여물어 아침 저녁으로 해치워야 하는 집안일을 속도감 있게 해낼 수 있게 되었다. 그 무렵이었다. 나는 어떤 참을 수 없는 적막이 내 머릿속에 미지근한 물처럼 꽉 차오는 것을 느꼈다. 빈혈도 긴장성 두통도, 편두통도 아니었다. 나는 아침마다 어지럽고 불쾌한 둔통에 점차 신경질이 되어갔다. 모두, 마치 적멸의 공간 같은 집의 공기 때문인 것 같았다.

— 아기는 노인네 방에 두는 게 아니래. 노인이 아기의 정기를 다 빼앗아가서 아이들이 자라지 않는대.

나는 다림질을 하며 남편에게 말했다. 심술스레 어깃장을 놓아보는 심산이었다.

그러나 그곳을 떠나는 일이 쉽지는 않으리라는 것을 나는 알고 있었다. 나른한 공기가 떠돌고 있다는 사실만 빼면 그 집은 여러 조건에 있어 다른 집과는 비교가 되지 않았다. 다가구 주택이나 다세대 주택이라면, 나는 그 집을 얻기까지 소위 6공화국 시절 이백만 호 건설의 기치 아래 지어진 서울의 새 집들을 웬만한 것은 다 꿰고 있을 정도였다. 집에 새 사람이 태어나고 죽어나가는 것까지 다 보아왔을 오래 된 나무가 정원에서 자라는, 성처럼 견고하고 아름다웠던 단독 주택들이 연이어 부서지더니 새시문으로 도배를 한 네모난 다가구 주택들로 세워졌다. 주택의 공급량으로 치적을 과시하려는 정책 덕분에 헐거워진 건축 규제의 틈을 타고 서울은 슬럼화돼가는 것 같았다. 전용 면적에 속해 있지 않은 테라스는 겨우 빨래판만하고, 천장은 낮아 숨이 막히고, 작은 공간을 방과 거실 겸 주방으로 칸칸이 나누어 몸 돌릴 수도 없을 만큼 좁디좁은 집들을 보면 우울해질 정도였다. 빨래 한 장 널어 말릴 곳이 없는 집들마다에는 거실에 장롱 반쪽이 기우뚱히 서 있거나 안방에 빨래 건조대가 놓여 있거나 했다. 여기에서 사람이 산단 말이지. 집을 얻으러 온 사람이 아니었으면 보여주지 않았을 어수선한 누옥을 나는 미안한 마음으로 훑어보곤 했다.

— 동해에 가서 일출이나 보고 올까?

내 말을 못 들은 줄 알았더니 신문 너머로 남편의 목소리가 들려왔다. 그는 내 말을 괜한 타박으로 들은 것이었다.

— 이곳은 햇빛도 낡아빠진 것 같아.

난 혼자 중얼거렸다.

공기에서 햇빛에 쪼여진 노인들의 체취가 묻어나는 것 같았다. 무언가가 세월에 눌은 듯한 냄새였다.

그러나 그것은 결혼이라는 권태로운 관계 때문인지 몰랐다. 아침에 일어나면 입에서 구취가 나는 남자와, 발뒤꿈치가 기형인 여자가 만나 사는 삶이 지루하지 않다면 이상한 걸까.

사월의 막바지였다. 나는 결혼한 지 삼 년이 되어가고 있었고, 내 나이는 이십대의 마지막 봄을 지나는 참이었다. 겨울 바람보다 매정스럽던 밤바람도 많이 부드러워져 있었다. 나는 언제나처럼 전동차에서 내려 역사 주변의 백화점 슈퍼에 장을 보기 위해 들렀다. 다른 곳보다 물건을 조금 싸게 판다는 이유 때문에 언제나 전쟁을 치르듯이 물건을 사야 하는 곳이었다. 먹이를 두고 벌이는 암컷들끼리의 전쟁이랄까. 서로 어깨를 부딪치고 물건을 고르기 위해서는 서로 한치의 양보도 없었다. 눈에 들어오는 것이라고는 오로지 산더미처럼 쌓인 물건과 그걸 뒤집고 헤집는 여자들의 손뿐이었다. 남보다 더 빨리 더 좋은 것을 고르기 위해 꽈리고추와 깐 마늘을 일일이 아금받게 골라대고 사과를 눌러보고 헤집는 손. 아귀다툼을 해서 장을 보고 오래오래 기다려서 계산을 마치고 어깨가 떨어져나가도록 무거운 장바구니를 들어 나르는 일은 언제나 힘들었다.

— 나 멀미가 나는 것 같애. 여기 아마 산소가 부족할 거야.

나는 남편의 얼굴을 떠올렸다. 자기 바지 사려고 들른 백화점에서 이십 분을 채 못 버티는 남자였다.

그는 내게 싱글거리며 묻곤 했다.

— 당신은 쇼핑이 취미야?

만원 버스를 타고 소풍을 가던 때 같았다. 어른들은 소풍 가는 우리를 즐거운 눈으로 바라보셨지만 우리는 누구도 소풍을 반기지 않았다. 평소에도 머리핀이 빠질 정도로 콩나물 시루였던 버스는 소풍 가는 아이들로 미어터져, 등이 휘고 덥고 숨이 막혀 그중 한 두 명은 으레 버스 안에서 토하고 쓰러졌다.

무거운 짐을 들고 걷기에 구두는 바닥이 너무 딱딱했다. 땅을 딛을 때마다 발바닥은 비명이 터질 듯이 아팠다. 발은 벌겋게 퉁퉁 부어 있을 것이었다.

마을 버스를 타려고 길로 나왔을 때, 바야흐로 노을이 지고 있었다. 푸른 이내는 하늘 먼 데 설핏 어리어 있었고 어디선지 부드러운 바람이 불어왔다. 나는 국물이 흐르는 찬거리와 꺾여진 채 물러버린 파 줄기가 다리를 찌르는 커다란 비닐 봉지를 땅바닥에 내려놓았다. 봄이구나. 헝클어진 채 이마 위로 자꾸 쏟아져내리는 머리칼 사이로 푸르고 찬 기운이 새들어왔다.

봄을 새삼스레 느낀 건 생래 처음이었다. 여고 시절의 봄은 그저 새 학기의 시작이었고, 대학 때의 봄은 최루 가스 날리는 긴장으로 시작되었다. 그러나 한 남자를 만나고 그와 시시덕거리고 전화하다 결혼해서 아이 낳고 키우는 동안 봄은 그저 옷장 정리를 새로 해야 하는 계절, 커튼을 바꾸어 달아야 하는 정도의 의미밖에는 없었다. 그 봄이 처음으로 내 눈을 고즈넉이 바라보며 내 주위를 바다처럼 싸고 돌았다. 오렌지빛 햇살에 푸름이 물들어 세상은 막 보랏빛으로 변하고 있었다. 봄밤의 황홀한 찰나를 나는 마을 버스를 타고 지났다. 버스에서 내려 아이가 가방까지 메고 나를 기다리고 있을 놀이방으로 갔다. 놀이방에 아이를 데리러 갈 때면 늘 은행에 가는 기분이었다. 내가 낳아서 맡겨놓은 아이를 크게크게 만들어주는 곳. 나는 가끔 상상했다. 함께 살지는 못하고, 아침이면 그애를 맡기고 밤이면 찾는 일만 하는 동안, 어느 날 문득 아이는 어른이 되어 있고 그러다 어느 날 문득 작아진 내가 쭈글쭈글한 손으로 늙은 그애를 찾아온다.

나는 아침보다 조금 더 자란 아이를 찾아 손을 잡고 집 뜨락으로 들어섰다. 그 시간이면 뜨락은 늘 비어 있었다. 어디선가 향기가 풍겨왔다. 라일락이었다. 안개 너머의 빛깔인 듯 옅은 담홍의 꽃들이 꿈결처럼 피어 있었다. 그때 나무 그늘 아래 놓인 평상에 한 사람이 앉아 있는 것이 보였다. 희푸른 발광체처럼 보이는 그는 엷은 베이지색 니트에 잔잔하게 꽃무늬 진 면치마를 길게 입은 여자였다. 나는 여자를 흘금 보았다. 머리를 한데 묶고 흰 양말을 목 접어 신은 차림이었다.

그녀는 화장을 하지도 않았지만 깨끗하고 단정했다. 난 저런 얼굴을 알았다. 청순 가련한 얼굴, 모든 남자들이 이상으로, 마음의 고향으로 꿈꾸면서도 사실은 그리워만 할 뿐 찾지는 않는 고향처럼 혼자서 청승스레 기다리는 배역이나 맡을 얼굴. 저런 얼굴에 화장할 일이 생기면 갑자기 두서가 없어지는 것이다. 십 년쯤 묵은 주황색 립스틱을 바른 입술은 동동 뜨고, 너무 진하게 칠해진 눈썹은 삐뚤고, 얼굴은 너무 하얘서 밀반죽을 덮어쓴 것처럼. 뜨락이 좁았다면 나는 그 핑계로 여자의 발등을 밟아주었을지 모른다. 그렇다. 나는 여자가 꼴보기 싫었다.

아마도, 나는 생각한다, 저녁 시간 들뜨고 지워진 화장기 때문에 오히려 더 지저분해 보이는 얼굴로 아이까지 한 팔에 매달고 그 앞을, 꽃그늘 아래서 흰 양말까지 갖춰 신은 여자 앞을 경황없이 지나는 것이 아마도 자존심이 상했던 모양이라고. 그녀를 무시하지 않고는 견딜 수 없을 만큼, 그녀 앞을 지나는 내 뒤뚱거리다 못해 배배 꼬일 지경인 하이힐 신은 두 다리, 장바구니와 아이를 끼고 가기에는 너무 짧은 스커트 아래로 드러난 두 다리가 부끄러웠던 모양이라고.

나는 어둠이 푸르게 내려앉는 뜨락을 지나, 그 여자의 꽃무늬 치마를 지나 우리집으로 오르기 위한 현관으로 들어서서 삿갓등에 불을 켜면서 여자를 다시 한번 흘끔 보았다. 여자는 꽃을 완상하려는 듯 고개를 쳐들었다. 희고 긴 목이 드러났다.

아이 손을 이끌고 계단을 다 올라왔을 때였다. 삼층 꼭대기에 붙은 우리집의 외짝 철대문을 열 열쇠가 가방에 없었다. 손가방을 다 쏟았다. 책 한 권, 분첩, 립스틱, 수첩, 볼펜, 장지갑, 휴지, 메모지, 외짝 귀고리. 구겨진 영수증, 부러진 눈썹 연필심 토막, 모두 다 있는데 열쇠만은 보이지 않았다. 아침에 현관문을 잠근 것은 남편이었다. 아, 이런 낭패를 어쩐담. 나는 아이의 꼬질꼬질한 얼굴을 내려다보았다. 저녁밥은 먹었겠지만 종일 밀폐된 공간에서 뛰고 뒹군 아이는 코 밑이 새까맸다. 하는 수 없이 밖으로 나왔다.

그러나 발바닥이 너무 아파서 어디 갈 엄두가 나지 않았다. 평상 위에 아이를 앉혔다. 몇시에 올지 알 수 없는 남편을 기다려보기로 했다. 책을 보기에는 마당의 불빛이 너무 흐렸으므로 나는 그저 새파란 저녁거리를 보며 앉아 있었다. 그러나 무작정 남편을 기다릴 수는 없었다. 남편은 정상적으로 퇴근을 한대야 열한시가 넘어 들어왔다. 몸이 아프거나 회사에서 언짢은 일이 있어 시위를 할 목적이 아니라면 그는 정시에 퇴근하는 법이 없었다. 그의 회사에서는 누구도 그렇게 일찍 퇴근하지 않았다. 물론 우리 회사에서도 결혼한 여자들말고는 누구도 정시에 퇴근하는 용기를 보이지 않았다.

나는 아이의 무릎을 잡고 말했다.

—엄마 요기 밖에서 전화하고 올 테니까 기다리고 있어.

—싫어. 나 갈래.

아이가 평상에서 내려섰다.

— 짐 제가 봐드릴게요, 갔다 오세요.

여자였다. 얼굴에 수줍은 미소를 띠고 있었다.

미안해하는 미소를 얼굴에 띠며 나는 누구시더라, 하는 눈빛으로 여자를 바라보았다.

내 눈빛을 읽었는지 여자가 말했다.

— 지난달에 이사왔어요. 전 몇 번 봤는데.

난 여자와 진작 안면을 트지 못한 스스로를 좀 탓했다. 나도 동네 여자들과 사귀어보려는 노력을 하지 않은 것은 아니었다. 그러나 대학 졸업하고 곧바로 취직해서 살아온 지 여섯 해째, 이상하게도 나는 그녀들과 나눌 수 있는 화제가 없었다. 그녀들은 다 여자고 나만 남자인 것 같았다. 반상회에서, 일층의 실내 벽으로 물이 새는 공사비를 어떻게 부담할 것인지 의논할 때였다. 나는 퇴근하자마자 아이를 업고 나간 참이었다. 헌데 여자들의 말은 밑도 끝도 없이 길기만 했다. 자기가 평소 하고 싶었던 말을 계속 반복해대고만 있었다. 날은 어두워지고 피곤하고 짜증이 났다. 업힌 아이는 무거워오고 나는 집에 할 일도 많았다. 여자들의 갼걍 끊는 듯한 말을 정리할 수 있는 사람은 나밖에 없을 것 같았다. 와글거리는 여자들의 목청을 제압하기 위해 내가 낼 수 있는껏 큰 소리로 말을 꺼냈다.

— 그러니까, 공동 부담으로 할 것인지를 우선 결정하죠. 그게 결정이 되면 비용을 따로 걷을 것인지 아니면 관리비에서 충당할 것인지를 얘기하구요.

회의라면 회사에서 신물이 나도록 해온 터였다. 내 말에 여자들이 다 나를 쳐다보았다. 멀뚱한 시선들이 묘했다. 여기저기서 말소리들이 들려왔다.

─그건 아까 다 말했는데.

나는 당황해서 바보처럼 물었다.

─네? 그럼 끝난 거예요?

─예, 끝났어요. 들어가셔도 돼요.

내 바쁜 사정을 눈치챈 듯한 아주머니가 말했다. 나는 또 바보처럼 언제요? 하고 물을 뻔했다.

나는 이방인이었다. 나와 모국어가 같을지 몰라도 그네들은 나와 화법이 다른 모양이었다. 현관으로 걸어오는 내 귀로 여자들의 말소리가 계속 와글대며 끓었다. 그 집 공사만 왜 공동 부담을 해? 공사해봤자 소용이 없어요, 또 샐걸 뭐. 그러니까 원인이 하수도가 아닐 거래두. 도배 비용까지 주는 거죠?

그후로 나는 반상회에 나가지 않았다. 반상회에 참석하지 않는 대신 벌금을 내며 그 시간에 아이와 적목 놀이를 하거나 목욕탕 청소를 하거나 했다.

공중전화는 동네 어귀 슈퍼마켓 입구에 매달려 있었다. 아이 손을 잡고 울타리 밖으로 나왔다. 뜨락을 둘러싼 낮은 울을 지나는데 여자의 고개가 내 쪽을 따라 움직이는 것이 느껴졌다. 저녁 시간에 왜 저기 있을까. 부지런한 여자라 일찌감치 저녁 준비를 하고 남편을 기다릴지 모른다는 생각이 들었다. 여자가 너무 일찍 준비해놓은 밥상을 차리고 한 시간쯤 기다렸을 때, 그녀의 남편은 들어오겠지. 불쑥, 여자가 정신 차리고 입구를 주시하지 않으면 놓칠 수도 있을 만큼 그렇게 빨리. 그리곤 여자에게 일별을 주지도, 말을 걸지도 않으면서 저 혼자 계단을 팡팡 올라가겠지. 그러다가도 이내 여자가 종종 쫓아가면 뒤에 눈이라도 달린 듯 손가방을 내밀겠지. 나는 남자들이 그럴 때 그렇게 무감동하고 딱딱하게 굴 때 그를 한 번 확 밀어보고 싶다는 생각이 든다. 문득, 빠른 걸음으로 걷는 그를 넘어지게 하고 싶다.

—팩스 하나 받을 게 있는데 이거 받고 곧 갈게.

남편은 전화 너머에서 말했다.

팩스가 바로 온다면 한 시간 반 후에 남편은 도착할 것이고, 팩스가 늦게 도착한다면, 그때는 기약할 수 없었다. 전화를 하고 돌아와 다시 평상에 앉았다. 어둠은 이제 더 깊어져 짙은 잉크빛이었다.

여자가 부시럭대며 뭔가를 내밀었다.

—좀 잡숴보세요.

나는 처음엔 내게 하는 말인 줄 몰랐다가 문득 알아채고는 여자를 향해 멍청스레 물었다.

—저요?

여자가 푸른 어둠 속에서 배시시 웃었다. 이 어두운 평상에서 뭘 먹는단 말인지. 나는 그녀가 내민 쟁반을 내려다보았다. 벌건 장떡이었다. 이 여자 꽤나 둔감하겠군, 속으로 생각했다.

나는 얌전한 여자들을 싫어한다. 적극적으로 자기 말을 하는 사람들보다 아무 말도 안 하는 완강한 쇠귀신들이 더 속을 썩이는 법이다. 그냥 모임은 좀 생리에 안 맞아, 라고 말할 뿐 대체 무슨 생각을 하는지 알 수 없는 여자들 때문에 회사에서 여직원회 만드는 일이 이 년째 공전만 하고 있었다. 나는 그런 여자들의 조신한 침묵이 분노스러웠다. 조용하고 차분하면서도 자기를 건드린 말에 대해서는 정색을 하고 따지는 여자, 나는 드센 여자들은 싫더라 하고 자기 남자친구에게 말하는 여자, 속은 교활하고 박정해 자기 일이 아니면 생전 흥분하는 일도 없고, 남 일이나 세상 일에 관심도 없는 여자, 그러면서도 증권이나 부동산에는 육감이 발달해서 푼돈으로 증권을 해 목돈을 만들거나 세상 물정 모를 것 같은 얼굴로 부동산 투기를 하는 소리 내지 않는 아귀들.

난 그런 여자들을 볼 때마다 혼자 중얼거렸다, 골 때리는군.

그렇게 조용한 얼굴로 자기 실속을 차리는 여자들이 나는 싫다. 징그럽다.

여자는 마치 그런 여자의 전형처럼 보였다. 차분하고 교양 있어 보이지만 실은 싸가지 없는 맹추. 나는 마치 냄새 나는 무얼 조금 먹듯이 그녀가 내놓은 장떡이란 걸 입에 넣고 오래오래 씹었다. 된장을 많이 넣은 건지 쓰고 맛이 없었다. 마음이 깍쟁이인 사람들은 요리를 못 한다. 성격이 시원시원하고 정이 많은 사람들이 요리를 잘하는 거다. 요리에 관한 한 나의 편견이다.

생긴 대로군. 내가 장떡을 씹으며 생각하고 있을 때 여자가 입을 열었다.

— 어쩜, 전 처녀신 줄 알았어요. 저기서 몇 번 뵀어요. 백화점에 갔다 오시는 것 같더라구요.

여자는 손가락으로 마을 버스 차부 쪽을 가리켰다.

처녀 같다는 말은 언제 들어도 민망한 말이다. 내가 마치 일부러 처녀티를 내려고 안달하는 여자로 보일까봐서다.

나는 그저 실끗 웃었다.

— 그러셨어요. 전 동네 분들을 잘 몰라요.

그러나 실은 나도 그녀를 본 일이 있었다. 백화점에서였다. 모처럼의 월차 휴가였는데 마침 백화점 세일 기간이었다. 나는 아동복 이월 상품들을 균일가로 판매하는 행사장에서 군내 나는 옷더미들을 뒤적거리고 있었다. 한 떼의 여자들이 매장으로 몰려나왔다. 백화점 내의 문화 센터에서 나오는 여자들이었다. 가요 부르기를 했는지, 여자들 손에는 악보가 더러 들려 있기도 했고 몇몇은 그날 배운 노래를 흥얼거리기도 했다. 그 틈에서 나는 한 여자를 보았다. 노래가 목으로 빠져나가 발그레하게 상기된 얼굴의 여자였다. 그런데 어이없게도 그 여자 등에는 아이가 매달려 자고 있었다. 가수가 꿈이었나? 생각했지만 그러기에는 여자의 차림이 너무 고전적이었다. 난 유행에는 젬병이에요, 하는 차림이었다. 한데 묶은 말총머리에 흰 양말. 애 업고 노래를 부르러 다니는 촌스럽고 이상한 여자였다.

나는 허리가 아프도록 아이를 업고 얼굴이 빨개지게 악을 쓰며 노래하는 여자가 부르는 것은 그냥 노래일 것 같지 않았다. 솥 쩍다, 솥 쩍다, 살아남은 시어미의 가슴을 치는 며느리 원혼의 절규처럼 노래 너머의 무엇, 터뜨리고 싶은 내부의 무엇이 있을 것 같았다. 그런데 그 광경은 우습다 못해 기괴했다. 그 여자의 절규는, 손 대면 톡 하고 터질 것만 같은 그대, 였으니까. 나는 여자의 긴 말총머리 화장기 없는 청순한 얼굴과 그리고 긴 치마 밑으로 드러난 흰 양말을 눈에 박아두었다.

뜨락이 어둠에 완전히 젖도록 여자의 남편도 나의 남편도 돌아오지 않았다. 아니 나의 남편이 돌아오기 전에 그녀의 아이가 울며 마당으로 나왔다. 할머니 주무시니? 하며 여자는 슬리퍼 신은 발로 아이에게 뛰어갔다.

남편은 날이 더 어두워져서 어둠 속에 흰 와이셔츠를 푸르게 빛내며 돌아왔다.

― 정신은 어디다 두고 다니냐.

지친 얼굴로 남편이 말했다.

잠든 아이를 안아들고 계단을 오르는 남편을 따라 나도 이미 다 녹아버린 냉동 고기와 물이 흐르는 생선이 담긴 장바구니를 들고 현관 안으로 들어섰다. 그때 뜨락에 자동차 불빛이 미끄러져 들어왔다. 진초록색 차였다. 여자가 아이를 업은 채 뛰어 내려오는 것이 보였다.

빨간 손금　47

　　다음날의 해질결이었다. 바람이 불었다. 나는 또 마음이 잠시 흔들리는 걸 느꼈다. 바닷속을 유영하듯 아이 손을 잡고 푸른 어둠을 헤치며 마을 버스 차부 앞을 지날 때였다. 차부에는 베니어 합판으로 땅에서 한 이십 센티쯤 올려 지은 바닥과 뒷벽, 그리고 지붕이 전부인 가건물이 서 있었다. 관리 사무실이자 대합실인 셈이었다. 바람 부는 선착장 같달까. 그곳은 제법 행려벽을 부추기는 듯한 분위기가 있었다. 묘하게 풍기는 바다 같은 분위기 때문이었다. 뒷벽에 잇대어 놓인 긴 의자 뒤로 걸린 언뜻 물로 착각되곤 하는 거울, 바다색 플라스틱 바께스와 등받이 천이 다 해져 검은 철골이 드러난 국방색 철제 의자, 그리고 칠판과 양은 주전자 모두가 그랬다. 나는야 사나이 바람을 가르고 싶었으나 오늘날 골목장 누비며 어쩌구, 하는 낙서가 휘갈겨진 벽에 기대 앉은 사람이 눈에 들어왔다. 긴 치마에 흰 양말, 아이 업은 그녀였다. 눈이 마주치자 여자가 해끔하게 웃었다. 마침 트럭이 지나가서 나는 우리 아이를 차부 건물로 끌어올리며 여자를 향해 눈인사를 했다.

　　― 어디 가시나봐요.

　　나는 참으로 아줌마다운 질문을 했다.

　　― 예. 뭘 좀 배워볼까 하구요.

　　여자가 대답했다.

　　나는 그저 아, 예, 하고 응수했다. 내가 가장 정신 없을 시간에 뭘 배우러 가기 위해 버스를 기다리는 그녀가 내게는 이국인처럼 보였다. 여자의 등에 업힌 아이가 눈길을 잡아끌었다. 트럭이 지나자마자 나는 우리 아이를 다시 차부 건물에서 땅바닥으로 내려놓았다. 그러고는 아이 손을 막 잡는데 여자가 우리 아이의 한 손을 잡아주며 함께 내려섰다.

　　― 왜요. 어디 가신다면서?

여자가 멀겋게 웃었다.

— 늦었는데요 뭘. 다음에 가죠.

무얼 배워보겠다는 생각이 마치 객쩍은 짓이었다는 듯한 표정이었다.

— 그냥 답답해서 나와 본 거예요, 애가 자길래.

여자는 묻지 않았는데도 자기 얘기를 했다.

— 서울 근교에서 살았었어요. 그런데 집이 머니까 남편이 너무 늦게 오더라구요. 잠깐 자고 또 새벽에 나가야 하는데 잠 못 잘까 봐 나는 아이랑 거실에서 잤어요. 아이가 많이 울었거든요. 개가 좀 안 울 만하니까 둘째 애가 생겼어요. 누가 저더러 악녀라더군요. 차라리 집을 좀 줄여 살지 남편 고생시킨다구요. 그래서 이사했어요. 그런데 서울이라는 곳은 다 이런가요? 답답해서 집에 있을 수가 없네요.

뜨락은 검푸른 그늘이 드리워져 있었다.

나는 평상 앞에서 여자와 헤어지며 말했다.

— 한번 놀러 오세요.

물론 빈말이었다.

그런데 그날 밤 열시였다. 아이가 자고 남편이 오지 않는 시간이면 나는 잠깐 독신의 여자가 돼보곤 했다. 그러나 그 시간은 늘 너무 짧았다. 나는 머리에 수건을 동이고 세수를 하고 칫솔을 입에 문 채 여기저기 어질러진 집 안을 치우고 있었다. 승진 자격을 얻기 위해서는 영어 시험을 미리 봐두어야 했다. 여자라는 결정적인 약점을 뛰어넘으려면 적어도 응시자 중의 모든 남자들만은 제압해 두어야 했다. 나는 마음이 바빴다. 그때 누가 벨을 눌렀다. 남편이 벌써 왔나? 나는 자기야? 하며 일어섰다. 그러나 문구멍의 어안 렌즈 속에는 어떤 여자가 서 있었다. 그녀였다. 나는 놀라워서, 무슨

일일까 하여 문을 열었다. 여자가 너무 늦은 거 아녜요? 하면서 한
껏 미안해하지 않았다면 난 여자를 밀어냈을는지도 모른다.

— 너무 늦은 거 아녜요?

여자는 열린 문 앞에서 머뭇댔다. 마치 내가 오라고 해서 오기는
왔는데 자기 생각에는 좀 늦은 시간 같다는 투였다. 나는 속으로
내 이마를 쳤다.

— 들어오세요.

나는 머리에 둘렀던 수건을 풀랴 입을 헹구랴 부산을 떨며 말했
다.

— 정말 들어가도 되는 거예요?

여자는 문에 칠해진 페인트라도 묻을까 걱정하는 듯이 살짝 몸을
틀며 들어섰다. 나는 새 한 마리가 집으로 날아든 듯 경황이 없어
지는 기분이었다.

— 저기 이거 어떠세요?

여자가 손을 내밀었다. 손에 작은 박이 하나 들려 있었다. 복주머
니가 새겨진 박 공예품이었다.

— 왜 이런 걸 다.

나는 여자가 내민 박을 받아들었다.

이런 걸 주렁주렁 걸어놓으면 집이 무슨 서낭당 같을 거라고 생
각했다.

— 저기, 맘에 안 드시면 그냥 애들 주세요. 소꿉놀이라도 하게.

여자가 다급하게 부언을 하는 통에 나는 조금 놀랐다. 타인의 반
응에 과민한 사람들은 남을 피곤케 하는 법이다.

— 애써서 만든 걸 그렇게 하면 되나요? 고마워요.

나는 밝고 분명하게 말을 했다. 박을 테이블 위에 올려두었다.

— 몇 달 동안 배운 거예요.

노래 부르는 것보다는 생산적인 일인지 모르죠, 라고 생각하며 나는 건성으로 물었다.

— 여러 가지 만드시겠네요.

— 네. 박으로 할 수 있는 건 뭐든지 다 만들어봤어요. 집에는 별거 별거 다 있어요.

여자의 표정이 꽤나 의기양양했다.

나는 좀 묘한 기분이었다. 학교 다닐 때는 공부하느라고, 졸업하고는 직장 다니느라고 내가 못 해본 것이 있다면 그건 전통의 여자들이 하던 짓이었다. 수놓기, 바느질, 뜨개질 따위. 학교 다닐 때는 그런 것이 싫었다. 실과 시간이 아깝고 지겹기만 했다. 그런데 얼마 전부터 나는 한가하게 앉아서 수를 놓고 레이스를 뜨는 상상을 하면 가슴이 설레기까지 했다. 조촐하고 정갈한 휴식이 될 것 같았다. 언제 그런 여유가 생겨주려나.

하지만 그건 너무 바쁜 사람이 병원에 입원하고 싶어하는 것과 비슷한 심리였을 것이다. 나는 직장을 아주 그만두고 그렇게 소일하고 싶다는 것이 아니라 단지 며칠만 그런 순전한 여자로, 한가하게 지내보고 싶은 것이었다.

대개의 전업 주부들은 직장 다니는 여자들을 마치 놀러 다니는 여자들인 양, 혹은 자기 개성대로 사는 여자들인 양 부러워한다. 그러면서도 직장 다니는 여자가 정작 자기 치장에 쓰는 돈, 돌보지 못하는 아이, 기본도 안 되어 있는 살림살이를 대하면 자기들의 처지가 실은 얼마나 잇속이 밝고 제대로 된 생활이냐고 이를 깨물며 좋아한다. 나는 여자들과 살림살이나 아이들 문제를 이야기할 때면 늘 기가 죽는 기분이었다. 그러나 여자의 인생으로서 그네들을 부러워하지는 않았다. 미안한 말이지만, 나는 어떻게 집안 살림만 하며 평생을 보낼 수 있는지 그들의 적성이 늘 놀라웠다.

그러나 그때 나는 여자가 진정으로 부러웠다. 여자에게 진정의 부러움을 표할 정도로 우리 사이에 신의라는 것이 생기기는 했는지는 모를 일이다.

— 근데 저기, 저 뭐 한 가지 물어봐도 돼요?

여자가 문득 말해왔다. 그러더니 조금 머뭇댔다.

— 그렇게 처녀 같은 몸매를 유지하는 비결이 뭐예요?

나는 웃음이 터져나왔다.

아이를 한 팔에 감고 장바구니를 들고 다니느라 몸통과 어울리지 않게 굵어진 팔, 무거운 짐에 눌려 굽은 무릎과 불거진 장딴지 근육, 엉클어진 머리. 그녀는 대체 나의 어디서 처녀의 모습을 읽는단 말인가. 차라리 그건 모욕 아닌가. 더구나 처녀 같은 아줌마라니 그런 건 기형적이다. 자연스럽지 않다. 나는 나의 사회 활동에 맞는 차림을 할 뿐이었다. 정장 투피스와 하이힐, 그러나 내가 유감스러운 것은 나의 사회 활동 복장이 집안 일 하는 사람으로서는 어울리지 않는다는 것이었다. 투피스 차림으로 아이를 업고 장바구니와 손가방을 함께 들면 실은 좀 쑥스러웠다. 내 복장이 어색해서 기어올라가는 치맛단으로 자꾸 손이 가곤 했다.

— 우리 애 아빠가 한 번 보고는 그러대요. 단순히 몸매의 문제가 아니다. 분위기가 중요한 거다.

나는 여자의 이야기가 싫었다. 그들 부부의 대화에 내가 말밥으로 올랐다는 사실도 불쾌했다.

여자가 얼른 말을 이었다. 아마도 내가 떠름해하는 것을 눈치챈 모양이었다.

— 아니 저기 그 사람은 그냥 내가 좀 젊어지기를 바래서 그런 충고를 가끔 해요.

— 관심이 많으신가보네요.

　—예, 그 사람은 제가 행복해지길 바란대요. 집 안에만 있지 말고 뭐든 해보라고 하죠, 그래서 박 공예를 배웠어요. 부업도 할 겸 해서요. 그런데 부업이 되지는 않더군요. 집 안이나 치장하자고 애들 자는 시간 이용해서 열심히 했어요. 그런데 좀, 허망한 거 있죠. 집 안을 왜 무당집같이 해놓느냐고 남편도 그러고.
　박으로 만든 등갓, 벽걸이, 사진틀, 과자 그릇, 열쇠고리, 복조리가 새겨진 박, 처녀총각이 그려진 박, 마징가제트가 찍힌 박, 난 모든 것이 박으로 이루어져 있는 집 안을 떠올렸다. 소용에 닿지도, 환전 가치가 있지도 않은 공예품을 밤마다 만드는 여자. 참 미련하고 기괴한 광경이었다.
　—전 처음엔 이이가 혹시 다른 여자들처럼 내가 돈 벌기를 바라는 건 아닐까, 물어보았어요. 그랬더니 그이가 그래요. 돈 벌면 좋지. 그러나 돈을 벌기 위해 무얼 하지는 말아. 자아 실현을 위한 걸 생각해봐. 당신 맨날 그러잖아, 난 사는 게 이게 뭐예요? 제발 나만 바라보지 말고 뭐든 스스로 몰두할 수 있는 걸 찾아. 돈을 번다고 자아 실현이 되는 건 아니야. 그렇다고 돈 버는 게 나쁘다는 건 아니지만. 자아 실현도 하는 일이 돈도 벌리면 더 좋지. 그러니까, 내 이야기의 요점을 알아듣겠어?
　여자는 나를 문득 바라보며 말을 이었다.
　—난 그냥 그 사람한테 조금 더 가정적이었으면 좋겠다. 술을 많이 마시지 마라. 내게 관심을 가져달라는 바람밖에는 없어요. 그런데 그는 그게 내가 자아 실현을 못해서 자기를 볶는 거라더군요. 자아 실현이라는 게 뭔지. 난 사실 자아가 뭔지도 몰라요.
　나는 여자가 요즘 보기 드문 한심한 여자라는 생각이 들었다. 바보라고 생각했다. 내가 생각했던 경멸스런 이기주의자도 아니었다. 그녀는 돌아갔다. 걸레질을 하는데 어떤 생각이 나를 툭 건드렸다.

내 자아는 뭐지?

그후 그녀를 다시 본 것도 마을 버스 차부, 바람 부는 선착장에서였다. 버스에서 막 내리려고 할 때였다. 어이없게도 그녀는 아주 이상한 차림이었다. 긴 머리는 짧은 레이어드 단발이 되어 있었고 군데군데 밤색으로 염색까지 되어 있었다. 길었던 치마도 살망하게 올라가 도시 그녀라고는 믿기 어려웠다. 단지 그녀임을 확증해주는 것은 등에 업힌 아기뿐이었다. 여자는 버스에 올라탈 기세도 아니었다. 그저 말 안 듣는 아이 같은 모습으로 긴 의자에 앉아 있었다. 나는 여자를 마주치고 싶지 않았다. 버스의 종점이자 회차 지점이기도 한 그곳에서 나는 길을 되짚어 갔다.

다음날, 노인과 아이들은 다 자고 남편들은 오지 않는 밤 열시였다. 벨이 울렸다. 그녀였다. 나는 영어 공부를 하던 중이었다. 귀찮았지만 여자를 돌려보낼 방법이 떠오르지 않았다. 여자는 전날 보았던 차림이었는데 많이 흐트러져 있었다. 아무렇게나 빗어 넘긴 머리, 꿰어찼다고 해야 좋을 옷매무시였다. 두 팔로 보자기에 싼 물건을 안은 모습이었다.

—나, 이상해요?

열린 문으로 들어오며 여자가 한 첫마디였다. 여자는 마치 가출했다 돌아온 여중생 같은 표정이었다. 난 여자에게 의자를 내밀었다. 바람난 딸을 몰래 불러들여 저녁을 먹이는 엄마가 된 기분이었다. 딸의 보자기에서 나온 것은 보온병과 유리컵 두 개였다. 유리컵까지 챙겨 오다니 어이가 없었다. 남을 지나치게 배려하는 사람은 근천스러워 보이고 때로 느끼하다.

—씻는 김에 제가 다 씻으려구요.

여자는 자기가 유리컵 챙겨 온 이유를 그렇게 말했다.

내게 컵 좀 가져올래요, 라고 말하기에는 밤 열시의 방문부터가 이미 너무 무례하다는 걸 두려움처럼 느끼고 있다는 생각이 들었다. 내가 자리에 앉자 여자는 컵에 보온병 속의 차가운 액체를 쏟았다. 직접 갈아 만든 딸기 주스였다. 어쩌면 이건 그녀의 남편이 마셔주지 않은 것일지 모른다는 생각이 들었다. 여자는 몸에 좋다면 맛은 젖혀두고 무어든지 남편에게 먹고 마시기를 애원하는 사람인지도 모른다. 이 양파 주스가 얼마나 좋은 건데요, 이 버섯 김치랑 씀바귀 튀김도 제발 좀 드세요.

나는 양치질을 했기 때문에 주스가 당길 리 없었지만 한 모금 마시고 잔을 내려놓으며 여자에게 말했다.

—이제 이런 거 갖고 오지 마세요.

여자 눈이 동그래졌다.

—싫어하시는구나? 그래도 남의 집에 어떻게 빈손으로…….

여자가 맺지 못하는 문장을 채우듯 내가 말을 받았다.

—괜찮아요.

그런데 그 말을 하고 보니 그건 마치 매일의 밤마실을 허용한다는 말처럼 내 귀에 남았다. 여자의 귀에는 어떻게 들렸을까. 나는 안달이 났다.

—저 우스운 이야기 좀 해도 돼요?

여자가 주스를 마시더니 내 눈치를 보았다. 그러나 내 기분 같은 건 중요해 보이지 않는 얼굴이었다. 나는 그저 사람 좋아 보이는 얼굴로 웃어주었다.

—남편은 저를 처음 보았을 때 라일락 같다고 했어요. 웃지 마세요, 그 사람 눈에 그랬다는 거니까. 그 사람은 제게 늘 순수를 지켜달라더군요. 청순한 여자가 제일 좋다구요. 처음엔 그렇게 어렵지 않았어요. 그렇지만 아이 둘 낳고 기르고 하다 보니까 그게 참 어렵더라구요.

나는 좀 짜증이 났다. 너무 유치한 화두였기 때문이다.

— 그런데 그 사람도 취향이 좀 달라지는 것 같았어요. 어느 때는 운동 선수 같은 몸매에 스포티하고 힘이 넘치는 여자가 좋댔다가 어느 때는 작고 까만 차돌 같은 여자를 보고 몸이 막 이상하다, 이런 느낌 처음이다, 죽인다, 섹시하다…… 그 사람 취향대로 해보려고 했어요. 그런데 너무너무 자주 바뀌는 거예요.

나는 나도 모르게 자리에서 벌떡 일어났다. 후루룩거리며 국 떠먹듯 자기의 말초 감각에 대해 주절거리는 남자와 또 그 말에 속을 끓이는 오종종한 여자의 이야기를 듣는 게 불편했다. 내가 자리에서 일어나자 여자의 눈도 따라 일어났다.

— 미안해요. 얘기가 너무 천박하죠?

여자의 저자세가 나를 좀 당황시켰다.

— 아이, 무슨 그런 말씀을 하세요?

나는 다시 자리에 앉으며 말했다. 손에는 영어 사전을 들고서였다.

— 그 사람이 나한테 좀 질렸나보다 생각이 들데요. 그래서 아주 발랄하게 바꿔봤어요. 그런데 그 사람, 완전히 넋 나간 여자 취급이더군요. 천하다는 둥, 나이를 생각하라는 둥. 그럼 다른 여자들 보고 당신 왜 그렇게 정신 없이 좋아하냐니까 날 아주 혐오스런 눈으로 바라보더니 소릴 지르데요, 말도 못 해? 하구요.

나는 내가 왜 이 시간에 이런 이야기를 들어야 하나 화가 났다. 남자들이 쉽게 하는 얘기에 여자들은 진지하게, 때로는 격렬히 반응한다. 그러나 내가 결혼생활 몇 년, 사회생활 몇 년 동안 깨달은 것이 있다면 바로 그것이었다. 그런 남자들에게 일일이 대꾸하고 분개하면 안 된다는 것, 그래 봤자 무시만 당한다는 것. 그래서 나는 때로 남자들보다 더 야한 농담을 하거나 남자 사원 어깨에 팔도 걸칠 줄 알게 되었다. 여자는 지금 무슨 유치한 이야기를 하는가.

여자가 문득 나를 쏘아보았다.

—그리고, 당신한테 묻고 싶은 것도 있어요. 실제로 우리 남편은, 건물 무너진 데서 구조되어 나오는 여자를 보고도, 포장마차 밀고 가는 여자를 보고도 그래요, 야 저 여자 날씬하다, 저렇게 섹시한 여자는 처음이다. 그때마다 실제로 기분이 나빠요. 너무나 무시당한다는 생각도 들구요. 남편이 더럽고 추하다는 생각도 들어요. 그런데 그게 괴롭다는 표현을 하면 안 되는 거예요? 내 말이 왜 천박한 거죠?

나는 여자의 얼굴을 빤히 건너다보며 반문했다.

—제가 천박하다고 했던가요?

여자가 이내 수그러들었다.

—아니요, 제가 그랬죠. 하지만 당신이 그렇게 생각하는 줄 다 알고 있어요. 우리 남편도 내가 이런 말 하면 오히려 나를 아주 더러운 벌레 보듯이 봐요. 물론 처음에는 질투하냐? 그러면서 낄낄거리더군요. 그런데 이건 질투가 아니에요. 난 그가 정말 너무 더럽게 느껴져요. 나한테 막 사기 쓰레기를 던지는 것 같아요.

여자는 격앙된 어조로 말을 맺더니 숨을 고르느라 잠시 침묵을 지켰다. 나는 여자가 결벽증에 걸린 것인지도 모른다는 생각이 들었다. 남자가 그럴 때 여자는 누구나 힘들다. 표현을 할 수 없어서 더 힘든 것이다. 그렇지만 누구나 적응하게 마련이다. 아직도 적응을 못 하다니, 여자의 면역 체계에 이상이 있을지 모른다. 그런 면에서 여자는 사춘기다. 난 여자에게 너무나 화가 나기 시작했다.

여자가 제풀에 말했다.

—미안해요. 말하고 보니까 나도 좀 부끄럽네요.

나는 그저 영어 사전의 붉은 표지를 손으로 문질러대고만 있었다.

여자가 조용히 일어서더니 주눅든 얼굴로 나갔다. 누구에게 발소리라도 들릴까 바람 같은 동작이었다.

나는 내가 여자를 어떻게 대해줘야 하는지 고민스러웠다. 저 여자가 나를 찾아오는 이유는 뭘까? 여자는 어쩌면 나의 단순한 맞장구를 기대하는 것인지도 몰랐다. 맞아요, 사내놈들이란, 하고. 그러나 난 왜 그렇게 할 수 없는가. 나는 세상에 그런 남자, 그런 화제가 있다는 사실을 무시하고 싶었다. 나도 아직 면역이 덜 되어 있는 건 아닐까.

나는 내가 몇 년 쌓아온 나의 성숙이 아주 유치한 광경으로 무너져내리는 것만 같은 위기를 느꼈다. 아니야, 난 저 여자처럼 유약하거나 유치하지 않아. 난 사춘기 소녀가 아니야.

그날 남편은 술이 억병으로 취해 돌아왔다. 그의 셔츠를 벗기다 말고 나는 내가 그의 옷에 코를 대고 냄새를 맡고 있음을 알아챘다. 늦게 온 그가 욕실에서 자기 와이셔츠를 빨던 광경이 떠올랐기 때문이다. 순진한 남자를 어떤 계집애가 놀렸군, 깃에 묻은 립스틱 자국쯤을 문대고 있었을 남편의 걷어올려진 팔을 보며 혼자 삐죽 웃어넘겼다. 그러나 그때 내가 위선적이었다는 생각이 들었다. 다행히 그의 셔츠에서 여자 냄새는 나지 않았다. 나는 셔츠를 집어던졌다.

다음날에도 여자는 밤에 조용히 문을 두드렸다.

— 들어가도 돼요? 바쁘신데 괜히 오는 것 같아요.

열린 문에 서서 여자가 물었다. 나는 그저 웃어 보였다. 여자가 내 속뜻을 알아채주길 바랐지만 실은 나도 내 속뜻을 이해하기 힘들었다. 여자가 싫었다. 왠지 두렵기까지 했다. 다행히 여자는 이상한 이야기는 꺼내지 않았다. 그저 자기는 꼭 시어머니와 살기 위해 결혼한 것 같다는 이야기를 풀기 없이 할 뿐이었다.

그러다 여자가 나를 빤히 보며 낯을 붉혔다.

— 저기, 그런데 내가 진짜 모르겠는 건요.

나는 등이 뻣뻣해지는 걸 느꼈다.

— 낮에는 청순한 여자였다가 밤에는 요부가 되라는 말이에요.

나는 노골적으로 인상을 찌푸렸다. 여자의 정신이 궤도에서 좀 일탈한 상태가 아닐까 하는 생각이 처음으로 들었다.

— 그런 고민은 남자를 처음 만났을 때나 하는 거 아닌가요. 아이도 낳았고, 결혼생활이 몇 년짼데.

여자의 눈이 동그래졌다.

— 그럼 당신은 고민 안 하나요? 남편이 그런 말 할 때 싱글거리고 웃나요? 난 낮에도 요부야 그러나요?

허방이다. 빠지면 안 된다, 나는 생각했다.

— 좀 생산적인 고민을 하세요. 세상 살기가 얼마나 어려운데 그런 고민 하고 살아요? 남자들 그런 이야기 아주 쉽게 해요. 그냥 남자들의 어린애 같은 꿈 아닌가요? 당신이 좀 이상해 보여요.

— 당신도 꼭 우리 남편처럼 말하는군요. 난 그저 왜 말도 안 되는 이야기를 그렇게들 쉽게 하는지 그걸 말하고 싶었을 뿐이에요.

— 세상에 말 안 되는 이야기가 그거뿐이에요?

나는 자리에서 일어서며 짜증을 섞어서 말했다. 여자가 나를 올려다보았다.

— 그래요, 나도 이거말고, 그러니까 한 남자에게 신경쓰고 사랑받는 거말고 다른 거, 보다 가치 있는 어떤 것에 나를 걸고 싶었어요. 어릴 땐 나도 꿈이 컸어요. 그러나 그건 다 날아가버리는 풍선이더군요. 그래서 난 단지 그 사람 하나 사랑하는 것, 헌신하는 것, 아이들 키우는 것에 나를 다 걸었어요. 그런데 그 사람이 내 사랑을 받을 자격이 있나, 하는 생각이 들었어요. 고마워하지도 않으니까

요.

나는 정말로 그녀의 남편이 그녀를 사랑하지 않을지도 모른다는 생각이 들었다. 그러나 서로 사랑하지 않는 부부도 세상에는 많다. 아닌가? 내 생각이 잘못됐나? 서로 시큰둥해하고 모로 쳐다보았던 건 우리 부모네들의 이야기인가? 그러나 나는 부부가 죽을 때까지 사랑한다고는 생각지 않았다.

나는 도로 자리에 앉았다. 여자가 그만 가주었으면 싶었다. 적어도 나에게는 여자의 고민 같은 것은 중요하지 않았다. 나는 저런 따위 고민을 하지 않았다. 나는 내가 무슨 함정에 빠진 것 같은 생각이 들었다.

여자는 얼혼이 나간 사람처럼 자리에서 일어났다. 그러고는 굳이 내 귀까지 전달되지 않아도 좋다는 듯이 가라앉은 음성으로 말했다.

—난 왜 결혼이란 걸 했나, 왜 사랑이란 걸 했나. 비참하기도 해요. 같이 살아보니까 알겠어요. 남자들은 아니 적어도 내 남편은 사랑을 모르는 것 같아요. 육체적인 탐닉이 사랑인 줄 아는 것 같아요. 혹시 생각해보신 적 있으세요? 여자들끼리의 사랑.

나는 인내심의 둑이 터지는 걸 느꼈다. 창귀를 보듯 여자를 쳐다보았다.

여자가 현관에서 신을 신으며 냉담한 음성으로 말했다.

—그런데, 좀 과민하신 것 같아요.

문이 닫히고 여자가 계단을 내려가는 소리가 들렸다. 그러고도 한참이 지나도록 나는 왠지 아무것도 할 수가 없었다. 여자의 마지막 말이 내 자존심을 밟은 것이었다. 내가 과민하다니, 그것도 저 따위 유치하고 무식한 여자의 자극에. 나는 여자를 쫓아가고 싶었다. 그래서 나는 화가 나지 않았으며 당신의 말은 그저 너무 유치해서 귀찮고 짜증스러울 뿐이라고 분명히 말해주고 싶었다. 그러나 그러는 내 꼴은 상상만으로도 소름이 끼쳤다. 그거야말로 나의 과민함을 입증하는 장면 아닌가.

나는 자리에서 일어나 나의 집 문에 붙은 세 가지의 잠금 장치를 따닥따닥 잠갔다.

그날 밤 나는 남편에게 좀 일찍 올 수 없는지를 물었다. 사뭇 시비조였다. 여자의 밤출입이 다 남편의 늦은 귀가 탓인 것만 같았다. 남편이 멀뚱히 나를 쳐다보았다. 왜 그래? 다 알면서 새삼스럽게. 나는 말살스레 대꾸했다. 알긴 뭘 알아요. 난 일찍 오는데 왜 당신은 못 하죠? 남편이 정색을 하고 말했다. 당신 요즘 좀 이상해졌어. 나는 소리쳤다. 참는 데도 한계가 있는 거예요.

다음날도 여자는 문을 두드렸다. 벨을 누르지 않고 마치 밤고양이가 문을 긁어대는 것처럼 동동동, 문을 두드렸다. 나는 여자를 무시해야 한다고 생각했다. 정면에서 경멸을 퍼부어주어야 한다고 생각했다. 그러나 어제보다 무척이나 가라앉은 여자 얼굴, 부기가 싹 빠진 것에서 나는 이제 여자가 이상한 흥분에서 씻겨나왔다는 것을 알 수 있었다. 나는 물을 한 잔 주었다. 여자는 물을 찔끔 마시고는 컵을 무릎 위에 올려 쥔 채 밀했다.

—어제는 미안했어요. 내가 괜히 당신을 괴롭혔어요. 당신은 나보다 바쁘고 스트레스가 많을 텐데. 나 너무 심심해서 이러나봐요. 사는 게 지루해서. 나 나쁘죠? 요즘 세상 살기가 얼마나 어려운데 남편은 감원 바람 분다고 눈이 벌게져 있는데 나는 왜 정신을 못 차릴까요? 우울증일까요? 돈도 못 버는 주제에 그러기까지 하면 어떻게 해요. 구르는 돌에는 이끼가 끼지 않는다는데, 우울증도 다 게을러서 생기는 거 아닐까요?

긍정도 부정도 할 수가 없어서, 아니 일체의 개입이 싫어서 나는 선 채 발로 바닥만 문질러대고 있었다. 여자가 물을 한 모금 더 마시고는 말을 이었다.

  ─우리 남편은 사실 아무 문제가 없는 사람이에요. 평범한 사람이죠. 그냥 보통 남자들처럼 회사 일에 쫓겨 집에 늦게 오구요, 피곤하니까 집에서는 말 잘 안 하고 적당히 무뚝뚝하고, 가끔은 회사 사람들이나 친구들과 술 마시느라 새벽에 들어오거나 못 오거나 해요. 술집 여자들과 몇 번 자본 거 같고, 결혼 전에도 이미 경험이 있었고. 그냥 그 정도예요, 다른 남자들 다 그러듯이. 난 우리 아빠 바람 피는 것도 보고 자랐고 오빠 그런 문제로 엄마 속 썩이는 것도 봤어요. 다 알고 있어요. 평범한 문제라는 거. 문제는 나죠. 내가 지나친 거죠.

  나는 여자가 딱했다. 남자들의 평균치를 받아들여야 하는 여자의 쓰린 속을 나는 알았다. 왜냐하면 나도 나의 남편만은 그러지 않을 거라고 믿는 마음이 아주 근거 희박한 맹신일지도 모른다는 것을 깨달아야 했던 일찌감치의 고비가 있었기 때문이다. 그러나 난 그런 문제에 신경쓰고 싶지 않았다. 분개하고 싶지 않았다. 내 인생을 그따위 문제로 소진하고 싶지 않았다. 내 남편도 그런 남자일지 모른다고 인정하는 것은 너무 자존심이 상했고 절대 그럴 리 없다고 믿는 것은 어쩌면 내가 어리석어서 속고 있는지 모른다는 의혹을 더욱 불러일으켰기 때문이었다. 어떤 식의 결론이든 불쾌했다. 나는 그런 문제는 진작에 매장해버렸다. 그런데 여자는 뗏장을 벗기고 매장된 기억들을 파내고 있었다. 막 몸살을 앓으면서, 그것도 지나치게 격렬히.

  ─그래요. 이제 고민 그만하고 다른 생각 하면서 사세요. 귀여운 아기들이랑, 또 당신 남편 사랑하잖아요. 정말 세상 살기가 얼마나 복잡하고 어려워요. 그런 문제에만 빠져 있을수록 당신은 점점 소외감만 느낄 거예요. 우리 인생이 아깝잖아요.

나는 여자의 어깨에 손을 올렸다. 여자가 갑자기 몸을 흔들어 내 손을 털어냈다. 나는 깜짝 놀랐다.

—그래요. 나도 사실 거창한 문제로 고민하고 싶어요. 실존의 문제, 인생의 무상 같은 거, 세계 평화나 역사나 하다 못해 핵 문제 같은 거. 하지만 개수통 쓰레기망에 걸린 콧물 같은 찌꺼기나 손으로 떼어내는 것 같은 일밖에는 안 일어나는 걸 어떻게 해요? 치사하고 지저분한 이야기들이 나를 자극하는데 어떻게 해요? 왜 문제가 나한테 있는 건가요? 나도 이러는 내가, 내 생활이 창피하고 구토스러워요.

여자는 체머리를 흔들었다.

—겨우 그런 문제를 갖고 왜 이렇게 포달이냐고 몰아세우지 말아요. 당신은 그럼 얼마나 거창한 인생 목표를 갖고 있나요? 순결의 약속, 사랑의 약속 같은 게 그렇게 시시하다면 당신이 믿는 이 세상의 약속은 뭐죠?

—난 그런 거 고민 안 해요. 사랑의 약속 같은 거 믿지도 않구요. 그런 게 약속한다고 되는 문제가요? 당신은 정말 사람을 지긋지긋하게 하는군요.

나는 나도 모르게 소리를 질렀다.

여자가 자리에서 일어났다.

—그런 거 믿지 않는다구요? 부도덕해요, 당신도! 그러면서 자식을 키우고 있군요. 인생은 아름다운 게 아니란다. 각오해라. 제발 자살만 하지 마라, 그러나요?

—사랑말고도 인생에는 아름다운 것도, 가치 있는 것도 얼마든지 있어요!

—알고 있어요. 하지만 순전히 그 문제만 갖고 괴로워할 수도 있는 거예요!

여자도 소리를 질렀다. 나는 여자의 눈길을 피한 채 숨을 고르듯 한참을 그대로 서 있었다. 여자는 당황한 것 같았다. 텅 빈 듯 둥그런 눈으로 나를 망연히 바라보더니 일순 내 손을 잡았다. 그러고는 울 듯한 표정으로 말했다.

— 미안해요. 난 사실 당신에게 조언을 구하고 싶었어요. 내 눈에 당신은 잘사는 것 같아요. 아이도 키우고 살림도 하고 직장도 다니고 남편도 신뢰하고. 내 문제가 뭔 것 같아요? 내가 나쁘죠? 정말 철이 없죠?

나는 되도록 침착해야 한다고 생각했다. 흥분할 필요가 없다.

— 그래요. 당신은 아직 사춘기를 벗어나지 못한 거예요. 여자들이 심각하게 생각하는 걸 남자들은 심각해하지 않아요. 지금 우리끼리 하는 얘기 밖에 나가서 하면 우리 미친 년 취급받아요. 여자가 집안 일 하는 거 얼마나 싫어하고 힘들어하는지, 남자들이 여자 몸에 대해 농담하고 슬쩍 만질 때 얼마나 분노스러운지 그때 정말 지구 끝까지라도 쫓아가서 죽이고 싶은 심정이란 걸 그 사람들 모르잖아요. 남자들은 술집 여자와 하룻밤 놀아나는 건 바람이라고 생각지도 않아요. 나도 그런 사람들이랑 같이 회사에서 매출액 조정하구요, 마케팅 계획 짜요, 간밤에 술집 여자 스커트 밑으로 집어넣었던 손, 창백한 손, 볼펜을 돌리고 있는 그 이지적인 손의 남자들이랑요. 남자들과 여자들은 너무 달라서 누구든 남자와 어울려 살려면 힘든 거예요. 그리고 세상에는 좋은 남자도 많아요. 그러니까 너무 엄살떨지 말아요. 그래 봤자 당신만 손해예요. 당신 남편은 그런 문제 너무 하찮게 생각하기 때문에 당신이 자꾸만 그렇게 나오면 이제 당신 갈 데라고는 정신병원밖에 없을지 몰라요. 제발 세상을 넓게 보세요.

여자가 자리에 털썩 앉으며 말했다. 허탈한 음성이었다.

─ 그럴까요, 남자들은 정말로 모를까요. 그렇게 싫다고 하는데도 정말 모를까요.

나는 이야기의 마침표를 찍듯이 말했다.

─ 그럴걸요. 그런 문제로 누가 죽거나 아니면 자신들이 죽거나 하기 전에는 모를 거예요. 그때 되면 알겠죠. 아, 이만큼 싫어했구나…….

여자가 흠칫 놀란 얼굴로 벌떡 일어섰다. 날카로운 외침이 내 얼굴을 때렸다.

─ 아니에요. 우린 약속했어요. 남편은 나 사랑해요, 그건 분명해요. 가만히 있는 내게 그가 먼저 다가왔거든요. 추호도 생각 없는 나를 그가 애원해서 우린 결혼한 거라구요. 그는 날 부둥켜안고 몸부림쳤어요. 상상도 못 한 축복, 하늘이 값없이 준 선물이라구요.

여자는 울부짖고 있었다.

나는 여자의 흐리멍텅한 얼굴, 누리끼하고 지저분한 눈썹, 그리고 윤곽 흐린 입술을 멍청히 쳐다보았다. 내가 여태까지 정말 미친 여자를 상대하고 있었다는 생각이 참담히 등을 쳤다. 난 현관문을 열었다.

─ 나가요, 나 졸려요.

여자는 조용히 나갔다. 나는 마치 쓰레기를, 혹은 창녀를 내쫓은 기분이었다.

그날 밤 남편은 한시에 술에 취해 들어왔다. 혼자 자고 있을 줄 알았던 내가 빨간 눈으로 앉아 있는 걸 보고는 놀랐다. 나는 남편에게 이사를 가자고 졸랐다. 이 동네는 너무 지겨워요. 나를 멀뚱히 바라보며 남편이 말했다. 당신 요새 권태기 왔나? 나는 베개를 집어던졌다. 이건 사는 게 아니야.

나는 그제서야 내가 여자를 좀더 너그럽게 대해줄 수 없는 이유를 깨달았다. 왜 여자의 말이 그토록 듣기 싫었는지 알 것 같았다. 나로서도 아직은 힘든 문제, 그러나 인정하고 싶지 않았던 미련이나 집착, 약해서 추한 것을 여자가 내게 떠벌였기 때문이었다. 나는 여자와 그런 고민을 공유한다는 것이 두려웠던 거다.

진작 벗어났다고 생각한 문제에 발목 잡혀 있는 나에 대해 속이 상했다. 왜 새삼스럽게 내가 이러는지, 눈물이 나왔다. 당신 봄 우울증 아닌가? 남편이 조심스레 말했다. 난 아직도 사춘기인가봐. 눈물을 닦으며 내가 말했다. 끝난 줄 알았던 사춘기가 아직도 끝나지 않았었나봐.

그렇다, 누구든 사춘기가 지나면 더는 완전하지 않은 사랑, 여자 혼자 하는 불구의 사랑 같은 걸로 울지 않는다. 나는 그 봄이 내 사춘기의 마지막 시기일 거라고 스스로 다짐하듯 생각했다. 인생에 아직도 꿈꿀 일과 상처받을 일이 남아 있는 가여운 사춘기 말이다.

그후로 여자는 우리집에 오지 않았다. 그녀를 다시 본 건 그후로 한참이 지나서였다. 만개한 라일락이 서서히 시들어가고 자홍의 장미가 봉오리를 하나씩 터뜨리는 때였다. 나는 길에서 한 사람이 들기에는 너무 부피가 큰 보따리를 아이를 업은 채 들고 가는 여자를 보았다. 그녀였다. 밝은 해 아래서 그녀를 보는 것은 처음이었다. 그녀의 창백한 얼굴에 덮인 주근깨가 노랗게 드러났다. 여자가 수줍게 웃었다.

— 일감이에요. 눈이 안 달린 봉제 인형들이에요. 제가 눈 달아줘요. 하나 꿰매는 데 십원씩이래요.

나는 여자 손에 들린 어마어마하게 큰 보따리를 보았다.

— 하루에 열 시간 정도 하면 이거 다 한대요, 그럼 오천원은 벌죠.

우리는 평상에 나란히 앉았다. 끝물인 라일락 향기가 코를 찔렀다. 이불 보따리만한 비닐 봉지에서 나온 눈 없는 인형들이 알록달록했다.

여자가 인형 눈을 꿰매던 손을 멈추고 가만가만 말했다.

—실은 이보다는 내게 좀더 적합한 기회가 있는 거 아닐까 생각했어요. 조금 나은 삶이 있을 거라고 믿었어요. 욕심을 많이 부렸다고는 생각지 않아요. 나 고등학교 나왔으니까 딱 그 정도 능력으로 감당할 만한 일이 있지 않을까 생각했던 거지요. 집안 일이라도 잘하고 싶었는데 잘 안 되데요. 아무래도 무얼 생산하지 않는 일, 관객이 없는 일은 못 하는 사람일까봐 두려워요. 나 나쁜 사람일까요? 엄마는 남자 불쌍한 줄 알고 살라셨어요. 그래요. 불쌍해요. 가장은 외로운 자리죠. 내가 나쁘죠. 잘해줘야 하는데. 그는 어제도 오지 않았어요. 자기 하나 믿으면서 사는 사람한테 어쩜 이러는지. 내가 이런 말 하면 그 사람 아주 질색이에요. 너 왜 나만 믿고 사냐? 부담스러워. 기대지 말고 좀 혼자 서! 내가 좀 지나치죠? 나쁜 건가요? 이러면 안 되는 걸까요?

여자는 조금 울었다.

나는 소심스레 말을 꺼냈다.

—저, 병원에 한번 가보시는 거 어떨까요? 우울증이신지도 몰라요. 그것도 약 먹으면 괜찮대요.

여자가 인형 눈을 꿰매며 천연덕스레 말했다.

—버는 것도 없으면서 슬프다고 병원에 돈 갖다 주는 일을 어떻게 해요? 슬픈 일 당했는데 슬퍼하는 게 비정상인가요? 괜찮아요. 나아지겠죠. 정신 차리고 아이들 키워야죠. 그러다 보면 그이도 내 맘 이해할 날 있겠죠.

여자의 등에 업힌 아기가 보챘다. 여자는 일어서서 아기를 얼렀다. 나는 여자에게 해줄 수 있는 말이 없었다. 이 일을 열심히 해보

라거나 그러면 자아를 찾을 수 있을 거라는 얘기를 해야 할 것 같
았다. 그러나 솔직히 그런 말은 나오지 않았다. 자아라니, 세상에
그렇게 생경스러운 말도 있었나, 스스로도 낯이 설었다. 나는 그저
업은 아기를 얼러대며 서서 인형눈을 꿰매는 여자를 망단히 쳐다보
았다.

뜨락의 여자를 놔두고 나는 조용히 집으로 올라왔다. 그리고 속
으로 빌었다. 우리끼리 한 말 이제 아무에게도 하지 마세요. 조금
지나면 괜찮아질 거예요. 당신도 아직 사춘기인 거예요.

그리고 나는 그녀를 점차 잊어갔다. 내가 심상치 않았는지 남편
이 일찍 귀가하려고 애를 썼고 그때마다 우리는 남편의 차를 타고
외식을 하곤 했기 때문이다. 바람 부는 선착장이나 나무 그늘 아래
평상에 여자가 나와 있는지, 아이를 업은 여자가 나와 있는지 나는
알 수가 없었다. 여자에 대한 나의 기억은 그렇게 가물가물해져갔
다. 마치 봄날의 환영이었던 듯, 혹 내가 불러낸 또다른 나, 벗어나
고 싶은 나였던 듯싶을 정도였다.

그리고 우리는 드디어 새 집을 찾았고 우리집에도 새 주인이 정
해졌다. 우리처럼 아이가 하나 딸린 젊은 맞벌이 부부였다. 교통도
좋고, 아이가 뛰어놀 수 있는 뜨락에 가까운 놀이방까지, 이런 집
찾기가 쉽지 않더라구요. 꽃이 한 두 점씩 떨어져가기 시작하는 라
일락을 올려다보는 그네들은 행복한 얼굴이었다.

그러던 하루, 나는 뜨락의 라일락 아래 그녀 남편의 차가 서 있
는 것을 보았다. 짙은 초록색의 아름다운 차였다. 그녀의 남편도 이
제 일찍 오기 시작한 모양이라고 다행스러워했다.

그후 여자에 대한 나의 기억은 다소 혼란스럽다. 누구에게나 떠
올리는 것 자체가 고통인 기억이 있을 것이다. 그런 기억은 다시

건져올려보면 대개, 많이 포장되고 덧칠되어져 전혀 엉뚱한 모습으로 왜곡되어 있곤 한다. 나는 내 살갗을 몇 번 벗겨내고야 내 기억이 자유를 얻어 구겨졌던 이파리를 활짝 펼치듯 손을 펴 보이는 것을 볼 수 있었다. 그래서 그 안에 그어진 빨간 손금 같은 이야기, 악몽이라고 믿고 싶은 기억을 다시 만났다.

내가 여자의 현관 앞에 진초록의 차가 선 걸 본 다음날이었다. 초여름 장마가 시작되려는지 물기 어린 바람이 한 차례씩 불어갔다. 나는 출근길에 그 진초록색 차 위로 꽃비가 내린 것을 보았다. 라일락 꽃잎이었다. 짙푸른 그늘 아래 하늘을 비출 만큼 맑게 닦인 차 위로 무수히 내린 담홍의 꽃비는 너무나 평화롭고 아름다웠다. 그녀의 아름다운 인생을 예감케 하는 광경이었다. 그러나 그 다음날도 또 그 다음날도 그 차는 여전히 더 많은 꽃비를 맞으며 그대로 서 있었다. 마치 그 집에는 누구도 살지 않는 것 같았다. 차까지 두고 어디 긴 여행을 갔나보다고 생각했다.

그것이 사흘을 넘었을 때, 그래서 차 위의 꽃잎도 많이 누레지고 뜨락으로 흩어져내려 더이상 푸른 그늘 아래 평화롭게 밤을 지샌 모습으로 마당에서 아침을 맞지 잃았을 때였다. 문득 나는 그 집 앞을 지나가며 어떤 무서운 예감이 몸을 스치는 걸 느꼈다. 무슨 육질이 썩는 듯한, 경험해보지 못한 악취였다. 순간 나는 고개를 획 돌려 여자의 베란다 창을 바라보았다. 아무도 없을 거라 믿었던 그녀네 집의 거실 커튼은 조금 젖혀져 있었다. 그리고 놀랍게도 먼지 낀 창 너머 어둠 속에서 한 여자가 뜨락을 내려다보고 있었다. 여자의 공허한 눈이 이렇게 묻는 것 같았다.

이러면 나 나쁜 거예요? 그 사람, 이제 알았을까요?

(『문학정신』 1997년 가을호, '악몽'으로 발표)

달에게

1

창 밖은 빈 들이다.

나는 베란다에 나가 쪽파의 싹이 새로 돋는 걸 보거나 빈손인 채 방에 앉아 있을 때, 햇살이 찾아들고 그 햇살이 빛나고 그리고 노을이 비끼다 어둠이 젖어드는 빈 들을 바라보곤 한다.

창 밖의 빈 들이라니. 처음 이사를 작정할 때는 생각지도 못한 선물이었다. 지난 늦겨울, 처음 본 눈도 없는 들판은 그저 황량하기만 하였다. 이사를 할 거야. 도깨비에게 홀린 것처럼 고집을 부리고 서둘러 집을 내놓는 나를 몹시 심상치 않아하는 남편을 아랑곳 않고 나는 새로 깃들 집을 찾아 낯선 동네를 헤맸다. 그러나 나를 덮

누르는 익숙한 모든 것으로부터 벗어나고자 벼르고 벼른 이사였음에도 거실로 나가면 시야를 텅 비우는 듯한 들판이 있다는 사실은 좀 걸렸다. 이 집에 살게 되면 쓸쓸한 일만 맞고 보낼 것 같은 느낌이 겨드랑이에 몰래 날개라도 돋는 듯 간질러왔다. 남편이 이사하는 것을 반대만 하지 않았어도 어쩌면 나는 이 황량한 들을 바라고 선 집에서 그릇들을 풀어놓고 밥 냄새를 피울 생각 같은 건 하지 못하였을지 모른다.

그러나 들 한쪽 작은 호수의 물살이 여름 하오 햇발에 보석알처럼 빛나는 모습을 망원경으로 끌어당겨 보거나, 새로이 푸새라도 한 양 눈에 익은 원경도 문득 서늘하고 명료하게 다가오는 가을이 어느 날 아침 깃들었을 때, 빈 들을 만난 행운을 나는 깊이깊이 자축하였다. 휴식치고도 너무 호사스러워 창 밖으로 빈 들이 바다처럼 펼쳐져 있음을 누구에게도 말하지 못할 정도였다.

그러나 이즈음 나는 빈 들을 볼 때마다 조금씩 힘이 든다. 점점이 가로등이 켜지고 들 건너 불빛들이 모여 있는 것을 보는 저녁이면 갑자기 마음이 사무쳐오는 때문이다. 무시이래(無時以來) 바라고 바라왔을 휴면의 상태건만, 모는 사회적 앓음에서 비켜나 산다는 것은, 문득 너무 공허하다.

내가 대체 사회성이라는 게 있는 사람이었던가. 사람들과 만나고 관계를 얽고 하는 모든 일에 날이 갈수록 힘들어하고 자꾸 병신스러워지는 나를 참을 수가 없었는데. 너 뒤에서 무슨 소릴 하는 거야! 복도를 걷다가도 괜히 뒤돌아 소리치고 싶은 욕구가 병적으로 깊어져서, 당분간 칩거를 하리라던 주제였는데…… 인간이 사회적 동물이라는 사실을 너무 늦게 깨닫는다.

— 전화 안 드리려고 했는데 어쩔 수 없이 드리고 말았어요.

아이를 유치원에 보내고 막 빨래를 삶으려는데 전화벨이 울렸다.

회사 후배 문이었다. 저, 정 대리님 댁이죠? 조심스럽게 확인을 한 뒤에도 그는 여싯여싯하는 태도를 풀지 못했다.

― 괜찮아요. 말씀하세요.

집에 계시니까 어때요? 이 풍진 세상에 정말 신선놀음이십니다. 어디 여행 계획은…… 그는 분명 공적인 용건을 두고 긴치도 않은 이야기로 에둘러 다가왔다.

아무리 깨끗이 인수인계를 했다고 자부를 해도 후임자의 전화란 반갑지 않았다. 난 공연히 마음이 한 계단 아래로 쿵, 내려서는 것 같았다. 더구나 그는 지금 내가 작성한 보고서의 오타라든가 하는 인간적인 결점들을 눈으로 보고 있을지 몰랐다. 보고서의 결론은 물론이고 하다 못해, '전후방 공정간 연계 미약'이라는 판에 박힌 표현을 '공정간 업무 연결이 안 되고 있음'으로 고쳐 쓰며, 분석 시트의 네모칸 안에 글자 수를 맞추려다 보니 진부한 표현이 되고 만 나의 보고서를 문제 의식이라고는 없는 매너리즘의 결과물이라고 생각하고 있을지도 몰랐다.

그러나 나는 우리집에 모처럼의 내객이 있다는 사실이 조금 설레었다. 오래도록 닫아둔 문을 누가 열고 바람 냄새를 몰고 들어온 것 같았다.

나는 거실 바닥에 앉았다.

― 지난번 생산2팀에서 올린 신규 사업 기안 검토하시고 보고서 작성하실 때 조사한 경쟁사 분석 백 데이터가 혹시 있으신가 해서요.

― 백 데이터요? 그건 서류철에 있겠죠.

나는 전산화 이전의 모든 기안과 서류들이 종류별로 스티커 색깔을 달리 하여 똑같은 파일 박스에 담겨 일목요연하게 꽂힌 서가를 떠올렸다. 일반 관리 업무 파일은 주황색 스티커, 현재 진행 업무는 초록색 스티커, 신제품 개발 건은 검정색 스티커. 시간은 곧 돈이다. 시(時)테크의 첫걸음은 사무 규격화다. 회사 내의 모든 서류함, 모든 서가, 모든 책상, 모든 서랍은 동일한 위치에 동일한 물건을 둔다. 업무에 필요한 볼펜 세 자루는 우측 상단의 서랍을 열었을 때 규격화된 필기구함에 있어야 한다. 볼펜 한 자루를 더 갖거나 클립이나 스테이플러, 수정액 같은 공용 사물을 서랍에 넣어두면 안 된다. 특히나 디스켓은 어느 것 하나도 서랍 안에 둘 수 없다. 모두 수거해서 디스켓함에 보관하고 잠근다.

문이 묻는 백 데이터는 노란색 스티커를 붙인 정보 파일에 모두 있을 것이었다. 관련 업무나 관련 기업 및 기술 개발 동향, 특히나 경쟁사 현황들이 들어 있는 두툼한 파일.

— 거기에 있는 거말고는 없나요? 혹시 개인용 노트 같은 거…….

나는 머리가 서서히 조여오는 것을 느꼈다. 문을 열자 낯선 털북숭이 손이 들어오는군.

— 제가 쓰던 업무 노트는 서랍 안에 있을 텐데요.

중앙의 서랍을 열자마자 그 노트는 보일 것이다. 회사 안의 누가 언제 무슨 자료를 찾더라도 얻고자 하는 자료를 바로 얻을 수 있도록 정리하라. 보안상 회사 마크가 삭세되기는 했시만 개인용 업무 노트뿐 아니라 전화번호부도 개인 소유일 수 없다. 회사 외부로는 사내 전화번호지도 돌리면 안 되지만 그러나 회사 안에서는 모든 정보와 업무가 열려 있어야 한다.

— 왜 그러시는데요.

— 누가 그 사안을 통신으로 위에 제언했나봐요. 그때는 중장기 계획에서 드롭시키더니 이제 와서 그런 사업이면 왜 진작 추진을 안 했느냐고 추궁을 해대네요.

나는 생각했다. 그래서 윗사람과 이야기할 때는 녹음기를 휴대해야 한다는 거다.

—내년도 신규 사업으로 잡으라구요. 그런데 막상 자료를 보니까 경쟁사 진도가 이미 너무 많이 나가 있는 것으로 파악이 돼 있어서요. 현황 파악이 제대로 된 건지, 중소 기업인데 재무 구조상 그 동안 구멍은 발생하지 않았는지 등등 체크를 해보랍니다. 시장의 절대 규모 자체가 커졌기 때문에 대기업의 참여가 예상된다구요, 다른 데서 손대기 전에 지금이라도 나서자는 거지요. 그런 점에서 보면 우리가 후발 업체도 아니다, 뭐 일을 포지티브하게 보는 쪽에서는 자꾸 그런 말들을 해요. 꼭 추진을 하겠다는 의지예요.

그가 얼른 용건을 끝내기를 바랐다. 나는 자리에서 일어섰다.

—그럼 하면 되겠네요. 위에서 하라는데 뭐가 고민이에요?

내 말에 문은 좀 무르춤해하는 것 같았다. 그러나 그는 서론에 불과할 징징거림을 계속했다.

—그런데 아시다시피 실무 부서 팀장이 바뀌었잖아요. 거기서는 안 하려고 해요. 이건 어차피 대기업들이 할 사업이다. 하드웨어 자체를 개발해 팔면서 소프트웨어 끼워주는데, 우리가 어떻게 소프트웨어만 가지고 그 시장에 뛰어드느냐.

—당연하죠.

나는 그의 말을 잘랐다. 그는 개의치 않고 뻔한 얘기를 계속했다.

—우리가 그렇다고 유통이 강한 것도 아니고 사실 재무 쪽도 요새 좀 조이고 하니까, 잘못하다가는 죽 쒀서 개 퍼준다는 거죠. 첨단 사업도 좋지만 막상 이 사업이 노나게 됐을 때 우리가 치열해질 경쟁판에서 버티겠느냐, 괜히 시행착오 대신 해주고 기술 개발 먼저 해주는 무녀리 노릇밖에 더 하겠느냐는 거예요. 에이 프로젝트 꼴이 될 수도 있다, 실무팀 이야기예요.

에이 프로젝트는 사장이 일본 출장을 자주 다니기 시작한 이후로 입에 달고 다니던 신규 사업이었다. 그러나 규모는 작아도 대단한 노하우를 필요로 한다는 이유로, 십 년을 투자만 할 생각이 아니라면 뛰어들지 말아야 한다는 실무진들의 분석 보고가 있었음에도 위에서는 기회 있을 때마다 사업 추진을 지시했다. 경영층 일각에서도 심각하게 우려하던 그 일은 결국 실무 팀장이 시장 조사 보고서 수치를 조정하고 자사의 강점과 전망을 긍정적인 쪽으로 선회하여 수정 보고하게 되면서 추진에 들어갔다. 그러나 투자 일 년 만에 회사는 손을 들고 말았다. 그 동안 경영층이 바뀌었다는 변화와 더불어 엄청난 실물 투자를 감당할 수가 없었던 것이다. 팀의 장은 타 부서를 맡게 되었고 스카우트해온 전문 인력들은 해고되거나 난데없는 관리과, 업무 지원팀 등 일반 관리직으로 발령받으면서 자연히 하나 둘씩 사라져갔다.

사실 요즈음 나는 회사가 가끔 그립기도 하였다. 밤사이 집에 잠시 들렀다 아침에 새로 화장한 얼굴로 맞이하던 흰 책상, 나의 컴퓨터, 그리고 혼자 복도에서 마시곤 하던 뜨거운 종이컵 커피, 그때면 바라보곤 하던 창 밖의 인디언 핑크빛 보도 블록, 포플러 나무, 가볍고 상쾌한 농담들. 적당한 거리의 이성(異性)이 주는 기분 좋은 긴상삼 따위.

그러나 문의 말은, 어디가 계단인지 어디가 문인지 짐작조차 되지 않던 암흑의 모순 덩어리 속에서 느끼던 갑갑증을 다시 상기시켰다. 인사나 조직 개편에 얽힌 정보니 순전히 개인의 소문이니 따위가 오래된 전염병처럼 떠돌고 개인의 자존심이나 청청한 의욕 같은 건 하루아침에 너무 삶아버린 시금치 꼴이 되는 암흑의 동굴.

떠나다니 얼마나 다행인가. 나는 그 동굴과 나 사이를 격하여 들어선 듯한 들판에 햇빛이 풍요롭게 적셔지는 풍경으로 시선을 돌렸다.

— 우리가 뭐 기쁨조도 아니고 위에서 하란다고 했다가 적자만 쌓이면 그때 월급은 누가 줘요. 저기 그래서 말씀인데요.

역시 문에게는 종요로운 용건이 있었다.

— 혹시 그때 이용하신 정보 루트를 좀 소개해주실 순 없을까요?

나는 말했다.

— 아시다시피 그건 곤란해요.

— 아무래도 그렇겠죠?

이건 무슨 부가 의문문인가. 문은 낙담에 대한 스스로의 방위 기제가 갖춰진 인물이었다.

— 미안하네요. 저 그리고 지금 저 빨래를 삶고 있거든요?

난 실제로 가스레인지를 다급히 쳐다보았다.

문은 내 말을 즉각 알아차리고 예, 그럼, 하고 전화를 끊으면서도 또 연락 드리겠다는 한마디를 잊지 않았다. 반갑지 않은 손님이 가면서 남긴 시커먼 신 한 짝처럼 그의 뒷말이 흉물스레 걸렸다. 어린 자식이 여우야. 혼자 중얼거렸다.

— 회사 그만둬요.

그만둘 거예요, 라든가 차라리 그만뒀어요, 가 아닌 묘한 표현에 남편은 당황한 기색이었다. 그러나 그는 늘 각오하고 있었다는 듯 이내 말했다.

— 잘했어. 그 동안 고생했어.

결혼 적령기에 있는 대한민국 남녀의 72퍼센트가 맞벌이를 긍정적으로 생각한다는데 나는 결혼 칠 년 만에 직장을 정리하는 것이었다. 자기가 과장만 되면 직장을 그만두라고 노래하던 남편은 막상 과장이 된 지 일 년이 가도록 그 말을 꺼내지도 않았다. 그러나 그는, 돈은 남자가 벌어야 위신이 선다고 생각하는 사람이다. 아내의 사회 참여를 말리지는 않지만 아내가 전업 주부를 택할 때 의당 동의해야 한다는 쪽이었다. 여자에 대해 생각할 때는 이상하게도 일종의 정신 지체를 그는 보였다. 갑갑하거나 억울할 때도 많았지만 나쁜 사람이 되고자 하는 뜻은 없는 보수주의자를 나는 적절히 이용할 줄 알았다. 보수적인 사람은 순진하다. 착하다. 이상이니 철학이니 하는 추상 명제가 맞지 않으면 언제라도 회사를 그만둘 수 있는 여자는 특권층이다. 나는 혼자 교활하게 웃었다.

마룻장을 물들이는 햇살이 어느새 귤빛이다. 서녁 하늘에는 홍조가 활짝 어려 있다. 해는 자취를 거두어도 노을은 청빛 하늘이 점점 검고 투명해지도록 남아 있다.

정신이 후둑, 깬다. 아이를 불러들여야 할 시간이다. 스웨터를 어깨에 걸친 채 열쇠를 들고 밖으로 나선다. 친구 얼굴이 갑자기 잘 안 보이기 시작할 때 사위를 둘러보면 벌써 자기 주머니 속 같은 어둠이 등에 어깨에 밀려온 걸 알고 아이는 부리나케 자전거 페달을 밟아댈 것이다. 남아도는 기운을 주체하지 못해 혼자서도 흙바닥 위를 마구 뒹구는 야성(野性)의 아이 종아리에 순전히 늦게 돌아왔다는 이유만으로 나는 굵은 매질을 두 차례나 했다. 부르러 가지 않아도 아이는 올 것이다. 난 그저 박명의 혼돈 속을 걷고 싶은 것이다.

신비로운 보랏빛 이내가 젖어드는 시간, 세상의 모든 색깔이 마법에 걸린 듯 묘하게 달라지고 원근의 느낌도 갑자기 사라져버리는 때, 그윽한 대기를 가르며 넓고 텅 빈 마당을 가로질러 걷는 일이 마음에 든다. 슬리퍼가 아스팔트 마당을 닥닥 부딪는 느낌이 탄력 있다.

집 앞의 놀이터는 텅 비어 있다. 정글짐이 좀더 복잡하고 회오리 미끄럼틀이 있는 중앙 놀이터로 아이는 갔을 것이다. 자작나무가 일곱 그루쯤 둘러선 벽을 따라 돌면 너른 중앙놀이터가 둥글게 펼쳐질 것이다.

이 저녁 자작의 회고 가는 줄기는 비현실적이다. 환상인 양 하얀

나무가 점점 얼룩 같은 먹물색 무늬를 입고 선 아래로 막 지나는데 저 앞에서 어떤 여자가 걸어오는 것이 눈에 띈다. 트레이닝이라고 부르는 자주색 운동복 바지에 좀 작은 듯한 면티를 입었는데 바지의 무릎이 튀어나와 곧지 않은 다리가 더욱 허전해 보인다. 스적스적 걸어오는 여자의 숙여진 얼굴이 어둡다. 나는 왠지 여자를 멍하니 바라본다. 아는 사람인 것 같아서다. 잡티 많은 흰 얼굴, 바랜 듯 누런 갈빛의 머리. 내 눈앞을 스치는 사람은 분명 그녀다. 그러나 나는 그녀의 이름을 부르지 못한다. 미란인지 미애인지 이름이 확실치 않아서가 아니다. 그녀는 왠지 외양만 그녀일 뿐 영혼은 내가 아는 그녀가 아닐 것 같아서다. 나는 여자를 이승의 사람이 아닌 양 바라본다. 내 눈길을 의식했는지 여자의 고개가 들려지며 나를 향한다. 그러나 내가 자신을 의구에 차 바라보는 것처럼 여자 역시 나를 나라고 확신하지 못하는 듯하다. 나는 제자리에 서서 내 앞을 스쳐가는 그녀를, 스쳐가는 그녀는 선 채인 나를 쳐다본다.

나는 여자가 저만치로 멀어지도록 그 허전한 발걸음, 푸푸스한 머리털에서 눈을 떼지 못한다. 작아진 그녀가 나를 되돌아보는지 성냥알만한 얼굴이 해끔하게 나타났다 사라진다. 여자의 실재를 나는 믿을 수 없다. 여자는 초저녁 어스름이 만든 망령 같다.

놀이터에는 아이들이 많다. 아이들의 높디높은 목소리가 건물 벽에 텅텅 부딪혀 새처럼 날아오른다. 청바지에 흰 셔츠, 아이의 흰 웃옷 빛깔이 어둠의 혼효(混淆) 속에 새뜻하다. 양말도 신지 않은 발에 차가워진 모래의 감촉이 까슬하다. 아이는 내가 옆에 다가가도 알아채지 못한다.

— 그만 놀자. 밥알들이 우릴 기다려.

아이에게로 가 바지를 추켜주며 말한다.

나를 돌아보는 아이의 얼굴에 반가움이 어린다. 좀 싸아해진 밤

공기에 모공이 잔뜩 수축된 아이 얼굴은 군살이라곤 한 점 없어 보인다. 어렴풋 어리광스러운 표정으로 아이는 배를 내밀어 제 옷 끝 여미는 내 손을 내려다본다.

그러고는 코를 쿡, 훌쩍이며 운동화 속에 들어간 모래알들을 털어내며 말한다.

—너, 내일도 공 갖고 와.

같이 놀던 아이에게 하는 말이다. 줄무늬 티셔츠를 입고 있는 아이다.

—그래. 내일 만나. 낮에 아홉시.

줄무늬 티셔츠를 입은 아이가 말한다.

—그래. 낮에 아홉시.

아이는 아직 시계를 볼 줄 모른다. 아침 아홉시에는 유치원에 가야 하고, 밤 아홉시에는 자야 하는 걸로 알고 있다. 아이는 이해하지 못한다, 아침과 밤에는 있는데 왜 낮에는 아홉시가 없는지.

시간도 양으로 묻곤 하는 아이다. 엄마 한 시간이 얼만큼이야? 이만큼? 하면서 나란히 내민 두 손을 조금 벌려 보이곤 한다. 하지만 낮 아홉시, 아이들은 만날 수 있을 것이다.

흙알갱이가 까끌하게 만져지는 아이의 손은 작고 차다. 그 손의 생생한 질감과 양감이 내 손 안에 가득 찬다. 아이의 손을 쥐고 다시 자작나무 아래를 지나는데 아까 만난 여자의 얼굴이 떠오른다. 나는 내 눈이 무슨 환각을 본 거라는 생각이 든다. 헛것이야. 아니면 정말 너무나 우연히, 기가 막히게 닮은 그러나 전혀 다른 사람일 거야.

나는 그제야 무서운 사실을 깨닫는다. 그 때문에 선뜻 아는 체를 못한 것도 같다.

그녀가 여태 살아 있었다니 믿어지지 않아, 라고 뇌는 내 속의 나.

나는 그녀가 이미 오래 전에 자살했을 거라고 믿어왔다.

2

아이와 단둘이 먹은 밥상을 치울까 말까, 조금 망설인다. 남편이 오늘은 오려는지, 확신이 없어서다. 망설이다, 그냥 치워버린다. 남편이 오지 않는 밤, 주인을 기다리는 밥상은 청승맞을 것이다.

— 이게 사는 거예요? 이렇게 불안하게는 못 살아.

결혼한 지 육 개월쯤 되던 어느 하루, 새벽에 열쇠로 문을 열고 들어오는 남편을 향해 나는 그를 위해 차려두었던 밥상의 그릇들을 날려버렸다. 내가 바란 결혼이라는 것이 겨우 이런 것인가. 연락 없이 늦고, 오겠다던 시간에서 날짜가 바뀌도록 나타나지 않는 그의 길들여지지 않는 성벽 때문에 우리는 오래도록 싸웠다. 그는 알지 못할 것이지만 순전히 그 이유 때문에 나는 그와 살기를 포기한 적도 있다.

어제 새벽, 어둠 속으로 길을 나서며 전화하마고 했던 남편은 어제도 오늘도 연락이 없다.

거리에는 어둠이 한결 짙어져 있다. 나는 쪽창으로 거리를 내다보며 설거지를 한다. 오렌지 빛깔의 가로등 빛만 흥건한 넓은 길은 간간 오토바이의 폭주 소리만 요란할 뿐 아무도 지나가지 않는다. 빈 길을 지키고 있는 것은 환하게 등을 밝힌 상점들이다. 손님 없이 텅 빈, 너무 환한 상점의 실내가 쓸쓸하게 들여다보인다.

나는 아이의 행방을 추적할 때 쓰곤 하는 망원경을 집어들어 거리를 내려다본다. 작은 노점 수레가 렌즈에 잡혀들 때 초점을 맞춘다. 수레의 주황색 휘장 안에는 불이 밝혀진 것도 같다. 빵집을 내

긴 했는디 돈이 너무 많이 들어가놔서 이렇게라도 전을 차리고 나섰시유. 누가 만원짜리 한 장만 내도 거스름돈 챙겨주느라 갑자기 두서가 없어지곤 하는 환갑 노인네는 실은 노점 수레 뒤에 불을 밝히고 선 빵집의 주인이랜다. 빵집을 지키고 있는 그네의 아들은 누가 수레 앞으로 다가오기만 하면 하나에 천원쯤 하는 빵은 젖혀두고 한 가닥에 오십원 하는 떡볶이를 팔기 위해 밖으로 나온다. 굼뜬 어머니를 못 믿어서다. 버스란 버스는 모두 한 블록 전에서 회전을 해버리는 사람 뜸한 길가에, 빵집을 차리고 나선 노인과 스무 살 청춘의 주변머리라니.

— 유동 인구도 없고 정착 인구도 많지 않은 데다 빵집을 내다니, 사람들도 참. 제호도 말야 저런 영어 이름을 다느니 차라리 김팔복이네 고점득이네 하는 주방장 이름을 다는 게 나아. 개성이 있어야지. 앉아서 장사하기는 그른 곳이니까 공격적인 전략이 필요해. 진작 나한테 와서 자문을 좀 받지.

식빵 한 봉지를 사들고 나오며 남편은 희떱게 말했다.

남편은 세상을 잘 헤쳐나가는 사람이다. 나는 그의 뒤에서 그가 낸 길을 아이나 업고 따르면 되었다. 바람이 차고 갈림길에서 망설임은 없었는가. 그러나 남편은 별 갈등 없이 신도시에 집을 사고 승진을 하고 먼 회사를 가기 위해 어둑 새벽에 일어나 고리 지어놓은 넥타이를 목걸이처럼 끼우고 뛰쳐나갔다.

노점 수레에서 누가 빵집 안으로 들어가는 것이 보인다. 아직 장사를 하는 모양이다. 다행히 장사가 잘되기를 나는 빈다. 이 시간, 그들이 내가 망원경을 통해서라도 만날 수 있는 유일한 이웃이기 때문이다.

행주를 빨아 널고 주방 불을 끈다. 열린 창은 없는지 베란다로 나선다. 아귀가 맞지 않는 문을 열자 질주하는 자동차들의 소리가 마구 몰아쳐 들어온다. 다시 뻑뻑한 문을 닫으려니 거리의 소음들은 마치 우그러지는 것에 대한 공포처럼 호리병으로 빨려들어가는 거인의 비명 같은 소리를 내지른다. 무얼 얼마나 푸달지게 해먹겠다고 분마다 채소거리를 심었는지. 옅은 자홍의 불빛 아래 하늘거리는 채소 줄기들.

나는 지난 여름내 키웠던 호박 넝쿨에서 살아 있다는 것의 무서움을 보았다. 무에서 유를 창조하는 것인가. 식물이 저 속도로 무한히 자라지 않고서는 도저히 이 땅의 식탐 사나운 동물들을 먹여 살리지 못했겠구나 하는 생각이 들었다. 그러나 웬일인지 호박은 징그럽게 넝쿨을 올리고 잎을 키워갈 뿐 좀처럼 열매를 맺지는 않았다. 마침내, 아침마다 실히 한 뼘씩은 자라오르고 잎의 솜털이 뻣뻣해지는 열매 맺지 않는 그 식물이 무서웠다. 햇빛이 쨍쨍하던 어느 하루 난 한창 자라오르는 호박 넝쿨에 가위를 댔다.

그러면서 조금씩 알아갔던 것 같다. 아름답기는 하여도 이곳이 유배지임을. 나는 무엇 하나 이뤄내지 못한 주제에 서른의 중반에 세상의 뒤로 돌아앉았음을.

빈 들에 어둠이 가득한 밤이면 나는 내가 밤바다를 표류하고 있다는 생각이 들곤 한다. 찾아올 사람은 단지 들 너머에서 지친 모습으로 한밤중 열쇠를 돌리는 남편뿐이다.

―언제까지 여기서 살 거야? 저 녀석 대학 가면, 여기 뜨자구.

모처럼 남편이 집에서 저녁을 먹은 후 신문을 들여다보며 지나는 듯이 말했다.

나는 그를 새삼스레 쳐다보았다. 나는 그가 죽어도 다시는 자기 고향 같은 데로 돌아가지는 않을 거라고 믿고 있었던 모양이다. 적어도 그는 얼굴 붉던 청년 시절 혈혈단신 올라와 서울이라는 시멘트 숲에 뿌리를 내리고 서울 여자를 얻어 자기 아이를 낳고 한 일을 그런 대로 성공이라고 생각하는 줄, 나는 알고 있었다.

그러나 다음 순간 그가 신문을 파락, 펼치며 말했다.

— 이제 부동산 투자는 전원 주택밖에 없어. 가서 살지 않더라도 사두면 괜찮지.

그의 말을 들으며 나는 생각했다. 누구네 앞마당의 오래 된 사과나무에 금사과가 열리는 게로군.

남편과 나는 쌀이 부족해서 배급을 타듯 사먹던 해에 태어나, 하루가 다르게 건물이 서고 물자가 풍부해지는 경제 성장의 소용돌이 속에서 자란 세대다. 주위에는 벼락부자가 되는 사람들이 중중하였다. 그러나 남편이나 나의 가계에는 그런 역사가 없었다. 마당의 흙이 자고 나니 금싸라기로 변해버리는 기적을 겪지 못한 그는 자기만 티끌을 모아 집을 지어야 한다는 사실이 억울한 모양이었다. 그래서 그는 자기가 미처 눈치채지 못한 사이 자기 옆사람 혹은 뒷사람이 횡재를 할까보아 재태크에 관련된 정보라면 빠짐 없이 챙겨두었다. 존경스러울 것까지는 없었지만 믿음직스럽기는 했다.

그리고 나는 그 일을 잊어버렸다. 남편이야 늘 오백만원이 없어서 오천만원을 벌지 못하는 월급쟁이 아닌가.

그러던 그가 그제 저녁 불쑥 말했다.

— 내일 땅 보러 가.

나는 남편을 물끄러미 건너다보았다. 땅을 보러 간다는 사실이 놀라워서가 아니었다. 그 목소리의 예사롭지 않은 떨림, 감추고 싶은데도 벼르고 벼른 말이라는 티를 내고 마는 얼굴의 상기가 시선을 끌었다. 남편은 몇 음절 되지 않는 그 말을 하기 위한 기회를 잡으려고 꽤나 고심한 모양이었다.

나는 물었다.

— 언제 와요?

— 가서 연락할게.

무슨 말이든 더 붙여보고 싶었지만 어떤 말이건 다 사족임을 알았다. 그는 그냥 어디론가 떠나고 싶은 것이었다, 모처럼의 휴가에 혼자서.

그가 휴식을 원한다는 것이 가슴을 서늘하게 했다. 나는 묻고 싶은 것을 참았다. 바쁘다더니 회사를 비워도 되느냐고. 누구랑 가느냐고.

나는 이번 행차에서 그가 어디 낙도에 땅을 계약하고 왔대도 놀라지 않을 것이다. 뿐인가, 어떤 여자와 쓸쓸한 바닷가에서 절망적인 사랑을 나누러 갔다 해도 전혀 놀라지 않을 것이다. 그 동안 갈등이 없었던 것에 대한 보상이라고 할까. 아니 내가 그에게 무관심해서인지도 모른다. 그가 막상 그렇게라도 나오면 먼 기억 속의 우리 사랑이 다시 불타오를지도 모른다.

나는 늙지도 젊지도 않은 나이, 연애를 하거나 공부를 하기에는 너무 늙었고, 아직 이루지 못한 꿈이나 모든 가슴 설렘을 포기하기에는 아직 너무 젊은 이 삼십대가 지겹다. 무슨 일이든 저지르고 싶고 일어나기를 꿈꾼다.

방으로 들어와 조용히 수첩을 집어든다. 그러나 닳아진 표지만 만진다. 망설여져서다. 오늘은 그냥 자야지. 이 밤에 누구와 소통을 하겠다고 앙가발이 짓을 하나.

한밤중에 전화질이라니, 참으로 나답지 않은 일이었다. 수첩은 이삿짐 속 아직도 버리지 못한 철학개론이니 교양 영어니 하는 대학 노트들과 한 박스에 염습하여지듯 묶여 있었다. 벌써 십 년 언덕을 넘어 정수리의 머리칼조차 보이지 않는 저쪽 세월, 청빛 잉크로 씌어져 날근거리고 번지고 한 수첩 전화번호명부를 기억부터 시작해 하나씩 짚어간다. 그러나 실은 어느 것 하나도 쓸모 있지 않다.

더러는 나에게 경멸당하던 아이들, 혹은 사람들 오가는 복도에서 울고 있는 나를 향해, "바보라고 생각해"라고 말하던 단정하기만 했던 얼굴…… 우리는 그때 서로에게 상처였을 것이다. 젊음은 흉기다.

수첩에는 해거름에 만난 여자의 이름도 일곱 자리의 번호를 달고 푸른 잉크로 씌어 있다. 미란인지 미애인지 이제 나는 확연히 안다. 그러나 지금의 그녀와 나는 더이상 지인(知人) 사이도 아닐지 모른다.

우리는 대학 동문이었다. 그러나 과가 같지도, 서클이 같지도 않았다. 학내 문제로 운동장에서 시위 겸 공개 토론회를 할 때 일어나 한마디씩 하던 서로가 인상적이어서 알게 된 사이였다. 우리는 일부러 만날 약속을 하거나 붙어다니지는 않았다. 그러나 우연히 마주쳐도 아주 친숙한 사이였다. 무언가 통할 것 같다는 느낌이 처음부터 있었을 것이다.

노상 바지 차림에 누르끼한 고수머리를 대충 헝클고 다니던 그녀는 당차고 직선적이어 갑자기 혹독한 비판을 떨리는 목소리로 해대거나 당돌하게 사람들을 비웃거나 했다. 그녀가 내 마음에 들었다면 그런 점이었을 것이다. 나 역시 그때는 죽도록 살난 척을 했고, 또 그런 아이들을 뭔가 있지 않을까 흠모하던 때였으니까. 하지만 그녀는 아주 소탈하고 엉뚱했다. 때 낀 발가락을 드러낸 채 털털한 샌들을 신고 다니거나 머리를 며칠 못 감았다고 볼펜으로 머리를 득득 긁고는 했다. 그런 모습에 누가 비명이라도 지르면 "어떠냐, 이년아" 하면서 저 혼자 벌건 잇몸을 드러내고 마구 히히거리던 아이. 주착스러울 정도로 솔직하고 낙천적이고 밝은 아이였다.

나는 이미 내 생각 속에서 죽어 있던 존재, 미란인지 미애인지 이제 확실히 아는 이름을 쓰다듬는다.

그러나 그녀에게는 전화 걸 수가 없다. 세월이 만들어놓은 그녀의 변화를 감당할 수 있을 것 같지 않다. 옛날에, 아주 옛날에 오랜만에 전화를 했다가 나는 그녀에게 내가 세상에 태어나 쓴 편지 중 가장 긴 사과의 편지를 써야 했다.

수첩을 그냥 덮는다. 좀 참아보기로 한다. 벌써 친구들 사이에는 내가 정신이 좀 이상해졌다는 말이 돌고 있을지 모른다. 십 년 만에, 그것도 식구들 다 모여 있는 시간에 전화를 해갖고는 뜬금없이 유학간 친구 전화번호를 알려달래지 않나, 웬 애들 글짓기 공부를 어떻게 시켜야 하느냐구 징징거리지를 않나. 걔 쫌 이상하더라.

찻잔에 끓여둔 물을 부어 전자레인지에 넣고 가열시킨다. 좀 쓴 차를 마시고 싶다. 당분간은 주전자에 찻물을 끓이는 일은 안 하기로 하였다. 딱 한 잔 분량으로 넣은 찻물을 두 시간도 넘게 끓여 주전자의 플라스틱 손잡이가 녹아내리고 스테인리스 몸체가 거멓게 타 얇아져버린 일이 있기 때문이다.

작설차 한 잔을 만들어 와보니 아이는 텔레비전을 켜둔 채 블록 쌓기에 한창이다. 벽시계는 아홉시를 가리키고 있다. 곧 뉴스가 생경스럽게 적요를 깰 것이다.

— 가서 자야지?

나는 아이의 어깨를 부추긴다.

— 이것만 만들구.

아이는 블록을 놓지 않는다.

치정이네 사기네 하는 온갖 엽기와 추문이 가득한 뉴스를 나는 아이에게 보이고 싶지 않다. 그러나 밤잠이 없는 아이는 장난감을 가지러 가며 오줌을 누러 가며 뉴스를 보곤 했다. 그러고는 장난감 비행기를 날리다가 폭파시키고 블록으로 만든 다리를 무너뜨렸다. 뉴스에서, 침대에 뉘어진 피살체의 허연 발가락이 이불 위로 나와 있는 살인 현장 조사 장면이나 사람들이 뒹굴어 꺼멓게 이겨진 핏

자국이 나올 것 같으면 나는 급히 아이의 눈을 가리곤 했다. 그러나 아이는 내 손가락 새로 토끼눈을 뜨고 모든 것을 보았다.

— 엄마 경찰서에 들어갈 때는 이렇게 하는 거지?

한번은 아이가 잠바를 벗다 말고 머리 꼭대기로 둘러쓰며 말했다. 뉴스에서 본 것 중 그 정도를 기억하는 아이의 천진함이 다행스러워 나는 쾌활히 낭소(朗笑)하였다. 아이는 도깨비나 달걀귀신 따위말고는 아무것도 무서워할 것 같지 않았다. 제발 그대로 크거라. 나는 빌고 빌었다. 그러나 어느 날인가 아이는 제 방에 자다가 베개를 들고 나타나 내 이불 속으로 쏙 끼어들었다.

— 무서운 꿈을 안 꿀 때까지 여기서 잘래.

— 무슨 꿈을 꿨는데?

도깨비라면 천 마리쯤, 귀신이라면 만 마리쯤 말 한마디로 없애줄 수 있는 나는, 힘센 엄마다.

— 군인들이 나와서 막 총을 쐈어. 나는 나무 뒤에 숨어 있었는데 얼마나 무서웠다구.

내색을 하지는 않았지만 나는 적이 놀랐다. 아이는 그즈음 한참 찡찡거리던, 12·12사태를 극화한 드라마를 보았던 것이다. 세상에 그런 일은 없어, 라든가 하다 못해 이제 그런 일은 없을 거야, 라고 말할 수가 없어서 나는 더욱 심장이 쿵 내려앉는 기분이었다.

— 우리나라 대통령들이었는데 저 사람들이 군인들을 시켜서 국민을 죽였어. 그래서 지금 저 사람들을 잡아서 죄가 얼마나 되는지 재판하고 있어.

이제 아이는 대통령이 되겠다든가 용감한 군인이 되겠다는 꿈을 꾸지는 못할 것이었다. 그러나 나는 그즈음, 내가 오래 살아서 역사를 보는구나, 역사의 흐름을 보는구나, 감격스러워 뉴스와 드라마로 이어지는 십육 년 전의 일에 대해 아이에게 설명했다. 그게 역사 교육이라고 나는 생각했던 것 같다.

그러나 핏물 낭자한 헐리우드 영화도 훔쳐보고 귀신 영화도 손가락 새로 본 아이가 겨우 병정 놀이 같은 극에 무서움증을 느꼈다는 사실이 나를 놀래켰다. 아이는 그 드라마에서 어떤 사실성, 현재성을 감지하고 만 걸까. 역사 교육이랍시고 극과 뉴스를 엮어 설명한 나의 의기양양함이 뒤돌아봐졌다.

밤 아홉시면 아이들은 자야 한다. 그후 나는 이것만은 꼭 지키기 위해 아이에게 신경질을 부리곤 한다.

— 안 자는 아이들은 어떻게 되더라?

자려 들지 않는 아이를 위협한다.

아이는 그제야 겁먹은 얼굴로, 나를 원망스레 쳐다보며 방에 들어간다. 아이는, 아홉시가 되어도 잠을 자지 않으면 도깨비가 와서 눈알을 빼앗아 간다는 영국의 전설을 떠올릴 것이다. 밤에는 불 켜진 곳으로만 쫓아다니는 아이를 재우기 위해서는 할 수 없었다. 나는 내가 아주 매정하고 치사한 방법을 쓰고 있다는 것을 안다. 한마디의 위협이 아이를 원격 조종하는 데 아주 요긴하다는 것을 비겁하게도 아는 것이다.

아이의 방문이 닫혀진다. 아이는 곧 잠이 들 것이다. 삼신 할미가 던져버린 듯한 자세로 아무렇게나 잠들어 있는 아이를 잠옷으로 갈아입히고 이불을 여며주면 드디어 나는 혼자다.

그런데 무얼 하려고 했더라. 작설은 벌써 식어 있다. 너무 쓰다. 버릇처럼 텔레비전 리모컨을 찾는다. 그러나 뉴스라면 궁금할 것도 별로 없고, 사실 자세히 듣지도 않는다. 다림질을 하거나 빨래를 개며 나는 뉴스에서 어떤 사람이 강도를 당하고 요즘의 사기꾼들은 어떤 종류가 있으며 금리가 인하되거나 어느 지역 공기가 유독 나쁘다는 것밖에는 듣지 않는다. 나는 정치에 관심이 없다. 이렇게 말할 수 있다는 것에 아주 속시원함마저 느낀다. 뻔뻔스럽게 혹은 솔직하게 이런 말도 할 수 있다니, 역시 세상이 성숙해졌다고까지 생각한다.

자신들에게 적의를 품고 있다는 이유만으로 정수리로 쇠봉을 내리치는 끔찍한 세월들을 살게 한 두 거물 사내의 판에 박힌 뒷모습이 비치는 요즈음의 뉴스에도 나는 아무 울림이 없다. 그들이 수의를 걸치고 법정에 들어서는 그 짧은 광경을 뉴스에서 생중계하며 법석을 떨 때만 하여도 나는 텔레비전이라는 것이, 드라마라는 것이 저토록 세속을 앞서갈 수도 있구나, 어디부터 잘못된 것인지 한번도 역사에 대해 반성을 하지 않는 이상하고 불행한 나라의 국민으로서 처음으로 반성이라는 걸 하는 역사적인 사건의 현장을 목도하는 오늘을 어떻게 받아들여야 할지, 용두사미로 끝날 일이라고 부정을 하면서도 감격스럽고 얼떨떨하였다.

그러나 그것마저도 이제는 다른 뉴스들과 섞이고 얼켜 늘 들어왔듯 그저 그런 뉴스, 시작은 거창했지만 보나 마나 결과는 뻔할 거라는 확신을 하고 있다.

텔레비전을 켠다. 그들의 선고 공판 소식이 들려온다. 무감해신 마음에 잠시 파문이 인다. 사형이 내려졌다는 소식이다. 나는 잠깐 허둥댄다. 식은 작설차를 마시려다 괜히 쏟는다.

그들을 죽이라고 하는구나.

나는 불도 켜지 않은 채 주방에 들어서서 주전자를 불에 올리며 혼자 중얼거린다. 전자레인지에 데운 건 너무 빨리 식는단 말야, 라고도 한다.

공연히 마음 한 귀가 떨어져나간 듯하다. 벽째 허물어져 우주의 바람이 차게 들어오고 문이 덜컹대는 것 같다.

누구는 역사의 발전이라고 말할래나? 그러나, 그들에 대해 부정적인 말을 했는지 부정적인 생각을 했는지 묻고 묻고 또 캐물어서라도 마귀라 이름하던 그들, 언론이라는 것과 그리고 우리나라의 모든 사람들이 그들을 죽이라고 하다니, 나는 그런 변화가 감격스럽지 않다. 적응이 안 될 것 같다.

주전자의 물 끓는 소리가 파스스, 하고 난다. 불을 꺼야 한다고 생각한다. 그러나 움직여지지 않는다. 어두운 주방에서 파란 불꽃을 내는 가스불만 무연히 바라본다. 얼굴들이 떠오른다. 그 얼굴들에는 해 지는 길에서 보았던 여자도 섞여 있다.

우리는 십 년 전에도 그런 몽환과도 같은 해후를 한 일이 있다. 무슨 일인가로 우리는 서먹해져 얼굴을 못 본 지 이태 만이었다. 사람 많은 해 밝은 길에서 우리는 마주쳤었다. 그러나 그때도 우리는 서로의 동공을 들여다보면서도 서로의 실체를 알아보지는 못하였다. 내가 알던 그녀가 아닌 것 같아서였다. 내가 아무리 그녀와 함께 잠을 자고 한 그릇 국수를 같이 먹고 했어도, 나는 그녀를 몰랐다. 내가 자신에게 아는 체를 하지 않아서인가, 우리는 생면부지의 딱딱한 가면을 대하듯 아무런 감정 없이 서로의 얼굴을 고개가 꺾어지도록 바라보았다.

난 그후 믿었을 것이다. 그녀는 틀림없이 자살했을 거라고. 자살을 결심한 사람이 아니면 겪을 수 없는 놀라운 영혼의 변화를 그 얼굴에서 읽었던 것이다.

너무도 새삼스럽게, 그 세월을 추위에 떨던 사람들이 떠오른다. 그 시절의 한기가 등을 훑고 지난다. 그러나 너! 너! 그리고 나말고 세월이라는 것이 대체 주체적으로 존재할 수가 있는 것인가.

주전자에서 검은 연기가 난다. 이내 손잡이가 녹아내리기 시작한다. 환각이다. 그러나 얼른 가스 불을 끄고 주전자 뚜껑을 열어 수돗물을 붓는다. 김이 팍 일어난다. 뚜껑이 바닥으로 굴러떨어진다. 뜨거워서인지 눈이 맵다. 뚜껑을 집으려다 말고 그냥 주저앉아버린다.

아, 개새끼들.

3

내가 졸업을 하고 일 년쯤 부유하다 취직을 해서 자리를 잡느라 분주하던 때였다. 미란이와 연락이 끊긴 지도 일 년이 되어가고 있었다. 직장 생활이라는 것에 적응을 못 하던 내가 차츰 뿌리를 내리느라 바쁘기도 했지만 그때 나는 내 인생의 어느 때보다 거세었던 폭풍을 견디고 있던 중이었다. 우연히, 아는 사람으로부터 참 괜찮은 자리를 소개받았을 때 나는 그녀가 떠올랐다.

— 차라리 엄마가 나한테 신경질이라도 부리면 좋겠어.

물 한 잔도 꼭 쟁반에 받쳐 들고 오는 엄마가 부담스럽다며 미란이가 그랬다. 맏딸 대학에 보낸 것을 당신들 인생의 크나큰 치적으로 생각하는 분들이었다. 무식한 우리는 잘 모르지만 똑똑한 우리 딸은 저 갈 길을 갈 거라고, 지금은 저러고 있어도 대기업에 취직할 거라고 미란의 부모님들은 믿고 있다고 했다.

그러나 그때는 몹시도 취직이 안 되던 때였다. 더구나, 그녀는 여자인데다 역사학과 출신이고, 무엇보다 사 년 동안 다른 일에 혼 팔려 돌보지 않은 성적이 거의 바닥권이었던 것이다.

— 이거야 원, 마음 잡고 살려는데 세상이 날 자꾸 노동 운동가로 만들려고 해.

취직하는 길이라곤 공장에 위장 취업하는 것밖에는 없다며 그녀가 말할 때만 해도 농조였다. 그러나 뭐든 일을 저지르고 말 것 같은 위험한 낌새를 이미 오래 전에 나는 눈치채고 있었다. 자기가

믿어왔던 과학이나 이성의 세계와는 너무나 동떨어진 세계에 미란
은 몸을 기울이고 있었다.

나는 그녀를 기쁘게 해줄 일이 있다는 것에 너무 신이 났다. 전
화는 쉽게 걸렸고 그녀는 집에 있었다. 그러나 내가 밝게 내 이름
을 말했을 때, 그녀의 떨리는 음성으로 건너온 말은 나를 몹시 당
황시켰다.

—난 너 몰라. 나한테 전화하지 마.

그러고는 전화가 그냥 끊어졌다. 어이가 없었다. 너무 오랫동안 소
식 없던 것에 대한 격렬한 항의인가? 나는 다시 전화번호를 눌렀다.

—너, 왜 그러니?

나는 당당히 따졌다.

—내가 너한테 뭘 잘못했다고 이러니?

그녀가 말했다.

—모르겠니? 하기야 모를 수도 있지. 넌 원래 그런 인간이니까.

—그게 대체 무슨 소리야?

누구나 그렇듯이 나도 언제나 바르고 착하게 살려고 애써왔다.
마룻장에 낀 오래 된 먼지알처럼 심성 깊숙이 박힌 연원 깊은 티끌
하나에도 스스로의 자괴(自愧)로 얼마나 가슴을 태웠는데.

—너 진짜 모르니? 우리가 헤어지던 날 넌 무슨 일이 있었는지
생각 안 나니?

일 년 전 겨울의 이야기였다.

나는 그녀에게 살고 있는 동네에서 작은 월세방 하나를 알아봐달
라는 부탁을 했었다.

—몰라.

나는 자신 없게, 그러나 아주 억울해하는 목소리로 대답했다.

—너 나한테 뭐라 그랬어? 왜 그렇게 막살려고 하냐구? 네가 뭘

데 나한테 그따위 소리를 해? 넌 아주 네 볼일 다 끝나니까 나한테
그런 소리를 하고 가더라. 진작부터 하고 싶은 말이었는데 나를 이
용해먹을 일이 있으니까 참고 있다가 용건이 끝나니까 그날 밤에
바로 그런 소리를 해?

그녀 음성에는 분기가 푸들푸들했다. 막살려고 하지 마라. 물론
나는 기억했다. 나로서는 마음먹고 한 충고였다. 이성과 미혹의 갈
랫길에서 헤매는 그녀에게 충격을 주고 싶었다. 그 겨울 그녀가 막
다른 골목에 있었음을 나는 그때서야 깨달았다. 막다른 길에서 날기
를 시도하던 그녀에게 내 말이 돌멩이로 날아가 꽂혔음을 깨달았다.

나는 겨우 이렇게 말했다.

—그런 말을 왜 이제야 하니, 벌써 일 년이나 됐는데.

—난 죽을 때까지 말 안 하려구 했어. 그날도 내가 너 잘 보내주
었지?

나는 기억한다. 내가 방을 얻지 못한 실의를 세수로도 지우지 못
한 아침, 그녀 어머님이 차려주시는 아침밥을 우리는 나란히 먹었다.
그리고 그녀는 굳이 그럴 필요까지는 없었는데도 버스 정류장까지
따라나와주었다. 는개었는가, 비가 조금 내렸기 때문이었을 것이다.
우산 하나를 같이 받고 우리는 팔짱을 끼고 돌층계를 내려딛고 울퉁
불퉁한 보도 블록을 함께 건너뛰었다. 내가 버스에 올라 막 좌석에
앉았을 때 축대 아래 검정 우산을 받쳐 들고 선 그녀가 손을 흔들어
주었다. 실컷 울고 난 눈에 들어오는 세상처럼 참 하얀 아침이었다.

—너는 그런 인간이야. 사람을 이용해먹는 인간.

그런 일이 있은 지 일 년이라는 사이, 그녀는 나에 대한 분노에
거름을 주고 물을 뿌린 모양이었다. 그때는 그렇게도 냉철히 참아
넘긴 일을 두고 그녀는 무척이나 격앙되어 화를 냈다. 결국 날아오
르지 못한 막다른 골목, 아마도 그 일 년 사이 담장들은 더 높이 자

라고 바람 불고 비가 궂었던 모양이었다.

나는 그녀에게 한 시간에 걸쳐 사과하고 변명했다. 간혹 울먹거리기도 하면서. 옆자리에 앉은 회사 선배가 기가 막혀하는 얼굴로 바라보았다.

그 저녁 집에 와 편지를 썼다. 내가 무슨 사연으로 그녀에게 부탁을 했었던가, 그리고 그녀와 헤어지고 난 뒤 내게 무슨 일이 있었나. 무슨 일이 있어서 나는 그녀에게 고맙다는 말도, 너 아직도 그따위로 막살고 있느냐는 말도 더 못 했던 것일까. 그 까닭이, 그리고 그녀가 말하는 '이용'이라는 것의 목적이 생각났다. 하도 쓸쓸하고 괴로워서 내 머릿속의 착한 악어가 모두 잡아먹어준 이야기. 그 정도로 내가 자기를 이용해먹었다고 하다니, 그녀를 미워하며 잊었던 일들을 다시 기억해내야 했다. 악어가 도로 뱉어낸 기억은 열아홉 장의 편지가 되었다.

그후 나는 그녀에게 전화했을 것이다. 오해가 풀렸니? 그녀가 힘없는 목소리로 말했을 것이다, 몰라 모르겠어. 오해가 풀렸다면 됐어, 속으로 나는 생각했다. 너를 이제 다시는 만나지 않을 거야.

그리고 나는 다시 그 모든 것을 잊어버리려고 애썼다. 내 머릿속에 사는 악어를 불렀다. 나쁜 꿈, 나쁜 기억을 먹고 사는 악어야, 열아홉 장의 편지에 적힌 이야기와 자기를 이용해먹었다고 분노하던 그녀에 대한 기억까지 제발 다 먹어줘. 내 기억 속의 어둡고 습한 이야기를 모두 먹어줘.

4

불 켜지 않은 어둠 속에서 누군가 다가온다. 유리창을 투과해 들어오는 미명 속으로 기어나온다. 악어다. 젖은 눈으로 나를 한참 본다.

　방이 하나 있었다.
　나는 그 방으로 가야 했다.
　길을 걷는 중에도 내내 뒤가 켕기는 기분이었다. 마치 뒤로 걷고
있는 것 같았다. 뒤에서 따라오는 발소리 때문이었다. 그럴수록 더
욱 천천히 길을 걸어야 한다. 육교 앞에 이르러 나는 발밑에 껌이
라도 붙은 양 첫 계단에 대고 발바닥을 문질러보았다. 뒤를 따라오
던 사람이 나를 앞질러 육교에 올랐다. 심상한 표정의 사내였다. 구
겨졌을 때마다 빨지 않고 신문지를 덮고 다리기만 했을 사내의 오
래 된 양복이 오후 햇살에 탁하게 번들거렸다.
　나는 계단을 올라갔다. 토요일 오후의 햇빛은 먼지에 가까웠다.
나는 시멘트 빛으로 그늘진 지하철역에서 오백원짜리 추첨식 복권
두 장을 샀다. 말하자면 나의 일 주일치 희망이었다.
　이 세상 행운도 괜히 떠도는 건 아닐 거야. 그것이 우주 법칙이
든 신의 섭리나 조율이든 원칙이 있을 거야. 그렇다면 나 같은 사
람에게 와야 하는 거 아닐까.
　그러나 누가 볼까봐 조금 부끄러워하는 마음으로 복권 매표구 안
으로 천원짜리 한 장을 내미는 나는, 언제나 그렇듯이 기분이 좋지
않았다. 나와는 무연의 거리를 격하여 스쳐가고 마는 행성 같은 행
운 때문에, 쓸쓸하여서였다. 갑자기 가슴이 한 길로 소리 없이 툭,
떨어지는 듯한 느낌 때문에 나는 일요일 오후, 방에 노을이 젖고
어둠이 푸르다 그 어둠 속에서 내 동공에 맺힌 한 점 윤기 같은 빛
만 서성이도록 불을 켜지 못하였다. 갑자기 불을 켜면 확 도드라져
다가오는 방의 꽃무늬 벽지, 너무 늦은 시간임을 회오처럼 알려주
는 지나치게 밝은 저녁 불빛. 밥 안 먹냐? 식탁을 덮은 유리면 위

로 찬그릇들이 따각 부딪는 소리가 들릴 때 같이 건너오는 엄마의
목소리. 그때 나는 이미, 이번에도 천사가 알아보지 못한 두 장의
복권을 찢어 쓰레기통에 넣은 채 하염없이 누워 있곤 할 것이었다.

전철을 사십 분 동안 타고 내려 다시 버스를 탔다. 방에 가기 위
해서였다. 빈 방이었다. 내 방이었다. 그러나 내 마음대로 들어갈
수는 없는 방이었다. 너 좀 얼이 빠진 것 같다. 정신 차리고 다녀라.
그는 말했다. 겁도 안 나냐?

나는 버스에서 내려 길을 건너면서도 조심스럽게 주변에 신경을
썼다. 골목을 꺾어 들어가서도 골목장에서 혹시 누가 이쪽을 보고
있지 않은지 살폈다. 삼층짜리 연립주택들이 빼곡하여 마치 미로
같은 골목, 구석의 전봇대에 한 남자가 기대 서 있는 것이 보였다.
나는 가슴이 소리 없이, 그러나 아주 무겁게 내려앉는 걸 느꼈다.
어깨에 멘 가방끈을 힘주어 잡고 나는 방이 있는 집을 스쳐 지나갔
다. 시장으로 해서 통닭집으로 해서 목욕탕까지를 에두르며 동네를
한 바퀴 돌았다. 다시 골목에 왔을 때 다행히 아무도 없었다. 얼른
계단을 타고 내려가 방문 앞에 섰다.

한 손으로 가방 안의 열쇠를 황급히 뒤지며 자물쇠의 안녕함을
확인할 때였다. 분명 자물쇠는 아물려 있었다. 그런데 자물쇠 고리
가 조심스레 빠져 있는 것이었다. 나는 그 자리에서 숨을 죽이고
다시 계단을 올라왔다. 집으로 가야 하나, 아니면 어디로 영영 사라
져야 하나, 아니 다시 방으로 가서 정황을 살펴야 하나. 동네 꼬마
들 장난에 내가 너무 호급스레 반응하는 건 아닐까. 가슴이 마구
뛰었다. 나는 그 동네에서 멀리 가지도 못하고 다시 조심스레 헤맸
다. 그러기를 한 시간쯤 하고 나자 무슨 일이 일어난 걸까, 확인을
해야겠다는 생각이 들었다. 언제 나타날지도 모르는 나를 만나기
위해 문고리를 빼고 들어가 무작정 기다릴 만큼 한가한 사람은 대

한민국에 없을 거라는 생각이 들었다.

나는 다시 조심스레 계단을 밟아 내려가 부엌문이자 내 방의 현관문인 외짝 나무문을 조심스레 열었다.

그러면서 떨리는 음성으로 안에 대고 말했다.

— 누가 있어요?

방문 앞 섬돌에 파란 슬리퍼 한 켤레밖에 없는 것을 내 눈으로 막 확인할 때였다. 안에서 모기 소리만한 목소리가 들리며 방문이 조심스레 열렸다.

— 나야, 언니.

후배였다.

나는 화가 났다. 철이 없기는, 여기가 어디라고. 내가 있을 때면 몰라도 그 외에는 절대적으로 출입이 통제되어 있다는 걸 개도 알 것이었다. 나는 말을 하지는 않았지만 표정을 몹시 굳혔다. 방 안에는 후배의 키 큰 남자친구가 엉거주춤하게 서 있었다. 사람 마음을 알면 이 세상의 길이 보일 것 같아 심리학을 전공했는데 사람 마음은커녕 졸업하면 무얼 해야 할지 암흑만 같다는 남자애였다.

— 언니, 미안해. 갈 데가 없어서 일루 왔어.

나는 말문이 막혔다. 방 한쪽 구석에는 신문지 위에 두 켤레의 거무충충한 신이 놓여 있었다. 방 안에 신을 옮겨놓고 대낮에 둘은 습한 방에서 담배를 피우고 있었다. 둘은 참 미안해하는 얼굴이었는데 그 표정이 이상하게 어두웠다. 남의 눈을 피해 수줍게 서로의 몸을 만져보거나 깔깔거리기 위해 그들은 방에 스며든 게 아닌 것 같았다. 왠지 둘은 내내 침묵하고 있었던 것 같았다. 그들의 표정이 하도 스산해서, 밝디밝은 한낮에 스물을 갓 넘은 여자와 남자가 겨우 이 방에 들어왔다는 것이 한심스러워서 나는 화를 내지 못했다.

감정을 누그러뜨리고 말했다.

— 다시 이러면 안 된다. 정말 놀랐다.

나는 그 방에 마음놓고 출입할 수 없었다. 그 방에 아무도 없다는 것을 확인할 필요조차 없어진 후로는 더욱 그랬다.

텅 비어 있는 방, 빈 채로 썩어가던 방.

그 방에 가보려고 몇 번을 버스를 타고 근처까지 간 적은 있다. 그러나 그 방과는 무관한 사람인 양 동네만 떠돌다 그냥 돌아오곤 하였다. 두려워서였다. 내가 잊으려고 애쓰고 있는 사이 그 방이 녹아서 사라져주기를 바라기라도 하는 듯 나는 그 빈 방에 얼씬도 못하였다.

— 아줌마, 방 나갔나요?

나는 전화로만 주인에게 이사를 가겠다고 했다.

— 아직 안 나갔어요.

주인 아줌마가 말했다.

세상이, 내가 그 방 임자였음을 잊을 만할 때 그 방에 다른 사람이 살게 되었다. 나는 얼마 남지 않은 보증금을 찾기 위해 그 방에 갔다.

— 아이쿠, 사람들이 하도 냄새가 난다고 해서 들어가보니까 세상에 어쩜 청소도 안 하고, 불은 또 안 때가지고 곰팡이가 말도 못하게 많이 피었더라구. 내가 대청소를 했는데도 아직도 냄새가 나. 그래서 방이 더 안 나갔지 뭐야.

그런 말만 하다니 아줌마는 좋은 사람이었다. 그 방에서 대체 무슨 일이 있었던 거냐고 아줌마는 묻지 않았다. 왜 하필 우리 방을 얻었던 거냐고 원망도 하지 않았다. 젊은 아가씨가 그렇게 살면 되냐고 훈계도 하지 않았다.

나는 오랜만에 차려입은 꽃무늬 원피스를 팔랑거리며 그 집에서 돈을 찾아 나왔다. 이제 월세로 녹아버린 보증금을 채워넣어야 하는 일만이 내게 남았다.

그 방에 얽힌 모든 어둡고 습한 기억들이 떠오른다. 그러나 그늘 같은 기억 속에도 마음을 가득 채우는 빛이 있다. 참으로 모든 걸 잊었었는지 놀랍게도 잉크 번진 수첩을 넘기고 또 넘기면서도 나는 한 번도 그 이름에 눈을 멈춰본 일이 없다. 그 얼굴이 동두렷이 뜬다. 그 방에서 살았던 날들이 춥지만은 않았음을 깨닫는다. 햇빛 밝은 거리를 놔두고 곰팡이 피는 그 방 벽에 기대 앉아 담배를 피던 아이, 내 그늘로 걸어와 밝고 찬 달로 떠 있던 존재, 바로 진주라는 이름의 아이다.

5

— 저, 언니 차 한잔 할 수 있어요?

내가 도서관의 가장 구석진 자리에서 막 뚜욱, 떨어지는 목련을 보고 있을 때 한 아이가 나를 찾아왔다.

— 누구…….

나는 그 아이의 정중한 키를 올려다보며 말끝을 흐려 물었다.

— 중문과에 다니는 이진주라고 해요.

나는 속으로 좀 웃었다. 진주라니, 애네 엄마가 펄 시스터즈 노래깨나 부른 사람인 모양이군, 했다.

우리는 어둠이 밀려오는 화단 가녘에 나란히 앉았다. 진주가 자판기에서 커피 두 잔을 빼들고 와 내밀었다.

— 언니 글 학보에서 많이 봤어요. 전부터 한번 뵙고 싶었는데 언니는 이상하게 잘 안 만나지데요, 같은 인문관인데. 어떤 사람들은 언니 휴학했을 거래요.

어이없는 소문이었지만 나도 들은 적이 있었다. 맨 뒷자리에 앉아서 수업을 받고 증발해버리곤 하는 나를 못 본 지 오래인 아이들이 많은 모양이었다. 아프다는 핑계로 아이들도 안 만나고 수업 시간에도 잘 안 보이던 나에 대한 소식이 그렇게 와전되었다. 더러는 내가 휴학했을 거라고 믿는 과 친구들 뒤에 앉아 난 그날도 함께 수업을 받고 나온 참이었다. 그때 나는 아주 황폐한 상태여서 누구를 만날 처지가 못 되었다. 주머니에 손을 찌른 채 시위대 옆을 지나더라는 말을 시작으로 하여 나 혼자에게 쏟아지던 열몇 명 아이들의 인민 재판에 가까운 비난을 끝으로 나는 더이상 조직이고 모임이고에 나가지 않았다.

— 더이상 일을 할 수 없다구? 왜애?

조직의 장으로 있는 아이가 이런 문제아 여럿 대해봤다는 투로 빙글빙글 웃으며 내게 물었다.

나는 짧게 말했다.

— 실연당했어.

아이가 실실 웃었다. 말을 하고 보니 내가 대체 가당한 소리를 한 건가 하는 생각이 들었다. 이따위로 빠져나갈 궁리나 하니까 실연을 당하지. 그 자리에서 그애도 나를 그렇게 생각했을 것이다. 그러나 솔직히 꺼낸 내 사연인즉슨 너무 추레하고 쪼다 같고 웃겨서 나는 더욱 슬펐다. 그러나 병신임을 보여주고 나니까, 들켜버리고 나니까 홀가분했다.

그후 나는 내가 원하던 대로 혼자가 되었다. 그러나 자유롭지도 행복하지도 않았다. 내가 얼마나 삐까뻔쩍하게 살 결심을 했던 것인지 스스로도 우스울 뿐이었다. 엄마 눈을 피해 도서관에 나와 앉아서는 어디서 감쪽같이 죽어 없어지는 길이 없을까, 녹아 없어지는 것처럼 도대체 시체가 남지 않는 방법은 무엇일까에 대해 생각했다. 사리사욕을 버리지 못하는 인간, 감히 전쟁중에 혼자만의 행복과 안녕을 꿈꾸는 인간, 용감해지지도 피가 끓지도 않는 냉담한 이기주의자.

진주는 그런 나에게 뭘 얻을 게 있는지 나를 자주 찾아왔다. 나로서도 그애가 싫지 않았다. 그애는 나의 모순과 등신스러움을 모르는 존재였고 그 시기 내가 만날 수 있는 거의 유일한 사람이었으니까.

—언니, 나 고민 있어요.

우리가 점심을 같이 먹고 풀밭에 앉았을 때였다. 진주가 문득 말하더니 쑥스럽다는 듯이 얼굴에 홍조를 띠며 슬몃 웃었다.

—뭔데?

—저, 사련(邪戀)에 빠졌어요.

나는 하마터면 물을 쏟을 뻔했다. 까무르한 얼굴에 짧은 머리가 그저 귀여운 아이, 높은 어깨를 구부정하게 수그려서 퍽 중성적인 우울마저 담겨 있는 아이에게 사련이라니. 그러나 신선하기도 했다. 이 시절에 존재하기에는 정말 사치스러운 드라마 아닌가.

—웃지 마세요. 저 친구의 남자친구를 좋아하는 것 같아요.

—좋아하면 좋아하는 거지, 좋아하는 것 같은 건 뭐니?

별것도 아니군, 하는 기분에 내가 톡 쏘았다.

—그래요. 좋아해요.

나는 좀 비웃었다.

—대머리 유부남이라든가 혹은 동네 아줌마를 사랑하는 것도 아닌데 사련은 무슨. 친구의 남자친구 좋아하는 게 어때서? 사랑이 뭐 선착순이냐?

내 말에 진주는 아주 유쾌하게 웃었다.

—언니 그렇게 말하니까 정말 그렇다.

나로 말하자면 친구의 남자친구는커녕 친구의 미팅 파트너에게도 관심 가져본 적이 없는 주제였다.

그러나 나는 스스로 실연당했다고 믿고 있었다. 두 눈을 번히 뜨고, 몇 년을 기다려온 내 사랑이 컴컴한 바다에 밀려가버리는 걸 나는 보았다.

— 그런데, 문제가 뭐야? 그 남자 마음을 잘 모르겠다?

— 그래요. 나한테 관심이 있는 것 같기도 한데 어떻게 보면 또 아닌 것도 같고.

— 사람 마음 다 알려고 하지 마라. 너는 네 마음 다 아니? 서로 표현하고 행동하는 것만 받아들여.

그리고 나는 그날, 소위 연애 심리학에 대해 장광설을 늘어놓았다. 방법은 간단했다. 내게 어떻게 사랑이 싹텄나, 상대가 돌보지 않는 그 사랑이 어떻게 혼자 무성하여졌나를 설명하면 되었다. 진주는 가끔씩 박수를 치거나 내 어깨를 치며 마구 웃어댔다.

사랑이든 연애든 나는 쉽게 생각하고 싶었다. 나는 실패했지만 그 아이가 승리하는 것을 보고 싶었다. 나도 그 승리의 도취감에 동참하고 싶었다.

그리고 진주가 찾아온 것은 한 달 후였다. 퍽 밝아진 얼굴이었는데 날 도서관 열람실에서 불러내자마자 파안대소를 했다.

— 언니가 일러준 대로 했더니, 이젠 날 너무 쫓아다녀서 귀찮을 정도야.

우리는 도서관 홀이 떠나가라 웃어젖혔다.

그 일로 우리는 아주 가까워졌다. 그애는 졸업을 해도 취직할 데가 없어서, 그리고 당시로서는 또하나의 블랙 리스트처럼 떠돌던 졸업 정원제에 걸릴 것 같다는 생각에 이따금씩 얼굴이 어두워지곤 했지만 다정하고 밝은 아이였다. 그애나 나나 노동자가 되기에는 너무 겁이 많고 생각이 복잡했다. 난 가난도 두렵고 고문도 두려웠

다. 그리고 두려워하는 나를 경멸했다. 버림받아도 싸다고 생각했
다. 다만 본능적으로는 억울했다.

　진주네 집은 이상하게도 대문을 잠그지 않았다. 시장 골목 뒤켠
의 단층 양옥이던 진주네의 청록색 대문 앞에서 진주는 열쇠를 꺼
내 들고서도 늘 잠깐, 하며 문을 슬쩍 밀어보았다. 그러면 신기하게
도 문이 열렸다.
　─조용히.
　앞서 마당을 들어선 진주는 입술에 손가락을 세우며 뒤꿈치를 들
었다. 마당을 건너 현관문을 조용히 열고는 신발을 손에 들었다. 그
애의 방은 방 두 개와 거실과 욕실을 지나 안방 옆에 있었다. 그 깊
숙한 방으로 우리는 신발을 들고 잠입했다. 그애의 집은 대체로 어
두웠는데 그애의 방은 특히나 더 어두웠다. 방 한가운데를 차지하
고 있는 침대 너머로 신문지를 깔고 신을 올려놓았다. 방에 들어와
서부터는 진주는 조심하는 법이 없었다. 침대에 가방을 턱 던지고
음악을 틀고 담뱃불을 붙였다. 나는 도무지 수수께끼만 같았다.
　─힐미니 귀가 어두우셔. 그런데 설렸다간 으이구 잔소리.
　이름은 진주라고 지었건만 그애는 그 집에서 마치도 잊혀진 존재
같았다. 그애가 언제 집에 들어오는지 나가는지 그 집 식구들은 아
무도 관심을 두지 않는 것 같았다. 우리는 그 방에서 몇 시간을 이
야기하고 책 읽고 낮잠을 잤다. 그러다 나무도 꽃도 없던 진주네 마
당 한가득 어둠이 밀려와 거실 창으로 화장실에 가거나 하는 내 모
습이 비칠 때면 우리는 다시 조용히 그 집을 빠져나왔다. 곧 그애
의 부모님이 가게 문을 닫고 들어오실 것이기 때문이었다. 힘들게
장사해서 키워놓으니까 아무 쓸 데도 없는 대학을 가지 않나 가서
는 매일 데모질이나 하며 배회하지 않나, 그애는 한심한 딸이었다.

내가 함께 있는 줄 모르는 과 친구들과 나는 수업을 받고 우리가 있는 줄 모르는 진주 할머니와 한 집에서 우리는 음악을 듣고 낮잠을 잤다. 나의 대학 사학년 그리고 진주의 삼학년은 그렇게 지났다.

졸업을 하고 맞은 이른봄이었다. 나는 내가 잘 아는 아이들 두 명에게 오십만원 보증금에 월 오만원을 내는 독립성이 있는 방을 찾아달라고 부탁했다. 한 명은 하월곡동에 사는 순진한 친구였고 한 아이는 미란이었다.

그녀는 야무지게도 그 동네 복덕방 세 군데에서 각각 방을 알아봤다며 조건이 맞는 것이 있으니 와보라고 했다. 나는 버스를 갈아타가며 서울의 동쪽 끝에 있는 그녀의 동네로 갔다. 그녀는 메모해 놓은 복덕방들을 함께 쫓아다니며 집을 봐주었다.

그러나 나는 방을 얻지 못했다. 돈에 맞는 집이라는 것이 모두 너무나 형편없었기 때문이다. 버려진 옷장 같던 집이 그토록 절망적으로 어둡지만 않았어도, 열여덟 가구가 화장실 하나를 같이 쓰는 대문도 없는 집 부엌 벽이 대체 머리 위까지만 올라와 있었어도, 나는 방 한 칸을 그 동네에서 구했을 것이다.

그날, 단칸의 방들이 보여주는 적빈 때문에 나는 쓸쓸했다. 내 기분을 아는지 미란은 싸구려 주전자와 솥을 사는 슈퍼까지 다 따라다녀주었다.

그날 저녁을 그녀의 집에서 먹고 그녀 방에서 함께 자고 다음날 아침 나는 출근을 했다. 미란이 고마웠다. 마음이 따뜻해왔다. 그러나 우울하기는 마찬가지였다.

그후로도 방을 구하는 일은 쉽지 않았다. 개천 옆길로 난 창동의 방은 주인이 통장이어서, 시멘트를 바르고 있던 방은 바로 주인네 안방과 붙어 있어서, 대문 없는 고척동의 단칸방은 너무 작고 하나

밖에 없는 화장실이 악몽처럼 깊어서, 나는 서울의 모든 뒷골목을 쏠다시피 했음에도 방을 얻지 못하였다.

흙먼지를 뒤집어쓰고 개천변을 걸어오는데 월세방 하나 소개하자고 발바닥이 부르텄을 복덕방 영감님이 실의로 조용해진 내게 말했다. 젊어 고생은 다 사서 하는 거라우.

방 얻는 것을 더 미룰 수 없게 되었을 때 나는 퇴근길에 전철을 타기 위해 영등포에 갔다가 무작정 버스에 올랐다. 그리고는 종점에서 내렸다. 오래 된 양은 냄비 같은 버스가 텅 비도록 달려온 서울의 끝, 햇살 푸진 거리는 낯설고 조용했다. 한낮이면 간간 비행기 그림자가 땅 위를 스쳤다. 여러 운수 회사의 버스 종점지이기도 한 그곳은 온통 오래 된 연립주택촌이었다. 나는 연립주택의 지하에 한 칸씩 들여 지은 창고를 개조한 방을 보기로 했다.

계단을 타고 내려가면 좌우로 뻗은 좁은 복도에 각각 디귿자로 세 개의 쪽문이 있었다. 유리가 달린 쪽문에는 자물쇠 고리가 헐겁게 매달려 있었는데 그 문이 세대별 현관문이자 부엌문이었다. 부엌에는 시멘트로 만들어진 부뚜막과 파란색 플라스틱 연탄 보일러가 달려 있었다. 폭이 일 미터가 체 안 되고 높이는 한 오십 센티미터쯤 되는 창이 부엌과 방 사이에 걸쳐 있었다. 다행히 완전한 지하는 아니었던 것이다. 더구나 부엌 창 아래로는 놀랍게도 은빛으로 빛나는 수도꼭지와 하수구 달린 개수대가 역시 시멘트로 만들어져 있었다.

복덕방 아저씨가 방문을 연 순간 나는 마음을 정했다. 그 방은 천장으로 방수천 감은 파이프가 지나가지도 않았고 그리 좁지도 않았다. 이 정도면 그래도 충분히 살 수 있다. 내 이름으로 계약을 했다.

— 아가씨 혼자 살 건가요?

바로 위층에 사는 집주인 아주머니가 말했다. 나만한 딸이 있음직한 후덕한 인상이었다.

—아니요, 오빠가 있어요.

내 말을 주인이 어떻게 알아들었는지 모르겠다. 오빠를 애인으로 알아들었는지, 정말 오빠로 받아들였는지 모르지만 나는 어쨌든 상관없었다. 나도 그때까지 나의 정체를 집 나온 처녀로 할지, 술집에 다니는 여자로 할지 정하지 못했기 때문이다.

그러나 나는 단지 그 방이 비었을 때만 그 방에 있을 수 있었다. 나는 방을 지켜야 했다. 말하자면 누가 보아도 평범한 살림 사는 집처럼 보이기 위한 시늉을 빈 방에서 나는 내야 했다. 그 방은 내가 끝장났다고 생각했던 나의 너무 오래 된 연인과 그의 조직의 비밀 아지트였다.

그는 이미 전국에 지명 수배되어 있었다. 잡으면 백만원 포상에 일 계급 특진이래나, 했다. 불온 세력의 은닉을 도와준 사람에게도 실형이 선고되고 있었다. 그러나 나는 별로 두렵지 않았다.

—다음은 개 차례래.

젊은 아이들이 자기 몸에 불을 질러 죽어가던 나날이었다. 유난히 분신이 많던 그해, 분신의 차례가 정해졌다면서 다음은 그의 차례라는 소문을 나는 들었다.

그런데 그가 구하는 것은 시녀가 아니라 자기가 이불을 덮고 잘 방이었다. 나는 감격스러웠다. 더구나 그걸 나에게 부탁하다니.

—엄마 저 오늘 진주네 갈 거예요.

아침에 우유를 마시며 내가 말했다.

늘 하는 소리지만 때마다 이상하게 기도가 건조해졌다.

—또 자고 오니?

—네, 그럴 거 같아요.

기침을 콕콕 했다.

나의 이삿짐이라야 집에 있던 밥상과 전기 주전자 그리고 접시와 수저 몇 개가 전부였다. 이삿짐을 들여놓자마자 자물쇠를 달았다. 허리께부터 젖빛 요철 유리가 달린 부엌문은 얇은 판자로 되어 있어서 보조키라든가 하는 특수 열쇠를 달 수가 없었다. 자물쇠는 번호를 돌려서 여는 거였다. 문을 잠그기 위해서라기보다는 안에 누가 와 있는지를 확인하기 위한 장치였다.

빈 방에 짐을 들이고 나니까 쓸쓸했다. 나는 진주에게 전화를 걸었다.

— 어디라구? 와, 가깝다. 거기 우리집에서 다섯 정거장밖에 안 돼. 언니, 기다리고 있어.

진주는 한달음에 와주었다. 그곳은 나말고 다른 사람은 올 수 없는 곳이라는 걸 진주도 알고 있었다. 그러나 진주는 개의치 않았다. 누가 그애를 미행할 리는 없을 테니 개가 개의치 않는 건 자기에게 불똥이 튀는 일이었다.

— 언니, 심심할 때 들어.

진주는 일제 카세트 라디오를 내밀었다.

— 오빠 건데 슬쩍했어.

우리는 길 건너 시장에 가서 철제 기둥과 비닐 천으로 만들어진 비키니 옷장을 사서 세웠다. 생각보다 조립하는 데 힘이 많이 들었다. 조립이 제대로 안 된 건지 서 있는 폼이 영 불안했다. 그만한 것도 다 진주 덕이었다. 사람 키만한 옷장을 보는데 저 옷장 속에 어쩌면 그가 잠깐 숨을 날이 올지도 모르겠구나, 하는 생각이 섬광처럼 스쳤다. 그러나 옷장은 바닥에서 십 센티미터쯤 경중 올라와 있었다. 막상 어느 한 날 누가 부엌문을 우르르 부수며 들어온대도 그는 이 방에서 몸을 숨길 수 없었다. 천장에 붙은 창도 너무 작았다.

나는 매일 집에서 밥을 먹고 오랫동안 전철을 타고 다시 버스를 타고 그 후미진 동네로 갔다. 방을 지키기 위해서였다. 낮에만 있는 나를 이상하게 생각할 텐데. 술집 여자처럼 해볼까? 아니면 직장이 너무 멀어서 마련해둔 임시 거처라고 할까?

차를 타거나 내릴 때 혹은 길을 걸을 때 누가 널 따라오는지 잘 살펴라.

그는 내게 신신당부를 했다. 나의 부주의로 그는 물론 그의 조직이 모두 잡혀 들어갈 수도 있었다. 나는 늘 뒤꼭지에 신경을 쓰며 차를 기다리고 탔다. 그러나 한낮에 그저 빈 방을 지키러 가기 위해 버스 정류장에 서면 온몸이 분해될 것 같았다. 안구가 터져나갈 듯이 편두통이 밀려오고 미열과 오심이 자꾸 다리에 힘을 뺐다.

내가 늘 그렇게 느껴왔던가? 목욕을 마치고 난 몸에 잘 빨아놓은 블라우스와 주름이 확 펴지는 게더 스커트를 입고 그를 만나기 위해 길로 나서면 햇살은 말할 수 없이 싱그러워서 마구 가슴이 뛰지 않았던가. 한여름에도 더운 목욕을 하고 난 얼굴에는 늘 열기가 가슴 뜨겁게 느껴지곤 했다. 그를 만나러 가는 분홍빛으로 빛날 내 얼굴이, 볼 위를 스치는 듯 얹힌 나의 희디흰 솜털들이 너무 아름답게 느껴졌던, 소란한 거리에 매달린 신호등에 초록불이 뜨기를 별처럼 기다리던 그때.

아, 거길 가서 또 무얼 한담.

그들은 내가 방을 얻은 지 한 달이 훨씬 지나도록 방을 쓰지 않았다. 당초 예상과 달리 지금 있는 곳에서 조금 더 있게 되었다고 했다. 나는 그 동안을 거의 매일 그 방에 가야 했다. 묵직한 가방이 어깻살을 파고들었다. 영어 사전과 토플 책, 잡지 한 권, 소설책, 그리고 노트와 필통이 들어 있는 가방은 너무 무거웠다. 그 무게 때문에 길에 서 있는 것만으로도 멀미가 날 지경이었다. 그러나 나는 내가 그 방에 있는 몇 시간을 알차게 보내기 위해 가방에서 무엇 하나도 빼낼 수 없었다.

그러나 내가 싸들고 간 물건들은 그 방에 가면 무용지물이 되고 말았다. 그곳에서 있는 일곱 시간이나 혹은 하룻밤, 나는 책을 읽지도 잠을 자지도 못했다. 낯선 공간이 주는 쓸쓸함은 존재를 위협할 정도로 무서웠다. 나는 빈 방에서, 창 밖을 지나가는 어른이나 혹은 아이들의 발들, 지축을 울리는 지상의 모든 소음들에 신경을 쏟은 채 그저 앉아 있기만 하였다. 불안하고 적막한 시간이었다.

내가 가져간 노트에 나는 겨우 한 줄을 적었다.

이대로 소문도 없이 죽어갈 것 같다.

지하에는 모두 여섯 세대가 살고 있었는데 보통 아이가 둘씩 딸린 집이었다. 화장실은 동별로 하나가 옥외에 마련되어 있었다. 지층의 한 집 창문 옆으로 난 서너 개의 계단을 내려가면 화장실 문이 나오는데 화장실은 앉아서 들어가고 앉아서 나와야 했다. 불법 구조물이어서 일층의 베란다 밑에 지어질 수밖에 없었던 거다. 화장실 분을 열고 몸을 우겨넣듯 앉은걸음으로 화장실에 들어갈 때면 아주 힘이 들었다. 실제로 늑골이 결리고 숨이 막히는 듯도 했다. 그러나 그때의 힘든 것은 몸보다는 마음이었다. 내가 앉은걸음으로 화장실에서 나와 남의 집 베란다 밑에서 겨우 고개를 들 때면 마당에는 아이들이 축구를 하거나 낮은 담장 너머로 길을 지나는 청년들의 얼굴이 보였다.

그 화장실 문이 어느 날 열리지 않았다. 분명히 화장실 열쇠가 맞는데도 들어가지 않았다. 나는 다른 집에 물어보았다. 그 열쇠 맞는데요, 할 뿐이었다. 요의는 점점 심각해지고 있었다. 방광이 터질 것만 같았다. 그러나 아무리 해도 화장실 문은 열리지 않았다. 그렇다고 집 안에 소변을 볼 수 있는 곳도 없었다. 유일한 하수구는 개수대에 있었는데 거길 올라간다는 것도 무리였지만 그건 바로 창 아래 만들어져 있었다.

노래지려는 눈앞에 라면 봉지가 띄었다. 나는 그걸 국그릇 안에 잘 세운 후 참고 참았던 배뇨를 했다. 그러나 오줌은 내 계획대로만 누어지지 않았다. 라면 봉지 모서리에도 꽂히고 국그릇으로도 들어가던 오줌줄기는 이내 라면 봉지를 힘없이 무너뜨리고 방으로 번져 흘렀다. 멈춰야 한다고 생각했지만 괄약근은 오줌줄기를 이기지 못했다. 엉거주춤한 채로 나는 방바닥의 휴지나 찻잔이 젖지 않도록 황급히 치워야 했다. 웃음도 나왔지만 비참했다.

— 화장실이 길에서도 보이니까 지나가는 사람들도 꼬챙이로 열고 자꾸 들어가잖아. 우리는 창문 옆이라 얼마나 냄새가 나는지 몰라.

조금 복잡하게 바뀐 자물쇠의 새 열쇠를 받은 건 다음날이었다.

그가 드디어, 방으로 들어오겠다고 연락을 해왔다. 그가 오라는 곳까지 두 시간 가까이 달려갔다. 그러나 약속에 착오가 생긴 것인지 그가 없었다. 내가 그의 말을 잘못 알아들은 것 같았다. 나는 그를 만나기로 한 장소를 중심으로 그 일대를 몇 바퀴나 돌았다. 이대로 못 보면 영영 못 만날 것만 같았다. 내가 나타나지 않으면 그는 내가 붙잡혔거나 아니면 못 올 사정이 생긴 줄 알 것이었다. 밤길을 달려 더 어두운 곳으로 도망을 하거나 낙담하여 신세질 곳을 찾느라 여기저기 전화를 해볼 것이었다. 그의 절망에 가까울 낭패감이 내 속을 태웠다.

그렇게 헤매다 우리는 한 골목에서 땀에 젖은 서로를 발견했다. 길이 엇갈리지 않으려면 한 사람이라도 한 자리에 붙박여 있어야 한다는 것을 모르지 않음에도 이 길로 저 길로 헤매야 했던 서로가 안쓰러웠다. 미안하다. 차비가 없어서 너한테 오랬구나. 그가 말했다.

그곳에서 택시를 타고 한 시간 넘게 달려 그를 기다리고 있는 방으로 안내했다. 그러나 나는 그에게 이런 정도밖에는 베풀어줄 수 없는 나의 무능함이 부끄럽고 미안했다.

— 돈을 많이 벌어라.

그가 말했다.

나는 그가 사람이 살아가는 데 돈이 필요하다는 사실을 모르는 사람인 줄 알았다. 우리는 우리가 결혼이라는 걸 해서 아이를 낳고 기르면서 살아가야 할 미래에 대한 상상이 서로 달랐다. 그것 때문에 별을 보다가도, 숲에 앉아 있다가도 불현듯 다투고 우울해져야 했다. 결국 헤어지고 말 거라는 불길한 예감은 우리가 서로의 일 때문에 볼 수 없었던 틈새마다 내 마음에 버섯으로 자라올랐다. 이거야, 이제 우린 완전히 헤어진 거야, 내가 버섯을 뽑아 흔들었을 때도 그러나 그는 아니라고 했다. 우리는 잠시 만나지 못할 뿐이라고. 그러나 겁쟁이인 나는 그 사실을 의심하고 또 의심했다. 그런 그가 내게 다시 왔다. 자기의 방을 구하고 지켜달라고. 그리고 말했다. 돈을 많이 벌라고. 그러기 위해 하는 모든 행동과 방법이 지금은 선이고 정의라고.

난 머릿속이 맑개지는 것 같았나. 기쁘지는 않았지만 적어도 내가 해야 할 일이 아무런 혼란 없이 떠올랐으니까. 나는 왜 자신을 버리지 못할까, 나는 왜 그 동안 나를 키우시느라 고생하신 홀어머니의 안락한 미래를 걱정하나, 나는 왜 노동이나 추위, 고문 같은 육체적인 고통을 두려워하나, 나는 왜 모든 사람이 힘이 닿는 데까지 일해서 얻은 소득을 필요한 만큼씩만 가져가는 완전한 무욕의 경지에 이를 수 있다는 것을 의심할까, 더구나 나는 왜 아직도 간호사가 된다든지, 화가가 된다든지 하는 어릴 적의 꿈을 버리지 못하나……. 더는 그런 힐문에 스스로를 미워하고 조소하지 않아도 되었다.

　그러나 돈 버는 문제를 두고 그와 치렀던 전쟁이 끝났을 때 나는 내가 그토록 중요하다고 주장했던 최소한의 경제력이 정작 나에게는 없음을 깨달았다. 그 동안 임시직만 찾아다니던 것과는 달리 나는 정식 직원이 되기를 희망했다. 그러나 이상하리만큼 길이 막혀 있었다.

　나의 수입이라곤 아르바이트를 통한 부정기적인 얼마가 전부였다. 가끔 책을 사거나 친구들을 만나기 위해 버스 토큰을 살 수 있을 만큼밖에는 안 되는 액수였다. 나는 그 돈으로 그가 먹을 반찬을 사고 쌀을 사고 연탄을 사야 했다. 이불을 사고 빗자루를 사고 쓰레받이를 사고 슬리퍼와 비누를 사고 설거지 통을 사고 식기 건조대와 냄비를 샀다. 내가 마련한 음식이라고는 김치 한 포기와 두 되의 쌀, 싸구려 소시지, 그리고 그 방에 있는 동안 나의 연명을 위한 식빵과 봉지 커피가 전부였다. 언제까지 계속될지 알 수 없는 그의 이른바 도발이 비용은 하루에 이만원이라고 했다. 그중에서 나는 겨우 몇 끼의 밥값 외에는 도와줄 수가 없었던 거다.

　— 오래.

　그때 우리의 연락을 맡아주던 진주가 말하면 나는 그 방에 갔다. 내내 뒤의 경계를 늦추지 않고서도 그 집에 쑥 들어가는 법이 없었다. 연립주택들이 즐비한 그 단지 주변을 살펴보았다. 그리고 아무도 나를 보는 사람이 없다 싶을 때 지하로 쑥 내려갔다. 자물쇠가 제대로 있나 확인을 하고 집 안에 들어갔다. 방이고 부엌이고에는 그들이 지낸 며칠간의 고단한 일상이 보였다. 전쟁터 같았다. 거멓게 때가 앉은 베갯잇, 엉망으로 뭉쳐진 이불, 먹다 만 찌개, 열려진 채로 있는 밥솥, 윗목에 놓여 있는 도마와 칼, 국그릇 하나 가득 고봉으로 쌓여 있던 담뱃재. 굴러다니는 휴지 나부랭이, 비닐 봉지들. 그리고 정신과 육체 모두에 습습히 배어들던 매캐한 곰팡이 냄새.

불을 때지 못하는 여름의 지하방은 습기로 축축했다. 속에 스펀지가 들어 있는 얇은 요 위가 아니면 앉을 데도 없었다. 비닐 장판 전체에 마치 물걸레질이라도 한 듯 차고 미끈미끈한 습기가 질펀했다. 꺼멓게 젖은 벽에는 융단 같은 곰팡이가 피어났다.

방과 부엌을 치우고 나서 요를 빨려고 뒤집은 순간 나는 요를 얼른 놓고 말았다. 너무나 놀라서였다. 요 밑으로 푸르고 붉으레한 갖가지 곰팡이가, 평면의 건조한 모양이 아니라 마치도 버섯처럼 축축한 돌기로 자라오르고 있었던 것이다. 너무 징그러웠다. 곰팡이가 요 위까지 자라오르고 방 전체를 덮고 동물을 잡아먹는 식물처럼 모두 다, 나까지도 먹어버릴 것만 같았다. 진저리를 쳤다.

요를 빨아 물이 뚝뚝 떨어지는 걸 들고 빨랫줄에 널기 위해 절절매고 있을 때 뒤에서 누가 불렀다. 짜가지고 널어야죠. 주인 아주머니였다. 우리 탈수기 써요. 나는 그 집 목욕탕에 들어가 세탁조 없이 달랑 탈수조뿐인 기계에 요를 넣고 돌렸다. 내가 술집 여자로 보이고 싶어했든 어쨌든 나의 의도와는 달리 아주머니 눈에는 내가 그저 약한 몸에 일할 줄도 모르는 여자아이로 보일 뿐인가보았다. 아주머니는 내 작은 손을 딱하다는 듯 바라보았다. 나는 아저씨의 직업이 무엇인지, 혹시 경찰은 아닌지 묻고 싶은 걸 참았다.

아주머니가 아주 걱정스러운 얼굴로 말했다.

—불을 때야지. 여름이라도 불을 때야 습기가 없어지지. 연탄 두 장만 때면 뽀송뽀송해질 텐데.

습기를 없애는 방법이 그렇게 간단했구나, 나는 반가웠다. 그러나 마음이 내려앉았다. 연탄 두 장이야 살 수 있었지만 나는 연탄을 때는 데 필요한 최소한의 도구—연탄집게와 두꺼비라고 부르는 불뚜껑, 연탄 바께스 등은 살 돈이 없었다. 그때는 그나마의 아르바이트마저도 끊어진 상태였다. 나는 그저 예, 라고만 대답했다.

방의 습기와 곰팡내는 무서울 정도였다. 지하실 특유의 매캐한 냄새 위에 그 방에서만 유독 자라오르던 곰팡이의 냄새로 머리가 아팠다. 온몸에 척척한 빗물이 배어드는 것 같았다. 몸의 모든 관절에서 물소리가 찔꺽찔꺽 날 것 같았다. 이젠 잠깐 누워 있을 수도 없었다. 습기에, 곰팡내에, 눕는다는 게 전혀 편하지 않았다. 얇은 스펀지 요가 무슨 방주라도 되는 양 그 위에만 앉아 있었다. 그저 오두마니 앉아 있었다. 앉아서 생각했다. 나는 왜 이렇게 가난할까. 그러다 배가 고프면 식빵을 커피에 찍어서 먹었다. 젖은 빵을 씹으면서 또 생각했다. 난 왜 이렇게 무능할까.

그 빵을 진주는 일부러 찾아와 함께 먹어주었다. 그애는 단지 내가 가여웠을 것이다. 자기는 전폭 확신할 수 없는 생각에 온몸을 바쳐 사는 사람을 바라지한답시고 잠깐씩 가출을 해서 궁상을 떠는 내가. 그녀 역시 용기도 신념도 부족했지만 그것이 그저 내 인생의 불가피함, 자연스러운 결정이라고 그녀는 믿었다.

빵이 너무 써서, 빈속에 들어가는 커피에 자꾸만 위가 뒤집힐 듯 울렁거려와서, 우리는 아무 말도 하지 않았다. 배가 너무 고파서 견딜 수 없을 때에야 우리는 식빵을 조금씩 먹곤 했다.

언니 집에 밥 있길래 가져왔어, 하며 한 솥 가득 밥과 김치를 가져오고 김밥을 가져오고, 떡이나 먹던 식빵 봉지를 들고 오면서도 진주가 한 날은 그랬다.

— 어제 식구들이랑 수박을 먹는데 너무너무 언니 생각이 나는 거야. 어찌나 몰래 들고 나오고 싶던지.

그 말을 하며 진주는 마구 웃었다. 기가 막혀서 나도 웃었다.

그러던 하루 나는 선배 언니에게서 연락을 받았다. 좀 힘든 일인데 할래? 가상 전쟁 소설인데 열흘 만에 끝내야 돼. 아침 여덟시부터 열한시까지 근무하는데 시간 외 수당도 다 계산해준대.

참으로 오랜만에 하게 된 일이었다. 나는 진주에게 싱긋빙긋 그 소식을 전했다. 진주는 내가 상상하던 것보다 훨씬 더 기뻐했다.

— 언니, 잘됐다! 아이 참 잘됐다!

아이처럼 들뜬 목소리로 내 어깨를 자꾸 치며 깡충깡충 뛰었다. 얼굴에는 주체할 수 없는 밝음과 기쁨이 있었는데 믿을 수 없게도 눈동자에는 물기마저 어렸다. 내가 진주를 기억할 때 가장 먼저 떠오르는 밝은 달 같은 얼굴이다. 나는 그때 깨달았다, 사람이 다른 사람을 사심 없이 사랑할 때 저런 얼굴일 수 있겠구나.

이제 연탄집게랑 연탄 바께스를 사고 연탄도 한 오십 장쯤 들여놔야지. 그리고 진주에게도 맛있는 걸 사주어야지. 생각만으로도 나는 기뻤다. 우리는 부자가 된 것 같았다.

그러나 새벽 여섯시에 집에서 나와 열두시가 넘어서 집에 들어가기를 열흘이나 하면서 노동을 하여 번 돈으로 연탄을 사서 그 방의 습기를 말린 기억이 내게는 없다. 그 방은 그저 영원히, 통째로 썩어가는 채 내 기억 속에서 습하고 매운 냄새를 풍기고 있다.

그후 나는 취직을 했다. 죽어도 한 지리에 앉아서 남이 시키는 일만 하는 직장생활은 못 견디리라던 자신에 대한 나의 추측은 좀 틀렸다. 나는 아무런 말을 하지 않아도 시간을 흐르게 해주는 일이 있다는 것, 그리고 조용히 차를 한 잔 마실 수도 있는 나만의 책상이 있다는 것에 깊이 위안을 받아갔다. 가끔 가슴이 부젓가락에 파이는 것만 같아서 사무실 주변의 상가나 육교를 돌아다니기는 했다. 심장신경증이었다. 그러나 나는 그런 대로 잘 견디고 잘 적응해갔다. 많은 사람을 만나지는 않았다. 죽고 싶기만 했던 내 대학 시기를 아는 사람을 만나는 일도 가슴에 짐이 되었고 그 시절을 너무 모르는 사람을 만나는 것도 힘들었다. 그러면서 나는 차츰 진주를 자주 볼 수 없게 되었다. 진주의 졸업이 가까워졌을 때 나는 오랜만에 그애 집에 갔다. 여전히 초록 대문은 잠기지 않은 채였고 황량하게 빈 마당의 적요도 여전했다. 우리는 구두를 주워들고 그애의 할머니가 귀를 쫑긋 세운 채 누워 계신 방문을 지나고 욕실을 지나 진주의 방으로 들어갔다. 진주의 어지러운 책상에서 나는 사진 한 장을 우연히 보았다.

— 우리 오빠야.

진주가 말했다.

— 미국에 있어.

그러면서 진주는 침대에 벌렁 드러누워 천장을 하늘인 양 바라보며 덧붙였다.

— 나도 미국에나 가고 싶어.

나는 짧게 응수했다.

— 미친것.

아메리칸 드림이니 또 그것의 허구니 하는 것도 진주는 다 아는 아이였다. 그럼에도 가고 싶다는 것이었다. 답답하니까 해보는 소리려니 나는 생각했다. 진주는 졸업 정원제에 걸려 졸업을 못 하게 되어 있었던 거다. 거의 다 눈 가리고 아웅식으로 치른다는 학사 고시에 그녀는 몹시 자신 없어했고, 그런 시험을 치러야 한다는 사실에 자괴가 몹시 깊었다.

내 짧은 응수에 한번 해본 소리였다는 듯 진주가 히죽 웃으며 말했다.

— 언니, 나 취직했어.

진주가 하는 일은 성인 오락실의 캐셔였다. 밤 열시에 출근해서 새벽에야 퇴근한다는 그 직업은 수입이 좋았다. 작은 구멍으로 사람들을 상대할 뿐인 그 직업이 편하다고 했다.

— 거기에 불문과 출신도 있어. 굉장히 멋쟁이야. 처음에는 아르바이트로 시작했는데 수입이 좋아서 오래 하게 됐대.

진주는 당치 않은 희망의 빛을 띠고 그런 말을 하기도 했다. 아직은 힘들지만 자기도 곧 그렇게 적응할 수 있을 거라는 자기 암시였다.

— 넌 그 일을 왜 하니?

나는 야단치듯, 그러나 조심스레 물었다.

— 돈 벌려구.

진주의 고개가 숙여졌다.

— 돈은 왜?

진주가 손가락을 이불 위에 문지르며 대답했다.

— 서당에 갈 거야, 한문 공부 하러.

— 그건 해서 뭐하게?

진주가 눈을 들어 웃었다.

— 그냥, 좋아. 재미있어.

학문을 하겠다는 것도 무슨 책을 번역하겠다는 것도 아니었다. 그애는 그저 밤에 노름꾼들 돈을 바꿔주고, 도둑질 하지 않는 한 해고되지 않는 덕에 받은 월급으로 끄덕끄덕 서당에 다니고 싶다는 욕심밖에는 없었다. 욕심이 적으니 그냥 조용히는 살아질 것 같았다.

그러나 진주는 그 일을 석 달을 하지 못했다. 학사고시에 떨어진 때문이기도 했고, 새벽에 나오면 나이트클럽을 가거나 여자들끼리 한잔하러 가는 생활을 그애는 견딜 수 없었을 것이다. 그러고는 완전히 칩거였다.

다시 겨울이 되었다. 진주가 다시 학사고시를 치러야 하는 시기였다. 나는 미란이에게 열아홉 장의 편지를 쓰며 자기라는 인간을 변명해야 하는 나의 불운을 깊이 고소하고 있었지만 겨울이 가까워오면서 그 충격에서 조금씩 벗어나고 있었다. 오후 다섯시쯤 되면 갑자기 명치를 불쏘시개가 찌르는 듯한 통증에 사무실 주변을 휘휘 돌고 와야 숨이 쉬어지는 심장신경증 증세도 퍽 뜸해져가고 있었다. 시간은 나를 그런 대로 씻어주었다. 나는 스무 살 이전의 나, 웃음에 말강물이 떨어지는 나로 어느 만큼 돌아와 있었다.

나는 모처럼 진주를 불러냈다. 우리 회사 근처의 관음죽이 숲을 이룬 음식점에서 진주에게 밥을 사주고 싶어서였다.

—왜 그렇게 통 연락도 않니?

나는 진주의 어두운 얼굴을 물끄러미 보며 물었다.

—언니가 너무 바쁜 것 같아서.

그 말에 나는 좀 미안해졌다.

진주는 곧 있을 시험에 미리 절망하고 있었다.

밥을 먹고 차를 마시고 진주를 바래다주기 위해 버스 정류장까지 가는데 진주가 남의 말을 하듯 입을 열었다.

—나 미국으로 이민 가고 싶어.

처음 하는 말도 아니었고 미국이라는 나라에는 진주의 연고자도 있었으므로 충분히 가능성이 있는 이야기였다.

—거기 가면?

나는 차갑게 물었다.

—거기 가면 그냥 다 잘될 거 같애. 잘살 수 있을 거 같애.

우리나라의 현대사라는 것에 절망하고 그것에 대한 스스로의 변혁 의지나 용기가 박약함에 절망했던 아이가 미국으로 간다니, 그것도 막연히 모든 게 잘될 거 같아서 간다니 솔직히 나는 염오감이 일었다.

—야, 웃기는 소리 하지 마. 네가 여태껏 믿고 지녀온 원칙이나 신념은 내팽개치고 갑자기 너 혼자 낙원이라도 간다는 거야?

나는 맹렬히 욕을 해주었다. 그애는 화를 내지도, 변명을 하지도 않으며 나의 악다구니에 가까운 말을 들어넘겼다. 난 끝에 다짐을 해두었다.

— 미국 가면 넌 나와는 끝인 줄 알어. 난 너 다시는 안 봐.

빌딩이 하늘을 가리는 대로변이었다. 하이힐을 신은 여자들이 크고 밝은 쇼윈도에 자기 옆모습을 비춰보며 지나고 남자들이 양복 자락을 펄럭이며 스쳐가는 강남의 복판이었다.

진주가 목도리를 입 위로 올리며 말했다.

— 언니는, 자기가 지금 잘살고 있으니까, 그러니까, 내 마음 모르는 거야.

울고 있었다. 밝은 대낮에 사람 많은 길에서 스물에서 얼마 지나지 않은 나이의 여자아이가 울고 있었다. 나는 억장이 무너지는 것 같았다. 진주가 운다는 사실이 내 명치를 태웠고, 내가 지금 잘살고 있다는 진주의 표현이 폐부를 찌른 때문이었다.

나는 말했다.

— 잘산다고? 네가 어떻게 그런 말을 하니. 나한테 무슨 일이 있었고 그후 니가 어떻게 되었는지 유일하게 아는 네가 어떻게 나에게 그런 말을 할 수가 있니.

나는 미란이 내게 손가락을 정조준하여 묻던 나의 인간성에 대한 힐난을 떠올렸다. 미란에게 가난한 단칸방 얻는 일을 부탁했던 나의 불운에 나는 고소하였다. 내가 그녀에게 그 방과 전혀 관련 없는 일로 무언가를 부탁하였고 그리고 자기를 이용했다는 오해를 샀다면 나는 그저 억울하기만 하였을지 모른다. 그러나 하필이면 내가 그녀에게 부탁한 일이 그 방을 얻는 것이었고, 하필이면 그녀에게 그후 얼마간 소식 전하지 못한 것도 그 방 때문이었고, 그리고 그녀의 취직 자리로 내가 전화를 다시 했던 시기가 하필이면 내가 그 방에 얽힌 일로 심장신경증을 보이던, 그 지독한 흉통을 견뎌야 했던 시기이기 때문이었다. 하필이면 그랬던 것, 그것이 나의 불운 아닌가.

내가 잃어버린 모든 것들에 대한 생각지 못했던 억울함이 울컥 솟았다. 치밀어오르는 눈물을 누르려니 얼굴이 엉망으로 일그러졌다.

진주가 내 손을 잡았다.

— 미안해. 미안해 언니.

비록 힘이 돼주지는 못할망정 이 땅을 버리지는 말자, 볼품 없는 우리끼리 서로 기대고 서서 살자고. 나는 그렇게 거창한 말은 하지 못하였다. 한마디라도 더 하면 폭포 같은 눈물이 쏟아질 것 같아서 였다.

그후 진주는 학사시험에 통과했다. 나는 진주가 이제 더는 울거나 방황하지 않고 이 땅의 한 귀퉁이를 쓱쓱 쓸고 제자리로 정해 가리라 생각했다.

그후, 진주를 만나야지 하면서도 여유가 없던 어느 날 신문사에 볼일이 있어서 시내에 나왔을 때였다. 내가 막 택시에서 내리는데 택시 뒤편에 멈춰 선 버스를 향해 뛰어가는 남자와 여자가 눈에 들어왔다. 진주와 그애의 남자친구, 사련의 대상이었던 그녀의 오랜 애인이었다.

낯설고 놀라웠다. 내가 직장생활로 바쁜 몇 달 동안 진주는 몹시 살이 내리고 머리마저 길게 자라 있었던 것이다. 통통하고 귀여운 얼굴에 사내애처럼 늘 짧은 머리를 했던 그녀의 외양의 변화가 내게는 퍽 거리감을 느끼게 했다. 어떤 병이나 퇴폐의 징후처럼 느껴졌다.

나는 버스에 오르려는 그들을 부르려다 말았다. 이미 약속시간에 늦어 있었던 때문이다. 계단을 뛰어오르며 며칠 있다 전화를 해야 지, 생각했다.

그러나 내가 진주에게 전화를 한 것은 그후로도 한 달이 훨씬 지

나서였다. 너네 아직도 만나냐? 나 전에 너네 봤다. 하면서 즐거워
할 일을 상상했다. 너무 마른 그애들을 불러내 넓고 환한 음식점에
서 따뜻한 밥을 먹이고 싶었다.

그러나 전화 건너편의 진주 어머니는 말씀하셨다.

—걔, 오빠 있는 데로 떠났어. 이민 갔어, 한 달 전에.

순간, 나는 뇌 혈관의 피가 일시에 증발해버리는 것 같았다. 아무
생각이 들지도 아무 통증도 느끼지 못한 채로 나는 진주 어머니가
일러주시는 진주의 전화번호와 주소를 받아 적었다.

그러나 나는 곧 그 종이 쪽지를 어디에 버렸는지조차도, 잊었다.
연락을 하지 않을 것이기 때문이었다. 정말 가버렸구나, 생각할 뿐
이었다. 그후 그애도 내 머릿속의 악어에게 서서히 잡아먹혀갔다.

그리고 그 무렵 나는 다시 길에서 우연히 미란을 만났다. 우리는
서로를 보지만 서로 알아보지 못한다.

—이 시대를 구할 것은 이제 종교밖에 없을 것 같아. 생각해봐,
이 엄청나고 뿌리 깊은 모순의 세계를. 인간이 해결할 수 없어. 왜
냐하면 이 혼란과 모순은 말세의 그것이기 때문이지. 이제 곧 신
(神)의 혁명이 있을 기야.

—너 부슨 이상한 종교에 빠진 것 같다. 정신 차려. 왜 막살려구
하니?

방 한 칸 알아봐준 커다란 은공도 모르고 자기를 비난했다고, 일
년이나 지나서 분노를 터뜨릴 수밖에 없을 만큼 그녀는 그 미혹의
세계에서조차 절망한 것 같았다. 얼굴이건 차림새건 무엇 하나 달
라지지 않았지만 눈빛이 길을 잃어버린 자의 그것이었다. 다른 사
람들과 섞여 걸어오고 함께 신호등을 기다려도 그녀는 사람들과 전
혀 다른 시간대에 존재하는 사람처럼 보였다. 그녀를 보내놓고야
나는 깨달았다. 저애가 지금 죽으러 가는 건 아닐까. 그녀는 마치

망자의 시간대에 떠 있는 것처럼 보였던 것이다.

나는 수화기를 들었다가 다시 내려놓는다. 들 너머 불빛들이 지들끼리 이야기라도 하는 양 정겹다. 저 불빛들 속에 그러나 진주네 불빛은 없다. 아들도 두고 딸도 두었음에도 이상하게 대한민국에서는 잘살아지지 않아 젊은 것들을 다 미국으로 떠나보낸 환갑 지난 부모와 귀먹은 할머니는 모두 아홉시면 불을 끄고 잤다. 태평양 건너 진주는 깨어 있을 것이다. 깨어서 흰 커튼을 뚫고 들어오는 아침 햇살 속에서 분주히 출근을 서두를지 모른다. 그녀도 나를 잊었을까? 가끔은 생각을 할까? 가로등만 켜진 아무도 없는 빈 길을 부엌 창으로 내다보며 설거지를 하다가 그녀도 가끔 내 생각을 할까?
어두운 들을 바라고 선 유리창에 창백한 내 모습이 우련히 떠 있다.

6

여보, 나야. 여기? 좋은 데지. 천국이야. 사람이 안 다녀서 포장된 길이 풀로 다 덮였어. 그리 한 삼십 분 올라오니까 이렇게 너르고 탁 트인 데가 있네. 예전에는 오십여 호쯤 살았던 마을이래. 지금은 아무도 없어. 목초지였대나봐. 모르지. 무슨 일이 있어서 다들 없어졌는지. 전란? 전염병? 글쎄, 고개 너머에 마을이 있으니까 한번 물어는봐야지. 하늘 가까운 오지라고 생각하면 돼. 난 아주 마음에 들어. 집 팔면 되지 뭐. 바다나 좀 보고 갈게. 말해도 당신 몰라. 나 어릴 때 잠깐 살던 동네야. 우리 어머니 가서 사시던 데. 나도 따라갔었어. 석 달 살다 동생이랑 외가로 와버렸지. 그런데 거기가 다시 보고 싶네. 내가 처음 본 바다였거든.

잠결에 받은 전화다. 남편의 휴대폰에서는 바람 소리가 퓹, 퓹, 퓹, 들렸다.

전화를 끊고 시계를 보니 일곱시, 그제서야 그가 전화하기에는 너무 이른 시각 아닌가, 어느 이름 모를 산 봉정에 올라 밤새워 소주를 마시고 맞이한 새벽에 전화하는 건 아닐까 하는 방정맞은 생각이 든다.

나는 남편이 나보다는 조직생활을 훨씬 잘하는 사람인 줄 알고 있다. 난 한다면 해. 한번 정해진 목표에 그는 무섭게 돌진을 하는 사람이다. 나는 폭주족이야. 그는 말했었다.

누구나 한때는 있게 마련인 슬럼프가 잠시 온 모양이라고 나는 생각한다. 조금 불안하기는 하지만 별일은 없을 것이라고 믿는다.

나는 남편이 회사에서 윗사람에게 업무 추궁받는 일을 상상하기도 싫다. 책을 집어 던지거나 혹은 정강이뼈를 걷어차며 소리소리 지르는 상사 앞에 그가 부은 듯한 얼굴로 불쾌하게 서 있는 것을 생각하고 싶지 않다. 경영 철학이니 신규 사업 전망이니 하는 대단한 견해차 때문이 아니라 그가 잠산 소는 사이, 혹은 새로 온 여직원의 화려한 미소에 이끌려 며칠 정신 없이 지내는 사이 저지르고만 실수 같은 것 때문이라면, 난 생각 않기로 한다.

회사에서는 평소의 자존심이나 품위에 어울리지 않게 아주 형편 무인지경으로 깨지는 경우가 있어도 집에 와서는 자기가 얼마나 회사에서 중책을 맡고 있는지, 얼마나 할말 해가면서 사는지 떠들곤 하는 월급쟁이들의 속내를 우리는 서로 잘 알았다. 잘난 체를 하지도 않았지만 자기 사정 이야기를 하지도 않았고, 서로의 처지를 동정하지도 않았다. 그것이 예의다. 그래서 난 그가 회사에서 인간적인 상처를 받았으리라는 생각은 상상도 않는다. 누가 뭐라든 남편은 큰 전쟁에 참전한 위대한 전사다.

그러나 공연히 좀 허둥대진다. 아이에게 줄 아침 국을 끓이면서 소금 대신 커피를 넣을 뻔한다. 빨래 건조대에서 걷은 수건들을 냉동실에 넣을 뻔도 한다.

토요일이어서 유치원에 가지 않는 아이를 목욕탕에 데리고 가 물을 들이붓고 그 작은 몸을 벅벅 문지른다.

— 엄마 우리 어디 가?

아이의 젖은 몸을 수건으로 닦아주는데 내 손길에 몸을 흔들며 아이가 묻는다.

— 아빠한테 갈 거야?

그제서야 나는 내가 정말 이렇게 있어도 되는 건가 하는 생각이 든다. 무슨 일이 있는 건 아닐까? 그가 담장 낮은 전원주택을 지을 땅을 찾는 게 아닌 것 같다. 적어도 오늘 아침의 그는 어슴푸레한 박명에 폐허가 된 마을에서 천국을 느꼈다. 마음이 폐허가 아니고서 그런 느낌이 가능할까.

왠지 아이 눈치가 보여 침실에 들어와 수화기를 들고 그의 휴대폰 번호를 누른다. 그러나 역시 통화는 되지 않는다. 휴대폰은 도대체 살아 움직이는 사람과 교신하는 일이 얼마나 어려운가를 알려주는 물건인 것만 같다. 다시 그의 무선 호출 번호를 누르고 이어 음성 녹음 번호를 누른다. 갑자기 목이 멘다.

— 지금 어디 있어요. 어디 있는 거예요.

— 못 견디겠어요. 이건 군부독재보다 더해요.

나는 등신처럼 그 대목에서 울었다.

으르딱딱거려도 시원찮았을 부장이 말문을 닫았다. 아무것도 아닌 일에 눈물 바람을 하며 목숨 걸기로 나오는 내가 미친년 같았을 것이다.

 책상 위의 화분은 지저분할 뿐 아니라 시선을 차단시키므로 모두
치운다. 휴지나, 유리판이나 고무깔개도 둘 수 없다. 책상 위에는
전화 놓아야 할 위치가, 휴게실의 다탁에는 재떨이 위치가 황색 테
이프로 표시되어 있었다. 창조적인 사무 환경을 위해 깨끗하고 청
결한 환경 표준화를 먼저 한다는 취지 아래 전문 컨설팅 회사에 의
해 재단되어진, 크리에이티브 오피스의 준말이자 클린 오피스의 준
말이기도 한 그 시오(CO) 작업 때 나는 책상 위 유리컵에 키우던
조란을 버렸다. 물에만 담아두면 무성히 자라나는 조란은 처음 컵
하나에서 두 개로 세 개로 나뉘어졌다. 종이컵에 든 커피를 마시는
동안 쳐다보면 삭막하게 열린 하루에 청정한 이슬이 한 방울 떨어
지는 듯한 위안을 주곤 하던 분이었다.

 그러나 몇억의 컨설팅 비용을 지불해가며 시오 작업 결과를 점검
하려 했을 때 나는 약간 반발했다. 창조적인 사무 환경을 조성하기
위해 모든 자료와 업무 시스템을 획일화, 통일화시킨다는 것은 물
론 이해를 했다. 그것의 전단계로 우선 쾌적한 사무 환경을 만들기
위해 한다는 클린 오피스 작업까지도 이해했다. 하지만 난 바보가
아니다. 코흘리개도 이니다. 시오 상내 섬검을 위해 대표이사서껀
중역들이 컨설턴트와 함께 천 명도 넘는 사원이 일하고 있는 사무
실을 둘러볼 때, 나는 일부러 책상에 꽃도 꽂고 서랍 안에는 예쁜
만년필도 넣어두었다. 내 책상 위의 꽃과 서랍 안의 만년필을 본
그들은 말했다. 제대로 지켜지지 않고 있군, 그 말에 부장은 당황했
다. 시오는 사무 환경을 예쁘게 꾸미는 것 아닌가요? 나는 대리나
되어야 부릴 수 있는 호기로, 또 여자라는 특권으로 웃으며 말했다.
그들이 말했다. 홍보가 제대로 안 되어 있군. 주무 부서의 부장과
담당 이사 얼굴이 검붉게 변했다. 부장은 나를 불러 그저 조용히,

꽃은 언제 갖다둔 거예요? 정말 시오가 뭔지 몰랐어요?를 물었을 뿐이다. 나는 그들이 내 눈에는 그토록 비본질적으로 보이는 일에 그토록 집단적으로 골몰한다는 사실이 진절머리났다. 난 월급값을 하려고 얼마나 노력하는데, 새벽에 자는 아이를 깨워 걸려서 어린 이집에 맡기고 와서도 야근을 해도 못다 한 일, 뜻대로 이루어지지 않는 성과에 얼마나 노심초사하는데…… 회사 경비를 줄이기 위해 버스에서 전철로 다시 버스로 이어이어 가며 택시비 팔천원을 아끼는데 당신들은 겨우 내가 볼펜 세 자루를 가져야 한다는 규정을 만들기 위해 몇억원을 쓰는가. 그것도 법이라고, 만들어놓으니 꼭 지켜야 한다고.

나는 내가 팔십년대를 사는 동안 한 번도 내지르지 못한 말을 비통하게 내질렀다.

—이런 것도 무슨 법이라고 지키라는 겁니까.

그리고 며칠 지나지 않아 나는 사표를 냈다. 일이나 하고, 저런 거야 그냥 신경쓰지 말고 하라는 대로 해주지, 뭔 머리 풀 일 났다고 저러나. 동료들도 나를 이상한 여자로 보았다. 그러나 나는 더이상 나를 바보나 코흘리개 취급하는 사람들과 일할 수 없었다. 얼떨떨해하는 부장 앞에 사표를 내놓고 나오면서 그랬다, 투사라도 된 기분이었다. 그 순간 짧게 남편이라는 월급쟁이를 생각했다. 그러나 모른다. 그의 바다는 그가 헤쳐나갈 것이다.

왠지 마음에 바람이 든다. 집 안을 다 정리해놓아야 할 것 같아 문을 다 열어젖히고 청소를 하고 베란다에 물을 뿌리며 한참 북새를 떤다. 남편이나 내가 회사 일을 싸들고 와 하던, 말이 좋아 서재인 골방 문을 연다. 난방을 같이 하는데도 사람이 자지 않는 방은 썰렁하다. 책장이고 책상이고 엉망이다. 민족경제론과 21세기 기업 전략이니 불황을 이기는 전략적 사고니, 이런 사원이 회사를 망친다 하는 책 등이 뒤섞여 꽂힌 책시렁에 걸레질을 한다. 그가 장가 올 때 가져온 유일한 살림인 율색의 닳고 닳은 책상 위, 재떨이에 꽁초가 수북하다. 하여튼 담배는, 이건 또 언제 들어와 피운 걸까, 재떨이를 비우며 중얼거린다. 책상 위의 지포 라이터를 넣으려고 서랍을 여는 내 눈에 작고 검은 것이 들어온다. 그의 무선 호출기다. 그가 떠난 이후로 두 군데에서 연락이 와 있다. 난 그의 비밀 번호를 안다.

주영이다. 어제는 삐삐 못 받은 모양이지? 시우, 농약 마셨다. ……나 한잔했다. 넌 시우 녀석한테 연락 좀 했었냐? 난 못 했다. 짜식 부추 농사 짓는다 그래서 이젠 괜찮은 줄 알았다. 정신 말짱 해져서 자리잡고 사는 줄 알았다. ……내일 발인에는 올 거지?

지금 어디 있어요. 어디 있는 거예요.

친구들 모임에 부추를 한 다발 들고 왔었다는 친구, 저 모양 될 줄 알았으면 대학교를 보내지 말걸, 그의 부모들이 혀를 찬다는 친 구. 오랫동안 옥살이를 한 후 가끔씩 집을 나가버린다는 그 친구, 시우를 나도 알았다.

나는 아이에게 서둘러 외투를 입힌다. 어디 가? 아이가 묻는다. 단추를 채워주며 대답한다.

— 아빠한테.

바다다.

벌써 해가 지고 있다. 반이나 물에 잠긴 해는 다홍의 화려한 노을 속에서 붉디붉게 빛나고 있다. 해가 물 속으로 완전히 자취를 감추고서도 노을은 오래도록 바다 위를 안개마냥 떠돌 것이다.

네 시간이나 기차를 타고 다시 버스를 타고 택시를 타고 달려왔다. 길에서 파는, 보자기라기에는 너무 작고 손수건이라기에는 너무 큰 붉은 헝겊에 이 지역 지도가 그려져 있다. 그러나 이 지도에도 이곳은 없다.

— 아주 작은 마을이야. 그냥 벽촌이야.

의붓아버지만 아니라면 그냥 살고 싶었을 그의 처녀 바닷가에 대해 나는 벌써 연전에 이야기를 들은 적이 있다. 술이 떡이 돼갖고 와서는 현관에 주질러앉은 채 그랬다. 난 사실 잘살아야 돼. 보여주고 싶은 사람들이 있어. 그는 잊었는지 모르지만 나는 기억하고 있다.

나는 그가 보고 싶다는 바닷가가 바로 이곳인지, 이제는 어머니마저 돌아가셔서 친척도 아니고 그냥 아는 사이랄 수도 없는 의붓아비의 일가붙이들이 사는 이곳을 그가 왔는지, 그래서 나 어떠냐고 잘살지 않느냐고, 너볏이 돌아다닐지 확신할 수는 없다. 바닷가 암벽 위에 지어진 유일한 모텔의 숙박부에는 그의 이름이 없다. 그럼에도 나는 자꾸 그가 이리로 올 것만 같은 생각에 방 하나를 빌렸다. 창 밖 바로 아래로 바다가 느닷없이 푸르게 열려 있는 곳이다. 유년의 그가 느꼈을 바다의 인상이 이러려나, 이다지 푸르려나, 싶다.

그가 말한 곳이 이 마을임은 분명한데 작다는 이 마을 어디 그가 있는지, 벌써 다녀간 것인지 확인할 길은 없다. 아무 대책도 없이 아이를 끌고 오기에는 너무 멀고 낯선 곳 아닌가, 내가 잠시 원망

스럽다. 방에 가방을 넣어두고 깡충대는 아이의 손을 잡고 바닷가
로 걷는다. 벌써 해질녘이다. 모랫벌에는 사람이 드물다. 저녁을 서
둘러 먹고, 물 속에 들어앉은 채 하늘에 바다에 온통 노을을 드리운
해를 마주하고 앉는다. 바다에 떨어지는 해는 장려도 하다.

밀려갔다 밀려오는 흰 파도를 쫓아 뛰느라 찬바람 속의 아이는
바쁘다. 얼굴이 한기에 새파랗게 오그라들어도 즐거운 모양이다.
나는 아이의 잠바 위에 내 스웨터와 등산용 조끼를 입힌다. 조그만
머리만 삐죽 나온 아이는 저만큼 또 파도를 쫓아 달려간다.

길었던 노을의 행렬이 서서히 걷히자 푸르스름한 어둠이 확 퍼진
하늘에 해끔한 것이 나타난다. 달이다. 흰 달이 수면에 제 그림자를
길게 비추며 조용히 떠 있다. 부딪치면 쟁강쟁강 소리라도 날 듯
날렵한 반달이다. 달 그림자가 웃는 듯하다. 사라진 얼굴들이 그 위
를 떠간다. 어디어디 있나 잘 비춰보렴. 낮에 떨어진 바늘토막, 골
목장의 유리구슬, 기억 속의 얼굴들, 그리고 이곳 어디를 헤매고 있
을 한 남자.

누가 버리고 갔는지 과일 상자 골판지가 모래밭 여기저기 뒹군다.
나는 주변 숲에서 죽이 넘어지거나 나다 남은 장작 두 개를 끌고
와 골판지와 모두어 불을 붙인다. 이곳에 왔다면 이 바다를 한 번
쯤 둘러볼 그가 우리를 발견하기에 좋을 것이란 생각에서다. 성냥
을 그어 붙이자 숭숭 뚫린 구멍 사이로 먼저 흰 연기를 슉 하고 내
뿜으며 골판지가 타들어가더니 그 불이 굵은 나무토막에 붙는다.

— 엄마, 우리 안 들어가?

파도 몰이에도 지쳤는지 아이가 가까이 온다.

— 우리 바다에 달 지는 거 보자.

문득 말해놓고 보니 괜찮은 생각인 것 같다. 바다에 달이 빠지는
광경을 그러고 보니 한 번도 보지 못했다. 해의 노을이 장려하다면

달도 조용하지만 어떤 의식 같은 것이 있으리 싶다.

낭요(朗耀)한 빛을 고즈넉이 수면에 뿌리며 달이 물에 잠길 고혹의 광경을 상상하며 나는 아주 달을 마주하고 앉는다. 저도 주워온 음료수 병에 나무젓가락을 끼우고 불을 붙이려고 아이는 분주하다. 불이 붙으면 좋아라 하며 냅다 원을 그린다. 그러나 불은 너무 쉽게 꺼지고 만다. 아 따거, 불을 붙이려다 말고 얼른 손가락을 빼내기도 한다. 덴 모양이다. 다른 때 같으면 포달스레 엄살떨었을 만한 일에 아이는 신경쓰지 않는다. 살이 타도록 재밌는 모양이다.

─너도 이리 와서 앉아.

나는 좋은 것을 보여주려는 어미의 심정으로 아이를 불러 앉힌다. 해찰을 하면 머리를 한 대 쥐어박아서라도 보여주고 싶다.

달의 고도가 점점 낮아진다. 달마저 사라지면 어둔 암흑 속을 나는 아이와 단둘이 걸어 바닷물이 창 아래까지 밀려와 있는 방으로 가야 하리. 남편은 벌써 떠난 걸까, 아니면 어디로 영영 가버린 걸까. 그러나 나는 그가 이리로, 자기 상처이자 그리움의 고향인 유년의 바닷가로 올 것만 같다. 달이 완전히 지기 전에, 땔감이 다 떨어져버리기 전에 그가 오기만을 바랄 뿐이다.

등황빛에서 치잣빛으로, 귤빛으로, 홍싯빛으로 달은 낮아지면 낮아질수록 색깔이 붉어진다. 수평선의 잔물결 위로 달의 붉은 모습이 발치에 닿을 듯 길게 어려 있다.

─이제 달 빠지는 거야?

아이가 묻는다.

칠흑의 하늘에 뜬 붉은 달은 점차 자태조차 구분하기 어려워진다. 더 붉어져 안 보이기 전에 바다에 빠져야 하는데. 그래서 조용하지만 해보다 붉은 노을을 드리워야 하는데, 마음이 초조해진다.

달은 이제 흑장밋빛이다. 어서 물에 빠지렴. 그러나, 순간 암흑이다. 달이 그냥 사라져버리고 만 것이다. 마치 녹아 없어지듯이 아, 가뭇없이 사라진 것이다.

— 말도 안 돼!

나는 자리에서 벌떡 일어선다.

한때는 나도 저렇게 죽어지지 않아서 괴로워한 적이 있다. 그러나 어떻게 존재하던 것이 저렇게 사라진단 말인가. 최소한의 빛이라도 송가처럼 있어주어야 하는 것 아닌가.

나는 골판지를 더 주워와 사위어가는 불에 집어넣는다. 골판지를 던져넣을 때마다 불꽃이 확 일어나며 불티를 날린다. 불티가 옷으로 얼굴로 눈으로 날려와도 나는 미친 듯 골판지를 날라다 넣는다. 골판지건 쓰레기건 무엇이든 갖다 넣는다. 검은 연기를 피워올리며 너울너울 불이 타오른다.

미국으로 건너간 진주가 완전히 자리를 잡을 만큼 세월이 지난 어느 하루였다. 저녁을 먹고 캔맥주를 마악 따서 입에 대려는데 그 차가운 기운이 입술에 닿기도 전에 내 눈으로 텔레비전 화면 가득 불타오르는 엘에이 시가지가 들어왔다. 진주가 간 곳이었다. 캔맥주를 미시지도 버리지도 못하며 선 채로 나는 그 아비규환을 보았다. 진주의 얼굴이 나오면 어쩌나. 어쩐지 잘살아질 것 같아서 찾아간 낯선 나라에서 화마에 집을 잃고 미쳐 날뛰는 얼굴이라도 나오면 어쩌나. 가슴을 졸였다. 그러나 이내 도리질쳤다. 진주는 그저 이상하게 살진 얼굴로 흑단 같은 머리를 풀어헤치고 터질 듯이 청바지를 껴입은 엉덩이를 어느 흑인과 맞대고 폭양 아래를 걸으리라, 그러면서 차츰 그 나라 사람으로 행복하게 살아가리라, 그 순간에도 그리고 지금도 나는 고집스레 믿는다.

닥치는 대로 아무거나 불에 던져 넣으며 나는 주문처럼 낮게 중얼거린다.

잘살고 있어. 다 잘살고 있는 거야.

광포하게 타오르던 불도 꺼져간다. 아이는 어느새 내 어깨에 기대 잠들어 있다. 달마저 사라진 밤이 너무 어둡다. 너무 어두워서 비현실적이다. 거짓말 같다. 나는 속불만 붉게 남은 모닥불에 발로 모래를 끼얹는다. 콧물을 쿨쩍여가며 속으로 빈다. 다들 살아만 있으라고 그래서 꼭 다시 보자고.

이제 그만 올라가 바다가 보이는 낯선 창 안에서 자야 하리라. 내일 아침 해 밝으면 어디서 남편을 찾아야 하나 좀 조리 있게 생각해보기로 한다.

아이를 업고 언덕을 오른다. 젖은 모래 속으로 발이 푹푹 빠진다. 별이란 별은 모두 나온 듯 광활한 우주에는 성휘가 밝다. 업은 아이를 다시 추스르며 길을 오르는데 저 언덕 위 바다를 창까지 끌어들인 나의 숙소에 누군가 불을 밝힌 듯하다. 환각인가. 아니, 남편인가? 분신했다는 소식을 듣고 달려갔을 때 손이 떨려서 제대로 뿌리지 못한 시너로, 몸이 다 타고도 목숨은 남아 있을까봐, 분신을 하려거든 차라리 순식간에 훨훨 타버리기를 내가 빌고 빌던 그 사람인가. 그때 죽지 못하고, 역사를 심판한다는 오늘까지 살아남아 이 땅에서 범부(凡夫)로 살아가는 것이 오욕스러운 그 사람인가.

여보.

나는 불빛을 보며 낮게 불러본다. 걸음이 허청거려진다. 연기가 매웠던 건지 눈앞이 자꾸 흐려진다. 그러나 깜빡거릴 수 없다. 저 언덕 위 불빛의 환각이 사라질까봐.

달도 없는 밤길이 너무 어둡다.

(동아일보 1997년 신춘문예 당선작)

기원전, 날아간 풍선

단지 안의 동전은 겨우 세 개다.

좀 망설여진다. 단지를 살짝 흔들어본다. 숨겨진 동전이 혹시 더 있을까 해서다. 그러나 짤강, 하고 몸을 흔들어 보이는 동전들은 아무리 헤아려도 세 개뿐이다. 구리동전이 열 개 넘기 전에는 나는 결코 빨대 과자 하나 고구마 과자 하나도 사먹지 않는다. 더구나 요지경이라니. 그건 방앗간집 미옥이가 잠깐 건네준 걸 들여다본 것이 전부다. 요지경은 너무 비싸다.

나는 구두쇠 할멈이 되는 것이 소원이다. 그래서 내 저금통은 빨간 플라스틱 돼지가 아닌 검정 단지다. 그게 더 기분이 나기 때문이다. 동전이 한 단지 가득 모이면 마당 구석에 땅을 파고 묻을 거다.

단지 안의 동전을 들여다보면 손으로는 결코 만질 수 없는 기쁨이나 행복 같은 것들을 움켜쥐고 있는 기분이 든다. 손 안에 꽉 차오는 두툼한 동전의 느낌, 무지개가 손등에 걸려 있는 것 같기도 하다.

슬쩍 동생을 쳐다본다. 동전 단지를 여는 내 손길을 바라보는 동생의 얼굴에는 눈물기가 어느새 누룽지처럼 말라붙어 있다. 그러나 동생이 다시 힝, 하고 기운 없는 울음소리를 낸다. 내가 망설이고 있어서다.

검정 단지 안에 손을 넣어 동전 두 개를 꺼낸다. 하는 수 없다, 오늘은. 벌써 흘린 눈물만으로도 동생은 쓰러질지 모른다. 먹은 게 모두 눈물이 되어 나와버렸을 테니까.

공주는 공주인가봐. 나 같으면 생전 꿈꾸지 않을 요지경이 보고 싶다니. 서랍을 닫으며 동생의 얼굴을 쳐다본다. 나팔꽃처럼 웃음이 확 피어나겠지, 생각하고서다.

그러나 동생은 눈이 동그래지지도, 웃음이 확 번지지도 않는다. 겨우 울음을 그치고 뜰팡 아래 던져진 슬리퍼를 신기에 바쁠 뿐이다. 내가 동전을 꺼내고 말리란 걸 다 알고 있었다는 듯이. 순 여우다.

밖으로 달려가는 동생의 깡뚱한 노란 원피스 아래로 축 늘어진 흰 팬티가 보인다. 팬티 엉덩이에는 검실검실 흙때가 묻어 있다. 나도 동생처럼 팬티가 보이는 노랑 치마를 팔랑거리며 슬리퍼 신은 발로 달려나간다. 슬리퍼를 신고 걸으면 자꾸 발이 앞으로 쏠린다. 앞으로 쑥 비어져나온 발바닥에 흙알갱이들이 차고 까끌하게 느껴진다.

동생은 공주다. 지금은 비록 눈물 어룽이 땟국처럼 얼굴에 말라붙어 있고, 두 갈래로 묶은 머리는 해실바실 풀려 있지만 그래도 그애는 공주다. 머리는 어제 아침 엄마가 검정 고무줄 한 끝은 입에 물고 나머지 한 끝으로 눈과 귀가 다 아프도록 잡아당긴 머리채를 챙챙 묶어준 것이다. 그렇게 머리를 묶으면 귀 뒤의 머리 가죽이 얼얼하고 따가워서 한동안은 정신이 없다. 저녁때 빗질도 못 한다. 어느 때는 한쪽 머리를 너무 잡아채서 그쪽 눈만 삐죽 올라갈 때도 있다. 동생이 그러고 있으면 나는 마구 깔깔 웃는다. 내가 너무 재미있게 웃는지 엄마도 따라 웃는다. 그러면 동생은 얼굴이 빨개져서 화를 낸다. 머리를 풀어버리려고 떼를 쓴다. 두 눈이 삐쭉빼쭉 달라도 나는 그냥 참는데, 그거야 놀면서 눈을 몇 번 힘주어 깜빡이고 나면 똑같아지는 거니까. 그런데 동생은 싫다고 머리를 쥐어뜯으며 울곤 한다. 그러면 엄마한테 나만 혼난다. 괜찮은데 왜 웃고 난리야? 엄마는 쌀쌀맞게 소리친다. 어쨌든 머리를 그렇게 단단히 묶어두지 않으면 바람에, 고무줄 놀이 하느라 휘휘 내저은 고갯짓에, 낮잠에, 엉망으로 풀리고 만다.

하지만 오늘 아침, 엄마는 우리 머리를 빗겨주지 않았다. 잠을 험하게 잤는지 내 머리는 더 엉망이었다. 나는 머리를 풀어버렸다. 머리를 풀고 있으면 기분이 좋다. 내가 예뻐진 것 같다. 그러나 엄마는 우리가 머리 풀고 있는 걸 싫어한다. 어깨를 조금 넘는 머리 한 중간에 묶였던 자국이 나 있다. 나는 머리를 귀 뒤로 넘기고 쏟아지는 앞머리 때문에 턱을 좀 들고 다녔다. 아이들이 깍쟁이 같다고 했다. 동생의 머리는 묶은 채로 두었다. 얼굴은 더럽고 머리는 엉클어져, 동생은 지금 작은 거지 같다.

그래도 내 동생은 공주다. 공주일지 모른다고 나도 늘 생각하고 있는데 가끔 엄마와 아빠도 말한다. 이렇게 예쁜 공주님이 어떻게 우리집에 오셨나. 하지만 그럴 때 동생은 아무 말도 하지 않는다. 좋아서 히죽 웃거나 쑥스러워하지 않는다. 그런 말은 너무 많이 들

어 지겹다는 듯이 그리던 그림을 계속 그리거나 갖고 놀던 장난감
을 만지작거릴 뿐이다.

하지만 그애가 공주 같은 건 얼굴이 하얘서만은 아니다. 콧날이
오똑 서고 까만 눈동자가 또랑또랑 별 같아서만도 아니다. 엄마가
얼마나 아픈지, 아빠가 얼마나 화가 났는지 그애는 대체 아무 눈치
가 없기 때문이다.

요지경 할아버지는 방앗간집 옆의 시멘트 담장 아래 기대 앉아
있다. 늙은 개처럼 누워 있는 할아버지의 황토색 가방 옆까지 대여
섯이나 되는 아이들이 빼곡히 앉아 있다. 아이들 등판 중 하나가
내 눈길을 끈다. 상고머리를 한 납작한 뒤통수에 말라빠진 길쭉한
허리, 가로 줄무늬 면티가 째게 껴입은 꼴보기 싫은 등판, 바로 파
란 대문집 수찬이 녀석이다. 주먹을 차돌처럼 앙그러쥐고 그 납작
한 뒤통수를 따앙, 하고 때려주고 싶다. 요럴 때가 딱 좋은 기회인
데 놓쳐야 하다니 아깝다. 때려줄까, 말까, 가슴이 콩콩 뛴다.

나는 몰래 다가가 녀석의 등판을 무릎으로 쿵 찍어누르는 것과
동시에 말한다.

—좀 비켜.

—이 씨!

누군지도 모르면서 녀석은 대뜸 사납게 고개를 돌린다. 나라는
걸 알자 눈이 더욱 찢어진다.

—미안해. 좁아서 그랬어.

나는 천연덕스레 동생과 함께 수찬이 녀석 옆으로 파고든다.

—할아버지 옛어요.

동전을 내밀고 묵직한 요지경 하나를 받아든다. 그때까지도 수찬
이 녀석은 나를 표독스레 노려보고 있다. 옆눈으로 녀석의 노리끼
한 뱀눈이 느껴진다. 눈꼬리나 터져버려라, 속으로 주문을 외다가

갑자기 고개를 홱 돌린다. 생각했던 대로 녀석은 흠찔 놀란다.

—내가 미안하다고 했지?

했는지 안 했는지 잊어버렸다는 듯이 내가 밝게 묻는다.

녀석의 고개가 다시 요지경으로 돌아간다. 녀석이 하나마나 한 소리를 덧붙인다.

—시, 한 번만 더 그래 봐라.

나는 녀석에게 혀를 뾰롱 내민다. 녀석이 얼른 나를 다시 쳐다본다.

—얼른 봐라.

할아버지가 말한다.

가울가울, 가래가 끓는 탁하고 어두운 목소리다. 기분을 알 수 없는 얼굴, 저런 목소리의 어른들은 대개 아이들에게 친절하지 않다. 수찬이 녀석은 하는 수 없이 다시 요지경으로 눈을 들이민다.

나는 녀석이 밉다. 자기가 내 고무줄을 먼저 끊어놓고 내게 등판 몇 대 맞았다고 지네 중학생 형을 끌고 나타난 녀석이다. 치사하게도 수찬이 녀석의 깡패 같은 형은 나를 아이들이 모두 보는 앞에서 때렸나. 우리 오빠도 있었는데 우리 오빠는 설마, 하는 생각이었는지 말리지 않았다. 나도 수찬이네 형이 나더러 "너 가만히 서 있어, 움직이지 말고" 하면서 뒤로 물러설 때만 하여도 내게 무얼 하려는지 알아채지 못했다. 아이들도 모두 멀찍이들 물러서서 구경만 했다. 그런데 갑자기 수찬이 형의 운동화발이 내 가슴을 턱, 하고 찼다. 그제서야 우리 오빠가 주먹을 부르쥐며 말했다.

—에이 씨, 너무하잖아.

그러나 나는 안다. 오빠가 그런 건 이미 수찬이 형이 내게 달려와 "미안 미안 미안"이라고 하고 있었기 때문이란 걸.

오빠가 원망스러웠다. 오빠는 진작에, 그러니까 그 깡패가 아이

들을 물러서게 하고 나를 혼자 과녁처럼 세워둘 때 놈을 말렸어야
했다.

오빠는 수찬이 형에게 꼼짝 못 한다. 저녁마다 수찬이 녀석네 집
에 가는 신세이기 때문이다. 수찬이 녀석이 춥다고 재랄재랄을 해
대는데도 그 집 툇마루에 걸터앉아 방문을 열고 시퍼런 텔레비전으
로 레슬링이나 코미디를 보아야 하기 때문이다.

난 숨이 쉬어지지 않았다. 가슴이 밟혀 찌그러진 깡통처럼 도저
히 내 힘으로는, 저절로는 다시 통실하게 부풀어오를 것 같지 않았
다. 수찬이네 깡패 형은 요즘 태권도를 배우고 있었다. 그걸 자랑하
기 위해 내 가슴을 찬 것이었다.

나는 그대로 꼬꾸라져 날카롭게 울부짖었다. 욕 한마디 못 해주
고 울기만 했다. 어떻게 해도 내가 이길 수 없으리란 걸 알기 때문
이었다. 괜히 오빠 텔레비전만 못 보게 할 것이기 때문이었다. 아프
고 분했다. 수찬이 녀석, 말라빠진 멸치 같은 녀석, 몇 배로 갚아주
고 말 테야.

하지만 그 일을 엄마에게 이르지는 않았다. 오빠가 하드를 사주
며 엄마에게 이르지 말라고 자꾸자꾸 말했기 때문만은 아니다. 말
이 터지면 곧 울음으로 변할 것 같아서였다. 나는 벽에 기대어 말
하면서부터 울기 시작했을 거고 그러면 엄마는 신경질을 부렸을 거
다. 우리가 테레비 없다고 수찬이네 형이 나 때렸단 말야. 뭐? 그
게 무슨 소리야? 울지 말고 말해. 울지 말고 하라니까.

난 엄마가 이번 추석에는, 이번 크리스마스엔, 이번 어린이날엔,
하며 몇 년 동안 어겨온 약속, 바로 텔레비전을 사주마던 약속을
자꾸자꾸 지키지 않는 걸 생각하면 눈물이 난다. 공깃돌을 갖고 놀
다가도, 자다가 오줌이 마려워 문득 깨어났을 때도 그 생각만 들면
언제고 눈물이 난다. 엄마가 다시 그 약속을, 그것도 몇 월 며칠이

라고 자신 있게 할 때면 누가 내 가슴을 찢는 것 같다. 틀림없이 이번에도 그 약속은 지켜지지 않을 것이기 때문이다. 그런데도 틀림없이 우리는 엄마의 말을 철석같이 믿고 그때만을 기다릴 것이기 때문이다. 남의 오래 된 소원을 갖고 장난을 치는 건 너무나 잔인한 일이다.

하지만 우리는 엄마에게 원망할 수 없다. 그건 못된 아이들이나 하는 짓이다. 난 아무것도 조르지 않는다. 방울 달린 고무줄로 머리를 묶어달라거나 크림빵을 사달라거나 하지 않는다. 그저 머리를 감길 때 너무 거꾸로 처박아 숨막히게 하지 말라는 것과, 가위로 손톱을 오려낼 때 살이 베이지 않도록 해달라는 말을 할 뿐이다.

— 와!

동생의 입에서 탄성이 터진다. 나도 얼른 보고 싶다.

— 빨리 보고 줘.

나는 요지경에 손을 대며 말한다. 동생이 내 손을 털어내려 어깨를 후두둑 떤다.

— 히야!

동생이 다시 소리친다.

— 어디어디.

나는 동생의 손에서 요지경을 빼앗는다. 어둠의 세계 속에 아름다운 궁궐이 펼쳐져 있다. 불타오르는 듯한 단풍나무, 윤기 흐르는 검정 지붕, 너무 밝고 환해 눈이 시다. 아주 다른 세상을 몰래 훔쳐본 듯 두렵기도 하다. 나는 입을 다물지 못한 채 그림을 돌린다. 그러나 이내 눈앞이 캄캄해진다. 어둠뿐이다.

— 다, 됐다.

할아버지가 요지경을 거두어간다. 동생이 너무 늦게 준 것이다. 아니 너무 빨리 보아버린 것이다. 수찬이 녀석도 놀라 쳐다본다. 순간, 내 눈에 눈물이 핑 맺힌다. 수찬이 녀석이 해죽해죽 웃는다. 나는 동생의 등을 주먹으로 따앙, 때린다.

— 바보!

동생이 힝, 울음을 터뜨린다.

— 빨리 보랬잖아.

겨우 눈물이 말랐던 동생의 볼 위로 다시 눈물이 흘러내린다. 얼굴이 따가울 것 같다. 내 주먹은 왜 그리 잽쌀까.

동생은 다시 울어버리고, 내 돈은 다 녹아버리고. 누가 가슴을 할퀴는 것만 같다.

동생은 울보다. 그애도 하고 싶은 말을 눈물로 다 해버리는지 모른다. 그러나 동생이 울 때 난 울지 않는다. 왜냐면 난 언니니까. 우는 동생은 너무 가엾다.

잠깐 실수로 구름 아래 떨어졌더니 어느 작은 집이 나왔죠. 엄마는 매일 소리를 지르구요, 아빠는 술을 먹으면 눈동자부터 아주 무서워져요. 오빠는 내 과자를 빼앗아가구요, 언니는 나를 꼬집는답니다. 정말 이런 생활은 견딜 수 없어. 하늘나라 나의 궁궐은 아름다운 옷과 음식이 구름 같았지. 온갖 꽃이 달린 내 드레스와 붉은 비단 신은 어디 갔을까.

동생은 서럽게 운다.

— 업혀.

난 동생의 배에 내 등을 들이민다. 끄응, 무릎에 힘을 주는데 너무 힘이 들어 머릿속이 무언가로 꽉 차는 것 같다.

— 얼레꼴라리 얼레꼴라리 지가 무슨 언니라고, 얼레리 꼴라리 얼레리 꼴라리.

수찬이 녀석이 고개를 뒤로 꼬아 우릴 쳐다보며 왜죽왜죽 놀려댄다. 할아버지가 걸걸 끓는 목소리로 얼른 보라고 재촉하는데도 이

젠 아주 아랑곳 않는다. 요지경까지 땅바닥에 내려놓고 볼에 더러
운 손가락을 대고 용용거린다. 하필 수찬이 녀석 앞에서 돈도 잃고
동생도 울리다니 약이 바짝 오른다.

　나는 땅바닥을 짧게, 그러나 힘있게 찬다. 발가락들이 아프다. 그
러나 흙알갱이들이 수찬이 녀석에게 날아간다. 어허, 하고 할아버
지가 손을 내젓는다. 흙이 얼굴에 따갑게 박혔는지 순간 수찬이 녀
석이 일어선다. 그러나 덤빌 기세는 아니다. 놀리는 것만으로 충분
히 즐거운가보다. 이젠 아주 일어서서 바보 같은 춤을 춘다.

　나는 눈꼬리가 터져라 수찬이 녀석을 째려본다. 눈동자를 너무
옆으로 돌렸는지 눈에 아무것도 보이지 않는다.

　사실 모두 엄마 때문이다. 아니 아빠 때문이다. 아니 신촌 아줌마
때문이다.

　어제 저녁 우리는 아빠를 보았다. 아빠는, 우리가 잠들어 있을 때
회사에 가서 다시 우리가 잠들어 있을 때 돌아온다. 엄마 옆에서
자는 동생과 나도, 아빠와 우리들 발밑에 가로로 누워 자는 오빠도
그래서 아빠를 보지 못한 지 이주 여러 날 민이었다.

　얼굴을 간지르는 선뜻한 바람, 조용조용해도 왠지 아주 서두는
듯한 말투, 이불의 이상한 펄럭거림. 몸이 왠지 썰렁해져 눈을 떴을
때 아빠는 엄마를 때리고 있었다. 다듬이 방망이를 들고 아무 말
없이 엄마의 엉덩이를 내리치고 있었다. 마치 무슨 일을 하는 것
같았다. 엄마는 엉켜진 이불 더미에 고개를 묻고 숨죽인 비명을 질
렀다, 익익. 참느라 그랬는지 아주 가느다랗고 이상한 소리였다.

　아빠가 무엇 때문에 화가 났는지, 엄마가 무얼 잘못했는지 우리
는 알 수가 없었다. 엄마도 "다시는 그런 말 안 할게요"라든가 "그
건 내가 훔친 게 아니에요"라든가, 하다 못해 "잘못했다"는 말도 하

지 않았다. 그냥 가끔 아빠의 가슴팍으로 고개를 들이밀며 쉭쉭대는 숨소리보다 더 숨에 가쁜 소리로 말할 뿐이었다. "죽여! 죽여!" 그 소리도 "추겨 추겨"로 들렸다.

우리는 울었다. 오빠도 울었다. 엄마 때리지 마! 아빠는 나쁜놈이야! 나는 소리치고 싶었다. 달려들어 아빠를 때려주고 싶었다. 그러나 엄마는 우리가 가까이 가면 일그러진 얼굴로 우리를 떼어냈다. 아빠의 몽둥이에 우리가 맞을까봐 그런 것이었다. 우리는 방 구석에 서서 울고 아빠는 이불 더미에서 쿵쿵 엄마를 내리쳤다.

엄마가 잘못한 일이 없다는 걸 우리는 안다. 아빠가 왜 그러는지 까닭은 늘 모르지만 그래도 엄마가 억울하다는 건 안다. 엄마들은 원래 잘못을 저지르지 않기 때문이다. 나는 그걸 내 마음속보다 더 잘 안다.

그리고 오늘 아침, 우리는 아빠를 다시 볼 수 있었다. 엄마가 한 가득 누워 있는 방 한 켠에서 아빠가 서둘러 옷을 입고 있었다. 회사에 가기 위해서였다. 어제 마신 술 때문에 아빠는 늦잠을 잔 거다. 아빠는 엄마가 달걀에 참기름 한 방울 떨어뜨린 아빠의 아침 식사를 마련하지 않았는데도 아무 말 하지 않았다. 왠지 엄마를 잘 쳐다보지도 않고 아주 급히 양말을 신고 나가며 오빠에게 십원짜리를 하나 주며 빵을 사먹으라고 했다.

우리는 그 돈을 오빠는 사원, 우리는 삼원씩 나누어 가졌다. 나는 그중에서 일원만 썼다. 일원에 일곱 개인 고구마 과자를 사먹고 나머지 돈은 내 동전 항아리에 넣어두었다.

난 돈을 모아서 작은 손수레를 살 거다. 그리고 다시 더 돈을 모아 그 위에 작은 집을 지을 거다. 창문과 지붕이 있는 집. 집 안에는 작은 의자도 하나 둘 거다. 동생을 그 의자에 앉히고 나는 수레를 끌며 우리는 여행을 할 거다. 동생은 창으로 고개를 내밀고 풍경을 바라보며 즐거워할 거다.

우리가 여행할 곳은 아름다운 궁궐과 착한 사람들이 사는 나라다. 그림책 속에 있는 나라. 분명 그런 나라는 있다. 그 책 만든 사람은 보았을 것이다. 거기 어디서쯤 나는 동생을 기다리는 왕국을 찾을 수 있을지 모른다. 모두가 공주님! 하고 달려올 것이다. 거기서 나도 진짜 엄마를 만나는 거다. 하지만 진짜 엄마의 얼굴만은 지금 엄마의 얼굴과 똑같다. 추석 때처럼 거리가 다 환해지도록 옥빛 한복을 차려입고 머리를 부드럽게 말아올린 엄마의 모습이다. 우리 엄마는 세상에서 제일 예쁘다. 나는 다른 엄마 얼굴은 상상할 수 없다.

하지만 그런 나라가 없어도 좋다. 나는 좀 슬프고 쓸쓸하고 가난한 것이 좋다. 그냥 동생이랑 손수레 집에서 살 것이다. 파란 밤하늘에 별이 챙강, 걸리면 찬바람을 가리기 위해 옷으로 동생을 꽁꽁 싸주어야지. 그리고 낮에는 돈을 벌어야지. 고철을 주워서 엿장수 아저씨에게 팔고, 예쁜 인형을 그려서 동네 꼬마들에게 팔아야지. 우리는 밥을 많이 먹지 않으니까, 조금만 벌어도 살 수 있을 거다.

이런 꿈을 가진 건 우리뿐이 아니다. 친구 미옥이노 자기 동생 미정이를 데리고 떠날 거라고 했고, 이층집 경미도 자기 언니랑 둘이 외롭게 살 거라고 했다. 우리는 어쩌면 저기 버스 종점 너머 밭 한가운데 굴을 파고 작은 마을을 이루어 살지 모른다. 며칠만 살다 오면 엄마와 아빠는 우리를 안으러 울면서 달려올 거다.

오빠가 학교에 간 후 우리는 밖으로 나왔다. 동생에게 스웨터를 입혔다. 동생은 답답하다고 짜증을 부렸지만 나는 동생에게 눈을 무섭게 떠 보이며 스웨터 단추까지 채워주었다. 아직은 햇볕이 따뜻했지만 어쩐지 그래야 할 것 같았다.

우리가 골목에 앉아 흙으로 집을 짓고 길을 만들고 있을 때 동네 아이들이 우르르 지나갔다.

— 어디 가?

내가 물었다.

미옥이가 말했다.

— 개천에 애기가 떠내려왔대.

— 또?

며칠 전에도 그런 일이 있었고, 또 며칠 전에도 그런 일이 있었다. 그렇지만 나는 한 번도 떠내려온 아기를 본 적이 없었다. 나는 동생 손을 잡고 아이들을 따라 뛰었다.

작은 골목을 지나고 시장을 지나고 판잣집 동네를 지나자 눈앞에는 잡초 하나 없는 긴 흙더미가 나타났다. 끝도 없이 긴 둑이었다. 둑 위로 올라가니 둑 너머 개천 쪽으로 나란히 붙어 앉은 지붕들이 보였다. '하꼬방'이라고 부르는 개천가 집들이었다. 한 지붕 밑으로 마루가 보였다. 텅 빈 마루에는 환한 햇빛이 가득했는데, 마루와 지붕 사이로는 온통 물이었다. 희푸른 물은 마루 밑으로 방문 옆으로 돌돌 흘러갔다. 문 밖으로 언제나 물이 흐르는 집. 밤에 비가 오면 어떤 기분일까. 배를 타고 멀리멀리 가는 것 같지 않을까. 낮은 지붕들 사이로 언뜻언뜻 드러나는 집들을 들여다보느라 우리는 걸음이 자꾸 처졌다. 지붕 낮은 부엌에서 어떤 아줌마는 풍로에 꽁치를 굽고 있었다. 꽁치에서 나는 연기 때문에 아줌마는 눈물을 닦으랴 풍로에 부채질을 하랴 바빴다. 어두운 방에서 어떤 할머니는 윗도리만 입은 아이를 토닥토닥 재우고 있었다. 깊숙한 방에서 어떤 언니는 숙제를 하고 있었다. 언니가 우르르 지나가는 우리를 올려다보았다. 그리고 물었다. 뭘 보나?

둑 위로 올라서서도 우리는 한참을 뛰었다. 더 위로 올라가면 둑 너머에도 집 하나 없는 세상 끝이 나온다. 나는 꿈에서도 그 너머로는 가본 일이 없다. 아이들이 멈추었다. 아기가 떠내려온 곳이었다. 사람들은 별로 모여 있지 않았다. 경찰 아저씨와 똥색 잠바를 입은 아저씨 둘뿐이었다. 사실 이런 일은 자주 있었다. 겨울이 지나고 날이 따뜻해지기 시작하면 아기들이 길 잃은 물고기처럼 하나씩, 또 하나씩 떠내려왔다.

똥색 잠바 아저씨가 경찰관에게 손가락으로 개천을 가리키며 무어라무어라 말을 하고 있었다. 우리는 아저씨 손가락 끝을 쳐다보고, 아저씨 말을 열심히 들었다. 그러나 우리는 너무 어려서 아무리 열심히 들어도 어른들의 말을 알아들을 수 없을 때가 가끔 있다.

우리는 아저씨의 손가락이 가리키는 데를 쳐다보았다. 개천 가장자리 돌멩이와 쓰레기들이 섞여 있는 곳에, 찢어진 지우산 같기도 하고 걸레 같기도 한 푸른 천이 있었다. 아이들은 서로 밀치며 개천을 내려다보았다. 그러나 어깨를 밀치며 쳐다보아도 저게 무엇인지, 저 걸레 같기도 하고 찢어진 지우산 같기도 한 것이 아이인지, 저 속에 지금 아이가 있는 건지, 아니면 저것이 아이가 입고 있던 옷이라도 되는지 알 수는 없었다. 그러나 나는 그 속에 아이가 있는 거라고 믿었다.

뒤의 아이가 내게 물었다.

—보이니?

—응.

난 대답했다.

—아기가 어떻게 생겼어?

미옥이가 물었다.

—살색이야.

내가 말했다.

—인형처럼 생겼다.

미정이가 말했다.

우리는 모두 들떠서 아기 모습을 이야기했다. 어느 아이는 아기의 얼굴을 보았다고 했다. 어떤 애는 아기 손을 보았다고 했다. 아이들이 본 것을 맞추어보니 그건 엄지 인형 모양이었다. 뾰족하고 발그레한 머리털 몇 올이 꼭지처럼 삐죽 솟은, 빨가벗은 아기 인형. 그 인형은 아기 못 낳는 사람들을 위해 나온 거라고 했다.

하지만 난 차가운 물에 아기의 다리가 파래진 것을 본 것도 같았다. 그러나 무서운 모습은 생각도 하기 싫었다. 그건 너무 끔찍한 일이다.

우리 동네 어떤 아이는 저 개천에서 주워와 길러진 아이인지 모른다. 우리는 비밀을 알고 있다. 수찬이 녀석을 나는 의심스럽게 쳐다보았다. 그렇지만 실은 내가 개천에서 온 아이가 아닐까, 가끔 엄마가 새엄마처럼 느껴질 때 혼자 걱정하기도 한다.

버려진 아기를 보았다는 것 때문에 우리는 가슴이 동당동당 뛰었다. 엄마에게 이야기하고 싶었다. 우리는 또 떼지어 달렸다. 동네로 달려와 아무에게나, 어른이든 아이든 아무에게나 떠들어댔다. 아기를 보았어요. 우리는 떠들었다. 어떤 아줌마가 바구니에 담아와 버렸어요. 모르겠어요. 자는 것 같았어요. 아저씨랑 이야기가 끝나면 경찰 아저씨가 건져내겠죠. 안 죽었어요, 웃고 있던 걸요.

그러나 아이들은 그걸 가지고 서로 악을 쓰기도 했다. 아기는 죽었다고 어떤 아이가 소리를 질렀기 때문이다. 그러나 나는 말했다, 난 웃는 걸 보았어! 우리는 서로 싸웠다. 죽었어! 안 죽었어! 나는 엄지 인형처럼 얼굴 발그레한 아기가, 통통한 아기가 푸른 천에 싸인 채 웃고 있었다고 그래서 곧 어느 부잣집으로 가서 잘살 거라고 굳게 믿었다.

나는 동생의 손을 잡고 집으로 달렸다. 엄마에게 그 얘기를 해주고 싶었다. 혼날지 모르지만 엄마도 분명 재미있어할 것이었다. 그러나 집에 왔을 때, 집이 왠지 이상했다. 문이 떨어져나간 것도, 무슨 소리가 들리는 것도 아닌데 그래도 왠지 이상했다. 냄새 때문이었다. 누가 토한 것 같은 냄새와 아주 쉰내가 집 안을 가득 메우고 있었다. 하얀 종이에 누런 물이 들 것처럼 시큼한 냄새였다.

방문을 열었다. 방 안에는 여전히 이부자리가 펼쳐져 있었고 엄마가 거기 앉아 있었다. 그런데 엄마는 아주 괴로운 듯했다. 몸이 아픈 것 같았다. 엄마 머리맡에는 빈 소주병과 세수할 때 쓰는 대야가 놓여 있었다. 대야 안에는 토한 국물이 들어 있었다. 누렇고 벌겠다. 나는 코를 싸쥐었다.

—엄마, 아퍼?

조그맣게 물었다.

엄마는 두 손으로 바닥을 짚은 채 고개를 떨구고 앉아 있었다. 엄마의 고개와 어깨가 건들거렸다. 바람에 몸을 뒤채는 커다란 나무 같았다.

—나가 놀아.

꼬맹맹이 소리였다.

얼굴이 퉁퉁 부어 엄마의 눈은 오징어 눈처럼 <u>끄물끄</u>물한 살에 덮여 작아져버렸다. 술에 취한 아빠 얼굴은 무섭다. 그러나 술에 취한 엄마 얼굴은 징그러웠다. 나는 아주 슬퍼졌다.

엄마에게 아기 얘기도 못 하고, 앉을 수도 없어, 방문 앞에 선 채 있을 때 밖에 누가 온 것 같았다. 신촌 아줌마였다. 아빠의 친구인 황씨 아저씨의 부인인데 가끔 우리집에 왔다.

아줌마는 멋쟁이다. 우리는 아줌마를 볼 때마다 오늘은 저 외투 속에 무슨 옷을 입었을까 궁금해서 침을 꼴깍 삼키곤 한다. 외투 깃 속으로 조금 보이는 속옷을 상상하면 즐겁기만 하다. 무지개색 블라우스일까, 보석 브로치가 달린 저고리일까. 지난 겨울 흰 구슬이 잔뜩 달린 분홍 스웨터로 아줌마는 우리를 즐겁게 해주었다. 동생과 나는 아줌마의 속옷이 그림처럼 펼쳐진 순간, 화! 하고 작게 소리를 질렀다.

우리는 아줌마의 옷깃만 쳐다보았다. 그러나 엄마는 아줌마에게 옷을 벗으라고 하지 않았다.

— 웬일이래요.

곧 돌아가려는지 아줌마가 무릎을 꿇은 채 엄마에게 말했다.

지저분한 방과 지독한 냄새 때문이었을 것이다. 난 좀 창피했다.

— 얼마나 좋은가 해서 나도 마셔봤어.

엄마는 고개를 건들거리며 콧물이 잔뜩 밴 소리로 말했다. 그러더니 아주 놀라운 짓을 했다. 난 놀라 숨쉬는 것도 잊어버렸다. 엄마가 엉덩이를 까내린 것이었다. 허옇고 커다란 엄마의 엉덩이가 드러났다.

— 이것 좀 봐. 이러고도 아침엔 아무것도 생각이 안 난대.

엄마는 울었다. 엄마의 엉덩이에는 붉은색과 보라색을 마구 뒤섞어놓은 것 같은 멍이 가득했다.

그러나 나는 아빠가 엄마를 그렇게 만들어놓았다는 것보다, 엄마가 남 앞에 허연 궁둥이를 내놓고 있다는 사실이 너무나 창피했다. 세상이 딱 끝나는 것 같았다. 조금 있으면 하늘이 온통 벌게지고 다 뒤집힐 것만 같았다. 그렇지 않고서는 이렇게 이상한 일이 있을 수 없다. 결코 잘못을 저지르지 않는 엄마가, 술 취해 울며 엉덩이를 까내리는 집은 지옥이었다.

그때부터 동생은 징징거렸다. 나는 우리가 고아가 된 것 같았다. 작고 마른 내 동생이 가여웠다.

찬장을 연다. 점심때가 되어서다. 고춧가루 때문인지, 찬장의 나무 냄새인지 찬장을 열면 언제나 좀 매움한 냄새가 난다. 밥은 찬장 안에 김치 그릇으로 덮인 찬밥뿐이다. 장롱을 열고 이불 속에 손을 넣어 찾아보았지만 묻어둔 밥은 없었다. 반찬은 김치와 마가린이다. 찬밥에는 마가린이 녹지 않는데 어떻게 하나? 아궁이에 커다랗게 들어앉은 은색 솥 안에는 물이 설설 끓고 있다. 그 물을 숟가락으로 떠서 밥에 넣었다가 도로 따라낸다. 틀림없이 밥이 좀 따뜻해졌을 거다. 물기가 조금 있기는 했지만 그래도 찬밥에 마가린을 비빈 것보다는 나을 것이다.

호수 건너 숲속에 붉은 지붕을 한 아름다운 궁궐이 그려진 상을 내린다. 난 궁궐 위에 밥그릇 두 개와 물 한 그릇을 차리고 동생을 끌어다 앉힌다.

— 밥 먹자.

엄마처럼 말한다. 난 이제 동생의 엄마다.

그러나 동생은 나를 힐끗 쳐다보기만 할 뿐 수저를 들지 않는다.

엄마가 새로 지은 따뜻한 밥을 마가린에 비벼주어도 동생은 좋아하는 법이 없다. 오빠랑 셋이 저녁밥을 기다리는 불켜진 환한 방, 부엌으로 난 쪽문이 열리고 붉은 지붕 궁궐이 그려진 둥글고 누런 양은 상이 들어오고, 수저가 세 벌 쪼르라니 놓이고 그리고 마가린에 비벼진 밥이 하나, 둘, 셋, 그렇게 들어올 때 오빠 눈은 언제나 희번덕거린다.

— 또야?

가끔은 엄마에게 툴툴거린다.

그러면 부엌에 앉은 엄마가 소리를 지른다.

— 이 녀석이 무슨 반찬 타박이야?

나도 마가린과 간장에 비빈 밥을 매일 먹기는 싫다. 하지만 반찬 타박을 하는 건 나쁜 짓이다. 더구나 그건 엄마의 잘못이 아니다.

반찬 타박을 하지 않는 대신 동생과 나는 밥을 많이 먹지 않는다. 아주 조금을 물에 헹구어 잘게 찢은 김치와 먹곤 한다. 엄마는 우리 위해 김치를 헹구어 작은 접시 가장자리에 쭉 늘어놓아준다. 상에는 그래서 작은 물공기가 있다. 그것만으로도 난 기분이 좋다.

그런데 동생이 오빠처럼 반찬 타박을 하는 거다.

나는 밥상을 본체만체하는 동생에게 엄마처럼 말한다.

— 무슨 반찬 타박이야? 얼른 먹어. 네 애비가 돈을 많이 벌어와야 반찬을 해주지!

그건 엄마가 가끔 오빠에게 하는 소리다. 엄마가 그렇게 말할 때는 기분이 아주 슬프다. 엄마가 새엄마처럼 생각되기 때문이다. 밥값은 벌고 반찬값은 못 버는 아빠와, 아빠를 닮은 우리를 다 미워하는 마음씨 나쁜 아줌마 같다. 그렇지만 지금은 그렇게 말하는 것이 당연하다는 생각이 든다.

— 먹기 싫어.

동생이 말한다.

동생의 입술은 메말라, 작은 입이 더 작고 삐뚤어져 있다. 가만히 있어도 삐친 것처럼 보인다.

— 치, 지가 무슨 공주라고.

얄미운 생각이 든다. 요럴 땐 아무도 몰래 꼭 꼬집어주고 싶다.

나는 눈을 부라려 보이며 밥을 입에 넣었다. 그런데 너무 이상한 맛이다. 미지근하고 물기 있는 밥, 돼지 기름처럼 입천장에 달라붙는 느끼한 기름기, 신 뒷맛.

나는 이상한 밥맛을 곰곰이 생각하느라 동생에게 밥 먹으라는 말을 더 하지 못한다. 밥맛은 그렇게나 이상하다. 동생이 내 얼굴을 빤히 들여다본다. 내 얼굴이 이상한가보다. 동생이 입술을 삐죽거린다. 얼른 안 먹어? 동생에게 말하려는데 그게 어쩐지 거짓말 같다. 나도 안 먹을 거니까. 난 동생에게 눈을 한 번 무섭게 떠 보이고는 상에 상보를 씌운다.

오빠가 입다 작아져서 못 입게 된 누런 내복을 엄마가 입으라고 주었을 때 동생은 울었다. 튀어나온 무릎은 기워져 있었고 이상하게 앞이 터져 있었던 것이다. 동생은 그날 볼기를 한 대 맞았다. 나는 얼른 그 내복을 주워입었다.

동생은 우리집이 정말 자기 집 같지 않은 모양이었다. 그러나 나는 태어나기 전부터 세상으로 떨어지면 어떤 집과 어떤 식구들이 날 기다리고 있으리란 걸 미리부터 안 것 같다.

엄마가 아직도 방 한가득 누워 있기 때문에, 냄새가 지독히 나기 때문에 우리는 방에 들어가지 못하고 쪽마루에 앉아 오빠를 기다린다. 어쩌면 오빠가 학교에서 급식 빵을 먹지 않고 가져올지 모르기 때문이다. 구수한 냄새가 나는 빵, 세상에서 제일 맛있는 빵이다.

그러나 학교에서 돌아온 오빠는 어쩐지 어두운 얼굴이다. 햇빛에 그을려 검붉어진 얼굴 가장자리로 땀이 길게 흘러내리고 있다. 작은 눈이 더 쏙 들어가 보인다. 화가 났나보다. 빵은 없다.

그때 방문이 열리고 엄마가 나온다.

— 니들 밥 먹어야지.

파마 머리가 엉키고 뻗쳐 엄마 머리는 위로 어마어마하게 부풀고 뒤는 납작 눌려 있다. 누렇게 부은 얼굴이다. 그래도 난 좋다. 이제 엄마가 살아난 거다.

그런데 오빠가 엄마에게 인사도 하지 않고, 쳐다보지도 않고 삐죽 올라간 눈으로 말한다.

— 이게 무슨 냄새야.

집 안에 가득한 쉰내를 오빠도 맡은 거다.

— 니네 무슨 짓 했어?

오빠가 우리에게 소릴 지른다. 우리 잘못이 아니란 걸 알 텐데도 괜히 우리에게 그런다.

— 말 안 해?

그러더니 오빠가 상보를 휙 걷어낸다.

— 이게 뭐야?

오빠 눈썹이 치켜올라간다.

그러나 정말 아니다. 집 안의 이상한 냄새는 우리가 먹다 남긴 밥 냄새가 아니다. 우리는 놀란다. 동생과 나는 저절로 두 손이 머리 위로 올라가 동그랗게 말린다. 오빠가 우릴 때릴지 몰라서다.

— 니네 밥 먹기 싫으니까 밥에다 물 부었지.

— 아니야.

동생이 고개를 쳐들고 말한다.

— 아니긴 뭐가 아니야. 여기 물이 이렇게나 많은데.

오빠가 수저를 밥에 넣어 물기를 짜낸다.

— 언니가 밥에 물 말아서 비벼줬어, 뭐.

얄미운 동생이 말한다. 밥이 차가워서 그랬다고 얼른 말해야 하는데 입이 떨어지지 않는다. 오빠는 우리에게만은 아주 무서운 사람이다.

— 왜 오자마자 애들은 잡어?

엄마가 밥상을 거두며 말한다. 휴, 난 살았다.

오빠가 엄마를 쳐다보지도 않으며 큰 소리로 말한다.

— 여기 도장 찍어줘요.

공책 하나를 마루 위에 휙 펼쳐놓는다. 삐뚤빼뚤한 검정 글씨가 공책 하나 가득 새까맣게 써 있다. 똑같은 말을 여러 번 쓴 것 같다.

엄마가 공책을 힐긋 내려다본다.

— 니 애비한테 달래.

엄마가 가라앉은 목소리로 말한다. 아마 오빠의 공책에는 무언가를 가져오라는 말이 쓰여 있는 모양이다.

그런데 오빠는 입에 울음을 물고 있었던 모양이다. 말을 하려고 입을 열자 오빠 입에서는 울음부터 나온다. 꼭 말 울음소리 같다. 울음소리가 이상해서 나는 웃음이 터질 것 같다.

— 교무실에 불려가서 몽둥이로 머리 맞았단 말야. 그리고 내가 제일 많이 밀렸다고 나만 내내 벌세웠어.

오빠는 나와 동생이 보고 있는데도 막 울어버린다. 그러고 보니 오빠도 아이다. 웃음은 쏙 들어가고 나도 눈물이 나려 한다. 하품처럼 눈물도 옮는가보다.

— 얘가 왜 정신 사납게 울고 난리야? 싸놓고 안 주니? 있으면 어련히 줄까.

갑자기 엄마가 힘이 솟은 얼굴로 말한다.

오빠가 움찔 놀란다. 어깨가 옴츠러든다. 거북이처럼 머리가 쏙 들어가버릴 것 같다. 그러다 이내 주먹으로 눈물을 훔치며 밖으로 휙 나가버린다.

나는 오빠가 가끔 아주 싫다. 엄마가 없을 때 우리를 괴롭히기 때문이다. 밖에도 못 나가게 하고 노래도 못 하게 한다. 순전히 우리를 가둬두려고 긴 장대를 짚고 마당에 하루 종일 있은 적도 있다. 밥도 거기서 먹었다. 우리도 같이 먹었는데 재미있었다. 마당에 앉아 밥을 먹으며 우리는 킥킥 웃었다. 오빠가 말했다. 거 봐. 집에 얌전히 있으니까 재밌잖아. 오빠 말 잘 들으면 재밌는 일이 많어. 그러나 마당에서 밥 먹는 거말고는 재미있는 일이 없었다. 오빠가 한번은 엄마 안 계실 때 우리 돈을 뺏었다. 나는 돈이 많기 때문에 이원, 동생은 일원을 뺏겼다.

　—너네는 아직 어리니까 돈 쓸 때가 없잖아. 그러니까 내가 더 가져야 되는 거야. 다른 애들은 십원 생기면 동생들 일원씩밖에 안 준대.

　—학용품은 엄마가 사주잖아.

내가 고개를 쳐들고 똑똑하게 말했다.

오빠는 우리를 무릎 꿇고 앉게 했다. 그러고는 조용히 말했다.

　—엄마가 나 학용품을 사준다구? 너네 아침마다 못 봤어? 준비물 얘기하면 난 매일 혼나. 무슨 준비물이 그렇게 많으냐고, 엄마는 내가 거짓말하는 줄 알어. 그래서 학교에선 다른 애들 오리고 만들고 할 동안 난 혼자 가만히 있어. 그러다 선생님한테 걸리면 출석부나 몽둥이로 머리를 맞는 거야. 선생님 가까이 오는 소리 들리면 간이 아주 콩알만해져. 선생님들이 얼마나 무섭다구. 때리지 않을 때는 짝 째려봐. 그게 더 무서워. 넌 왜 학교 오니? 그래.

　우리는 오빠 말을 들으면서 학교가 정말 무섭다는 생각을 했다.

　오빠는 아침이면 신을 신고서도 학교에 가지 않고 우물쭈물 할 때가 있다. 그러다가, 저기 유리창을 깼어요, 라고 하는 것처럼 말한다. 오늘 미술 들었는데, 도화지랑 풀 사오랬는데.

　학교 앞 문방구에서 비닐 봉지에 넣어 파는 물풀은 하나에 일원이다. 엄마는 그 도화지나 풀, 색종이 따위를 어느 때는 사주고 어느 때는 안 사준다.

　오빠는 덧붙였다.

　—그러니까 니네도 돈 생기면 무조건 과자 사먹지 말고 저금해. 준비물 안 해가면 얼마나 슬픈지 알어? 혼자 빙신처럼 앉아서 숨도 못 쉬어. 선생님 무서워서.

　그런 오빠가 오늘 육성회비가 오래 밀렸다고 혼났댄다. 오빠 공책에는 아마 육성회비 달라는 말이 깔뜩 써 있었나보다. 공부 시간에 그런 걸 쓰다니 학교는 좀 이상한 데 같다. 우리 오빠는 학교에서 매일 혼만 나나보다. 내년이면 나도 학교에 가야 하는데. 자라는 것이 무섭다.

엄마는 밥을 해서 우릴 차려주고 다시 들어가 눕는다. 보통때 엄마는 우리와 잘 놀아준다. 솥에서 쌀이 익는 동안 동생은 엄마 얼굴을 갖고 놀기도 하고 엄마 등에 올라타기도 한다. 이랴, 이랴, 동생이 외치면 엄마는 말처럼 엉금엉금 기어가기도 한다. 엄마가 힘들다고 내려가라고 해도 동생은 절대 말을 듣지 않는다. 어떻게 해도 엄마가 화내지 않으리란 걸 알기 때문이다. 물론 나는 언니니까 그러면 안 된다.

동생과 나는 마루에 걸터앉아 밥을 먹는다. 한 숟갈 입에 넣고 다리를 흔들며 곰곰곰 밥을 씹는다. 열려진 문에서 햇빛이 들어와 세숫대야의 물에 비친다. 물에 비친 햇빛이 눈으로 환하게 들어찬다. 부엌이자 우리집 마당의 천장에도 물 그림자가 일렁인다.

그때 문에 쳐진 하늘색 발을 확 젖히고 들어오는 사람이 있다. 아빠다. 웃어야 할지, 도망가야 할지 모르겠다.

엄마와 싸우고 난 다음날은 아빠는 언제나 일찍 온다. 푸른 세로줄 무늬가 그어진 옅은 벽돌색 종이에 싼 만두나, 종이 봉투에 기름이 배도록 고소하게 튀겨진 통닭을 사갖고 온다. 엄마는 그래도 등을 보이며 누워 꼼짝도 하지 않는다. 우리는 엄마의 등 옆에서 만두나 통닭을 부지런히 먹는다. 맛있는 냄새가 엄마의 기분을 풀어놓았는지 우리가 만두나 통닭을 다 먹을 때쯤이면 엄마도 어느새 일어나 아빠를 흘겨보곤 한다. 웃음을 참느라고 콧구멍이 커진 얼굴로 말이다.

그러나 오늘 아빠의 손은 비어 있다. 술을 마신 것 같기도 하고 마시지 않은 것 같기도 하다. 아빠는 술을 마시지 않으면 너무나 조용한 사람이다. 엄마가 반찬을 아무렇게나 만들어도, 소리를 질러도 생전 화내는 법이 없다. 그러나 술만 마시면 얼굴부터 확 달라진다. 눈동자는 치켜올라가고 입술은 비뚤어져 번들거린다. 그러고는 엄마를 보자마자 화를 낸다. 밥상을 던지고 요강을 내동댕이치는 거다.

동생과 나는 자리에서 일어난다.

—엄마 있냐?

구두를 벗으며 아빠가 말한다. 우리는 아빠가 쳐다보지 않는데도 고개를 끄덕거린다.

아빠가 방에 들어간다. 어두운 방 안에서 낮은 목소리가 간간 들려온다. 아빠의 목소리다. 엄마에게 일어나라고 하는 것 같다. 내가 음식 씹는 소리 때문에 잘 들리지 않는 방 안 소리를 듣기 위해 밥을 문 채 가만히 있는데 불쑥 황씨 아저씨가 들어온다. 누런 봉지를 안고 있다. 파란 소주병이 보인다.

—아빠 오셨지?

아저씨의 말은 우리의 "안녕하세요"라는 인사와 섞인다. 아저씨는 뜰팡에 놓인 아빠의 검정 구두를 보고 방으로 들어가며 외친다.

—신 사장, 저 황입니다.

다시 발이 들쳐지고 이번에는 신촌 아줌마가 들어온다. 아마 엄마와 아빠를 화해시키기 위해 온 모양이다. 우리집에서 어른들끼리 잔치를 하려는가보다. 아, 이젠 아무 걱정이 없다. 엄마와 아빠가 싸우지 않으면 우리는 행복하다. 밥 다 먹었으면 나가서 놀아라. 신촌 아줌마가 말한다. 놀다 왔을 때, 요술처럼 엄마와 아빠가 웃고 있으면 좋겠다.

동생과 나는 모랫더미 쌓인 곳에 가서 궁궐도 짓고 굴도 판다.

두껍아, 두껍아, 헌 집 줄게, 새 집 다오. 두껍아, 두껍아.

모래 속에 한 손을 묻고 다른 한 손으로 두드려가며 노랠 부르면 어느새 집 하나가 만들어져 있다. 난 거기에 계단도 만들고 하드 막대기를 주워 울타리로 쌓는다. 모래는 차고 축축하다.

한참 모래 장난을 하는데 이마에 뭔가 찬 것이 톨, 맺힌다. 하늘을 올려다본다. 흐리고 어둡다. 비 오나봐, 동생도 하늘을 쳐다보며 말한다. 나가서 놀라고는 했지만 언제 들어오라고는 안 했기 때문에 우리는 집에 들어가도 되는지 걱정스럽다. 그러나 이내 빗방울이 콧등에도 떨어지고 발등에도 떨어진다. 먼지로 덮여 있던 내 빨간 운동화에 빗물 점이 두 개나 새빨갛게 찍혔다. 나는 동생과 함께 집으로 달려간다.

그런데 우리집이 좀 이상하다. 마루에 엄마와 신촌 아줌마가 나와 있다. 엄마가 손짓을 하며 방 안에 대고 뭐라고 소리치고 있다. 신촌 아줌마는 엄마 팔을 잡아끌고 있다.

─왜! 때릴 땐 언제고 소문나니까 창피한 건 알아?

안에서 무언가 우낭방하는 소리가 들린다. 엄마와 신촌 아줌마가 에고, 하며 마당으로 내려선다. 우리는 얼른 대문 밖으로 튄다. 무언가가 날아오고 있다. 엄마를 향해서다. 그건, 밥상이나 술병이 아니다. 방망이나 요강단지도 아니다. 그건 다듬잇돌이다. 어른도 혼자서 잘 못 드는 무거운 돌덩이가 엄마를 향해서 던져진다. 아악, 엄마가 피한다. 피하느라 쓰러진 엄마에게 마루로 뛰어나온 아빠가 소리친다.

─그래 이년아, 종로바닥에 가랑이 벌리고 누워 지나가는 놈 다 씹 줘라.

엄마가 쓰러진 채 운다. 나도 눈물이 난다. 무슨 뜻인지는 모르지

만 아빠의 말은 굉장히 무섭다. 지옥에서 하는 말 같다. 너무 무서
워서 우리는 막 운다. 내 귀 안에 내 울음소리가 가득하다. 집 앞에
동네 사람들이 모여든다. 엄마가 일어나 옷을 턴다. 그러고는 우리
에게 무서운 얼굴로 말한다.

—조용히 해. 울지 마.

엄마가 밖으로 나가려고 한다.

—왜 이래요. 참아요.

신촌 아줌마가 엄마를 붙든다. 우리도 엄마의 다리를 붙든다. 엄
마, 가지 마. 울며 매달린다.

—애들 생각을 해야지.

신촌 아줌마 말에 엄마의 눈썹이 싸늘히 올라간다.

—애들? 내가 왜 여태 저 인간하고 산 줄 알아? 다 이것들 때문
이야. 애들만 없었으면 벌써 나갔어. 죽고 싶어도 난 이것들 때문에
못 죽고 살았어. 하지만 이젠 소용없어. 씨 도둑은 못 하는 거야.
그 애비에 그 새끼들이지 별수 있을 줄 알아?

그리고 엄마가 우리를 내려다보며 말한다.

—너희들! 잘난 애비와 잘살어. 다 귀찮어.

나는 엄마에게 잘못했다고 소리친다. 동생도 잘못했다고 소리치
며 운다.

그러나 엄마를 붙들면 안 될 것 같다. 엄마가 우리를 원망하는
것 같아서다. 지옥 같은 우리집에서 여태 빠져나가지 못한 것이 모
두 우리 때문인가보았다. 난 엄마에게 미안하다는 생각이 든다. 그
런데 내가 무얼 잘못했는지는 잘 모르겠다.

엄마는 푸른 어둠 속으로 사라졌다. 엄마가 사라진 언덕 너머에
서 밀려오기 시작한 어둠으로 이제는 그림자도 다 사라졌다. 불 켜

진 가게 앞을 지나는 사람들의 그림자만 물 위를 괴물처럼 우쭐우
쭐 움직일 뿐이다. 오빠는 어디 간 걸까. 아마 수찬이네 집 뒷마루
에 걸터앉아 텔레비전을 보고 있을 것이다. 너 밥 먹었니? 수찬이
엄마가 밥상을 들여오며 오빠에게 물으면 오빠는 배가 고파 꼬르륵
소리가 나는데도 대답할 것이다. 먹고 왔어요.

동생과 나는 처마 밑에 기대 서 있다. 처마 끝으로 빗물이 떨어
져내린다. 먼 데서 비치는 불빛으로 찬 빗줄기가 언뜻언뜻 하얗게
드러난다. 비 때문에 우리는 멀리 갈 수가 없었다. 그러나 실은 엄
마나 아빠가 우리를 못 찾을까봐 멀리 가지 않고 우리집 담장에 붙
어 있는 거다. 하지만 캄캄하도록 아무도 우리를 찾지 않는다.

우리는 집에 들어가지 않을 거다. 엄마도 아빠도 우리를 귀찮아
하기 때문이다. 우리가 없었으면 다른 집에서 다른 사람들과 즐겁
게 살았을 테니까. 아빠가 엄마를 죽이려고 다듬잇돌을 던진 것보
다도, 무서운 욕을 한 것보다도, 동네 사람들이 모두 우리집을 구
경한 것보다도, 나는 그게 더 슬프다. 엄마는 아빠에게 말했다. "이,
인간아, 넌 인간도 아니야." 그리고 우리는 인간도 아닌 인간의 씨
랬다. 그래서 똑같댄다. 정말 그럴까. 난 왜 엄마는 닮지 않고 아빠
만 닮은 걸까. 나는 누가 불러서 세상에 온 걸까. 어느 날 갑자기,
보니까 내가 있었는데. 우리가 개천에 버려졌던 아이들은 아닐까.
그런 생각을 하니까 눈물이 쏟아진다. 그대로 개천을 따라 흘러가
버릴걸 그랬다.

자꾸 졸음이 와서 더 울 힘도 없다. 빗물을 쳐다보며 동생과 차
례로 끄억, 댈 뿐이다. 난 동생의 스웨터를 한 번 더 여며준다. 동
생이라도 스웨터를 입어서 다행이다. 동생이 가엾다. 아무리 보아
도 엄마나 아빠가 미워할 아이처럼 생기지 않았는데.

골목에서 희끄무레한 것이 보인다. 수찬이 녀석이다. 가게에 심

부름 가는 모양이다. 무슨 병을 하나 들고 다시 지나가다가 수찬이 녀석이 우리 앞에 선다. 그러나 나는 이제 녀석과 싸울 힘도 없다. 오히려 누가 우리를 보아주고 있다는 것 때문에 말랐던 눈물이 다시 펑 솟는다. 동생과 나는 수찬이 앞에서 입을 크게 벌리고 마구 운다. 우리를 보던 수찬이 녀석의 얼굴이 조금 일그러진다. 울려는지 입술이 삐죽삐죽한다.

그러나 수찬이 녀석도 들어갔다. 걔네 엄마가 소리쳐 불렀기 때문이다. 우리는 이제 어둠 속에 둥둥 떠 있다. 비는 너무 차갑다. 다리가 아프다. 졸음이 쏟아진다.

두런두런 말소리가 들려온다. 눈앞에 둘러앉은 사람들의 등이 희미하게 보인다.

─저 친구 속은 제수씨가 잘 알잖아요. 이게 다 세상이 뒤숭숭해서 그런 거지, 사실 법 없어도 살 사람 아닙니까. 그래도 한때는 사장 소리 듣던 사람이 남 밑에 있을래니까 어디 견디기 쉽겠어요. 살림은 다 거덜나고 식구들은 고생하고.

─그래, 집이가 참어. 그리고 아저씨 사업 건은 조용히 말려. 이제 모자는 안 돼. 벌써 혁명 나고부터 재건복 권장하는데 누가 중절모를 쓸 거야, 누가 파나마 모자를 쓸 거야.

난 머리가 아프다. 몸이 떨리고 춥다. 열이 나는 것 같다.

─아이고 애 깼나봐. 열이 아직도 안 내렸네.

누군가의 손이 내 이마를 짚는다.

─아버지 무서우니까 집에 못 들어오고 거기 있었나봐. 그래도 어떻게 자기 동생은 스웨터 입힐 생각을 했는지.

─연년생이래도 저 쪼끄만 게 언니 노릇을 제법 해. 내가 이것들 때문에 살어.

따뜻한 손이 내 볼을 쓴다. 나는 이제 마음이 놓인다. 다시 잠이
쏟아진다. 안개 속으로 빠지는 것 같다. 안개 너머에서 빗소리처럼
자울자울 누군가가 말한다.

— 이제 옛말 하고 살 날 있을 거야. 애들이야 뭐 아나? 좀 크면
어릴 때 일을 새까맣게 잊어버리는데. 집이도 다 잊어버려.

잊어버려.

그건 언젠가 내 풍선이 하늘로 올라가버렸을 때, 점점 작아지는
풍선을 올려다보는 내 눈에 핑, 맺힌 눈물을 보고 오빠가 했던 말
이다.

나는 잠 속으로 빠지며 생각한다. 세상에는 꼭 잊어버려야 하는
일이 있는 거구나. 나는 이제 잊어버려야 할 일이 벌써 두 가지나
생긴 거구나. 그런데 잊혀지지 않으면 어떡하지? 그러나 좀 크면
어릴 때 일을 새까맣게 잊는댔지.

이 잠에서 깨고 났을 때는 내가 많이 자라 있으면 좋겠다. 옷 밖
으로 커다래진 발이 쑥 나와 있으면 좋겠다. 학교가 아무리 무서워
도 학생이 되어 있으면 좋겠다.

파란 하늘로, 너무나 사랑스러웠던 나의 작은 풍선이 날아가고
있다.

(『한국문학』 1997년 가을호)

젖은 발

버들의 연둣빛이 유난히 새뜻하다. 비 때문이다. 눈에는 보이지 않던 가늘고 투명한 실비가 대기를 적시고 있다. 마치 내 몸에서 이슬이 돋아 살갗에 차고 부드럽게 맺혀오는 것 같다.

그래도 산성일 텐데.

머리카락 한 올이 목구멍에 걸린 듯, 잠시 나쁜 냄새처럼 지나는 생각이다. 우산을 갖고 나오지 않은 것을 조금 자책한다. 그러나 발은 돌이켜지지 않는다. 일기 예보에 비 소식은 없었다. 곧 그칠 것이다.

보이지 않는 비에 젖어 잔디며 은행, 단풍, 가문비, 버들, 모두 등불을 밝힌 듯한 연둣빛 한가지로 형형색색이다. 빗물 드는 포도(鋪道)도 자줏빛으로 한층 선연하다. 살갗에 맺혀오는 습기를 향해 얼굴을 내밀고 천천히 걷는다. 흙내가 알싸하게 끼쳐온다.

　─ 진짜 오겠단 거니? 야, 그림책에서 마귀 할멈이 걸어나온대도 더 놀랍지는 않겠다.

　내가 저 사는 데까지 가겠다고 하니까 명경이 긴긴 코맹맹이 푸념 끝에 한 말이었다.

　그러다 대뜸 잠에서 깨어난 것 같은 목소리로 말을 이었다.

　─ 나 살 많이 쪘어.

　우리는 일 년에 두어 차례쯤 허공에서 목소리로 만나왔다. 문득 전화해보면 명경은 아기 때문에 서서 밥을 먹는 중이라 했고 또 문득 전화해보면 학부모 노릇 하기가 돈 버는 일보다 더 어려운 것 같다고 앓는 소리를 했다.

　우리는 통화를 끝낼 때면 늘 말했다.

　─ 언제 한번 보자.

　─ 그래. 보자.

　그렇지만 그 동안 우리는 한 번도 약속이라는 것을 구체적으로 해본 일이 없다. 마치 움직임의 환상을 만들어내는 몇 컷의 활동 요지경 그림처럼, 나는 간간 들려오는 명경의 소식으로 그애 삶의 파노라마를 충분히 상상할 수 있었다. 잘난 여자든 못난 여자든 결혼하고 나면 치르게 되어 있는 프로그램을 따라 그애도 살고 있으려니 했다.

　우리는 서로에게 유령이나 혹은 소문 정도가 아니었을까. 그 정도의 존재감만으로 충분해하는 동안 다섯 해라는 시간이 창망히 흘러갔다.

　해가 마치 어디 숨어서 모든 물체에 형광색을 발라놓은 것 같다. 하늘은 희붐한 먹빛인데 모든 사람은, 모든 나무는 밝고 부드러운 빛을 내고 있다. 전동차가 드문드문 들어서는 비 오는 한낮의 노천 역사에는 사람들이 별로 없다. 나는 마치 이 시간대에 처음 존재해 보는 사람 같다. 길 건너편 스무 살 어름의 여자아이가 눈길을 끈다. 흰 챙모자에 흰 바지가 눈을 시원하게 파고든다. 허리에 두른 계란색 스웨터는 빛마저 발하는 듯하다. 나의 스무 살 적, 이제는 결코 아이가 아니라고 생각했을 때의 나는 저보다 더 원형의 빛을 발하는 점퍼나 우산을 쓰기도 했다. 그것은 명경도 마찬가지였다. 우리가 처음 만난 스무 살의 한때, 초여름 장마가 마악 시작되려는 어름이었다고 기억되는 무렵 명경과 나는 한 장의 사진 속에 같이 들어 있다. 학교 입구에 선 자귀의 향이 너무 황홀해서 내가 명경의 손을 끌었을 것이다. 빛이 몹시 고운 날이었다. 그러나 사진 속에는 자귀의 향은 없고 낡은 담홍빛 총채처럼 보이는 꽃이 분말처럼 붙은 나무 아래로 우리가 샛노란 우산을 받고 웃고 있다. 젖살이 채 빠지지 않은 얼굴, 좀 부은 듯도 하지만 턱선은 지금보다 훨씬 초강초강한 나의 얼굴이 보인다.

명경은 어떤 모습일까. 만나자고 하니까 자기 살집 걱정부터 하는 걸 보니 변화치고는 다행스러운 축일 것이다. 막상 얼굴을 마주했을 때 너무 짙은 화장이나 난데없는 눈썹 문신 같은 것에 눈길이 빼앗겨 할말이 다 증발되어버릴까봐 난 걱정이다.

전광판에 곧 열차가 도착한다는 문구가 빨갛게 뜬다. 내가 철길 끝을 바라보던 시선을 거둘 때다. 내 시야로 누군가의 얼굴이 비처럼 들이친다. 노란 스웨터가 비를 맞으며 선 뒤로 플라스틱 의자에 엉거주춤 앉은 채 철길 끄트머리를 응시하고 있는 남자다. 짙은 회색 바지에 흰 와이셔츠, 유행과는 무관한 칙칙한 빛깔의 넥타이를 맨 사람. 나는 그를 뚫어져라 바라본다. 그러나 교정 시력이 겨우 영점칠밖에 안 되는 눈으로는 그가 내가 아는 바로 그인지 확신이 서지 않는다.

나는 그의 누런 얼굴에 시선을 창날처럼 꽂은 채 그의 얼굴이 돌려지기를 간절히 빈다. 그러나 그는 곁눈에도 나의 시선이 걸리지 않는지 열차가 달려올 지점만을 집요하게 바라보고 있다. 물론 나는 그의 이름을 안다. 그러나 소리쳐 부를 수 없다. 주위 눈들이 민망하기도 하고 일껏 낸 목소리가 허공에, 비에 분분히 흩어져버릴지도 모르기 때문이다.

그러나 내가 그를 소리쳐 부르지 못하는 까닭은 그 때문이 아니다. 그가 내가 아는 그인지 확신이 없어서만도 아니다. 그가 나를 만나고 싶어하는지, 밝게 자기를 드러내 보이고 싶은 처지인지 알 수가 없어서다. 서로의 얼굴이 종발보다 작게 보이는 저 건너편에서나마 내게 반갑게 웃어 보일지 자신이 없어서다.

대낮에 드문드문 오는 전동차를 기다리는 남자는 어쩐지 수상쩍다. 열외에 선 사람 같은 쓸쓸함이 느껴진다. 실직자이거나 아니면 무얼 팔기 위해 닫혀진 대문 앞에서 물건에 대해 빠른 말씨로 설명하는 사람일 것 같다. 닫힌 문 앞에서 날마다 절망을 하는 사람, 땡볕 아래를 걸으며 왜 이렇게 살아간다는 일이 힘들까를 손에 너무 꼭 쥐어 구겨지고 젖어버린 전철 승차권처럼 실감하는 사람.

어제 본 그림 때문일 거야.

난 생각한다.

어젯밤 열두시, 명경의 전화를 받기 전에 나는 만화책을 보고 있었다. 감동스러운 만화책이었다. 글도 글이지만 그 살아 있는 인물들의 그럴 법함이라니. 이거 정말 예술이구나, 나는 놀랐다. 그러나 솔직히 그 책이 내게 준 감명은 그런 예술성, 살아 있는 캐릭터 등이 아니었다. 유행가 가사에서 얻는 공감이 늘 그렇듯이 딱 한 대목 내 가슴을 치는 것이 불씨처럼 빤히 박혀 있기 때문이었다.

그건 바로 주인공이 걸어가버린 쓸쓸한 노변 벤치 풍경을 담은

한 컷의 그림이었다. 그림에는 지팡이를 짚은 노인과 중년의 사내가 고개를 떨구고 무방비 상태로 앉아 있었다. 그런데 그 얼굴, 바로 그 중년의 사내가 내가 아는 어떤 사람의 얼굴을 베낀 듯 닮아 있었다.

ㅡ저분 얼굴은 왜 저런 거예요?

나는 그를 처음 보았을 때 회사 선배에게 물었다.

그의 얼굴은 온통 붉고 울퉁불퉁해서 마치 뜨거운 감귤처럼 보였다. 조금 더 붉었다거나 더 울퉁불퉁했다면 분명 대인 장애를 겪을 정도였다.

ㅡ성형 수술에도 한계는 있나봐요. 사대 육신 멀쩡한 것만 해도 다행이죠.

우리 회사에서 그분 하나 말 통한다고 공언하는 선배의 대답이었다. 지방으로 출장을 가던 중 차가 빗길에 미끄러졌단다. 얼굴뿐 아니라 몸도 뭉개진 대형 사고였단다.

솔직히 세상에는 아름다운 사람이 적다. 아니, 자기와 동종인 사람을 보고 아름다움을 느낄 만큼 인간이 맑거나 단순하지 않을지 모른다. 그를 보는 나의 심정은 그래서 늘 아슬아슬했다. 언제 그가 나를 실망시킬지 모른다. 아니면 아름다운 사람은 일찍 가는 것처럼, 언젠가 그는 돌연사 같은 걸 하게 될지 모른다.

거창하게 말하자면 그는 내가 기억하는 '인간'에 속했다. 늘 소매를 걷어붙인 누르께한 셔츠에, 어쨌든 달려 있기만 하면 되는 거 아니냐는 식으로 강동하게 매어져 있던 촌스러운 넥타이의 그는 우리 회사의 전무 이사였다. 그러나 회사의 비자금을 관리하면서도 회사 돈으로 요정에 출입하는 사람이 그는 아니었다. 부하 직원의 등을 두드려주려고 사는 점심이 함바집의 이천오백원짜리 백반이어서 오히려 사람을 감동시키는 인물이었다. 자기가 새로 맡은 일이

전 업무와 전적으로 무관해도 자기 평생의 업이었던 것처럼 소화시키는 사람이었다. 인간적 결함을 마구 드러내며 부하 직원을 닦달하지도, 불똥을 날리지도 않았다. 일을 맡겨놓고 먼저 퇴청하는 법도 없었다. 그의 방은 항상 늦게까지 불이 밝혀져 있었고 복도를 오가는 그의 걸음은 언제 보아도 빨랐다. 과로가 불러오는 뻐근함을 쾌감으로 즐기는 사람이 있다면 그가 바로 그런 사람이었다. 그는 지난해, 그룹의 다른 계열사로 옮겨갔다.

그런 그가 난데없이 사실적으로 그려진 만화책 한 귀퉁이에 엑스트라로 등장하여 앉아 있는 것이었다. 작가가 거리 스케치를 나갔다가 노변 벤치에 앉은 그의 모습을 실사한 것은 아닐까. 생명을 바쳐 일한 회사에서 버림을 받고 갑자기 할 일이 없어진 그, 자기 처자식들은 강남의 아파트에서 음악을 듣거나 학원에 가는 그 시간에 출근하듯이 낮이면 공원 벤치에 나와 가장으로서 한껏 미안함을 느끼면서 버려진 사람처럼 앉아 있는 그를 말이다. 나는 놀란 눈으로 그림을 바라보았다. 회사 일을 애절한 마음으로 하라던 그.

그에 대한 난데없는 염려가 머릿속에 가라앉아 있던 조직의 동종들을 기억의 표면 위로 떠올렸을 것이다.

맞은편 남자의 얼굴에 시선을 꽂고 있는 사이 내가 타야 할 열차가 미끄러져 들어온다. 강물처럼 흘러가는 차창에 그의 얼굴이 부표처럼 뜬 채 나타났다 사라지곤 한다. 나는 좀 가까워진 거리에서 그 얼굴을 확인하려는 생각에 얼른 전동차에 오른다. 그때 갑자기 그와 나 사이로 거대한 전동차가 돌진해 들어온다. 그리고 그 전동차 문이 채 열리기 전에 내가 몸 실은 차는 미끄러지기 시작한다. 나는 비 오는 노천 역사를 뒤로 하고 강물에 밀려가는 나뭇잎처럼 열차에 실려 떠간다. 뒤쪽에 붙은 가마, 앞으로 다 쏟아져내리는 철심 머리, 깡마른 얼굴에 물기 어린 동태눈인 그의 얼굴을 그리하여 나는 확인하지 못한다.

그는 한때 나의 동료였다.

우리에게는 똑같이 흰 책상과 똑같이 하얀 컴퓨터와 비슷한 분량의 일이 주어졌다. 그러나 나는 그를, 아침이면 내게 커피도 뽑아다 주고 뒷사람을 위해 자동문도 열어놓고 기다려주는 그를, 동료라고 생각한 일이 없다. 내가 자신을 얼마나 경원하였는지 그도 알 것이다. 튀어나온 눈을 반지빠르게 굴려가며 세상 모든 사람들의 신발바닥이라도 닦아줄 듯 비위를 맞추던 사람. 같이 이야기하는 것 자체만으로 자기 비하감을 심어주던 남자였다. 나는 속으로 비웃었다. 그렇게 비루먹은 쥐새끼처럼 굴어봤자 넌 절대로 남에게 대접 못 받는 인간이야.

그럼에도 그의 얼굴을 확인 못 한 나는 좀 안달이 난다. 그가 정말 내 염대로 모두에게 외면당해 한낮에 넥타이를 매고 누구에게도 소용 닿지 않는 물건을 서류 가방에 넣고 팔러 다니는 사람이 되어 있을까봐 가슴이 철렁, 한다.

그러나 아니다, 아닐 것이다. 그는 미울 정도로 오지랖 넓고 잇속이 밝은 사람이다. 공 없이 남의 가방 한번 들어주는 법도 없고, 차 한 잔 갖다주고는 대단한 봉사라도 한 양 떠들고 다니는 위인이다. 사막에 가서 김치도 담가 먹을 사람, 이라고 나는 빈정거렸다. 그 말에 그는 꽤나 호방한 듯 억지 웃음을 웃었다. 너는 빈정거리지만 그건 사실이야, 하는 자만의 웃음이었다.

아까 그 사람은 그가 아닐 것이다. 그는 지금도 잘살 것이다. 난 더는 그를 생각 않기로 한다.

어느 한순간 전철은 회색의 도심을 벗어나고 검은 지하를 벗어나 벌판을 달리고 있다. 빛나는 연둣빛이 지천인 들은 세우 속에 더욱 푸르다. 명경의 집이 있다는 동네는 너른 벌판을 지나야 닿는 머나

먼 이역이다.

　아파트는 주소를 이마에 붙이고 있어도 막상 그중의 어느 한 집을 찾으려면 쉽지 않다. 신기루에 홀린 듯, 가까워 보이는 거리도 걸어보면 너무 멀고, 눈앞에 보이는데도 길이 없어 한참을 돌아가야 하는 경우도 있다. 나는 공중전화로 명경을 불러내기로 한다. 공중전화도 흔치 않다.

　어렵사리 건 전화 속에서 명경은 깔깔거린다.

　─넌 직장 생활 오래 했다는 애가 촌스럽게 휴대폰도 없니?

　나는 웃고 만다. 저는 휴대폰이 있다는 소리겠기에 기특한 생각이 든다.

　명경은 대학을 졸업하고 나서 취직이 안 되는 동안을 무척이나 고달프게 지냈다. 나로 말하자면 졸업 석 달 전에 취직이 되었는데 그 일을 두고 명경은 날 좀 미워하였다. 그러나 그곳은 명경이 시새울 만한 곳이 못 되었다.

　─월급 얼마 받기로 했어요?

　출근 첫 날 옆자리 선배가 물었다. 내 대답에 그가 핏, 웃으며 말했다.

　─그건 우리 부장 월급이에요.

　나는 그날 점심을 먹으며 결심했다, 오늘 당장 그만둔다.

　나는 공원만도 못한 대우를 받아야 하는 직원이었다. 겨우 사장 혼자나 빠듯이 남들만큼 살 것이고 다른 직원들은 거마비 받고 봉사해주는 식이었다. 사장이 악덕 기업주였는지 나는 모른다. 그거야 사실 십 년을 일해도 알기 어려운 바이지만.

　아무튼 나는 억울했다. 수당도 없는 야근을 매일 열시까지 하고 화장실 갈 때 쓰는 휴지 하나, 커피 한 잔도 내 돈으로 해결해야 하는 그곳에 있자니 내 청춘이 썩어나가는 기분이었다. 뭉쳐 무슨 일인가를 해야 한다고 직원들은 틈만 나면 쑤군대면서도 정작 사장이 나타나면 숨도 안 쉬고 책상에 코를 박는 이상한 지옥을 입사 다음 날로 나는 벗어났다.

그 동안 명경은 가출을 했다. 엄마와 아빠가 낮이면 텅텅 비워놓는 자기 집을 놔두고 같은 서울 하늘 아래 남의 집으로 거처를 옮겼다. 낡은 책상과 일인용 소파를 짐차에 싣고 그애가 옮겨간 곳은 강이 멀지 않은 연립주택 지하였다.

— 불편할 건 없어. 단지 난방이 안 되고 화장실이 없을 뿐이야.

아직 채 겨울을 빠져나오지 못한 지하의 공기는 차고 축축했다. 거기서 붉은 스웨터 위에 코트까지 걸치고 명경은 마치 얼음처럼 굳어진 채 앉아 있었다. 책상에는 컵라면 두 개와 담배 한 갑, 그리고 책이 두 권 있었다.

— 나만 보면 울 엄마 울화가 치밀어 못 산대. 제발 눈앞에서 사라지래.

그러나 막상 명경이 자던 이불을 둘둘 싸들고 짐차를 부르자 그애의 엄마는 다짐을 두더란다.

— 기지배가 어데 나가 자노? 잠은 꼭 집에서 자야 한다.

그 말을 흉내내며 명경은 덧달았다.

— 정말로 꼴보기 싫었나봐.

명경의 가출은 그래서 매일 이루어져야만 했다. 매일 아침 가출을 해서 낯선 지하방에서 오들오들 떨며 앉아 있다가 저녁이면 집으로 들어가는 괴상한 출분이었다. 쫓겨난 명경이 슬프거나 가여워 보이지 않는 건 물론이었다. 나는 무슨 블랙 코미디를 보는 것 같았다. 명경은 자기를 찾아간 친구들 앞에서도 자세를 바꾸지 않았다. 엄마 속을 터뜨리곤 하였을 그 자세 그대로 앉아 붕어처럼 입술만 움직여 뻐끔뻐끔 말을 전했다. 딴에는 사무친 목소리였다. 그러나 친구들은 명경의 굳어진 무릎을 치며 웃어댔다.

표정을 풀지 않으며 명경이 말을 이었다.

— 일곱시도 안 됐는데 빈둥거리는 거 보기 싫다고 자고 있는 사람 이불을 확 걷어갈 때, 아주 칵 죽어버리고 싶었어.

명경의 지하방은 정말 무덤처럼 보였다.

그후 명경은 결혼을 했고, 첫 아이를 낳았고, 둘째 아이를 낳았고, 그러다 한때 만나게 마련인 풍랑처럼 남편이 실직을 했고 죽으라는 법은 없는지 마침 명경이 직장을 얻었고 그 직장에서 능력을 인정받아 오 년차 고참이 되었고 남편도 다시 직장에 다닌 지 삼 년이 넘는다는 것이 내가 아는 명경의 몇 컷 삽화다.

나는 망연히 서서 명경이 행복하여졌다는 동네를 둘러본다. 아름다운 인공의 섬이다. 줄줄이 늘어선 키 작은 은행나무도 여리디여리다. 바람이 세다는 동네, 길에는 어린 은행 한 그루가 뿌리 뽑힌 채 사슴처럼 누워 있다.

저만치서 불쑥 남국 빛깔의 치마가 나타난다. 명경이다. 우리는 새우처럼 허리를 꼬부리고 소리도 없이 웃는다. 얼굴의 잡티랄지, 눈가나 입술 주변에 연필 자국처럼 그어진 잔주름 그림자, 곳능에 뭉쳐진 분가루 같은 세월의 흔적이 서로에게 어색하고 부끄럽다.

— 우리가 만들려다 실패했던 낙원을 누가 만들어놓은 것 같지?

동네가 깨끗하고 참 좋다는 소리에 명경이 하는 말이다.

명경의 거실 창으로는 잘 조형된 공원이 보인다. 좁지 않은 실내도 환하고 밝게 꾸며져 있다. 집 예쁘다, 나는 소리나지 않게 박수를 쳐준다. 지하방에 뚱뚱한 인형처럼 앉아 있던 명경, 남편이 실직했다던 소문 속의 명경이 아이스크림 빛깔의 아파트 안에 살림을 빼곡히 채워놓고 살아간다는 일이 귀엽고 고맙다. 명경은 내 박수에 싱끗 웃는다. 명경은 확실히 살이 올랐다. 미렷해진 몸이 언뜻

방치된 듯한 인상을 준다.

　수박을 썰어 오며 명경이 말한다.

　—넌 그래도 아직 머리 길구나.

　—인디언 같지 않니?

　내 말에 명경은 파안대소를 한다.

　—난 언제 머리 감고 와서 보니까 내가 완전히 늑대 인간이더라. 그래서 당장 잘랐어. 밟고 다닐 정도로 머리 길대야 누가 봐주는 것도 아니고.

　수그러지는 명경의 낯빛을 살핀다. 그러나 별로 어둡지 않다. 간밤의 눈물 어룽도 없다. 내가 자기 얼굴을 말끄러미 바라보는 것이 부끄러운지 명경이 눈을 살짝 흘긴다.

　—아침에 해장국은 끓여 먹었니?

　내가 묻는다.

　—늘 끓여둬.

　그리고는 고고고, 하고 새처럼 웃는다.

　나는 서로 목소리만으로 간간 소식을 전하면서도 앞으로 한 삼십 년쯤은 너끈히 버틸 수 있을 것 같았다. 그때나 되어야 사실 만나질 수 있으려나 했다.

　우리는, 친구 누가 이민을 갔다거나, 누구는 너무 자세(藉勢)하는 집으로 시집을 가서 때아닌 시집살이를 하고 있다는 이야기를 징검다리 건너듯 건성건성 나눈다. 할말이 조금 잦아들어서인지 갑자기 빗소리가 사위에 가득하다. 명경이 차가 식었다고 도로 내간다. 명경의 어깨 너머 부엌 쪽창으로 낮은 산과 빈 들이 비에 젖어 뿌옇게 흐려지는 광경이 보인다.

　—어제는 몇시에 들어오셨든?

　나는 오늘 용건이랄 수 있는 말을 꺼낸다.

빗소리에, 수돗물 소리에 삼켜질 것이 두려워 내 목소리는 좀 달떠 있다. 남의 불행에 대한 천박한 궁금증 때문에, 전화만으로 연줄을 걸어놓고 있던 사람이 이 먼 데를 왔나 생각할까 지레 부끄럽다.

다행히 명경은 내 말을 알아듣는다.

— 일찍 왔어. 매일 그래. 내가 한 번씩 폭발하면 그날만큼은 죽어 지내. 교활한 거지.

팔놀림에 명경의 등이 흔들린다. 그 등만으로는 저 심정을 알 길이 없다.

— 그래서,

나는 다음 말을 잇기가 편하지는 않다.

— 또 용서하기로 했어?

— 모르겠어.

명경이 돌아선다.

— 싸우는 데도 체력이 필요하다, 너? 이 사람 남 속 뒤집어놓고 자기는 납작 엎드려서 잠아잠수 하고 몇 달도 버텨. 나 혼자 화내다, 울다, 난리 피우다가 결국은 내 풀에 내가 쓰러져. 그럼 이 사람 약 사가지고 온나.

— 그럼 됐네, 뭘.

— 약 왜 사오는데? 먹고 일해서 돈 벌어 오라는 거야.

그 정도야 사실 부부가 서로에게 가하는 채찍질 아닌가? 그러나 삼시 세끼 은저로 제 밥을 찔러보듯 서로를 시시콜콜히 못 믿는 그들은 결혼한 지 십 년, 그런 생활을 해온 지도 십 년째다.

— 이번에도 네가 지구력이 부족해서 백기를 들고 말 거 같니?

— 자기는 죽어도 아니라는데 내가 어쩔 거야. 사실 현장을 목격한 것도 아니고.

멀근멀근한 얼굴로 명경은 말한다.

그래, 우겨야 한댔지. 직원 교육 프로그램에 연사로 초빙되어 온 사람 좋게 생긴 남자는 말했다. 생활에도 적당한 거짓말이 필요한 거예요. 솔직한 것이 상대방에게 상처를 줄 수 있어요. 바람 피우다 들켜도 절대 아니라고 우겨야 해요. 이불 속에 있다가 들키면 어떡 할까요? 그때도 아니라고 우기는 거예요. 우기는 데는 장사 없어 요. 남자가 아니라고 우기면 여자들 어쩔 것 같아요? 듣고 있던 남 자들이 웃으며 합창을 했다. 속아줘요.

명경은 차라리 속아주기로 한 건가? 나는 마음이 묘해진다. 나는 일껏 제게 달려왔건만 명경은 밤새 저 혼자 다 청산을 해버린 거다. 그것도 늘 해왔던 대로. 그럼 앞으로 밤늦게 전화할 일 없겠다? 오 금을 박으려다 그만둔다. 말만 하지 말고 무슨 규정을 내야 한다고 덤벼들듯 생각했던 내가 스스로 좀 우습다.

— 어떤 여자니?

— 술집에서 만났겠지. 어린애 같애.

너무 통속이다. 할말이 없어진다.

— 그래. 믿어주고 살아라. 사실 바람 피우는 거야 사람이 저지르 는 잘못 중에서 사소한 거 아니니?

사람들이 너무 많은 죄를 짓기 때문에 어떤 때는 바람 피운다는 것은 죄악으로 생각되지도 않는다. 차라리 근천스럽고 초라하다. 사막 같은 인생을 건너면서 철없이 예쁘고 가슴 따뜻한 여자를 원 하는 것은 영웅이나 할 짓이다. 영웅도 아닌 남자가 왜 멍청한 미 녀를 그리워하는가. 바보끼리 뭘 하자는 것인가. 웃기는 일이다.

그러나 지금은 저렇게 말갛게 말하는 일을 두고 명경은 밤마다 내게 전화를 했다. 오랜만에 불쑥 걸려온 전화를 내가 너무 다정하 게 받아준 것이 아닌가 후회될 정도로 명경의 전화는 아무 때나 아 무렇게나 내 집의 벽을 뚫고 쳐들어왔다.

간밤에도 전화벨이 울렸다. 새로 한시였다. 난 명경에게 일침을 놓아야 한다고 생각했다. 그러나 아무 말도 할 수가 없었다. 남편과 자식이 잠들어 있는 시간에 밤마다 전화를 하는 여자가, 대체 제정신이 아닌 것 같은 여자가 급기야 울기까지 했기 때문이다.

— 죽기에는 나이가 사실 아까워. 그렇다고 살아가자니 앞날이 너무너무 아득해. 남은 삼십 년도 이렇게 살아야 하나…….

그러고 명경은 말을 잇지 못했다. 그를 안 지 십 년이 넘는 동안 본 적이 없는 눈물이었다. 연애로 결혼을 했고, 은비, 단비라는 이름의 두 딸도 있는 여자가 죽고 싶어서 흘리는 이상한 눈물에 젖어 나는 밤을 보냈다.

명경이 오랜만에 전화를 걸어오기 시작한 첫 날도 전화벨이 울린 건 밤 열한시였다.

— 저기, 갑자기 네 목소리가 듣고 싶더라. 너는 이 시간에 잘 것 같지도 않고.

오랜만에 걸려온 전화는 다 반갑다. 혼자 사는 사람도 어느 때는 혼자 있다는 것 자체가 무척 부자유하게 느껴질 때가 있다. 더구나 명경과 꽤나 부간했던 사이였던 나로서는 반갑다 못해 조금 놀랍기까지 했다. 단지 오랜만에 걸려온 전화치고는 너무 늦은 시간이어서 명경이 날 대상으로 전화를 했다기보다는 그저 문득 바람이 불어 전화를 돌리다가 우연히 내가 연결된 것 같은 느낌을 받았을 뿐이다.

그후 명경은 전화를 자주 했다. 그러나 전화를 하면 언제나 어색하고 미안해하느라고 한참 뜸을 들이곤 했다. 마치 집을 잘못 찾아온 사람이 그냥 나가는 일이 실례라도 되는 양 공연히 인사말을 건네는 것 같았다. 나로 말하자면 잘못 걸린 전화는 상대방이 그냥 끊어주는 게 편한 사람이다. 나도 전화를 잘못했으면 그냥 끊는다.

벨만 울리고 텅 비어버린 전화기에 대해 나는 아무런 상상도 하지 않는다.

전화에서 명경은 말했다.

— 저기, 우리 막내가 학교 갔잖니. 지 언니가 챙겨주니까, 내가 아주 편하네.

묻지 않은 소리를 하고는 혼자 좀 안절부절이었다. 그러더니 얼마 안 있으면 집을 살 거라는 이야기를 했다.

나는 명경의 남편이 실직을 하고 무슨 수순이라도 밟듯이 얼마간 술추렴으로 세월을 보내는 동안 이혼을 하네 어쩌네 하는 말을 몇 번 풍문에 들었다. 남편이 뭔가 해보겠다고 벌인 사업마저 거덜이 나서 단칸 월세방으로 옮겨갔다는 말도 들은 일이 있다. 그리고 그 방세가 밀려 딱한 지경이 되었다고 돈을 좀 보내주자는 말에 친구 구좌에 입금을 한 일도 있다. 나도, 커피를 타오라는 부장과 걸레질을 하라는 차장에게 대들며 나보다 월급을 많이 받는 신입 남자 사원 때문에 속을 태우며 지내느라 그때의 명경을 직접 보지는 못했다.

그 세월을 살아서 명경이 이제 기반을 잡았구나. 내가 회사에서 대리가 되고 누구도 나에게 잔심부름을 시키지 않게 되는 동안, 어려웠던 시절이 가고 이제 옛날 질었던 기억을 말릴 만한 맑은 바람과 햇살이 비쳐오는 시절이 되었구나. 나는 우리들의 나이라는 것이 고마웠다.

다음에 걸려온 전화에서 명경은 말했다.

— 누가 그러더라. 다이어트 방법으로 좋은 게 먹고 싶을 때 전화하는 거라고. 밤에 먹는 건 다 살로 가잖니.

나는 시계를 바라보았다. 한시였다. 뭐가 먹고 싶은 시간인가?

다음에 영시를 넘은 전화에서 명경은 말했다. 풀어진 목소리였다.

　―나, 한잔하고 있어. 뭘 안 먹으려고 하는데 자꾸 먹고 싶잖아.
그래서 술 마셨어. 나 술 마시면 설사하거든.
　비디오를 보며 나는 건성으로 물었다.
　―남편 안 왔니?
　―올래면 멀었어. 대부분 내가 잠들었을 때 열쇠로 따고 들어와.
그리고 다시 새벽이면 나가고. 월급쟁이들이 그렇잖니. 집에서 밥
도 한 끼 안 먹어. 그 사람 하는 말은 이게 전부다. 안 잤니? 자라.
나 간다.
　통화 횟수가 거듭되면서 명경의 이야기는 점점 중복되어가기도
했고 더러 앞뒤가 틀어지기도 했다. 명경이 이야기를 좀 과장하거
나 아니면 거짓말을 보태는 것 같았다. 혹여 싫증이라도 낼까봐 내
가 듣도 보도 못한 이야기를 하느라고 고심한 흔적이 벽에 흘러내
린 빗물 자국처럼 초라하게 드러나기 시작했다.
　나는 차츰 명경의 늦은 전화가 부담스러워지기 시작했다. 그러나,
그럴수록 명경의 전화는 더욱 상식을 벗어나는 이야기로 채워졌다.
　―어떤 여자가 전화하더니 그러더라. 어머, 안 죽었어요? 우리
남편이 마누라 죽은 홀아비라고 떠들고 다녔나봐.
　―우리 남편이 나한테 돈 달래. 사업한다고. 내가 집 산다는 소
리를 했거든. 그럴 돈이 어디 있냐고 굉장히 놀라더라. 나는 그런
이야기 하면 그 사람도 사는 데 힘을 좀 얻을 줄 알았어. 이렇게라
도 그냥 끄덕끄덕 한 가족으로 살아야지 생각했다. 그런데 다음날
부터 돈 달라고 조르는 거야. 내가 한두 번 속았어야지. 어떤 기지
배랑 살림 차리려고 그러는지 알게 뭐야. 며칠 전 저녁때 그런 전
화를 받았거든. 우리 남편이 나한테 전화해서 이런다. 수아야, 나
다.
　명경이 결혼이란 걸 할 때 나는 입맛이 달아나는 기분이었다. 스

젖은 발　177

물넷의 청춘에게 취직 아니면 결혼, 세상에는 두 가지 길밖에 없는
것으로 생각하는 그애 가족들이 이해되지 않았다.

은비와 단비가 학원에서 돌아왔다. 푸른색 체크무늬 원피스를 입
은 아이들은 명경을 전혀 닮지 않았다. 자기와 닮은 데가 없는 두
딸에게 명경은 냉장고에 있던 장조림과 오이지 두 가지로 상을 차
려준다. 그러고는 제가 보기에도 너무 박찬이라고 생각되는지 나를
보고 샐쭉 웃으며 말한다.

— 단백질에 야채면 된 거지?

착하고 순한 아이들을 놔두고 우리는 둘만 밖으로 나온다.

— 나도 가끔은 이래야 살어. 바쁘게 사는 동안, 애들도 훈련이
잘 되었어. 직장 생활할래니까 할 수 없었어. 회식도 있지 가끔 늦
게 끝날 때도 있지.

명경은 나쁜 엄마로 비칠까봐 신경이 쓰이는 모양이다.

우리가 들른 집은 생음악을 들으며 술과 밥을 먹을 수 있는 곳이
다. 그러나 너무 시끄러워서 이야기를 나눌 수는 없다. 소음을 건너
지르며 명경이 난 저 노래 너무 좋아해, 하며 턱을 고이거나 자기
수첩을 보여주며 이거 내 이상형이야, 한다. 배우 사진이다. 가볍게
날고 싶구나, 난 명경의 기분을 이해한다. 명경이 노래방에 가자고
한다. 캔맥주와 과자 한 봉지를 사들고 갈색 장미 무늬 벽지가 요
란한 지하 노래방으로 들어간다. 좁은 복도, 지린내 나는 공기, 손
님도 별로 없다. 명경이 마이크에 에코를 넣는다. 관객은 나뿐, 누
구를 위한 메아리인지 공허하다. 화면에는 곡의 리듬과 전적으로
무관하지도 또, 딱 들어맞지도 않는 춤을 추는 여자들이 등장한다.
붉은 비키니 노란 비키니 차림의 여자들, 난 그 여자들이 도발적인
짓을 할까봐 두렵다. 우리는 그런 걸 원하는 사람들이 아니야. 우리
는 그냥 노래를 하고 싶은 사람들이야. 나는 좀 초조해진다. 내가

생각한 명경과의 만남은 이런 게 아니었다. 대체 인생의 어느 부분이 정말 꼬이기는 한 건지, 아니면 명경이 혼자 뒤죽박죽이 된 건지, 조용히 이야기하고 싶었다. 이야기하면 무언가가 보일 것 같았다. 그러나 명경은 새삼 무언가를 감추는 것 같다. 다 거짓말이었어, 하는 것도 같다. 누렇고 푸른 화면이 명경의 얼굴에 어린다. 의외로 명경의 목소리는 바이브레이션이 많고 불안하다. 착한 여자가 무슨 소용 있나요. 명경이 노래를 부른다. 춤 같지 않은 춤도 춘다. 내가 노래 부를 땐 마치 치어리더처럼 야야, 소릴 지른다. 난 애써 괜찮다고 생각한다. 명경이 아무 말 하지 않아도 괜찮다고 생각한다. 그러나, 스무 살 적 명경은 저러지 않았다. 스물다섯 살 적 명경도 저러지 않았다.

돌아오는 길, 비 때문인지 좀 서늘하다. 명경이 자꾸 날 포장마차로 끈다. 나는 이미 돌아가야 할 시간에서 한참을 멀리 왔다.

—우리 남편 오늘 안 와. 자고 가라.

명경은 파리한 얼굴로 말한다. 생동생동한 낯빛이라면 차라리 거절이 쉬울 것 같다. 그러나 명경은 어느 한구석 무너져버린 사람 같다.

—이혼할 거야, 나.

오뎅 국물을 마시며 명경이 말한다.

나는 아무 말도 않는다. 예상했던 말이고 사실 명경에게서 그 말을 들은 것은 스무 번도 더 된다.

소주를 한 잔 들이키고 명경이 말을 잇는다.

—넌 모를 거야. 너야 땀도 없고 여분도 없는 대찬 독신녀니까. 사실 난 혼자 살 자신이 없어서 결혼했어. 집에서는 나를 무슨 냄새 나는 자루처럼 대했거든. 이 사람이면 잘살 수 있을 것 같았어. 첫애 낳을 때가 되니까 싸울 일이 좀 생기더라. 이혼하자는 말도

몇 번 오갔어. 다들 그렇게 사는 거 아니니? 그래서 더 정을 붙여볼려고 둘째를 낳았어. 그런데 이번에는 이 사람 실직하고 폭음을 하고 돈 좀 생기면 노름하고, 다 하는 거야.

그 무렵 명경은 친구들에게 말하곤 했다. 그 인간 좋은 사람이라고 소개한 친구를 찾아가 따귀를 올려붙여주고 싶어, 이혼할 거야, 어떻게 생각하니? 친구들은 말했다. 말만 하지 말고 해! 그러면 얼마 지난 후 명경은 그랬다. 이 사람이 뭐 바람을 피우는 것도 아니고, 날 때리는 것도 아니잖아, 그래서. 그래서?

— 빗물 새어들어오는 월세방에 살 때 그 사람 혼자 술 마시면 나는 애 하나 업고 하나 손 잡고 밖으로 나갔어. 이 애들을 어떻게 먹여 살리나 어떻게 이것들을 키우나. 어떤 날은 비도 온다, 바람도 불고. 큰애는 졸지, 업힌 애는 점점 무거워지지. 나는 그때 애들 우유 하나 사줄 돈도 없었어. 우유라도 하나 사면 구멍가게 처마에서라도 비를 피할 텐데. 하긴 뭐 지금 같으면 누가 막 밀어내도 들어갈 수 있다. 회사 사람들 말대로 지금이야 산전수전뿐이냐, 해전, 공중전까지 다 치러냈으니까.

명경이 끼우끼우 웃는다.

나는 눈을 가늘게 뜨고 명경을 고즈넉이 바라본다. 명경의 직업은 하루에 스무 집이고 서른 집이고를 돌아야 하는 학습지 방문 교사다. 막막하던 시절 친구의 소개로 시작하게 된 일이다.

— 입사 시험을 봐야 하는데 참고서 살 돈이 있어야지. 친구가 만 원을 주더라. 그걸로 참고서 한 권 사고 차비 하고 그랬어. 옷도 하나도 없었는데 그 친구가 자기 입던 치마 몇 개 줘서 그거 입고 다녔어. 그래도 이거 해서 돈 많이 벌었어.

정확히 언제의 모습인지 모르지만 명경이 일자리를 얻고 얼마 안 되어 친구들이 모인 일이 있다. 그때만 하여도 일 년에 두어 차례는 친구들끼리 모였을 것이다. 그때 명경의 옷차림이 떠오른다. 물이 바랜 황토빛 주름치마에 목이 늘어진 면티. 나는 사회 생활을 하는 여자로서는 믿어지지 않는 차림에 퍽 놀랐다. 여자가 시집을 잘못 가면 하루아침에 궁기를 흘린다는 건 정말 불가사의한 일이야. 혼자 생각했을지도 모른다. 저런 차림으로 어떻게 또래의 다른 여자가 깨끗이 닦아놓은 거실로 들어설 수 있을까, 하는 생각도 했던 것 같다. 그 치마를 말하는 것일까.

명경의 이야기에는 친구들이 은인으로 많이 나온다. 그러나 그 인물이 한 번도 나인 적은 없다. 그 시절 명경이 그 정도로 막막했었는지 나는 이제야 안다.

— 난 너 어렵다는 건 알고 있었지만 그 정도인 줄은 몰랐어. 그때는 만나지도 못해서…….

말 끝나기가 무섭게 명경이 내 눈을 생글거리며 바라본다.

— 왜 못 만나니? 두 번이나 만났는데. 니네 회사 근처에서.

— 그래? 난 생각이 안 나는데?

난 전혀 기억이 없다. 명경이 내 눈을 깊숙이 들여다본다.

— 그때도 넌 못 본 척했어. 내가 부르니까 그때서야 회사 사람이랑 점심 먹으러 가는 중이라며 그냥 가더라. 너무너무 서운했어. 어려울 때 도와주는 친구도 있지만 무시하는 친구도 있구나, 잘살아야겠다 생각했지. 그 덕에 물불 안 가리고 일했는지도 몰라.

순간, 내 머릿속으로 시리고 찬 바람이 지난다.

우리는 한 그릇 국밥을 오십 번쯤은 같이 먹었고 누군가의 집에서 밤새껏 이야기를 한 적도 몇 날 며칠이 되는 사이다. 나는 명경이 남자친구 전화를 받기 위해 목욕하다 말고 달려가는 노란 알궁둥이를 본 일도 있다. 유일한 단짝 친구는 아니지만 가장 가까운 친구들의 무리 속에서 대학 사 년을 함께 보냈다. 학보통을 매일

떠들어보며 혹시 무슨 소식을 전해오지는 않았을까 기다리는 짝사
랑의 연인이 누구인지, 자기의 열등 의식은 어디에서 비롯된 것인
지, 감추고 싶은 비밀을 고백하기도, 들키기도 했을 것이다.

 명경으로서는 참 가슴 아팠던 해후에 대한 기억이 왜 나는 없는
가. 똥색 남루를 걸친 친구가 부끄러웠을까? 아니다. 난 분명 그랬
을 것이다. 회사 식당을 놔두고 굳이 동료와 같이 나온 것은 그럴
만한 용건이 있었을 테고 점심을 먹고 양치질을 하고 립스틱을 다
시 바르기에 정해진 시간은 언제나 짧았을 것이다. 그런데 아무런
약속도 없는 친구를 길에서 만난다. 교정 시력 영점칠의 나, 시야가
좁은 난시인 나는 그애를 못 보았을 것이고 날 부르는 소리에 돌아
보고는 그냥 멀겋게 웃었을 것이다. 그리곤 상대방도 나처럼 바쁠
거라고 생각해서 가볍게 인사하고 지나쳤을 것이다. 나중에 보자.
햇빛 속을 걸어가며 말했을 것이다.

 ─나 사실 네 욕 많이 하고 다녔어.

 아무렇지도 않은 듯이 명경이 말한다. 내가 미안하다고 해야 될
것 같다. 그러나 왠지 그 말이 나오지 않는다. 명경이 정작 그 말을
하고 싶어 나를 불러낸 게 아닐까. 언젠가 한번은 꼭 하려고 벼르
고 별렀던 말을 하는 것 같아서다. 그래서 지금의 어엿한 모습을
보여주기 위해 날 오라고 했던 것 같다.

 그런 명경이 좀 야속하다. 면전에서 어쩜 그런 말을 콕 박아 하
나. 어떤 표정을 지어야 할지 난감해서 명경이 원망스럽다. 저는 나
사는 어려움을 다 아나. 직장 생활을 십 년 가까이 하면서 여자의
자아 실현이라는 말이 얼마나 허무맹랑한 농담인지를 절감해야 했
던 아픔을 아는가. 결혼한 친구들은 저희들 복잡하면 나를 휴식처
로 생각하고 부럽다는 듯이 말해도 그게 다 건성인 줄 나는 진작부
터 알고 있다. 공연히 나를 자기네 말밥에 올려 가여워하고 별스러

워하는 줄도 뒤통수로 다 알고 있다. 나는 쌩콩한 생각마저 든다.

밤거리는 적막하다. 여기는 유성들의 기착지, 하늘의 별이 모두 지상으로 내려온 듯 텅 빈 들판에 가로등만 바다를 이루고 있다. 우리는 같이 그 바다 속을 걷는다.

명경이 입을 연다. 물살 헤적이는 듯한 목소리다.

—벌판이지? 그래도 지금은 집 많이 들어선 거야. 내가 여기 처음 이사왔을 때만 해도 다 공사중이었어. 집들도 한 층에 여러 가구 있는 복도식이면 좋잖아? 여기는 거의 계단식이어서 한 층에 한 집밖에는 못 가. 계단을 줄기차게 오르내려야지. 한 집 들르기 위해 어느 때는 들판을 가로지르기도 했어. 우리 지국 사람들 그래서 오래 된 사람들이 별로 없어. 대부분 첫 겨울을 나면서 그만둬. 내가 베테랑이 된 건 그 고비를 넘겨서야. 처음 이 일 시작하고는 일 년 만에 칠 킬로그램이 줄었어.

—이제는 좀 덜 힘든가보구나.

내가 묻는다.

—그렇기도 하지만 살이 도로 찐 건 내가 너무 많이 먹어서야. 자꾸 뭘 먹게 돼서 차라리 술을 마셨는데, 술이 늘어 안 되겠어. 친구들에게 전화하면 괜찮을 줄 알았는데…… 이젠 그걸 다 하잖니.

나는 한밤중에 무얼 먹고 설사하기 위해 다시 술을 먹고 그러고도 잠이 오지 않아 친구에게 전화를 거는 이상한 여자를 물끄러미 바라본다. 출구는 없나? 출구라는 것이 이혼뿐인가?

—가끔 애들만 놔두고 이렇게 돌아다녀. 나, 나쁜 엄말까?

명경의 남편은 돌아오지 않았다. 일찍 오는 날은 비디오를 다섯 편쯤 본다는 사람이 아직 오지 않아서 거실은 불빛이 혼자 밝다. 지금이라도 내 집으로 가고 싶다. 결혼한 친구 집에서 자는 일도 내게는 없는 일이고, 무엇보다 한때나마 날 미워하였을 친구 집에 몸을 누인다는 것이 편하지 않다. 그러나 나는 첫차가 움직일 때까지만 명경의 처마를 빌리기로 혼자 생각한다.

설핏 들었던 잠에서 깨어보니 벌써 창 밖이 푸르다. 명경의 남편과 맞닥뜨리고 싶지 않다. 명경아, 나 간다. 잘 지내. 쪽지를 냉장고에 붙이는데 안방 문이 열린다. 명경이다.

—왜?

명경이 눈을 동그랗게 뜨고 묻는다. 나는 코를 찡긋해 보인다.

—출근해야지.

순식간에 지어낸 말이다.

—휴가라며?

—오늘은 나가봐야 돼.

—저런! 어제 일찍 갈 걸 그랬구나. 진작 말하지 않구. 여기서 곧장 가면 안 되니?

명경은 갑자기 잠이 확 깨는 것 같은 목소리다. 나는 고개를 가로젓는다. 명경은 베란다 문을 열어보고는 비가 많이 온다, 어쩌니, 한다. 밤 내내 많은 비가 내렸다. 지금은 그리 세찬 비는 아니다. 명경은 설사가 나서 일어난 모양이다. 잠깐만 기다리라며 화장실에 갔다 나와서는 우산을 꺼내고 나보다 더 급히 서둔다.

그러도록 안방에서는 왠지 사람 기척이 느껴지지 않는다.

—아저씨 오셨니?

—응, 아니.

명경이 어둡고 뒤숭숭한 목소리로 말한다.

—네가 좀 애교 있게 굴어봐. 니 신랑도 아기자기하게 사는 거 싫겠니?

엘리베이터까지 따라나온 명경에게 내가 말한다.

문이 열리자 아무도 없는 엘리베이터의 은회색 실내가 열린다.

명경이 함께 올라탄다. 천장에 매달린 형광등에서 푸르스름한 빛이 쏟아져 명경의 얼굴은 거의 납빛이다.

희푸른 얼굴로 문득 명경이 입을 연다.

—내가 무슨 거짓말 했다고 하면 나 용서해줄 수 있겠니?

난 명경을 건너다본다. 명경의 눈은 허공을 향해 있다. 거짓말? 밤마다 전화한 내용 중 어떤 것은 거짓말일지도 모른다고 생각했어. 나는 속으로 말한다.

—뭔데?

명경이 대답을 않는다.

빗발은 창으로 보기보다 훨씬 세차다. 풀이며 나무는 흑록으로 어두운데 빗금 같은 빗줄기들이 거친 바람에 얼굴로 차게 들이친다.

우산을 펴더니 저도 쑥 들어오며 명경이 말한다.

—사실 나 이혼했어, 석 달 전에. 죽는 것보단 나을 거 같아서.

나는 제자리에 서고 만다.

—미안해. 아직 아무에게도 말 못 했어. 이혼하기 전에는 그 사람과 헤어질 수만 있다면 뭐든 하겠다는 심정이었어. 그런데 막상 이센, 세상이 두려워. 다 날 깔보고 무시할 것 같아. 너, 비밀 지켜줄 수 있지?

그 말을 하려고 명경은 날 따라나왔던 모양이다. 우산은 나 주고 저는 빗속을 내달린다. 명경의 남국 빛깔 치마가, 파마한 검정 머리가 비에 젖는다. 길을 가야 하나, 나는 뒤를 돌아본다. 명경이 나무 밑에서 비를 긋고 서서는 내게 손짓을 한다. 나는 왠지 얼혼이 나간 기분이다. 그저 명경을 바라다보기만 한다. 도로 들어갈 수도 내처 걸을 수도 없지만 할 수 없이 가던 길로 돌아선다. 걸음마다 허방을 짚는 것 같다. 신호등 앞에 선다. 검정 우산을 받쳐쓴 젊은 남자 하나가 내 옆에 와 선다. 서울이 아무리 머나먼 이역만리여도 아직은 누구도 집을 나설 시간이 아니다. 그 역시 짙은 회색 바지에 흰 셔츠, 칙칙한 빛깔의 넥타이를 매고 있다. 손에는 서류 가방과 검정 우산이 들려 있다. 여섯시도 안 된 시각에 출근을 하는 사람이다. 어제 퇴근은 몇시에 한 걸까. 일찍 와서, 착한 아이처럼 아홉시에 잠을 자고 일어난 걸까.

초록불이 들어온다. 우산을 곧추세우며 남자가 길을 건너간다. 나도 비 오는 새벽길을 점벙거리며 건넌다. 길 한가운데 빗물이 잔뜩 고여 있다. 피해갈 길이 없다. 강물 같은 그곳을 겅중거리는데 신이, 복사뼈가 축축히 젖어든다. 그때 내 눈으로, 눈보라 허연 들판 위를 점처럼 움직이는 사람이 들어찬다. 잠깐 들를 집을 찾아가기 위해 큰 가방을 짊어지고 벌판 위를 걷는 명경의 모습이다. 아무도 엄두 못 낼 혹한 속을 잔뜩 수그리고 걷는 가장(家長)의 영상이다. 우리가 정말 친구였던가. 죽는 것보다는 나을 것 같아 이혼은 했지만 결코 행복하지도 적응이 되지도 않는 시간을 견디느라 무수히 남의 밤을 침범했을 시린 속이 가슴을 친다. 명경아, 미안하다. 사실은 나도 힘들어.

철심 머리에 동태눈, 항상 붉게 충혈되어 있던 눈이 떠오른다. 내가 언젠가 일이 많아서 일찍 출근했을 때 어이없게도 그는 자기 의자에서 자고 있었다. 간밤 부서 회식을 하고 분명 모두 흩어져 갔는데 말이다.

─열두시 넘어서 김포 갈래면 택시비만 오만원이에요.

버스를 타고 십오 분을 나가서 전동차를 타고 삼십 분을 갔다가 다른 전동차로 갈아타고 두 정류장을 가서, 다시 좌석버스를 달려야 하는 외진 곳에 그의 집은 있었다. 그는 날마다 광년의 거리를 떠도는 사람 같았다. 누가 시키지 않아도 매일 야근을 해서 남에게 미움을 받던 사람, 오후 다섯시면 회사 복도에 검은 비닐 봉지가 배회한다는 말로 시작된 회사의 간식 금지령에도 불구하고 허기를 속일 수 없던 직원들을 위해 낡은 서류 가방을 마련해 날마다 간식 심부름을 하던 남자. 그래도 누구에게도 고마운 사람이 아니었던 빙충이. 혼자 일 다 한다는 듯이 떠벌렸던 교활한 칠푼이.

그러나 그는 회사의 제일차 감량 조치 때 우리 부서에서 권고 사직당한 첫번째 인물이었다. 살짝 추어주면 복잡하고 궂은 일을 무엇보다 중차대한 과업인 양 신이 나서 해댔지만 사실 그는 허드렛일을 하는 사람에 지나지 않았던 것이다. 아니다, 어쩌면 그에게 월급을 줘야 하는 사장은 그의 작은 키와 궁기 도는 얼굴이 싫었는지도 모른다.

그를 비롯해 동료들이 갑자기 안 보이고 평생 경리 일만 보던 마흔 살의 가장이 잘려나가는 것을 볼 때 나는 어이없게도 내가 여자인 것이, 독신인 것이 불편해서 견딜 수가 없었다. 그럼에도 나는 그에게, 분명 나의 동료였던 그에게 아무런 위로도 건네지 못했다. 그것이 오히려 그의 자존심을 건드리는 일인 것만 같고, 그것이 오히려 나의 무사함을 안도하는 빛으로 보일까봐서. 아니, 어쩌면 내가 그를 경원하였던 만큼, 그렇게 도태되는 것이 그에게는 퍽 어울리는 인생 곡절이라는 뜻으로 비칠까봐서였다.

그는 지금 어디에 있나. 너무 열심히 살아서 오히려 비굴해 보였던 사람, 그러나 그것이 늙은 부모를 둔 가난한 남자의 생존 방식이었을지 모른다는 생각을 이제야 한다. 아니, 어쩌면 진작부터 알고 있었을지 모른다. 강남에서 김포를 오가는 너무 이른 새벽과 너무 늦은 밤 그도 살 맞은 짐승처럼 아파했을까. 그는 새벽잠을 털어내고 나갈 직장을 다시 구하기는 했는지. 비굴하게라도 열렬히 매달리면 매몰차게 내치지는 않는 곳인지.

하지만 그와 많은 동료들을 떨어내고도 회사의 적자는 메워지지 않았다. 그제 컴퓨터 통신망에는 친애하는 사우 여러분!으로 시작되는 대표이사의, 다시 한번 감원 조치를 할 수밖에 없다는 통절한 알림문이 뜬 것이다. 나는 우리 팀의 누가 권고 사직 대상인지를 올려야 한다. 오늘은 세상 없어도 그 일을 해야 하는 거다. 시위하는 것도, 무슨 다른 뾰족수를 찾을 수 있는 것도 아니면서 나는 벌써 이틀째 결근을 하고 있다.

길을 건너 다시 뒤를 돌아본다. 명경은 아직 그저 서 있다. 들어가. 나는 소리 높여 말한다. 빗소리에 내 말은 조금 날아가다 만다. 나는 손을 마구 내젓는다. 명경이 고개를 주억거리는 것 같다. 아무도 널 무시하거나 깔보지 않아. 이만큼의 거리에서 보일지는 모르지만 내 눈빛에 함뿍 말을 실어 보낸다.

오늘은 어쩌면 내가 한밤중에 명경에게 전화를 걸게 될지도 모르겠다. 침몰하려는 선상에서 내가 살기 위해 남을 밀어야 하는 사람의 엉망이 된 심정을, 철심 머리 동태 눈깔에게 고백하지 못한 나의 병신스러움, 나의 비겁함, 그리고 나의 무능함을 서럽게 털어놓을지 모르겠다.

불가항력의 시절을 함께 살아가는 존재로서 그들의 수고와 안녕을 실은 잘 알고 바란다는 것을 어떻게 전할 수 있을까. 무심했음이 미안했노라고 전할 수 있는 길은 어디 있나.

젖은 발로 폭우 속을 걸으며, 그들의 오늘은 안녕하신지 늦게나마 안부를 묻는다.

(『문예중앙』 1997년 가을호, '안녕하세요'로 발표)

나쁜 꿈 나쁜 피

분명, 내 내부에는 소화되지 않은 것이 있다.

그것은 어쩌면 내게 잘못 들어온 것일지 모른다. 왜냐면, 그것은 돌이나 하다 못해 귤껍질 같은 게 아니고, 불이니까. 어쩌면 나는 이 때문에, 어느 날 저녁 조용히 불타 죽을지 모른다. 내가 깔고 앉아, 팝콘을 먹거나 늦은 밤 왠지 황폐한 마음으로 리모컨을 눌러대며 텔레비전 채널을 마구 돌려대던 의자는 고스란히 남겨둔 채 나만 밤새 훨훨 타오를지 모른다. 아침에 방문을 열어본 누구든지 나의 꺼먼 잔해를 눈앞에 두고도 대체 내가 어디로 솟아버린 것일까, 작아진 내 두개골을 어떤 악령의 지문처럼 바라볼지 모른다. 자연연소, 말만 들어도 나는 가슴이 뜨거워진다. 알코올 때문인지, 정전기 때문인지 혹은 내부의, 평생을 두고 끓어온 어떤 감정의 마그마 때문인지, 대체 그 원인은 알 수가 없지만 사람을 태우는 온도 섭씨 1650도가 넘는 것으로 추정되는 불꽃. 벌써부터 내 내부에서는 이 마라(魔羅)의 불꽃이 몇 차례 푸른 혀를 내밀었다 꺼지고 또 내밀고 한 것도 같다. 구겨진 옷을 입고 버스 정류장으로 뛰쳐나가 들큼한 자판기 율무차 따위로 아침을 시작하는, 홍진(紅塵)의 그늘 어디에 이 불꽃이 감히 자리를 잡은 것인지. 숨이 막힐 정도로 뻔하고 뻔한 시간 속에서. 믿어지지 않는다, 인간이라는 통속의 동물에게 가끔은 감당할 수 없는 고통이 있다는 것이.

어두운 밥상

낭패스럽다.

길을 잘못 들었다. 다랑어 기름기가 뜬 미지근하고 비린 국과 거무레한 떡밥을 타기 위해 식당 앞에서 줄을 또 한참 서야 하는데. 이러다가는 가는 도중에 도로 돌아와야 할 것 같다. 배가 고파 눈물을 똑 떨구며 꾀죄한 얼굴로 볼펜을 쥐겠지. 미자는 검거나 잿빛이거나 짙푸른 빛깔의 뻣뻣한 양복을 걸쳐 입은 사내들을 젖히고 계단을 숨차게 오른다. 다리가 철갑을 두른 듯 둔하고 무겁다. 밥을 먹으러 가는 이 길은 언제나 너무 멀고 힘들다. 손으로 벽을 짚는데 손바닥에 뭉근한 아픔이 느껴진다. 햇빛에 비춰보니 살 속에 거무스름한 것이 있다. 가실가실한 끝을 손톱으로 잡아 쑥 빼낸다. 이불 바늘보다 더 길고 굵은 바늘이다. 그래도 갈작거리는 둔통이 남아 있다. 하나를 더 빼낸다. 그리고 또 반 토막.

꿈이다. 미자는 손바닥을 만져보았다. 실제와는 아무 관련이 없

는 통증이다. 십 분 만에 밥을 먹고 와서 다시 일을 하자는 상관의
지시를 꿈속에서 들었을 때 가슴에 박혀오던 통증은 오히려 실제였
다. 어젯밤에도 너무 늦게까지 헤매고 다닌 때문인지 장딴지 근육
이 뭉쳐 있다. 꿈속에서 계단이 잘 올라가지지 않던 것은 그 때문
이었을 것이다.

자리에서 일어나 부엌으로 나간다. 마당에는 푸른 어둠이 미몽의
세계처럼 펼쳐 있다. 찬 새벽 공기 냄새가 코로 습하게 젖어온다.
층계 하나를 내려가 알전구의 스위치를 돌린다. 등황빛 아래 드러
난 부엌이 깔끔하다. 간밤 미옥 언니의 기분이 괜찮았던 모양이다.
그을음이 말갛게 닦인 커다란 스테인리스 주전자에 미자가 들어서
서 움직이는 광경이 세로로 엄청나게 길어진 모습으로 비친다. 미
옥 언니는 이 주전자를 닦으며 거기 비친 자기 얼굴을 들여다보고
즐거워했을지 모른다. 뭐든 세로로 늘여놓으면 예뻐. 실제로도 얼
굴이, 몸이 이렇게만 늘어나준다면. 비눗물이 손톱 새로 거멓게 배
어드는 수세미질도 홀린 듯 해댔을 것이다.

미자는 주저앉아 아궁이 문을 연다. 탄불 빛이 옅은 살구색으로
깃는 아궁이 속에 잿빛 연탄 화덕이 보인다. 서른도 훨씬 넘은 배
의 군살 때문인가, 쪼그리고 앉아 아궁이를 들여다볼 때마다 머리
로 피가 몰리는 것 같다. 꼬챙이로 화덕을 끌어당긴다. 남자의 젖꼭
지처럼, 퇴행 기관이라도 되는 듯 화덕에 붙은 바퀴는 작고 둔하다.
희누렇게 타버린 연탄의 구멍들이 맑고 붉은 눈동자 같다. 집게로
탄을 집어내려는데 위아래의 연탄 두 장이 맞물려 있다. 어쩐지 밤
새 방바닥이 너무 뜨겁더라니. 미자는 부엌칼로 둘을 가른다. 탄에
박히는 칼날의 쇠붙이 느낌이 아주 싫다. 마치 손톱이 칠판에 가각,
하고 긁히는 것 같다.

양동이에 물을 담아 마당으로 나와 양은 대야에 뜨거운 물을 한

바가지 넣고 수돗물을 튼다. 푸른 수돗물이 쏟아지자 대야에서 하
얀 김이 오른다. 쪼그리고 앉아 물에 손을 담는다. 투명해 보이는
두 손을 멍하니 내려다본다. 물 속의 세상이 연하게 흔들리다 고요
히 가라앉는다. 때낀 연두색 차양 한 끄트머리, 작은 계수나무 이파
랑이, 미자의 긴 머리칼, 그리고 먼 남빛으로 열려가는 하늘. 이 순
간, 미자는 평화를 느낀다. 따뜻하고 적막한 바다에 가라앉은 것도
같고, 물 속 세상이라는 비밀의 타국을 저 혼자 들여다보는 것도 같
다. 아니, 실은 무념무상이다. 마음이 왜 편안한지, 왜 꼼짝할 수도
없을 만큼 이 시간이 좋은지, 늙은 처녀가 된 지금까지 미자는 모
르겠다.

　—그 물에 네 어미 빠져 죽었니?

　아버지다. 미자는 얼른 머리를 물에 담아버린다. 그래, 전생에 멸
치였거나 망둥이쯤 되었을지도 모르지, 생각한다. 물소리, 두피에
푸적푸적하는 거품 이는 소리 너머로 "머리는 뭐하러 매일 감냐"는
아버지의 말소리가 들리는 것 같다.

　목욕탕은커녕, 몸에서 나온 오물이 탑으로 쌓이는 것이 컴컴하게
들여다보이는 작은 변소를 가진 이 집에서 미자가 서른 해를 넘게
살아오면서 유일하게 기꺼워하는 것이 있다면 바로 이것이다. 하늘
이 담기는 세숫대야. 비가 올 때도 미자는 마당에서 세수를 했다.
차양 아래로 대야를 끌어다 놓고 세수를 하면 미옥 언니의 붉은 운
동화에, 엄마의 슬리퍼에 물이 마구 튀어 식구들이 악쓰는 소리를
들어야 했다. 그러면 푸른 지우산을 받쳐들고 마당으로 나가 우산
대를 어깨에 걸치고 꼼지락꼼지락 세수를 했다. 그 시절, 빨강 운동
화를 신고 팬티가 보이도록 치마를 펄렁대며 길을 달려 내려가곤
하던 언니는 사랑스러웠다.

　머리를 수건으로 감싸고 막 마루로 올라오는데 부엌으로 들어가

려던 미옥이 묻는다.

—콩나물국 끓일까?

그 얼굴이 무슨 죄인 같다. 식욕 따위와는 무관해 보이는 표정을 지으려니 저럴 것이다.

—아무거나.

미자는 언니의 얼굴을 보지 않고 대답한다.

새벽부터 식욕과 갈등해야 하는, 그러면서 공연히 다른 사람들을 죄지은 얼굴로 바라보는 언니의 젖은 눈이 싫다. 밤새도록 먹을 것만 궁리하다 깬 것 같은 얼굴, 살진 붉은 혀로 입술을 날름 핥으며 "오늘은 뭘 먹어볼까?" 한다면 차라리 귀여울 것 같다. 뭐든 씹지도 않고 옴닥옴닥 넘기는 입이 귀여워 이것도 좀 먹어보라고 내 밥을 덜어줄 수도 있다. 그러나 밥을 잘 먹는 언니의 이마는 늘 어둡다. 쳐다보는 사람마저 이내 우울하게 만들고 마는 불운의 기미가 있다.

"오늘만 먹고 내일부터는 살을 뺄 거야." 언니는 누가 묻지도 않았는데 가끔 그런 말을 한다. 그럴 때 언니는 이승에서 마지막 받은 밥상을 내려다보는 얼굴이다. 촉촉한 쌀밥의 고소름한 맛을 음미하며 맨밥을 그냥 잡잡잡 넘어보거나 한 숟갈씀은 마가린을 넣어 더욱 꼬스름하게 맛을 보거나 하며 아껴 먹다가 일순간 커다란 밥숟갈을 아귀아귀 입에 넣는다. 전쟁통에서 밥그릇 빼앗기기 일보 직전의 어린 양아치 같다. 그럴 때 그 분위기의 암울함이라니. 차라리 그로테스크하달까. 밥을 먹는 언니는 마치 밥이 아닌 눈물을 퍼넣는 것 같기도 하고 지렁이처럼 징그럽게 꿈틀대는 식욕이라는 욕망을 한 숟갈씩 먹는 것도 같다.

밥상이 들어온다. 멀건 국과, 그릇에 담긴 채 냉장고에 들어가고 상에 올려지고를 반복하는 동안 물기가 마르고 거무레하게 변한 벌겋고 오종종한 밑반찬들. 이건 꼭 전생에서부터 차려져 있던 밥상 같다. 언니는 이 밥상 어디에서 식욕이 돋는단 말인가. 다 헛헛증이다. 미자는 생각한다.

밥상에는 숟가락이 달랑 두 벌이다.

—넌 안 먹냐?

아버지가 수저를 들며 묻는다.

—밥맛이 없어요.

건넌방으로 가려는 듯 일어서며 미옥 언니가 말한다.

한 끼의 식사를 금하려는 순간에 벌써 미옥 언니는 아픈 사람 얼굴이다. 부은 듯한 어두운 얼굴이 말하는 것 같다. 난 불행해. 아무 재미가 없어. 언니가 밥을 굶은 채 누워 있는 방의 문을 열면 낮에도 그 방은 늘 습하고 비리칙한 냄새가 난다. 천장이 낮고 좁은 방 한가득 언니는 무슨 냄새 나는 자루처럼 누워 있는 것이다. 한 끼의 배고픔을 잊기 위해 언니는 찡그린 얼굴로 잠을 청하곤 한다.

—왜 있다가 다라이에 밥 비벼 먹으려구? 한 달쯤 굶을 거 아니면 그냥 먹어둬라.

—밥맛이 없어서 그러는 거래두요.

아버지의 비꼬는 말투에 비위가 상하는지 밥상으로 다가앉는 미옥의 표정에 균열이 인다.

살아가는 일의 작은 필요, 숨쉬는 일보다 조금 굵게 태가 나는 먹는 일이라는 것이 왜 언니에게는 욕망과의 고통스러운 상면이 되어야 하는 건지. 노동을 하는 작은 손과 팔뚝 힘을 위해 하루에도 물경 세 번씩이나 먹는 수고를 하는 것인가. 아니면 즐겁고 따끈한 식사를 위해 졸린 눈으로 새벽길을 달려 일터로 가는 것인가. 식어진 국물을 뜨며, 미자는 생각한다.

밥을 먹는 미옥의 얼굴에서 진땀이 흐른다. 그 땀이 그녀를 괴롭히는 모양이다. 천천히 먹으려고 한다. 하지만 입 속의 밥은 그냥 녹아서 넘어간다. 밥이 너무 맛있어서 땀이 자꾸 나서 창피하고 고역스러운 얼굴이다. 미자의 밥숟갈이 툭 부러져나가듯, 어디에서 떨어지듯 상 위에 삐뚤게 놓인다.

　―왜 안 먹어?

　미옥 언니는 저 남겨진 밥을 또 어떻게 해야 하나, 미자의 밥그릇에 남겨진 한 숟갈의 말라붙은 밥알을 마치 자기가 삼켜야 할 압정처럼 바라본다. 흐르는 땀을 원망해가며 국물을 퍼넣기 위해 고개 숙인 미옥 언니의 눈동자가 자기의 손에 근지럽게 달라붙는 것 같다. 미자는 남은 밥에 입 닦은 휴지와 밥상 위의 생선뼈 들을 쓸어담는다.

　―왜 그러니? 언니 주지.

　아버지가 미옥을 또 긁는다.

　―아버지는! 내가 똥개예요?

　어느새 밥을 다 먹었는지 미옥이 밥공기를 주발에 포개며 팩, 한다. 아버지가 능청스레 받는다.

　―아니 이따 점심에 먹으라구. 간식으루 먹든가.

　땀으로 번들번들해진 미옥의 얼굴에서 두 눈이 일순 형형해졌다가 흐려진다.

　미자는 밥맛이 늘 없다. 저승에 가면 내가 버린 모든 밥이 산이 되어 나를 기다릴래나. 이걸 다 먹고 가. 그래야 지옥이든 천당이든 간다. 안 그러면 너는 바람에 쓸려 이승을 떠돌아야 돼. 목소리 하나 내거나 솜털 하나 만질 힘이 없는 채로 네가 원망했던 누가 너를 나쁘게 기억하고 네가 사랑했던 누가 술 취한 채 밤길을 폭주하는 걸 바라봐야 해. 지옥인지 천국인지 열고 들어가야 할 문 앞에서 문지기가 말하려나? 언니는 그때 어떻게 하지. 이승에서 미뤄놓은 밥이 없는 그곳에서 언니는 지옥이든 천당이든 못 가지 않을까.

밥을 줘. 내게도 조금만 밥을 줘. 한 번만 실컷 먹어보고 싶어. 저승에서도 언니는 남의 밥그릇에 남겨진 밥 한 술을 얻기 위해 비루하게 젖은 눈을 떠 보이지 않을까.

명란젓을 젓가락으로 찍어 먹으며, 김에 묻은 소금기를 탁탁 털며 아버지는 신문에 나온 이야기들을 한다. 여당이건 야당이건 정치하는 놈들이란 다 인간 말종들이야. 말세야 말세. 애비 에미도 몰라보는 놈들이 이거 이렇게 많아. 신문을 파락, 펼치며 접으며 아버지는 미주알고주알 세상 소식에 미간을 짜부러뜨리고 혀를 찬다. 하루아침에 다락같이 치솟은 부동산 가격으로 벼락부자가 된 사람들 이야기, 왜 진작 이곳에 땅을 못 사두었을까. 우리도 어디로 이사를 가볼까, 몇 년 고생할 각오 하고 도로도, 지하철도 다니지 않는 곳에 가서 살아볼까, 아주 시골로 가볼까, 택지 개발을 할 만한 땅이 어디 있을래나, 요기쯤 될래나? 통일이 된다면 오히려 이쪽이 더 낫지 않을까? 미분양된 아파트를 사는 건 어떨까. 다른 데는 다 재개발도 잘 되는데 왜 이놈의 동네는 이렇게 늦는 거야.

당신만 남겨두고 잘도 흘러가는 세속의 강물에 대해 그 휘황한 천변만화에 대해 동경과 시기로 밥알을 이기죽거리며 씹곤 한다. 스무 평일지 서른 평일지 모를 그 아파트 하나 얻자고 이곳 매캐한 하늘 가까이에서 탄불을 갈아대며 버티는 것이 유일한 재간인 사람의 케케묵은 이야기.

아버지는 새 신문에서 겨우 그것밖에 못 보셨나요. 달 표면에 물이 발견되고 소행성 타우타티스가 지구와 충돌해서 인류를 파멸시킬 뻔했으며, 골수 주사를 맞기 위해 드릴로 구멍을 낸 척추를 구부리고 우유를 먹고 잠을 자는 아홉 달 된 아기가 살아간다는 이야기는 모르시나요. 밥을 서른 번 꼭꼭 씹으며 세상의 비리고 구린 사람들 이야기를 밥상머리에 종지처럼 올리지만 정작 아버지는 누가

196

차가운 소주 한 잔만 사준대도 외짝 철대문을 잠그고 기대에 찬 얼굴로 신이 나 달려 내려가는 사람 아닌가요.

그러나 미자는 아무 말도 하지 않는다. 아버지의 말은 어쩌면 생 이전부터 들어온 말인 것만 같아서다. 아버지와 언니, 저들은 어떤 관계이든 이전의 생일 때 미자가 한 마리 금붕어였거나 아버지가 소나무였대도 서로 뗄래야 뗄 수 없는 관계로 살았을 것 같다. 하늘 가까운 이곳에서 서걱서걱한 밥알을 씹으며, 한 끼 굶기 위해 드러눕고 싫는 언니와 밥상 앞에서 오십 년도 더 된 먼지들을 날리며 한 주먹밥을 꼭꼭 씹어 삼키는 아버지와 함께 전생에도 꼭 이렇게 앉아 불행한 얼굴로 밥알을 씹었을 것 같다.

언니가 물을 가지러 간 사이, 아버지가 괴춤에서 이쑤시개를 꺼내며 말한다.

—어째 이 달엔 물세가 천원이나 더 나왔더라. 저 기집애 때문에 연탄도 쉬 닳는 것 같다.

이쑤시개에 묻은 찌끼를 휴지에 닦고 이쑤시개는 도로 아버지의 괴춤으로 들어간다.

아버지는 삼나무에 열린 감 숫자를 헤아려야 직성이 풀리는 분이다.

어서 이 집에서 나가고 싶다. 흡수력이라고는 전혀 없는 인조 섬유가 온몸을 덥고 따갑게 조이는 기분이다. 가슴에서 파란 불꽃이 한 잎 일렁, 일어난다. 밥상을 내기 위해 방문을 확 열며 미자는 생각한다. 좀 다르게 살 수는 없는 걸까.

붉은 원숭이

또, 화장실에 가고 싶어진다.

의자를 조심스레 뒤로 민다. 등을 대고 앉은 동료의 의자 바퀴에 미자의 의자 바퀴가 툭, 걸린다. 눈치가 보인다. 조용히 사무실을 빠져나온다. 숙여진 부장의 정수리가 미자 쪽으로 항해지는 것 같다.

화장실의 문을 닫아걸자 드디어 혼자만의 시간이다. 변기 뚜껑에 앉자니 기분이 좀 께름하다. 옷을 내려야 하나 잠깐 망설인다. 사실 요의는 없기 때문이다. 차를 마시고 싶었지만 아직 그럴 수가 없었다. 잡담은 물론이고 신문을 보거나 차를 마시는 일이 금해진 집중 근무 시간이다. 미자는 옷을 내리고 변기에 앉아 눈을 감는다. 화장실은 회사의 유일한 휴식 공간이다.

─도대체 어떻게 된 거예요, 우리 부서는 벌써 여섯 달이나 밀려 있답니다. 내가 이런 거까지 일일히 얘기해야 돼요? 관리자 회의에서 보고받고 사장이 집단 반발이냐고 그냥 소리지르고…….

부장은 더 말을 잇지 못했다. 자기 감정에 겨워서였을 것이다.

신제품 출하 날짜 때문에 마무리 작업에 정신이 없던 우리는 갑자기 일손을 멈추고 우두망찰하였다. 각자 흩어져 여섯 달 전 어느 하루 내가 무슨 일을 했는가 기억을 꺼내느라고 황망하여서였다. 업무 일지 입력은 누가 무슨 일 얼만큼을, 얼마 동안에 했는지를 컴퓨터에 기록하는 일이다.

개인의 업무 처리 능력이 얼마나 있는지 계량하고 수치화해서 능력대로 대우를 하겠다는 회사의 원대한 포부의 초작업이다. 고유 번호 2523 건은 관련 업무 시장 조사에 세 시간, 자료 조사 세 건에 두 시간, 정보 수집 한 건에 한 시간, 작업 구상에 세 시간, 컴퓨터 작업 시안 작성에 다섯 시간, 컴퓨터 본작업 한 건에 여섯 시간, 회의 열 시간…… 미자는 이백 가지도 넘는 업무의 종류에 따른 코드 번호를 찾는 데만도 머리가 아프다. 제발 일만 하면서 살 수는 없

나. 누군가 중얼거리는 소리가 들렸다.

이 시스템을 만들고 관리하는 사람들도 머리가 아플 것이라고 생각한다. 또 이런 것을 가지고도 사람 관리가 제대로 안 돼 사장은 불황을 헤쳐가기에 고통스러울 것이다. 술 취한 소를 끌고 진창을 가는 것처럼. 전생에 죄 많은 놈이 사람 많이 필요한 기업하는 놈들이래. 어음 가방을 들고 뛰며 사장은 생각하겠지. 사람 없는 탈의실에 켜진 전등 하나, 잘못 작동시켜 토너로 맥칠이 된 복사 용지, 한쪽 면만 쓰고 버려지는 숱한 종이들, 그런 것이 눈에 들어오는 순간, 그는 누가 자기 가슴을 찢는 것 같겠지. 무심히 넘겨보다가 으레 그러려니 하다가 어느 한순간, 견딜 수 없는 때가 있겠지.

내 일은 컨베이어 벨트를 따라 생산량이 결정되는 일이 아닌데, 한 시간에 몇 개라고 평균화할 수 없는 일인데. 미자는 좀더 튀고 신선한 이미지를 줄 수는 없을까 고심하던 디자인 플랜을 접었다. 난 이러다 생산력이 너무 떨어지는 사람으로 몰릴 거야. 아니면 이제는 늙어서 참신한 아이디어 내는 데 시간도 너무 걸리고 심지어 노는 요령만 늘어간다고. 숫자가 말을 하니까, 나는 2424 일을 구상하는 데 물경 이틀이나 걸렸잖아? 디자인을 복잡하게 하느라고 컴퓨터 작업이 시간이 많이 걸렸고. 시안 뽑는데 공장에서 하겠다, 못하겠다, 하더니 자기네들 마음대로 디테일을 다 죽이고 두루뭉수리로 해와서 다시 하느라고 보통 때보다 세 갑절은 걸리고. 또 그 디자인이 우리 정서에 맞지 않는다고 다시 하라는 바람에 지금 재수하고 있잖아. 숫자로 드러나지 않는 나의 수고와 시간은 어디로 가는 걸까. 어디에 가서 썩은 적출물로 쌓여 있을까.

인간의 능력을 수치화한다는 이 시스템에서 삼켜주지 않는 시간들이 한꺼번에 가슴에 쌓이는 것 같다.

언제나 윗사람들의 지시는 약간 혹은 원초적으로 불가능하다. 그

지시의 불가능함은 오히려 판에 박힌 관례처럼 느껴져 아무런 반박이나 질문 없이 지시를 받는다. 그러나 결과는 역시나 어김없이 지시의 기대치를 약간 혹은 원초적으로 밑돌 뿐이다. 상관은 얼굴이 벌게져서 길길이 소리지르고 미자는 그 앞에 고개 숙인 채 딴 생각을 하거나 아주 바보 같은 얼굴로 울 듯 웃을 듯 한다.

그러나 어느 때 한순간, 일상의 부조리함이 심장에 치명적인 강도의 통증을 주기도 한다. 언제나 미자는 그런 순간에 약하다. 거대한 문제가 아니라 아주 작은 문제, 작은 소통의 불가, 작은 억눌림, 늘 잘도 들어넘기던 말도 안 되는 소리 앞에 온몸의 피가 뜨거워진다. 그러나 참아야 한다. 참으며 여전히 가만히 앉아서 일을 해야 한다. 그럴 때면, 남몰래 혼자 속에서 파악, 터지는 것이 있다. 뜨거운 야생의 피다.

터져버린 피는 그러나 그대로 굳어 가슴에, 머리에 개마고원처럼 딱딱하고 무겁게 얹혀진다. 그러면 미자는 아무도 모르게 그 무겁고 딱딱하고 뜨거운 이물질이 녹을 때까지 덜그덕거리며 계산기를 키보드처럼 두드리고 물을 마시고 길을 간다. 인내력이 부족해서다. 나는 감정의 지능이 낮은 인간 부류일지 모른다. 미자는 늘 생각한다.

그러나 만약 회사에 불이 난다면 내가 하던 일, 종이 나부랭이와 디스켓들, 이런 것은 누구보다 자기가 먼저 뛰어들어가 꺼내 오리라고 생각한다. 그리다 만 밑그림, 완성시키지 못한 디자인 시안 등을 붉은 불이 날름날름 핥아 먹기 전에 뛰쳐들어가 아기처럼 꺼내 올 것이다. 이건 본능이다. 왜냐면 일개미니까, 누구나 그렇듯이 지금 하고 있는 바로 이 일을 하려고 태어난 일개미니까. 완벽하지는 않지만 최선을 다하려고 하는 일개미의 마음을 관리하고 통제하고 못 믿어하는 불행한 그들은 누구지? 미자는 슬프다.

가슴을 식히려 애쓰며 미자는 생각한다. 모두 죄가 많아서 일개미로 태어난 사람들이야, 그들도 나도.

너무 오래 앉아 있었다. 눈을 떠보니 세상이 파랗다. 시간이 너무 지나버린 게 아닐까 가슴이 철렁, 한다. 오줌을 누지도 않으면서 옷을 내린 채 변기에 앉아 잠깐 졸았던 모양이다. 그사이 전 지구인이 다른 행성으로 이사를 가버린 건 아닐까, 햇살 밝은 오후 시간이 미자는 갑자기 낯설다. 오줌을 조금 누고 서둘러 나온다. 밀린 일들을 하자면 오늘도 야근을 해야 할 것이다. 세상의 모든 일을 시간에 따라 생산량을 정하라고 하지만 정작 미자 같은 일개미에게는 시간 외 수당이라는 것이 없다. 밤을 새면 차비 오천원이 나올 뿐이다. 그 오천원을 위해 어느 식구 많은 가장이 일부러 밤을 샐까봐, 밤을 새려면 무슨 일로, 왜 밤을 새는지 철야 작업 신청서를 내고 결재를 받도록 규칙이 정해져 있다.

사무실 문을 여는데 너무 조용하다. 화장실에서 물경 칠 분간이나 있었던 것이다. 변비라고 생각해주겠지. 미자는 얼굴이 확 붉어지는 걸 느낀다. 짐승이 된 것 같다.

—아, 미쓰 리냐? 마담한테 세 년 준비시키라 그래, 그런데 ××가 좀 크다고.

여섯 달이나 밀린 업무 일지 끝에 밤이 묻어나왔다. 깊은 밤이어서 미자는 택시를 탔다. 기사가 합승시키기 편하라고 일부러 앞자리에 앉았는데 얼마 지나지 않아 남자들이 차도로 걸어오며 손을 들었다. 세 사람이었다. 넥타이는 늘어지고 흰 셔츠는 비어져나와 있었다. 건들거리는 팔로 양복 저고리를 어깨에 메고 택시에 오른 그들은 서로 부장님 차장님 하고 부르더니 삐삐삐 핸드폰을 눌러서 말했다, 왜 삐졌냐?

미자는 토할 것 같다. 스무 살 적이었으면 그들을 이승 끝까지라도 쫓아가 죽이고 싶어했을 것이다. 그러지 못해서 피가 나도록 귀를 후비며 울었을 것이다. 술 취한 부장의 말투에 상대편 여자가 불쾌해하는 모양이다. 그는 여자와 실랑이를 하며 자기가 한 말을 자꾸 반복한다. 갑자기 차가 멈춘다.

—손님들 내려주세요.

기사가 말한다.

—앞자리 여자 손님 생각도 하셔야죠.

아이구 예 거 죄송합니다. 술 마셨습니다. 미자는 아무 말도 하지 않는다. 다시 한 남자가 전화한다. 거기 ×× 파는 데죠?

미자는 택시에서 내려야 한다고 생각한다. 차를 세우고 거칠게 내리며 외쳐야 한다고 생각한다, 뒈져라 이 쓰레기야.

하지만 회사에서, 던져진 기안이 이마에 부딪쳐 상처가 나고, 김 부장 담배 폈지? 서 차장은? 조용한 사무실에 선생님처럼 나타나 외치는 사장의 개같은 질문에 불콰한 얼굴로 대답하는 그 숱한 부장이나 차장들의 얼굴을 떠올리며 참기로 한다. 그들의 어깨에 척 팔 걸치며, 이 봐요 김 부장 나도 세상 먹고살기 힘든 거 다 아는 사람이에요. 하루 노동하고 힘들게 집에 가는 길, 좀 조용히 갑시다, 하면 이내 콧날을 붉히며, 저기 실은 오늘 그 젊은 이사 새끼가 어쩌구 할 거라고 생각한다.

미자는 그들의 어깨에 팔을 올리지도, 차를 세우지도 못한 채 달리는 목적지까지 간다. 미자가 내릴 때 한 남자가 기사에게 말한다. 미터기 꺾어서 방배동으로 갑시다. 우리가 오늘 좋은 데 모실게. 한 집안의 가장일 택시 운전기사는 선선히 대답한다. 예.

유턴을 해서 온 길로 다시 미끄러져가는 택시를 바라보며 미자는 생각한다.

일개미가 세상에 처음 태어나서 하는 일이 뭐게? 자기 태어난 방 치우는 거.

우리집 여자들은 머리가 길지

—이년아, 계집년이 그따위로 자기 주장이 세니까 지금 그 꼴인 거야.

열쇠로 대문을 따는데 무슨 소리가 들리는 것 같다. 옆집 텔레비전 소리, 뒷집 개 짖는 소리 새로 날카롭고 쇠된 목소리가 밤하늘로 흩어진다.

아버지가 형광등 불빛 퍼런 마루에 앉아 악을 쓰고 있다. 불도 켜지 않은 마당에서 미옥은 걸레를 빨고 있다. 미자는 선 채 마루로 올라가지도 못하고 변소 앞에 선 채 미옥을 내려다본다.

—아이구, 웬수. 누굴 닮아 뻣뻣하기는.

미옥이 대야를 거칠게 내려놓는다.

—누굴 닮아요. 아버지는 엄마 죽은 게 그렇게 남 일만 같아요? 정말 불쌍하지도 않아요?

—저년이 왜 소리는 지르고 그래?

아버지가 어정버정 내려오는 기색이다. 미자는 얼른 미옥의 팔을 붙든다. 그만하라는 뜻이다.

—왜 엄마 얘길 꺼내요?

미옥이 소리를 지른다.

—핫다, 효녀 났네. 에미 생각나서 시집갔다 도로 왔냐?

아버지의 콧방귀 끝에 미옥이 대야를 집어던진다. 시멘트 바닥에 양은 대야가 치앙, 하고 부딪는다.

—저년이! 이년아 식충이 같은 너 벌어 먹이느라구 시집도 못
가는 미자 생각은 안 해?

순간, 미자의 입에서 비명이 터진다.

엄마가 돌아가신 후 언니와 아버지는 매일 전쟁을 치른다. 서로
가 상처뿐인 날카롭고 긴 전쟁이다. 자기는 무능하면서 세상은 또
우습게 보는 쫌팽이 남편, 엄마에게 백원 이백원씩 반찬값을 주던
바로 아버지 때문에 엄마는 죽어버린 거라고 언니는 울부짖었고,
아니라고 시집간 지 삼 년도 안 돼 친정으로 돌아와 밥만 축내며
사내놈 기다리는 곰투가리 같은 네 년 때문이라고 아버지는 우겼다.
그런 밤이면 가끔 아버지는 목을 매고 데롱거렸고, 언니는 좁아터
진 방 가득 물자루 같은 몸을 누이고 울기만 했다.

—형부는 뭐래니?

자고 있는 줄 알았던 미옥이 일어나 앉으며 묻는다.

—언니, 원하는 대로 다 해주겠대.

관계의 종언이었다. 언니가 진정으로 원하는 것은 그와 다시 사
는 일이었으나, 형부의 말 속에는 그런 뜻은 없다는 건 미옥 언니
도 물론 알 것이다.

형부는 바람을 만났다. 피할 수도 있었을 그 바람에 그는 몸을
실었다. 미옥 언니 같은 고전주의자는 남자의 새로운 사랑을 용납
할 수가 없을 것이지만 누구의 용납이나 이해와는 전적으로 무관하
게 엄존하는 일이 세상에는 있다. 엄존한다는 것 때문에라도 섣불
리 선악을 가름하기 힘든 일들. 혹은 선악 이전의 일들. 구름이나
바람처럼 끈으로 동일 수 없는 사람 마음이라는 것이 벌써 그리로
흘러가버렸다는데도 이 미련한 여자는 자꾸 어쩌면 그이가 그럴 수
가 있니, 어떻게 그럴 수가 있니, 하면서 몸서리만 쳤다.

회사 동료와 함께 ㄱ시로 출장을 갔을 때 미자는 사랑에 빠진 형

부를 보았다. 그 지역 사람들 특유의 배타적인 애향심이자 촌놈 콤플렉스이기도 한 열변으로 회사 동료가 자기 고향인 소도시 관광을 주선하다 들른 곳이 ㄱ시의 한가운데 우뚝 솟은 산 봉정에 자리잡은 소박한 전망대였다. 휴게소라는 간판을 붙인 상점이 하나 있고 그 상점에 덧대어 지어진 새시 건물의 문을 열자 ㄱ시의 전경이 눈에 들어왔다. 불빛들이 바다를 이루며 펼쳐져 있었다. 도시에 붙은 다락방 같은 그곳은 일부러 찾기에는 초라했다. 붉은 플라스틱 의자에 앉아 미자네는 생강차를 마셨다. 한쪽에는 어깨가 떡 벌어진 남자와 검은 레이스 옷을 꽉 끼게 입은 검은 스타킹의 여자가 맥주를 마시고 있었다. 그 사람은 내가 싫지는 않대요. 하지만 결혼하기는 싫대는 거예요. 정말 속을 모르겠는 거 있죠. 여자가 오징어를 찢으며 말했다. 검은 레이스 속에 숨은 여자의 살집을 훔쳐보듯 여자의 가슴으로 얼굴을 가까이 들이밀고 있던 남자가 대답했다. 걱정 말아요. 그 짜식 봉희씨 좋아하는 거야. 뭐 남자들이 그런 거 다 표현하나? 회사 동료는 미자에게 자꾸 무언가 먹기를 권했다. 아기 코끼리처럼 보이는 노란색 양은 주전자에 찻물은 끓고 있고 미자네는 커피에서부터 토마토 주스까지, 오징어와 맥주에서 묵이며 파전이며 막걸리까지 시킬 수 있는 메뉴판을 휘 둘러보았다. 그중에서 파전을 골라 시키고 기다리고 있을 때 미자는 한 남자와 한 여자가 들어서는 것을 보았다. 검은 모자를 앙증맞게 올려쓴 이십 대 초반의 여자가 팔짱을 낀 채 강종거리며 매달려 걷는 대로 몸을 흔들며 들어오는 중년의 남자. 쏟아져내려온 앞머리 때문인가 미자가 아는 그보다 어딘지 야위어 보이고 어딘지 엉성 마른 듯한 모습의, 형부였다. 미자의 가슴이 쿵, 내려앉았다. 그가 다른 여자와 팔짱을 끼고 들어와서가 아니었다. 붉은 셔츠를 입어서도 아니었다. 전에 느끼지 못한 초라한 세월의 때가 그의 얼굴에 너무 뚜렷해서였다. 얼굴 투명한 여자 옆의 그는 행복해 보이기보다는 바보스럽고 불쌍해 보였다. 출세를 하지도 부자가 되지도 못한 남자가 문득 지나온 세월이 아쉬워 어떻게든 젊은 여자의 환심을 사려고 노력한 흔적이, 그러나 천성적으로 어울리지 않는 흔적이 뚜렷해서였다.

미옥 언니는 결혼한 지 삼 년이 되도록 아이가 없었다. 형부의 돌변을 언니는 그 때문이라고 믿고 싶어했지만 그건 언니의 자기 위안에 지나지 않았다. 세상에는 종족 번식욕도 자기가 뿌린 씨앗에 대한 연민도 없는 남자가 있다. 형부는 어느 날 불현듯 집을 나가며 언니가 사준 바지, 웃도리, 점퍼, 구두, 양말까지 모두 벗어버렸다. 시장에서 몽땅 새것으로 사서 입었다. 팬티도, 시계도, 안경도.

전혀 다른 사람이 되어 혼자 사는 그를 먼발치에서 보았을 때 미자는 느낄 수 있었다. 성실하게 살아온 여태까지의 삶이 그는 억울했구나, 갑갑했구나.

자기가 사라지면 그리워할 줄 알았던 건지 아니면 자기 존재의 필요를 부재로써 웅변하려던 것이었는지 언니는 가방을 싸들고 집으로 왔다. 그러나 연속극에서처럼 남자는 언니를 찾으러 오지 않았다. 낮은 담장 밖에서 언니를 휘파람으로 부르고, 꼬장꼬장한 장인의 말도 안 되는 결혼 반대 이유를 수십 번을 넘게 들으면서도 찾아오곤 했던 이 집으로 형부라는 언니 유일의 남자는 오지 않았다. 전화도 없었다. 자기가 없는 중에 전화가 올까봐 파 한 뿌리를 사러 가면서도 미옥은 매일 뛰는데도.

누구 좋으라고 이혼을 해줘, 라는 악의에 찬 훼방을 놓는답시고 언니는 무일푼으로 친정살이를 한 지 삼 년째다.

—나쁜 놈.

미옥은 고개를 묻고 울먹인다.

무어든 결론을 내려, 말하고 싶지만 미자는 참는다.

"어떻게 언니에게 이러실 수 있어요."

어렵사리 한 전화에 대고 미자가 말했다.

"언니한테는 미안해. 그러나 내 인생도 중요하잖아."

형부의 까칠한 음성이었다.

같이 살거나 헤어진다는 것이 왜 둘 중 하나에게는 희생을 요구해야 하는 일이 돼버렸을까. 그러나 미옥 언니가 대체 형부의 법적인 아내였대서, 첫사랑이었대서, 부엌에 고인 빗물을 퍼내느라 같이 밤을 샜고, 같이 적금을 부어 집을 사고 그 집 커튼을 맞추러 같이 돌아다녔대서, 대체 그렇다고 해서 형부가 빠진 새로운 사랑이 진실하지 않다고, 돌아와야 한다고 할 수 있을까.

남자 사랑이 떠나면 여자는 뚱뚱해져.

살았을 적 뚱뚱했던 엄마는 말했다. 어렸을 적부터 살집이 있는 편이었던 언니는 결혼을 하고서부터 몸이 조금씩 불어갔다. 희고 통통한 어깨에 턱을 대고 붉은 입술로 밝게밝게 웃던 미옥은 보기 좋았다. 미자처럼, 늙고 못생기고 가난한 처녀가 아니었다. 그러나 언제부터인지 미옥은 조금만 걸으면 숨이 차도록 섬누던 살이 올랐다. 한밤중에 일어나서도 찬밥에 고추장을 비벼 먹고 싶은 식욕 때문에 고통스러운 여자가 되었다.

언니가 다시 드러눕는다. 땀 썩은 내가 퀴퀴하게 나는 것 같다. 언니의 둥근 등판과, 검은 머리털이 혐오스럽다. 자기 앞에 바다가 밀물지는 걸 알면서도 눈을 감아버리는 게 징그럽다. 문득 흑단처럼 검고 긴 자기네 집안 여자들의 머리가 불길하게 느껴진다. "여자의 긴 생머리를 보면 남자들은 미친대." 검은 머리를 빗으며 말하던 미옥 언니의 모습이 떠오른다. 미자는 자기의 길고 검고 굵은 머리털을 만진다. 하루만 감지 않아도 도시의 먼지와 몸에서 솟은 땀으로 이내 악취를 풍기고 마는 머리털. 미련처럼이나 긴 머리가 짐승의 털 같다.

—언니, 우리 머리 자를까?

미옥 언니는 대답이 없다. 대답 대신 누운 채 말한다.

—아버지가 뭐랬는 줄 아니? 야하게 차리고 가서 형부 유혹하래.

미자는 불쑥 일어나 밖으로 나간다. 언니는 이미 형부와 잠깐 만나던 여자의 집에 쳐들어가 살림살이를 다 부수고 그 여자의 긴긴 머리털을 움켜쥐고 길바닥을 구른 적이 있다.

부엌이 엉망이다. 설거짓감이 부엌 여기저기 어질러져 있다. 양념 가루들과 기름기로 누런 설거지통에 손을 담는데 가슴에 불이 난다. 다른 날과 전혀 다르지 않은 오늘이 못 견디게 역겹다. 밖으로 뛰쳐나가고 싶다. 오래 된 집과 아버지와 언니가 들어앉은 삐뚤삐뚤한 방문을 향해 밥그릇을 던져 박살내버리고 싶다. 참으려니까, 참고 그릇에 엉겨붙은 밥알과 프라이팬에 눌러붙은 기름때를 문지르려니까 가슴에 불꽃이 활활 인다. 설거지를 하다 말고 미자는 신을 바꿔신는다. 그러면서 문득, 생각한다. 맨발로 나가고 싶다고. 그러면 모두 미쳤다고 하겠지. 아직 미치지 않은 미자는 선 채 어두운 신발에 발을 담는다.

악마를 부르는 언덕

미자는 휘적휘적 길을 내려간다. 별이 모두 지상으로 떨어져내린 건지, 하늘의 별은 드문데 내려다보이는 시가의 불빛은 바다다. 옷 틈으로, 목구멍 속으로 바람이 와 안긴다. 바람은 달고 차다. 온몸을 바람에 부풀리며 길을 걷다 지나가는 버스에 오른다. 너무 늦은 시각인지 버스에는 아무도 없다. 촉수 낮은 등을 매달고 달리는 버스 창 가득, 차도까지 뛰어나와 택시를 부르거나 비틀거리며 걸어가는 사람들과 바람에 쓰레기들이 날리는 광경이 들어찬다. 자정이 지난 시각, 불현듯 살아난 귀소 본능으로 택시를 잡기 위해 종종걸음을 칠 때 까닭 모르게 찾아오던 쓸쓸함이 가슴에 싸아하게 살아난다. 미자는 버스에서 뛰어내린다. 높디높은 건물들이 빼곡하고 불을 단 차들이 연이어 달리는 시가 복판이다. 어둔 하늘 가까이 자라오른 빌딩의 창에 드문드문 불이 켜져 있는 것이 보인다. 아직도 집으로 가지 못한 영혼이 있나. 하늘 가까운 저 작은 방에서 저 사람은 지금 무얼 하는 걸까.

미자가 높은 빌딩의 창을 마치 별처럼 쳐다보고 있을 때 어디서 야아— 하는 소리가 들린다. 바람을 가르는 소리 같다. 누군가 넓은 차도를 가로지르고 있다. 사람이다. 광장만큼이나 넓디넓은 도로 위에 차의 행렬이 잠깐 끊긴 사이 뻣뻣한 회색 양복을 입은 사람 하나가 넥타이를 날리며 폭풍처럼 질주하고 있다. 건너편으로 넘어간 그를 누군가 박수쳐 맞이한다. 청색 양복에 넥타이를 맨 사람이다. 둘은 유쾌히 웃는다. 다시 차가 뜸한 사이, 길 끝의 자동차 헤드라이트 불빛이 다가오는데 청색 양복이 길을 가로질러 달린다. 그 뒤를 회색 양복이 이어 달린다. 차들이 유성처럼 빠르게 오가는 사이 그들은 바람을 가르며 야아— 야생의 목청을 울리며 달리고 또 달린다. 그들이 느낄 팽팽한 긴장감, 짜릿한 전율이 미자의 척추를 훑는다. 그들의 두 귀를 가득 메울 바람, 박하향처럼 폐부로 몰아쳐들 찬바람이 미자에게도 느껴지는 것 같다. 미자는 보도 블록에 앉아 두 사람의 게임을 지켜본다. 목숨을 건 게임에 탐닉하는 저들에게도, 오천원을 벌기 위해 일부러 밤을 샐까봐 의심하는 회사와, 질기고 오랜 싸움을 걸어오는 가족이라는 생존의 동지들이

있을까. 가슴속에서 빠지직빠지직 타오르던 불길이 식어지는 것 같
다. 미자는 너무 오랜만에 숨을 쉬는 사람처럼 바람을 크게 들이킨
다. 그때다. 회색 양복이 포효하며 바람처럼 길을 가로지르는데 달
려오던 자동차의 불빛 하나가 격하게 흔들린다. 그 불빛에 그는 공
중으로 던져진다. 순간, 미자는 벌떡 일어선다. 혈관이 일제히 파
악, 터진다.

좀 다르게 살고 싶다는 꿈이 실은 얼마나 불온한 소망인지. 그
생각 자체가 악마를 부르는 어두운 언덕일지 모른다. 그러나 바로
이 마음이었을지 모른다. 가슴속으로는 불을 발로 밟아 끄면서도
얼굴은 고요를 지키고 있을 때, 잘 견뎌오던 인내의 벽을 뚫고 일
시에 터져오르려는 자기 안의 마그마. 엄마가 마치 의문의 자연 연
소로 오롯이 몸이 불타 죽은 사람처럼 연탄 화덕에 코를 박고 죽은
사연은 그런 마그마가 일으킨 내출혈 때문이었는지 모른다.
사람이 급체하면 연탄 가스에 결정적으로 약해진대. 속이 안 좋
은 상태에서 화덕을 꺼내 탄불을 갈다 중독되어 그냥 쓰러진 거야,
하필 연탄불 위에. 개처럼 그슬린 엄마를 병원에 옮겨놓았을 때 아
버지는 말했다. 그리하여 엄마의 사인은 화사(火事)였다. 그러나
그전에 가스 중독이 있었고, 그전에 급체가 있었고, 또 그전에 내출
혈이 있었고, 또 그전에 무엇이 있었나, 참을 수 없는 생이 있었나?
터져버린 가슴 한가득 피가 흐르는 것 같다. 불을 삼킨 것 같다.
그러나, 오늘 아무 일도 없었던 거라고 미자는 생각한다. 자기는 아
무것도 보지 못했다고.
살다 보면 언젠가 회색 양복을 입은 사람이 개처럼 죽은 모습이
떠오를 날이 있을지 모른다. 그러나 그때도 그것이 자살인지 사고
인지 생각지 않기로 한다. 잊으려고 하다 보면 어느새 시간이 말려

주겠지. 개마고원처럼 딱딱하게 굳어진 기억을 가슴에 안고 끄덕끄덕 키보드를 두드리고 밥을 먹겠지.

　다가오는 불빛을 향해 미자는 떨리는 손을 들어 보인다. 주먹을 너무 꽉 쥐었던가. 관절을 하나씩 들어올려 편 손바닥에 손톱 자국이 깊게 패어 있다. 살아 있는 것이 기뻐서인지 무서워서인지 눈에서 뜨거운 액체가 솟구친다.

(『현대문학』 1997년 5월호)

한 남자

1

―전혀 없어요?

화장실이 없다는 말에 사람들은 늘 반문을 한다. 없으면 없는 것이지 그럼 뭐 있다 말어? 나는 너무 귀찮아서 심술스러운 심사가 되기도 한다.

―그래요, 화장실 자리 불탄 쪼가리나 화장실 비슷한 것도 없어요!

속시원하게 말해주고 싶기까지 하다.

지난번 세입자를 들일 때 '지하 단독 원룸'이라는 문구에 홀려 전화를 했던 사람들은 모두 그 대목에서 전화를 끊었다. 어떤 사람은 내 대답이 끝나기 무섭게 아뭇소리 없이 수화기를 내려놓기도 했다. 아무 실속 없는 전화를 나는 백여 통이나 받아야 했다. 그 경험으로 이번 광고 문구에는 아주 화장실 없다는 말을 넣었다. 문의 전화는 보름 동안 열 건도 오지 않았다. 그러나 이번 전화에서도 사람들은 "정말 없어요?" 하고 묻는 건 마찬가지였다.

화장실이 없다는 것은 불편한 것 이전에 황당한 조건일 것이다. 뒤란의 화단에는 남자들이 오줌을 갈겨버리는 자리가 몇 군데 정해져 있다. 쓰레기 더미에서 똥 담긴 봉지가 발견되기도 했다. 실은 방이랄 수도 없는 곳이다. 수도가 놓여 있고 하수구는 자동 펌프로 대신하고 있지만 난방도 안 되는 공간은 방이라기보다는 창고다.

—네, 여기서 보여요.

내가 치자색 건물을 이야기하자 여자는 전화 부스에서 건물이 보인다고 한다.

나는 수화기를 내려놓자마자 밖으로 나갔다. 건물 앞에서도 우리 집을 찾아오자면 쉽지만은 않을 것 같아서다. 찾아오는 길이 복잡하다면 집에 대한 인상마저 흐려질 수 있다. 아쉬운 건 나다. 어떻게 해서든지 이 여자에게만은 방을 내놓아야 한다.

빈방인 것보다는 사람이 있다가 방을 보여주는 것이 세를 빼는 데는 좋을 것 같아 퇴근 후에 곧장 이리로 온 것이 벌써 일 주일째다. 책이나 보며 시간을 죽인다고는 해도 궂고 청승스런 기분이다. 방은 우리 소유의 연립주택에 지하에 딸린 단칸짜리다. 위층은 전세를 놓았고, 이 방은 따로 학생들에게나 월세를 놓아왔다. 우리가 처음에 이 집을 사서 왔던 칠 년 전만 해도 이 방들에는 학생뿐 아니라 동거하는 커플도 있었고 아이가 딸린 부부도 살았다. 그러나 지금은 거의 모든 방들이 비어 있다. 기차처럼 남향으로 길게 난 창으로는 햇빛이 제법 들고, 넓은데다 천장에는 수도관도 지나가지 않아 우리 방은 여태 빈 적이 없다. 그러나 지난번부터 새로 사람 들이는 일이 수월하지 않더니 이번에는 아주 애를 먹인다.

생각대로, 운동화를 신고 한 손에 지역신문을 말아 든 차림의 여자가 치자색 건물 앞에서 두리번거리고 있다. "애 키우면서 살 만한 데인가요?" 전화에서 여자는 물었다. 여자는 마흔이 멀지 않은 나이 같다. 내가 마중을 나가 자기를 단박에 알아보는 것을 여자가 환한 웃음으로 맞았다. 그러나 마당을 들어서고, 계단을 몇 개 내려딛고, 마침내 보러 온 방의 외짝 문을 열기까지 여자의 얼굴은 바스락 소리가 날 정도로 점점 구겨져갔다. 방문을 열자 높지 않은 천장에 형광등 그림자가 어둡게 드리워져 있는 모습부터 눈에 들어온다. 길가에서 방이 들여다보이는 걸 막으려고 창에 발라둔 풍경 달력 사진은 누렇게 절은 채다. 나는 불량 식품 제조업자가 된 기분이다. 유통 기한이 쪼금 지나기는 했는데 그래도 싼 맛으로 들여가세요. 설마 죽기야 하겠어요?

—그래도 우리 방은 환풍기도 달려 있어요. 여기 방들 중에서도 제일 깨끗하고 넓어요.

이미 눈동자가 딴 생각으로 멀게진 여자에게 나는 바보 같은 소리를 한다.

여자는 생각할 것이다. 아직 나는 세상을 알려면 한참 멀었어, 취사 가능한 지하방이라는 말에 속아서 여기까지 오다니, 아직도 눈먼 행운이 어리숙하게 내게 기어들 거라고 생각하다니.

나는 월세 몇 푼을 받기 위해 그녀의 인생을 짧게 우롱하고 지나는 잔인한 행인이 된다.

—겨울엔 춥겠네요.

분명 난방이 되지 않는다고 전화로 설명을 했는데도 여자는 재우쳐 묻는다. 그만 돌아갈 말미를 잡기 위해다. 그러나 나는 부연을 아끼지 않는다.

—바닥에 스티로폼 깔구요, 침대나 전기 장판들을 쓰더라구요.

여자는 내 말에 침묵으로 답한다. 변명 같은 말이 내 입에서 다시 나온다.

—주로 학생들이 많이 쓰는 방이에요. 몇 년씩 사는 사람들도 있어요.

내 딴에는 그래도 살아보면 물리가 트인답시고 말한 풍신이다. 허나 한심하다면, 돌멩이도 씹어 삼킬 청년들이나 견딜 방에서 살 엄두를 낸 당신의 가난이지 이 방 자체는 아니라는 말처럼 들릴 수도 있을 것 같다.

수도를 틀어보지도, 씽크대나 창을 열어보지도 않고 도로 계단을 밟아오르는 여자에게 무슨 변명 같은 걸 해야 할 것 같아 따라 나서는데 안에서 전화벨이 울린다. 깜짝 반갑다. 여자에게 목례만 하고 급히 뛰어들어와 수화기를 들고 보니 신 한 짝이 방 안에 누워 있다.

—거긴 어디야?

—누구……?

—누구? 복대 떼어먹으려고 목소리도 잊은 척하네?

우리는 동시에 깔깔거린다. 칠팔 년 한 직장을 다니는 동안 임신복부터 복대와 몸매 보정 거들까지 돌려가며 입었던 직장 친구다. 이태 전 그녀가 다른 직장으로 옮겨간 후로는 대개의 결혼한 여자 친구 관계가 그렇듯이 전화로나 만나왔다. 그러나 이런 교신도 일 년 만이다.

—세상이 뒤숭숭하니까 그래도 궁금해지는 사람이 많데?

그녀의 말이다. 서로 아는 사람들의 소식까지 섞어서 한참 이야기를 하다가 전화를 끊을 무렵에 그녀가 불쑥 묻는다.

―그런데 거기서 진짜 뭐하는 거야?

나는 왠지 선뜻 대답이 나오지 않는다. 순간, 내가 한심해지는 기분이다. 그녀와 전화를 끊는데, 이 방은 위층을 새로 세놓을 때 덤으로 얹어줄까 하는 생각이 든다. 전화도 취소해버리고 내일부터는 퇴근 후에 곧장 집으로 가야겠다 싶다. 방 불을 끄자 칠흑의 어둠 속에 출입구만 희미하게 드러난다. 정말 내가 동취(銅臭)에 이끌려 여기까지 와 청승을 떨어댄 걸까. 방 안에 떨어진 신 한 짝을 들고 나서자니 비루하고 초라해진다. 저만치 깊은 어둠을 물고 있는 복도로 나가 발끝으로 신을 더듬어 찾는다. 신 한 짝이 마치 어둔 허공에 걸린 듯 잘 꿰어지지 않는다.

버스 정류장을 향해 걷다가 전신주에 붙은 외등 불빛에 시계를 비춰본다. 아홉시다. 낯선 곳을 찾아가기에는 이미 너무 늦은 시각이다. 공중전화 부스가 보인다. 머릿속으로 그림자가 하나 둘 셋 넷 차례로 지난다. 내 생을 스쳐간 행인 1 2 3 4. 부스 안으로 들어선다. 그러나 수첩을 꺼내려다 그만둔다. 가방 뚜껑을 도로 닫는다. 아직은 그들에게 전화할 마음이 생겨주지 않는다. 나는 114를 누른다.

―시화지구에 사는데요,

그러고 나는 한 사람의 이름을 댄다. 내가 그에게서 아는 것이라고는 그의 이름과 아마도 시화라는 아름다운 이름의 동네에 살 거라는 것뿐이다.

안내원의 목소리가 들린다.

―미안합니다. 그 정도로는 번호를 찾을 수가 없어요.

시화, 이름만 아름다울 뿐 매립층이 너무 얇아 식물이 소금기에다 말라죽어간다는 그 동네에 사는 그 역시 내 생을 스쳐간 행인 중의 하나다. 쓸쓸한 모습이 이따금씩 떠오르곤 했지만 무소식 속에 안주하고 있을 거라고 믿던 사람이다.

하지만 그와 같은 직장으로 옮겨간 친구는 조금 전 전화에서 말했다.

—반신불수가 되셨다는 거 같애.

그를 찾아봐야 할 것 같다. 그러나 낯선 곳을 무작정 찾아가기에는 이미 너무 늦었다. 평생 처음 장만한 집이 환경 오염 지역으로 신문에 오르내리는 동네여서 가슴에 못이 박혔을 서민들이 둥지마다 밝힌 이 저녁 숱한 불빛 속에 그도 불빛 하나에 저녁상을 비추고 앉아 있을까. 혼자 앉은 밥상에, 그 몸에는 치명적일 차가운 소주가 밥 대신 덩그마니 놓인 것은 아닐까.

2

—잠깐 기다리실까요.

멋진 바리톤이었다. '잠깐'을 '자깐'이라고 발음하고 있음에도 격조가 있었다. 목소리 좋은 사람이 으레 그렇듯이 그는 바이브레이션의 깊은 맛을 극적으로 구사할 줄 알았다. 언뜻 〈명화 극장〉에서 보던 중절모의 신사가 떠올랐다. 코가 크고 턱선이 굵고 이지적인 남자가 아니라면 도저히 어울릴 것 같지 않은 음성이었다.

면접을 치르기 위해 회사에 처음 찾아갔을 때 편집실이라는 팻말이 달랑거리는 율색 문을 열자마자 한 남자가 보였는데 그가 바로 목소리의 주인공이었다. 목소리가 연상하게 했던 준수한 인물은 아니었지만 긴 매부리코, 약간 합죽하다 싶을 정도로 잘 정돈된 입매, 중키에 어깨가 넓은 중년 남자는 나름대로 독특한 멋이 있었다. 감색 니트 카디건을 걸치고 팔에는 같은 색의 토시를 끼고 있었는데 카디건 안으로 벨트 대신 맨 멜빵이 보였다. 가까이 가자 화장수 냄새가 나는 듯했다.

그는 이른바 일류대학이라고 하는 데서 석사 과정을 밟은 외국 문학 전공자였다. 자기 원고를 고친다고 재떨이를 던지며 화를 내던 작가가 잠든 사이 거의 새로 원고를 쓰다시피해서 걸작을 만들어냈다는 삭스 카민스라는 편집자가 저런 분위기 아니었을까 싶었다. 그의 책상 밑에는 율색 구두가 한 켤레 놓여 있었다. 회사에 오면 그는 검정 구두를 벗고 율색 구두를 신었다. 벗은 구두에는 성형틀을 끼워두었다. 두 켤레의 구두는 회사 앞 구둣방 아저씨가 매일 하나씩 가져가서 닦아오기 때문에 늘 새 신 같았다. 그는 손톱이 분홍빛으로 투명하고 귓바퀴가 청결하게 맑은, 드물게 말쑥하고 단정한 남자였다. 촌스러운 넥타이하며 누런 와이셔츠에서, 부자도 아닌 노총각의 냄새가 나기는 했지만 월급을 받아서 쌀을 사고 향좋은 커피콩을 사고 새로 나온 음반과 책을 사고, 구둣방 아저씨에게 값을 치르고 하는 일상을 따뜻한 목욕물처럼 즐기는 사람 같았다.

그러나 입사 후 그의 옆자리에 앉게되면서부터 그에 대한 첫인상은 조금씩 균열이 갔다. 그는 보기와는 달리 입이 걸고 지독한 골초였다. 사무실에서도 가끔씩 외상값 갚으라는 술집 여자와 전화로 고함을 치며 싸우기도 했고 책상 위에서 손톱을 깎다 손톱 가시를 날리기도 했다. 그 정도는 사소한 허물이었다.

창 밖은 햇살이 투명해, 모두들 금붕어처럼 핏줄이 맑게 드러날 것 같은 봄날이었다. 집에 있던 시간이 꿈이었던 듯 눈떠보면 사무실의 흰 책상이고 다시 눈떠보면 또 흰 책상이었다. 그래도 깨끗하게 비워진 책상은 늘 반가웠다. 조금 전에 헤어졌던 사람을 다시 만나 아침이라고 부르는 그 시간, 층계참에서 자판기 커피를 뽑아

들고 자리로 올 때는 늘 투명하고 빳빳한 날개를 단 것처럼 상쾌했
다. 오늘은 차근차근 일을 아주 많이 해야지, 어떤 일이건 다 해치
울 수 있을 것 같은 의욕에 가슴이 가볍게 설렜다.

　그러나 수경 같던 마음도, 일정대로 진행하던 일 사이사이 엉뚱
한 일이 떨어지거나 전혀 소용에 닿지 않는 숫자투성이 보고서를
작성하거나 결재 도장 대여섯 군데 받기 위해 두세 달째 외유중인
기안이 생각날 때면, 이내 혼탁해지고 출렁거렸다.

　나는 입사한 지 겨우 이틀 만에, 이 회사는 지옥이구나 혼자 층
계참에서 창 밖을 바라보며 눈시울을 붉혔다. 직장이라는 데 내가
환상을 가진 때문은 아니었다. 이미 네 번의 전직 경험을 통해, 바
랄 수 없는 것을 희망하는 무모한 기대는 사라진 지 오래였다. 업
무의 특성을 모르는 전문 경영인, 관리 위주의 경영, 경직된 사고,
직군간의 계급제도, 일방적인 지시와 전혀 현실성 없는 계획, 성차
별 등　다른 직장에서 일해본 칠팔 년의 경험으로는 상상할 수 없
었던 모순과 억압된 분위기가 이곳에는 있었다. 그 원인은 다른 데
있지 않았다. 그 동안 내가 일했던 직장은 직원이 서른 명 안쪽의
작은 회사였고 이곳은 이천 명을 헤아리는 대기업이기 때문이었다.

　어느 날 아침이었다. 출근 카드를 찍고 서둘러 사무실 문을 열자
마자 상무의 목소리가 칼바람처럼 얼굴을 덮쳐왔다.

　─책임감 없이 말야, 계획은 왜 세워요. 지키지도 않을 계획을
세우는 거 다 사기예요. 이제 그런 거 안 통해요. 괜히 자기 한 사
람 잘못해가지고 딴 사람들 피해주지 마세요. 서 차장 알아들어요?

　자리에 앉지도 못하고 모두 일어선 속에서 예, 하는 굵은 목소리
가 들렸다.

　─대답만 하지 말고 실천을 하세요.

　실무를 모르는 관리자들일수록 실무자들을 지독하게 닦달하는 법

이다. '들쥐다! 쫓아라!' 그들의 몸에 밴 사람 관리술이다. 상무는 사원들이 출근하기 전부터 빈 사무실에서 기다리고 있었던 모양이었다. 나는 부장 차장들이 우중우중 선 사이로 걸어들어가 자리에 털썩 앉았다. 그러고는 책상을 정리하기 시작했다. 무슨 머리 풀 일 났다고 저렇게들 시립해 있나, 아무 눈치 없는 척 상무의 권위를 밟아주고 싶었다. 내가 당돌하게 느껴졌겠지만 그렇다고 야단치자니 치사해져서, 아니꼬와만 할 뿐 누구도 뭐라지는 않았다. 남자들은 서로 깨거나 깨지는 일에 다들 적응을 잘한다. 군대에서 겪은 수모와 단련 덕분일 텐데 서로 좋게 할 수도 있을 일을 무참히 깨가면서 하는 문화에 피차 적응을 잘하는 것이 나는 좀 이상했다.

상무의 말은 반드시 계획대로 일을 진행하라는 이야기였지만 언제나처럼 두서없는 신경질에 가까웠다.

인간의 허점은 턱밑에 붙어 있지. 남보다 낮을 때는 잘 들키지 않지만 한 자라도 높은 자리로 올라서면 여지없이 드러나고 말지. 비비 꼬인 콤플렉스가 털 달린 사마귀로 자라나는 턱밑. 출세하고 싶으면 턱을 잘 닦아라, 나는 속으로 생각했다.

—뭐예요, 정 선생은 여태 안 나온 거예요?

사무실을 나가다 말고 상무가 날카롭게 쏘았다. 시각은 벌써 출근대를 지나 있었다.

부장의 얼굴이 벌게졌다.

—예, 오늘 현지 출근입니다.

현지 출근, 원래는 출장지로 바로 출근한다는 뜻이었지만 술 먹은 다음날 남자들이 지각을 면하기 위해 애용하는 방법이었다. 상무는 입을 다물고 나갔다. 금세라도 속이 터져버릴 듯한 만두 같은 표정이었다.

왜 스트레스는 옮겨갈 때마다 확대 재생산되는 걸까. 아침부터 상무가 시뻘건 얼굴로 고함친 날, 부장 앞에 서면 끝없는 박빙 위를 맨발로 걷는 기분이었다. 기안을 똑바로 놓지 않고 삐뚜름하게 갖다놓았다든가 지나다가 부장의 벗어놓은 구두를 건드렸다든가 하는 사소한 무신경이 삽시에 빙판 위로 비수 같은 사선을 챙챙챙 날게 했다. 무대 같은 남자 사원들은 그런 일로 엄청나게 깨졌다. "뭐야, 너! 내가 우습게 보여?" 상무가 떨군 한 방울의 물이 일거에 폭포수로 변하는 순간이었다.

머리에 토막난 바늘이 들어와 찌르고 달그락대는 것만 같았다. 움직이면 바늘에 신경이 걸리기라도 할 것 같아 숨죽인 채 앉아 있었다. 등황색 벽에 비친 햇살이 전면의 유리창을 넘어와 책상 앞에 앉은 사람들의 검은 머리를 몇 올씩 은빛으로 빛나게 했다. 바늘 떨어지는 소리라도 들릴 만큼 고요한 시간, 작은 요동도 없는 공기는 손가락을 허공에 찌르면 그대로 포옥 소리를 낼 만큼 무겁게 고여 있었다. 갑자기 사무실 문이 휘딱 하고 열렸다. 그였다. 적멸도량 같은 속으로 그가 문을 열어젖히고 땀을 흘려가며 들어선 것이었다. 충혈된 눈, 특별히 기억될 만한 불쾌함이 간밤에 내렸던 비의 칙칙한 흔적처럼 얼굴에 남아 있었다. 그러나 동록이 푸르게 낀 늦우중충하게 일그러진 그의 얼굴에 대고는 누구도 늦은 출근을 힐난하거나 농조차 건넬 수 없었다. 그것이 말끔해지지 않은 간밤의 숙취를 위장하고, 늦은 출근으로 낯 깎일 일을 방어하기 위한 녹슨 방패라는 건 알고 있었다. 그러나, 휘어진 눈썹이 건드리지 마, 라고 공격적으로 달라붙은 얼굴을 대할 때마다 나는 눈인사도 할 수가 없었다. 그는 아랫사람에게 가끔 유난히 뚝별나게 굴기 때문이었다.

　―괜찮아요?

그를 다루는 데는 미립이 났을 부장이 수 쓰지 말라는 표정으로 물었다.

—아주 죽겠어요.

밤새 천공을 떠받치고 온 아틀라스처럼 그는 피로를 감추지도 않
았다.

—뭐 지구라도 돌리다 왔어요?

부장이 독수리 눈빛을 살천스럽게 쏘았다. 그가 아무리 노회하게
방패를 겨누고 들어서도 부장의 눈에 그쯤은 행주치마로 알궁둥이
가리기였다.

부장의 야유에 그러나 그는 노여워하거나 불쾌해하는 기색도 없
었다. 귀에 고무창이라도 댄 사람처럼 아무 말도 안 들린다는 듯이
부장의 시선을 피해 서랍을 뒤져 동전 지갑을 꺼냈다. 책상에 고개
를 박고 있는 내 눈의 맹점으로 그가 나를 초름하게 쳐다보는 것이
느껴졌다. 내 기분이 커피 심부름을 시킬 만한지 어떤지를 살피는
것이었다. 나는 괜히 책꽂이를 뒤지다 걸 데도 없으면서 전화 수화
기를 집어들어 구내 번호를 꾹꾹 누르다 도로 내려놓기도 했다. 불
려가서 훈계 듣고 야단맞아가면서도, 당신들이 내가 단지 여자라는
이유 때문에 커피 심부름을 해야 한다고 생각하는 한 결코 그 일을
할 수 없다는 주장을 굽히지 않은 나였다. 난 당차고 드센 여자로
소문이 나 있었다. 그가 팔걸이를 짚고 무거운 몸을 일으켜 세웠다.

—자리 오래 비우지 말아요. 아침에 폭탄 떨어졌어요.

고개는 들지 않은 채 눈만 흡뜨고 부장이 말했다.

—예. 코피 한 잔 마시고 올게요.

부장의 괜한 잔소리에 그는 아이처럼 대답했다. 커피를 꼭 코피
라고 하고, 에프 자를 아랫입술 살짝 문 순경음으로 발음하는 교양
을 그 순간에도 그는 잊지 않았다. 잘못하고 야단맞는 일에 관한
한 그의 비윗살은 근육질이었다. 그럴 때는 세상에 따로 찾기 어려
운 졸보처럼 제법 새살을 떨거나 아니면 모든 외부 세계의 자극으

로부터 차단된 진열장 속의 인형 같은 얼굴로 앉아 있기도 했다.

그는 자리에 돌아와서 흰 셔츠 소매를 걷어붙이고 부산스럽게 서류들을 뒤지고 벌려놓기 시작했다. 그러나 석 대째 담배가 손가락에 끼워진 채 연기만 피워올리는 것이 이상해서 쳐다보았을 때 그의 고개는 잔뜩 숙여져 있었다. 고개는 점점 가라앉아 책상에 거의 맞닿을 지경이었다. 저러다 손가락을 데지 않을까. 머리 찧을 일이 먼저일지도 몰라. 나는 그의 고개와, 손가락 사이에 끼워진 담배를 번갈아 쳐다보았다. 깨워주지 않을 거야, 생각하는데 고개가 까닥, 하고 떨어지는 것에 놀라 그의 눈이 떠졌다. 꽁초가 된 담배를 실눈을 하고 깊이 빨더니 비벼 끄고는 다시 두 팔로 팔걸이를 짚고 일어섰다. 부장의 눈동자가 그의 뒤통수를 따라갔다.

그러나 두번째의 '코피'에도 그의 피로는 가시지 않았다. 분해되지 않은 알코올과 수면 부족 때문에 그의 얼굴은 푸슬푸슬 가루라도 떨어질 듯 퍼석하고 붉게 부어올랐다. 이번에는 살진 어깨에 고개를 아주 모로 눕히고 잠이 들어버렸다. 회사에서 죽여대는 담배만 해도 하루 두 갑일 만큼 그는 골초인데다 매일 마시는 술로, 눈동지가 노랗고 축축하게 젖어 있었다. 풀리지 않는 피로 때문에 사무실에서 조는 일은 그의 개성이라 부를 만한 버릇이었다.

앞자리의 민이 일어나서 그를 보더니 그의 책꽂이 위에 쌓인 서류를 뒤졌다. 그러고는 고개를 절레절레 흔들었다. 왜? 하고 내가 동그란 눈으로 소리 없이 물었다. 민이 정말 못 해먹겠다는 표정을 지어 보였다. 곧 무슨 결심을 한 듯 그를 깨웠다.

—정 선생님, 정 선생님.

어? 어디서 무슨 소리가 났나? 눈을 뜨고도 얼른 소리나는 방향을 찾지 못하더니 이내 표정의 권위를 추스려 소리나는 쪽으로 고개를 들었다.

—저, 늦어도 오늘까지는 우창봉 교수 원고 결말을 내주셔야겠는
데요.

—오늘? 뭘 그렇게 서둘러?

—서두르다니요, 벌써 육 개월째예요.

—알았어.

—오늘까지는 해주셔야 됩니다.

—거 알았대두 왜 그렇게 찡찡거려?

민이 굳어진 표정으로 앉았다.

그는 책꽂이를 뒤지기 시작했다. 민이 말하는 기획안을 찾는 모
양이었다. 두꺼운 원고 뭉치에 얹힌 기획안을 찾아내는가 싶더니
혼자 군시렁댔다.

—이 뭐야, 이거.

권위와 짜증을 한껏 실은 음성으로 민을 불렀다. 야, 너 일루 와
봐.

—너 이걸 나더러 다 보라는 거야? 써머리를 해줘야지. 내가 이
많은 걸 어떻게 다 보냐? 윗사람한테 기안을 올릴 때는 이렇게 해
갖고 올리는 게 아니야. 니들이 이렇게 해서 주면 내가 아주 죽갔
다구. 네 선에서 정리를 일차 해야지.

—그거 드린 게 벌써 언젠데요?

—따지지 좀 말어, 내가 그 동안 논 게 아니니까. 책 하나 내는
게 얼마나 어려운 일인지 알아? 신중해야지 그렇게 우물쩨 들고 마
시려고 하지 말어.

그러고는 민의 책상으로 원고 뭉치를 턱 떨어뜨렸다.

—제대로 해서 갖고 와.

나는 민이 눈을 질끈 감는 걸 보았다. 환경 변화에 적극 대응하
는 순발력을 길러라. 회사에서는 늘 말했지만 실제로는 백 년 묵은

구호에 불과했다. 자부서 안에서도 무얼 하나 결정하는 데 그토록 오랜 시간이 걸렸고 그런 지체는 타부서 협조를 받으려 하거나 윗선으로 올라가면 거의 실 끊어진 풍선 찾기일 때가 많았다.

—에미랄 놈들, 국을 끓여 먹나, 도배를 해버렸나?

그도 자기의 기안이 결재나지 않으면 혼자 욕을 하곤 했다.

어느 조직에서든 있는 문제였겠지만 나는 그때마다 울분을 누르기 힘들었다. 두서를 모르는 일처리, 권위적인 늑장. 중소기업 하는 어떤 사람은 십몇 년 만에 공장 신축 허가를 받았대나 어쨌대나. 대기업은 우리나라를 축소해놓은 것 같다. 복잡하게 얽힌 모순이 꼭 그랬고 어디부터 고쳐야 할지 절망스럽기가 딱 그랬다. 희망을 가져도 될까. 최소한의 합리가 통하는 세상에서 살 수 있을까.

부장 책상의 전화벨이 울렸다.

—알았어요.

전화를 끊고, 부장이 맥빠진 사람처럼 걸어나갔다. 회의록을 옆구리에 낀 걸 보니 회의 호출 전화였던 모양이다. 회사 일이 잘 돌아가지 않을수록 회의는 빈번하고 회의를 자주 열수록 일은 더욱 뻑뻑해진다. 회의는 아무런 창의도 생산해낼 수 없는, 단지 휴계의 시간이기 때문이다. '브레인스토밍' 하자면서 자유로운 의사 개진을 촉구했지만 누구도 입을 열지는 않았다. 대화란 전혀 없었다. 윗사람들 일방의 방침과 닦달만 있을 뿐이었다. "왜 다들 동태 눈깔이 됐어요?" 윗사람이 아무리 열을 내도 할 수 없는 일이었다. 우리나라 사람들은 할말이 있어도 절대로 하지 않는 문화에 익숙하다. 매를 맞아가면서도 하지 않는다. 다 뻔히 아는 사실이라는 생각 때문이기도 하지만 말해봤자 입만 아플 뿐, 아무리 논리적으로 진언해도 윗사람들의 생각은 바뀌지 않고 경우에 따라서는 삐딱이로 찍히기만 할 뿐이라는 걸 알기 때문이다. 회의를 마치고 나오면 머리에

녹말이라도 푼 것 같다. 머리가 터질 듯 아파서 한동안 일을 할 수 없다.

부장이 벌게진 얼굴로 혈관이 조여드는 두통을 참으며 앉아 있을 때, 그 틈을 타 그는 다시 졸기 시작했다. 고개가 너무 수그러져 거의 신발을 들여다보는 형상이었다. 그러다 일순, 자리에서 결연히 일어났다. 사무실 한쪽에 서 있는 바퀴 달린 옷걸잇대를 주르르 당겼다. 코트며 점퍼 등 옷걸이에 걸린 외투들이 열지어 걸린 긴 옷걸잇대가 휘청하며 라디에이터가 있는 벽과의 틈을 열었다. 그 틈으로 그는 의자를 끌고 들어갔다. 옷걸잇대가 다시 끌어당겨졌다. 길고 짧은 옷들 밑으로 남자의 쥐색 양복 바짓가랑이와 잘 닦인 율색 구두가 보였다. 그리고 이내 거러렁 컥, 하고 코고는 소리가 들렸다.

3

계절이 바뀌면서 회사 사정은 점차 활강하기 시작했다. 몇 년 전에 개발해놓은 효자 상품을 제외하고는 신규 사업마다 엄청난 투자비만 날렸다. 매출 위주의 성장은 앞으로는 남고 뒤로 밑지는 장사를 몇 년이나 지속시켰다. 숫자는 가장 논리적인 거짓말 도구다. 이 년 동안은 탈세를 위해 적자로 숫자를 맞추고 삼 년째는 은행 대출이나 만기 연장을 위해 순익을 만들어놓는 숫자 조작은 큰 비밀도 아니었다. 수수께끼 같은 파킨슨의 법칙처럼 일이 줄어도 일반 사무 관리직은 자꾸 늘어가야 하는 시스템에 이미 회사는 먹이가 된 지 오래였다.

세상에는 두 가지 사람이 있다. 사람을 믿는 사람과 믿지 않는 사람. 맥그리거의 경영 이론대로 사람은 먹이와 채찍으로 다스려야 하는 대상이라는 부정적인 인간관인 X론자와, 인간의 자율성과 창조 의지를 믿는 Y론자가 있다. 인간을 믿지 못하는 인간은 숫자를 믿는다. 그 숫자를 뽑아내기 위해 많은 돈을 들이고 정력을 쏟는다. 관리되어지는 노동자들은 게으름부리다 망아지가 되어버린 피노키오처럼 자기 엉치에 어느 날 꼬리가 돋고 코가 딱딱하게 부풀어오르는 걸 깨닫는다. 자신의 노동이 아닌 타인의 노동이 자신의 존재 기반일 때 인간은 인간에게 늑대다. 인간을 믿지 않는 인간은 다 늑대다.

회사가 나를 관리하려 들 때, 진짜 해야 하는 현업보다 그래서 내가 무슨 일을 언제 얼마큼 할 건지, 또 했는지를 까다로운 서식에 맞추어 날마다 입력을 해야 할 때, 나의 인간성과 일을 잘하는 사람이 되고 싶은 내 인간적인 바람을 몰라주는 회사라는 데가 너무 슬퍼져서, 정말 돌아버릴 것만 같아서 가끔 혼자 울었다. 화장실 변기에서나 혹은 층계참에 선 채 마시지도 않을 커피를 뽑아들고 창 밖을 보며, 사람을 믿어주고 신나게 일할 수 있는 회사는 없는 걸까, 한숨지었다. 화장실에서는 혼자 나의 무능과 멍청함, 실수 등을 일일이 기억해내려고 애썼다. 그러고 나면 마음이 좀 풀렸다. 억울하지 않았다. 이 정도라도 날 붙여주는 회사가 있는 게 얼마나 다행인가. 잠자코 살자. 적응할 수 있을 것 같았다.

옆자리의 그를 내가 미워하기 시작한 건 그 때문이었다. 저런 사람들 때문에 회사는 직원들을 못 믿고 무인 경비 장치 같은 관리 시스템으로 전 사원을 노예로 만드는 것이라는 생각이 들었다. 그는 점점 나의 눈엣가시가 되었다. 괜한 거드름, 체액이 되어버린 술 냄새, 퇴근 무렵에야 말짱해진 정신으로 정시에 퇴근하는 후배들을 "역시 신세대들은 다르네" 하고 비꼬는 태도, 모든 게 미워서 악취가 난다고 느낄 지경이었다.

옷걸이 뒤에서 자버리기까지 한 이후로 그의 업무 태도는 더욱 엉망이었다. 오후에 출근하는 날도 있었고 일찍 오더라도 회사에서는 늘 잠만 잤다. 화도 더욱 잘 냈다. 부장도 이제는 그를 통제하지 못했다. 그의 심정을 헤아린 때문이었다.

그는 파란만장한 직업의 역사를 자랑하는 인물이었다. 여러 회사의 여러 직종을 두루 섭렵한 것 같았다. 타고난 문사적 기질로 우리 회사에 입사한 지는 십 년째였고 우리 부서를 만든 창업 공신이기도 했다. 그러나 어린 후배 부서원들이 들어오고 선배가 부장이 되도록 그에게는 아무 직위도 직책도 없었다. 다른 회사나 타 부서만 해도 부장은 될 법한 나이였다. 과장이나 대리라는 중간 직위 자체가 편집직에는 없었기 때문에 승진한다면 그는 차장이 되는 방법밖에는 없었다. 그러나 그의 상관인 부장이 실은 부장 대우 차장이었다. 편집직 사원들은 직제 통일을 위해 몇 년간 개인적으로든, 집단적으로든 건의하고 항의했다. 그런 바람이 불 때마다 그는 술자리에 불려나갔다. 억울한 계층에 속하는 대표적인 인물이기 때문이었다.

그후 직군별로 달랐던 직제가 드디어 통일되었다. 우리 부서의 절반에 가까운 남자들이 다 대리를 달았다. 그러나 그때도 그는 직위를 차지하지 못했다. 대리를 달아주기에는 민망한 나이였고 통일된 직제하에서는 편집직도 일반 사무직처럼 과장이 되려면 승진 자격 시험을 통과해야 했다. 회사에서는 그에게 '시험 볼 자격 있음'을 알렸다. 그는 물론 거부했다. 그러나 회사는 칼과 쇠침대를 가진 프로크루스테스였다. 어느 경우에도 예외는 없었다.

　—당신 줄 잘못 섰어.

부장은 그에게 가끔 말했다. 그는 부장의 말에 쳇, 하고 웃으며 부정을 표했지만 옆에서 귀 너머로 듣던 나는 속으로 고개를 주억거렸다.

나는 보수적인 우리 엄마와 아빠를 싫어한 것처럼 부장을 싫어했다. 그가 너무 고지식한 사람이기 때문이었다. 그저 참는 것이 능사였던 어미와 아비 밑에서 그들 선량함 이면의 무능함 때문에 겪어야 했던 단칸방의 가난이 나는 싫었다. 더이상 주걱으로 뺨 맞는 흥부의 비참한 자식 노릇은 하고 싶지 않았다. 착하고 바른 생각을 가진 사람들일수록 자기 의사를 관철시키기 위해 무섭게 돌진해야 한다고 나는 생각했다. 그러나 부장은 남들이 모두 뒷문 거래를 하는데도 아무도 없는 줄에 서서 비가 오나 눈이 오나 혼자 자기 차례를 기다리는 사람이었다.

그러나 이번만은 부장도 어떻게든 나서야 한다고 느낀 모양이었다. 그를 위해 승진 운동을 하러 다니는 눈치였다. 부장은 그에게 충고할 수 있는 거의 유일한 사람이기도 했고, 또 그를 비호하는 유일자이기도 했다. 부장은 나에게 걸레질을 하라고 강권하고 남자 사원에 비해 턱없이 낮은 대우 때문에 내가 흘리는 짠 눈물을 이해 못 했다. 종신 고용과 연공 서열의 세대, 계약보다는 사람의 선천적인 선량함을 믿고 싶어하는 세대, 남자의 기를 살려줘야 세상이 편하지 않냐고 하는 세대, 장유유서의 질서를 존중하는 세대. 그러면서도 4·19 정신을 신봉하는 민주주의 1세대들. 정치니 사회 제도니와 무관하고자 하는 인간의 자질구레한 일상도 실은 얼마나 속속들이 정치나 제도와 연루되어 있는지를 절감한 내 세대의 눈으로는 부장의 세계관은 앞뒤가 안 맞고 모순이 많았다. 그는 너무 맑고 따뜻한 사람이었지만, 비논리적인 고전의 휴머니스트였다.

그런 부장의 '운동'도 그러나 아무 소용이 없었다. 결국 그도 남들처럼 승진 시험 준비에 들어갔다. 교육도 받았고 회사도 며칠 쉬면서 공부했다. 시험은 영어를 제외하고는 그의 업무나 경력과는 아무 관련도 없는 회계, 경영 논술이었다. 그는 시험에 한 번 또 한 번, 떨어졌다. 그 사이 일 년이라는 시간이 갔다. 그의 울분은 금방이라도 터질 듯 팽만하게 화농되어갔다. 오래도록 기다렸건만 하필 자기 앞에서 끊어진 배급줄에 울 듯, 인생이 나를 농락하는구나, 서러웠을 것이다. 술 마시는 날은 더욱 늘어갔고 낮잠과 업무 지체도 더욱 심해졌다. 몇 달씩 검토하지 않던 원고나 원서들을 후배들한테 떠넘기는 일도 자주 일어났다. 하루는 자기 교정지에 커피를 쏟았다고 민의 얼굴에 대고 원고를 흔들며 거듭거듭 호통을 쳤다. 민도 아이가 둘이 되는 서른 중반의 남자였다.

나는 복사를 하고 내려오다가 민이 혼자 층계참에 서서 창 밖을 내다보는 것을 보았다. 예사롭지 않았다. 그는 그 무렵 어지간히 지쳐 있었다.

나는 그의 어깨를 툭 쳤다.

—뭐 볼 거 있다고 거기 있어요?

일부러 가볍게 물었다.

창 밖이라야 매연으로 탁한 서울의 하늘 아래, 동사무소에서 내건 '환경 개선의 달' 같은 현수막이 더러워진 채 바람에 배를 부풀리고, 잎마다 먼지가 켜켜이 앉은 플라타너스가 잎을 떠는 살풍경일 뿐이었다.

민이 눈을 살짝 감으며 자조적으로 물었다.

—내가 좀 바보 같죠? 내가 너무 만만해 보이나 봐.

—에이 왜 그런 소릴 해요?

여자들에게는 복종의 경험이 적다. 내가, 우리나라의 군대가 사람을 조금 망가뜨려놓는다고 믿는 이유는 거기에 있다. 불합리에, 죽을 만큼의 인내를 겪어본 사람들이 보이는 권위에 대한 복종, 남자들의 세계에는 그런 것들이 있다. 끔찍한 터널을 지나오는 동안 다행히 자살하지 않고 제대를 했다는 것이 내가 대한민국의 남자들에게 열등감을 느끼는 이유이기도 했고 남성 문화를 때로 모순적이라고 생각하는 이유이기도 했다. 그러나 자살을 실행에 옮기고 안 옮긴 차이가 결코 고통의 강도 차이는 아니다.

놀랍게도 아주 작은 이슬이 민의 감겨진 눈새에서 반짝 빛났다.

그 무렵의 업무 태만 때문이었을까. 정 선생이 맡은 원고가 책이 되어 나온 날 상무 방에서 고함이 터져나왔다. 유리벽 밖으로까지 소리가 새나올 정도였다. 책에 교정 실수가 있었는데 그걸 하필이면 경영주가 보고 상무에게 전화를 한 것이었다.

—당신 사보타지하는 거야?

과장으로 승진시켜주지 못한 일을 두고 상무는 선제 공격을 했다.

—그럴 리가 있겠습니까.

그는 자존심이 강했다. 자기가 너무 초라하게 보일까봐 치장하느라 그의 목소리는 유난히 굵고 바이브레이션이 심했다. 나는 언젠가 이런 일이 생길 거라고 예상하고 있었다. 그러나 오자 몇 개 갖고 사람의 자존심을 너무 깬다 싶었다. 반발이 일었다. 그러나 한편 내가 바라던 불행이 닥치기라도 한 것처럼 가슴이 뜨끔했다.

불가사의했던 것은 상무 방에서 나온 그가 아주 밝은 얼굴이라는 사실이었다. 상무에게 "그럴 리가 있겠습니까"라고 한 것처럼 그는 회사에 아무 불만이 없다는 것을 보여주려는 듯이 행동했다. 하지만 그가 그럴 수밖에 없었던 것은 부장이 그 일로 엄청 시달린 때문이었다.

—당신 정말 물 먹이려고 했어요?

상무한테 또 불려들어갔다 나온 저녁 부장이 지친 얼굴로 그에게 조용히 물었다.

아마 경영층에서 볼 만한 책을 그가 성의 없이 만든 것은 상무를 한 방 먹이고자 한 의도였다는 것이 상무의 주장인 모양이었다.

—아니, 저 사람 싸이코 아냐. 아니 내가 왜 자기 물을 먹여. 그러면 뭐 나한테 좋은 일 있대요?

—자기가 찔리는 데가 있으니까 그렇게 생각하겠지. 당신 그런데 왜 그랬어요. 내가 저러다 사고내지 했다. 정신 차려.

밤에 냇물을 건너듯 잠방잠방 낮은 음성이었다.

—예, 아이 이제 정신 차려야죠. 죄송허게 됐습니다.

나는 그의 생존 비법을 눈치챘다. 누가 밟을 때 납작 작아지는 것, 그는 그렇게 살아왔다.

다음날이었다. 부서원들이 모인 술자리에서 그는 다른 날보다 너무 빨리 술에 취해버렸다. 그러고는 자꾸 이차로, 삼차로 사람들을 몰았다. 거의 떼를 쓰다시피 했다. 사차를 가자고 우기는 걸 말려 그를 실어보낼 택시를 잡으려던 때였다. 택시가 별로 없었다. 차를 잡으려는 욕심에 서넛이 차도로 내려섰다.

—에이 쌍누무 거, 왜 차들도 안 잡히고 지랄이야.

그가 한순간 길로 쭉 나섰다. 거의 중앙선 가까이까지 들어갔다. 저리 들어가세요, 저희가 잡아드릴게요. 민이 그를 잡아끌었다. 그는 자꾸 왜 왜, 하면서 팔을 뿌리쳤다. 다치시면 어쩌시려구요. 들어가세요. 그의 윗도리 어깨 한쪽이 조금 벗겨졌다. 그가 젊은 후배들을 밀치며 말했다.

—야, 내가 더 다칠 게 뭐 있냐? 뒈질 일밖에 더 있냐? 까짓거 뒈지면 뭐 어때? 나 겉은 등신이.

사무실에서는 자기 멋대로 행동할 때가 많았지만 술자리에서 그는 유쾌한 사람이었다. 같은 이야기라도 곰곰하고 쫄깃거리게 할 줄 알고 꾸밈 없이 잘 웃고 화제도 풍부하고 가끔 고소한 거짓말도 섞었다. 내가 실은 어릴 때부터 좀 잘 졸았어요. 아홉 살 적에 머리 깎으러 가서 기다리다가 이발소 의자에서 존 거라. 그 의자가 왜 좀 높잖아. 땅 떨어져갖구 그냥! 그때 다친 흉터가 요기 남았잖아. 아, 그런데 웃기데? 그후로 공부를 안 해도 일등만 하는 거라. 그때 뇌가 충격을 받은 거야. 그후로 내가 지금까지 절대 이발소에서만은 안 졸아. 한 번만 더 떨어지면 난 도로 돌대가리가 되거든. 으히히히.

거의 매일 술을 했지만 한 번도 주사를 부리는 일은 없었다. 그래서 그를 붙드는 심정은 다들 착잡했다.

대저, 진도랄 것 없는 집안일이 자아를 서서히 신경질적으로 분해해가는 고통을 준다면, 밖의 일, 직장의 일이라는 것은 폭발할 듯한 억울감, 자신이 코딱지가 되어버린 것 같은 고통을 준다. 월급을 받고 그걸로 적금을 붓고 벽지 누래진 방을 조금 넓혀가기 위해, 회사에서 나의 순전한 무능 때문에 당한 일로 횟술을 마시고, 싸구려 술집 즐비한 뒷골목의 진창물을 피해 시궁쥐처럼 이리저리 건너뛰며 큰소리친다. "지가 한 번 해보라 그래!" 누가 해도 완벽하게는 못할 일을 조금 더 빙신같이 해놓았다는 자괴감과 그럼에도 자꾸만 터질 듯 자라나는 눈물의 뿌리를 안고.

4

자리를 비우는 것으로 그가 시위를 대신하는 사이 회사에서는 직원 하나를 위해 무슨 굉장한 야료라도 부리듯 쉬쉬해가며 예외적인 승진 발령을 냈다. 누가 축하한다고 하면 "쓸데없는 소리 말어. 이 나이에 과장이 뭐" 했지만 그는 정말 즐거워 보였다. 전에 없이 가

끔 황당하게 권위를 부리려 들거나 후배들을 일러 '내가 데리고 있
는 애들'이라는 표현을 쓰기도 했지만 밉지 않았다.

그러나 회사는 위기 관리 차원의 대대적인 조직 개편 바람이 불
기 시작했다. 처음의 시작은 팀제라 불리는 전 직원의 평사원화였
다. 사업 단위별로 팀을 만들어 모든 직위를 무시하고 팀장과 팀원
으로 분류했다. 책상도 완전히 민주적으로 나란히 앉도록 재배치되
었다. 외부 손님이 들어왔을 때 부서원이 서른 명이건 세 명이건
팀장 자리만 구분될 뿐 다른 직위는 전혀 구분되지 않도록 하는 평
준화 배열이었다. 남자들은 이거 갖고 술 깨나 먹으러 다녔다. "복
사도 내가 직접 해야 돼." 고생해서 겨우 과장 따놓으니까 신입사원
하고 나란히 앉아서 서로 일 나누어 하게 되었다는 거였다.

회사에서 의도한 것은 업무별로 소단위의 의사 결정체를 만들고
위계 질서를 뿌리뽑아 전 직원을 현업에 투입시킨다는 것이었다.
그러나 경력을 무시한 직책 평준화는 그저 무식한 다림질인 면이
없지 않았다. 회사는 시행착오를 겪으면서 그후 계속적인 조직 개
편을 해나갔다. 복도에는 옮겨가는 책상, 뜯어진 칸막이 등이 매일
어지럽게 들고났다. 다운사이징, 슬림화, 팀제, 리엔지니어링, 리스
트럭처링, 글로발라이제이션, 새로운 경영 기법이 날마다 태어났고
회사는 그때마다 어지러웠다. 그리고 그해 목련 잎이 아름다울 때,
회사는 갑자기 감사 한파가 몰아쳤다. 돈과 관련된 업무 담당자들
은 새파랗게 긴장된 얼굴로 영수증 하나, 서류나 숫자 하나에도 민
감한 반응을 보였다. 감원을 목적으로 한 감사였기 때문이다. 일차
대상은, 수금한 돈을 영업비로 다 쓰고 회사에 입금을 안 시킨 전
적이 있던 영업사원과 외주처로부터 리베이트를 받아 챙긴 사람들
이었다. 몇 년 전에 이미 충분한 대가를 치르고 용서도 받고 이해
도 구했던 경우도 있었고, 투서를 통해 사전 정보를 입수한 조사 과

정에서 덜미가 잡힌 경우도 있었다. 혐의를 두고 몰이식으로 진행
된 감사 결과는 사람들의 설마, 하는 생각을 뛰어넘어 해고로 단행
되었다. 그렇게 해서 몇몇 부차장들과 관리자들이 나갔다. 그후로
도 월급 많이 받는 부서장들을 줄일 거라는 소문이 끊임없이 나돌
았다. 부서를 이합집산시켰다. 부장으로 승진하자마자 부서가 없어
지는 바람에 사직해야 하는 사람도 생겨났다. 나이 많은 직원들이
위축되어갔다. 그렇지 않아도 자기 앞에서 다리 꼬고 앉는 부하 직
원, "왜 그렇게 소리를 질러서 말씀하십니까"라고 대드는 어린 후
배들, 보석글이니 로터스니 아래아 한글이니 매킨토시니 통신이니
를 배우고 시험을 치러야 하는 시절 따라가기에도 벅찬 그들이었다.
　—못 해먹갔어.
　사원들이 모두 퇴근하고 난 빈 사무실에서 부장들끼리 그런 말을
주고받았다. 누구도 편하지 않은 세월이었다. 자리도 불안했고 업
무 밖의 스트레스도 엄청났다. 중역들도 모두 신경에 날이 설 대로
섰다. 스트레스 많이 받기로 회사에서 유명한 우리 부장은 날마다
불려다니며 윗사람에게 시달려야 했다. 몇 차례 사표를 냈었다는
소문이 있었다. 그리고 그해 겨울이었다. 거리에 성탄절 노래가 울
릴 때 부장은 급기야 홀연 자리를 떴다. 채산성이 적은 사업이어서
우리 부서는 없어진다는 소문이 꾸준히 있어왔다. 어떻게 될 건가.
남겨진 우리는 너무 불안했다. 삿대도 돛대도 모두 없어진 것 같았
다. 부장의 자리를 누가 메워주나. 우리는 부장의 차석인 그에게 그
런 종류의 기대는 전혀 하지 않았다. 그는 오히려 업무부터 자질구
레한 일상까지 후배들의 도움을 받아야 하는 사람이었으니까. 고아
가 된 심정이었다.
　그러나, 겨우 올라간 과장 자리가 푹 꺼져버려 다시 한번 인생에
속았다고 생각하던 그에게는 부장 자리가 빈 것은 모처럼의 기회였

다. 객관적으로도 그런 기대는 당연했다. 그는 인생의 모든 면에 다시 새로운 활기를 찾았다.

겨울이 깊어진 어느 날 그는 중절모와 스틱을 들고 나타났다.

—아니, 〈가스등〉에 나오는 남자 같네요?

—왜 악역에 비유하니?

싫지 않은 표정이었다.

—앗, 생각났다. 찰리 채플린.

폭죽처럼, 여기저기서 웃음이 터졌다. 오랫동안 미동도 않던 사무실의 먼지가 씨솜처럼 폴싹 자리를 옮겨 앉는 것 같았다.

그는 부지런히 선을 보러 다니는 눈치였다. 그는 자기를 〈애수〉쯤에 나오는 남자 배우로 착각하는 모양이었다. 어쩌면 그의 자아 정체감은 육십년대에 머물러 있는지도 몰랐다. 돈 많은 아버지가 살아 있고 셔츠를 하얗게 빨아 다려주는 어머니가 있던 그의 청년 시절, 두꺼운 책을 끼고 상수리나무 잎을 흔드는 포도 위를 걸으면 그도 환하고 풋풋했겠지. 그 시절에는 돈도, 사랑도, 그리고 무엇보다 희망이 있었을 테니까.

그 시절이 다시 온 걸까. 길었던 잠에서 깨어나 찬물로 세수를 한 듯 얼굴에는 투명한 홍조가 어렸다. 술도 마시지 않았고 담배도 훨씬 줄었다. 회사에서 누구도 그에게 공식적으로 부장 권한 대행을 임명한 적이 없지만 그는 교통비 청구서나 기안의 부장란에 자기가 사인하는 걸 아주 당연하게 생각했다. 궂었던 인생이 바야흐로 펴려는지 그 무렵 작지만 아파트도 당첨이 되었다.

—아주머니 오셨어요? 거기 냉장고에 메모 붙어 있죠? 예예, 고대로 장조림하고 멸치 볶음만 만들어주세요. 그럼 수고허세요.

집에 전화를 걸어 파출부와 통화를 할 때면 자족감으로 목소리에 탄력이 넘쳤다. 그리고 드디어 그에게 여자가 생겼고 또 여자 때문

236

에 작은 중고차도 샀다.

—순진해. 어쩌면 그 나이에도 그렇게 소녀 같은지 말야, 조금만 놀리면 얼굴이 빨개져가지구. 그래서 차도 빨간색을 좋아하나봐.

월요일이면 주말 여행에 대해 이야기하는 재미에 귀 달린 사람이면 누구든 반색을 했다. 행복해 보였다. 별로 인기 없는 수도권에 작은 아파트를 사놓고 융자금 물랴 중도금 치르랴 빠듯하면서도 장차 들어갈 내 집이 있고 차가 있고 사귀는 여자가 있고 간혹 파출부가 멸치 볶음을 해놓고 간다는 사실이 너무 행복해서 콧노래가 나오는 사람이었다.

그런 어느 날이었다. 고개를 수그린 채 한참 일을 하고 있는데 어디선가 구토스러운 악취가 났다.

—이게 무슨 냄새야?

고개를 들었을 때 파이프를 문 그가 서성대는 것이 보였다.

—아, 정 선생님 그건 진짜 냄새 아니다. 으.

후배들이 면박을 주는데도 그는 "니들이 몰라서 그렇지 이게 그래도 물 건너온 거야, 짜샤" 하면서 과시하듯 오락가락했다. 얼마 전부터 사무실에서는 절대 금연이었다. 끽연실이나 휴게실이 따로 있지도 않아서 담배를 피려면 복도까지 나가야 했다. 혐기에 대한 권리를 외치던 나는 그가 파이프까지 물고 사무실을 왔다갔다한다는 것부터가 너무 어이없고 미웠다. 그러나 나는 그 순간에 설마 상무가 들어올 것까지는 상상하지 않았다.

그가 파이프를 물고 사무실을 이리저리 거닐고 있을 때였다. 우리 사무실 앞을 지나던 상무가 "이게 무슨 냄새예요?" 하면서 들어왔다. 그는 허공의 연기까지도 들이마실 듯이 흡, 하더니 슬그머니 담뱃대를 꼬불쳐 내려놓았다.

—아직도 사무실에서 담배 피는 원시인이 있어요? 누구예요? 어

이 민 대리 누구야? 미스 장 누가 폈어요. 정 선생, 당신 담배 폈어?

그는 품위를 잃지 않으려고 애쓰며 "아니요" 하고 부정하는 웃음을 보냈다. 그러나 소용없었다.

—거 후배들 앞에서 모범을 보이라고, 머리 허애가지고 하지 말라는 거나 몰래 하고 말야.

아, 보고 싶지 않은 광경이었다.

상무는 나가버렸다. 그러나 그의 얼굴은 벌게져 있었다. 밟히는 데는 이력이 붙은 그였지만 그래도 체면을 지키고 싶은 때는 있었다.

—에이 썅.

그가 책상 위로 담배를 내팽개쳤다. 뭘 좀 잘해보려고 할 때 왜 그에게는 모든 것이 외틀어지는지. 상무가 별것도 아닌 일로 그를 몰아세우는 건, 당신이 부실하기 때문에 공석중인 부장 자리로도 당신은 승진을 못 한다, 오죽하면 내가 밖에서 데려오려 하겠느냐, 하는 책임 전가도 다분히 있는 것 같았다.

우리 부서의 부장 자리는 그때까지도 공석이었다. 그를 부장 권한 대행으로 발령을 내면 될 일을 회사에서는 두고두고 미루었다. 배가 난파되어버린 바다에서 그나마 우리 부서는 널조각 정도는 되는지 부장의 빈 자리로 타부서의 부장들이 옮겨 앉기 위해 윗사람들을 찾아다닌다는 소문이 몇 달째 돌았다. 상무가 외부 인사들을 물색하고 있다는 말도 무성했다. 그중에는 그보다 열 살이나 아래인 여자도 있었다.

그의 화창한 꿈에 다시 여기저기 음습이 자라고 곰팡이가 피어나기 시작했다. 땀내에서 알코올 냄새가 쉬큰하게 풍겼다. 자리를 비우는 일도 빈번해졌고 해가 정수리께 와 있을 때 모습을 나타내기도 했다. 답답했다. 조금만 더 노력하면 될 텐데 첫번째 장애물에서 그는 지난날의 불운이 주는 암시에 걸려버린 것 같았다. 하지만 그의 곤혹한 심정은 누구라도 짐작이 어렵지 않았다. 어느 날 다른 상무가 나를 불렀다.

—자네 부서원들은 정 과장이 부서장 되는 일에 대해 어떻게 생각하나?

—자연, 스러운 일이라고들 생각할 겁니다.

—그렇지? 그게 자연스럽지? 그럼 발령을 얼른 내주어야지 사람을 그렇게 병신 만들면 되나.

그는 대표이사에게 그의 부서장 발령 건을 진언하겠다고 했다. 나는 자리로 돌아와 심각한 혼란에 빠졌다. 나는 퇴직한 부장처럼 비논리적인 막무가내의 휴머니스트는 아니다. 그런데 객관적인 태도보다는 정리에 이끌리고 말지 않았나. 회사가 그를 지나치게 폄하한다는 생각도 했지만 한편 그건 다 자업자득이라는 생각도 나는 했다. 불편하고 괴로웠다.

그러나 나의 혼란스러운 염려는 하나마나한 일이었다. 그는 마지막 열차마저도 이미 놓친 상태였다. 상부의 진언도 아무 소용 없었다. 부서장 대상자 중 그는 제외되었다는 사실만이 명료해졌다.

회사가 자기를 인정하지 않는 것, 그리고 계속될 것만 같은 불운에 대한 예감은 그를 알코올 속으로 깊이 몰아갔다. 그의 자리에는 블라인드로 결결이 걸러진 햇빛만 며칠씩 벌겋게 고여 있곤 했다. 밤색 스웨터가 걸린 의자 아래 율색 구두는 입 안 가득 그늘을 물고 있었다. 책상 위에는 먼지가 굴러다니기 시작했다.

결국 우리 부서는 계속되는 조직 개편 속에 타 부서로 편입이 되었고 그는 우리와 똑같은 팀 속의 평사원 위치가 되어버렸다. 통합 부서의 장은 그보다 삼 년이 후배인 사람이었다.

그리고 두어 달이 흐른 후 최초의 희망 퇴직자 공고가 사내 전산
망에 올랐다. 삼 개월분의 급여를 더 준다는 것이 특혜의 전부였다.
금번 희망 퇴직자가 적을 경우는 하는 수 없이 자기 살을 베는 용
단을 내릴 수밖에 없는 것이 회사의 입장이라는 비장한 통신문은
"부끄럽지 않은 선배가 되자"는 말로 끝을 맺고 있었다.

그러나 회사에서는 이미 권고 사직 대상자를 부서 단위로 정해
놓고 있었다.

—우리 부서에서 누가 나가야 한다고 생각해요? 정말 괴로운 일
인데 같이 짐을 집시다.

새로 온 부장은 무거운 얼굴로 말했다.

살기 위해 인육을 먹는 심정이 이럴까. 비행기가 추락한 무인도
의 포연 속을 헤매는 것 같았다. 무엇이 옳은지 구분이 되지 않았
다. 끈질기고 집요하고 비밀스런 개별 면담 끝에 몇몇 사람이 스스
로, 혹은 반강제로 퇴직을 했다. 방법은 여러 가지였다. 악의적인
발령이나 전출 등등. 무더기로 사람들이 나갈 때 그도 석 달치의
기본급을 받고 회사를 그만두었다.

—어디 가시기로 하셨어요?

그가 퇴직원을 냈다는 소리를 들었을 때였다. 몇 년 동안 미운
정이 들 대로 든 부서원들이 그의 주위로 서성거리듯 모여들었다.
누구도 이런 별리는 원하지 않았다. 그를 한때 미워하기도 했다는
것 때문에 나는 속이 시렸다.

—알아봐야지 뭐…….

그가 말을 다 맺지 못하고 입술을 말아 물었다.

나는 그때 한 남자, 작은 일에 기뻐하고 자부심으로 가득 찼던
한 남자의 어린아이 같은 눈을 보았다. 살아간다는 것에 대한 회한
과 두려움이 두 눈 가득 눈물로 고였다. 콧날이 확 시큰해왔다. 눈

물이 쏟아질 것 같아 얼른 자리를 피했다. 그를 미워해놓고 무슨 난데없는 감상이냐고 스스로를 다그쳤지만 명치가 뻐근하도록 울음이 미어져 올라왔다. 그의 눈에, 바보 같아 매일 지기만 하던 우리 엄마나 아빠에게서 보아왔던 눈물이 어렸기 때문이다.

어두운 인생을 살아가기엔 인간은 아무리 강인해도 모자라게 마련이다.

5

나는 때로 내가 지나치게 단순하고, 열혈의 인간이 아닐까 고민한다. 단순과 열혈의 결합은 종종 힘 앞에 헌신적으로 굴종하는 기질로 변한다.

—살살 때리면 선생님이 다시 때린다. 친구들을 위한다면 제대로 해.

선생님이 짤막한 몽둥이를 주며 말씀하셨다. 나보다 앞서 몽둥이를 들었던 일등 조장은 때리는 시늉만 하다가 선생님에게 몽둥이를 빼앗겼다.

—이렇게 하란 말야. 이렇게.

선생님이 맵게 시범을 보였다. 선생님의 매질에 손바닥을 그러쥔 아이들이 조장을 원망스럽게 쳐다보았다. 이등 조장이 몽둥이를 들었을 때 손바닥을 내밀고 선 아이들이 조급하게 말했다.

—세게 때려.

고등학교 때였다. 사랑의 영원함과, 십자가에 오를지라도 인간은 순수 영혼을 지키고 싶어하는 욕구를 본질적으로 갖고 있다고 믿으며 전율하던 무렵이었다. 영어 시간이었는데 선생님은 우리 반 육

십 명을 여섯 개 조로 나누어 각각 조장을 뽑았다. 그리고 시험을 치르고 조별로 평균을 냈다. 그 결과에 따라 자율 체벌을 하도록 했다. 1등한 조의 조장이 6등한 조의 아이들을, 2등한 조의 조장이 5등한 조의 조원들을, 그리고 3등 조의 조장이 4등 조원들을 때려 주라는 것이었다. 나는 작용과 반작용의 법칙을 떠올렸다. 선생님은 그것이 싫어서 그랬는지 아니면 친구끼리 자존심을 건드리는 일이 학생들을 분발시키는 가장 주효한 방법이라는 판단을 한 건지 그건 그때도, 지금도 모르겠다. 하지만 선생님의 체벌 방침에 처음에는 아이들 모두 조금 웃었다.

우리 조는 3등을 했고 나는 조장이었다. 3등과 4등은 별로 차이가 없음에도 나는 열 명의 반 아이들을 때려야 했다. 몽둥이를 받아든 순간, 어설픈 동정심이 상대를 더욱 불행하게 할 거라는 사실을 새겼다. 어떤 책임감으로 담연해져야 할 필요가 있을 때 나는 누구보다 그런 일을 잘 하도록 뇌 구조와 피의 분자식이 단순한 인간이다.

나는 몽둥이를 그러쥐었다. 단단한 목질이 손에 가득 잡혀왔다. 손 벌리고 선 아이들의 손바닥을 세 차례씩 내려쳐나갔다. 맞은 아이들의 얼굴이 일그러지며, 손바닥이 오그라들었다. 그래도 너무 진지한 내가 우스웠는지 맞는 아이들이 킥킥 웃었다. 어떤 종류의 감정인지 알 수 없는 흥분 때문에 나도 나오는 웃음을 참지 못했다. 쳐다보는 아이들도 킥킥, 원인을 알 수 없는 사춘기적 웃음을 깨물었다. 그러나, 일어섰던 열 명의 아이들이 차례로 앉아가면서, 웃음을 만들어냈던 내 얼굴 근육은 조금씩 떨리기 시작했다.

열 명이 다 맞고 선생님께 몽둥이를 드리고 "잘 했어"라는 말을 듣고 자리에 돌아왔을 때 종료 종이 울렸고 선생님이 나가기도 전에 나는 곧장 엎드렸다. 아이들이 "되게 아프더라. 어머 애, 웃는 거 봐” 했다. 엎드린 채 나는 진짜 마구 웃었다. 그런데 눈물이 났다. 말할 수 없이 가슴이 미어졌다. 나는 내가 친구들을 위해서 무언가를 했다고, 잘 해냈다고 생각했으나 다행스럽다거나 기쁘지 않았다. 친구들을 내 손으로 때렸다는 사실과 그런 악역이 맡겨졌던 불운에 여러 격정이 뒤얽혔다. 선생님이 잔인하다고 생각했다. 나쁜 인간이라고 생각했다. 그러나 나는 가끔 생각한다. 그때 나는 왜 복종의 용기는 있고 거부할 용기는 없었는지.

그러나 그후, 사랑이 영원하지 않다는 사실에 쓰라리게 고통받고, 순수한 영혼에 대한 청교도적인 희구는 너무 오래 전에 잃어버린 꿈이라는 걸 아련하게 기억해낼 무렵이 되어서도 나는 그런 용기를 가져본 일이 없다. 살아남는다는 것 이상의 절대 명제는 없을 거라는 생각 때문이었을지 모른다. 그러나 나는 이즈음 가끔 어깨에 손 얹어오는 차가운 공포처럼 스스로 떠오르는 물음을 만나곤 한다. ‘어떻게’를 무시하고 무조건 생존한다는 것이 언제나 미덕일 수 있을까. 그게 다 착각이 아닐까.

그러나 솔직히 나는 아직도 그걸 잘 모르겠다. 분명한 것은, 살기 위해 필수의 조건이어야 한다면 아마든 폭정이든 나는 힘을 충직하게 섬길 수 있고, 또 그런 선택을 유난히 가슴 아파하는 복잡한 감상과 위선을 가진 인간이라는 사실이다.

그의 송별회 날은 아침부터 벽면 가득 열린 창으로 눈이 하얗게 쏟아져내렸다.

　—서설이 오시네.

그가 밝게 말했다.

자기의 퇴직이 영전의 기회임을 그는 역설하고 싶어했다. 사표를 낸 이후 그는 자기 오라는 데 많다면서 어디서는 부장으로 오라 하고 어디서는 국장으로 오라는데 면접만 보재도 바쁘겠다고 수첩을 뒤적이며 말했다.

—이깟놈의 회사 아니면 아니 내가 뭐 밥 먹을 데가 없나? 에이 더런 놈의 새끼들.

그는 마치 우리를 수용소에 남겨진 사람들처럼 쳐다보기도 했다. 좀 유치하긴 했지만 그의 자존심이 다시 살아났다는 건 반가웠다. 그의 학벌과 이력서에 적힌 사항을 신뢰하는 어리숙한 사람들이 아직 있구나. 다행스럽고 고마웠다.

사람들이 먼저 나가고 그와 나는 밀린 일 때문에 조금 뒤쳐졌다. 그가 율색 구두를 박스에 넣고 잘 닦인 검정 구두에 발을 넣었다. 저 구두를 보는 것도 이제 마지막이라는 생각이 들었다.

길에는 생각보다 눈이 많이 쌓여 있었다. 대기에 축축하게 서린 푸르고 찬 기운이 흰 눈을 비현실적일 만큼 신비로운 수옥빛으로 물들였다. 사람들이 길을 많이 오간 때문인지 길은 미끄럽고 울퉁불퉁해져 있었다.

—연락, 하실 거죠? 도둑 결혼 하시면 안 돼요.

—알았어. 내 자리 잡히는 대로 연락할게.

살빛이 희고 통통하고 낭만적인 노처녀가 그에게 시집올 수는 없을까. 하루 종일 색종이를 오리는 유치원 원장이거나 열아홉 살 나이팅게일의 꿈을 아직도 갖고 있는 간호사 같은 따뜻하고 안정된 직업을 가진 여자가 그와 결혼할 수는 없을까. 우산대를 인형처럼 쥐고 있던 혼자 남은 모모를 구해준 스위스 아줌마처럼 그의 인생에도 어느 날 천사가 방문을 두드리지 않을까. 그는 학벌도 좋고 요리도 잘하고 청결하고 말도 아주 재미있게 하는 사람인데. 아내를 무척이나 사랑해줄 텐데.

그는 젊을 때 연애를 많이 했다. 써먹을 데 없는 외국 문학을 전공했고, 외로웠고, 그리고 장래가 불투명하기 때문이었을 것이다.

　—울린 여자 많아요. 친구들이 그랬다고, 버스 타고 가다가 골목
장에서 애들 노는 거 보면 '야, 저기 니 아들 있다.' 확률상 하나는
된대나?
　—그렇게 찐하게 했단 말예요? 믿어지지 않는데?
　그를 놀리느라고 부장이 말했다.
　—찐한 정돈가요, 살림까지 했었는데.
　—부도덕했구만?
　—뭐 살림을 남자가 원해서 하는 줄 아세요? 여자가 울고불고하
면서 그냥 곁에 있게만 해달라고 매달리는 데는 못 당해요. 책임질
일도 있고 하니까 할 수 없이 잠깐 산 거죠.
　—그럼 진짜 어디 자식 있겠네.
　—에이 우린 그런 짓 안 해요. 책임질 수도 없는데 어떻게 자식
을 까질러놔요?
　—아니겠지. 씨 없는 수박이겠지.
　말하던 사람들이 모두 웃었다. 옆에서 듣고 있던 나는 그의 다리
로 눈이 가는 것을 어쩔 수 없었다.
　우리에게는 돈 못 버는 부서에서 같이 시달린 여섯 해의 기억이
공존했다. 우정이라 불러도 좋을 서운함이 마음 깊이에서 올라왔다.
　그와 길을 막 벗어나 대로변으로 나설 때였다. 갑자기 그의 한
발이 휘딱 미끄러졌다.
　—어어, 이거 왜 이래.
　그가 몹시 당황했다. 나는 그의 팔을 부축해주었다. 그러나 이번
에는 다른 발이 쭈욱 미끄러졌다. 그의 얼굴이 벌게졌다. 나는 그의
팔을 붙드는 것 이상은 할 수가 없었다. 그가 기분 나빠할지 모르
기 때문이었다. 그러나 그는 다시 또 쭈르륵 미끄러져 주저앉았다.
그의 얼굴에 당황과 긴장이 땀이 되어 맺혔다. 그가 걷기에 길은

너무 울퉁불퉁하고 너무 미끄러웠다.

그는 태어난 지 이태 만에 폴리오 비루스의 침범을 받았다. 감기 증상과 비슷해서 가볍게 지나갈 수도 있지만 뇌에 침범해 마비를 일으키면 더러 죽기도 한다는 무서운 병이었다. 그는 두 다리가 가느다랗고, 외틀어지고 길이가 달라 걸을 때마다 한 다리를 손으로 짚은 채 몸을 온통 휘청거려야 하는 소아마비였다.

인생은 언제나 부드럽고 밝은 얼굴로 희망에 대해 속삭인다. 이 정도는 그래도 괜찮지 않냐고. 이만하기 얼마나 다행이냐고. 내일은 오늘보다 조금 더 나을 거라고. 그러나 내일은 영원한 내일일 뿐일지 모른다.

그가 나간 이후로 그토록 그를 못 믿어하던 상무도 나갔고 새로 온 부장도, 우리 부서에 오기 위해 윗사람들을 만나고 다니던 다른 부장들도 많이 나갔다. 우리 부서의 식구도 칠 할이 줄었고 회사 전체로는 매각이나 희망 퇴직을 통해 절반이 사라졌다. 아들이 일류 대학에 합격했다고 좋아하던 부장이 다음날 해고되었고 부인이 암에 걸려 제정신이 아닌 사람, 남편 기업이 부도난 여직원도 해고되었다. 출산 휴직원을 내러 갔던 여직원이 그 자리에서 사직원으로 바꿔 내고 십 년 동안 함께했던 기물들을 사과 상자에 담고는 빨개진 눈을 아무에게도 맞추지 못한 채 문을 밀었다. 일부 대기업에서는 퇴직금으로 일억을 준다느니 이억을 준다느니 하는 소리가 신문을 장식하기 시작했다. 그러고는 겨울 초입, 마침내 구제 금융 한파가 밤새 수도를 점령한 계엄군처럼 들이닥쳤다. 우리 회사는 모범 사례 기업으로 신문에 올랐다. 위기를 예견하여 미리 구조 조정과 재산 매각을 해서 한 명의 해고자도 내지 않은 회사로 말이다.
　―정 선생님 소식 알아?

그와 같은 곳으로 옮겨간 친구가 전화로 물었다.

나는 그 직장에서 그가 국장이 되고 서른 명도 넘는 부하 직원을 거느린다는 소식을 들은 적이 있지만 이미 그것도 오래 전이었다.

―몰라. 잘 지내셔?

―반신불수가 되셨다는 것 같애. 술 많이 드셔서 그렇지 뭐.

머릿속이 하얘졌다. 어리석은 질문인 줄 알지만 묻지 않을 수 없었다.

―그럼 회사는?

―에이 벌써 일차 감원 때 나가셨어. 그러고 나서 술만 드셨나 봐.

한 남자가 있었고, 그는 정말 병신이었다. 육체적이든 정신적이든 그는 살아가는 데 필요한 힘이 모자란 사람이었다. 그러나 힘이 부족한 사람에게도 세상은 공평하다. 잔인하게 공평하다.

6

효과가 있을지 의심하면서도 지하방은 일단 보증금을 내려서 광고를 다시 냈다. 백만원에서 절반을 깎은 오십만원이다. 이렇게 해도 방이 안 나간다면 어쩔 수 없이 방은 폐쇄시킨 채 그대로 방치해야 할 판이다. 전화를 취소하고 연락 전화는 집 번호로 고쳐 실었다. 고친 광고가 나간 첫날이다. 아침부터 문의 전화가 제법 걸려온다. 겨우 오십만원을 내렸을 뿐인데 반응의 차이는 놀라울 정도다. 회사에 막 출근하려는데 또 전화벨이 울린다. 목소리가 맑고 여린 청년이다.

―광고 보고 전화드리는 건데요, 저기 그 방 값 진짜예요?

방 값이 오식일지도 모른다고 생각했던 모양이다. 청년은 무조건 그 방을 자기 달라고 한다. 그 방의 결함에 대해서 자세히 전하는 내 말에도 그는 거듭 괜찮다고 한다.

—계약금을 입금하면 안 될까요?

—너무 서둘지 마세요. 정작 방을 보시면 엄두가 안 나실 수도 있어요. 주로 미대 학생들이 작업실로 쓰는 방이거든요.

나는 헛걸음을 하고 싶지는 않다. 조심스럽게 덧붙여 묻는다.

—저 혹시 학생이세요?

—아닌데요.

혼자 사는 젊은 남자에게는 방을 주고 싶지 않다. 밤새도록 고성방가를 하며 술추렴을 해댈 수도 있고 계단에 싯누런 토사물을 게워놓을지도 모른다. 그러나 왠지 그에게는 방을 주고 싶은 마음이 든다. 아주 돈이 없는 청년일 거라는 느낌 때문이다. 버려질 우리 방에서 잠을 자겠다고 들어서는 것이 고맙기도 하다.

그에게 방을 보여주기로 약속한 시간에 맞춰 나는 퇴근하자마자 방으로 왔다. 남자는 목소리처럼 맑고 순진한 인상이다. 내 우려와는 달리 그는 방을 보자마자 바로 계약하겠다고 한다. 사람은 어떤 상황에서든 산다. 인간이 강한 것도 그 때문이고 어리석고 가여운 것도 그 때문이다.

계약서를 다 훑어보며 확인하는데 그가 묻는다.

—저, 방 값은 언제 올리실 건가요?

그는 이 방을 얻은 것이 무슨 횡재라도 한 것 같은 기분인가 보다. 그에게 행운이 될 일을 만들어주었다니 기쁘다.

—방 값 올리는 일은 없을 거예요.

그리고 나는 으레 묻곤 하는 질문을 조용히 건넨다.

—실례지만 어떤 일을 하세요?

계약서를 반듯하게 접을 뿐 그는 선뜻 대답이 없다. 마지못해 입을 연다.

—일 있으면 나가고 없으면 집에 있어요.

불안한 인생. 고단한 여정이 길게 남은 청년의 얼굴이 건너다보인다. 그러나 누구든 닥치는 대로 사는 거니까.

나는 그에게 축복을 빌어주고 싶다. 계약서를 접어 넣으며 한마디한다.

—여기서 돈 많이 벌어서 일 년만 사시다 이사가세요.

덕담이다. 그러나 뜻밖에도, 그가 당황한 듯 묻는다.

—왜요? 더 살면 안 되나요?

오히려 당황한 건 나다.

내일 당장 이사오겠다는 그에게 열쇠를 주고 마당으로 나선다. 마당 가득 연보랏빛 수수꽃다리가 청수한 향기를 날리는 시간이다. 푸르른 어둠이 짙어져 현관에 매달린 알전구들이 말갛게 속을 드러내고 있다. 치잣빛 건물 앞까지 왔을 때다. 눈으로 텅 빈 공중전화 부스가 들어찬다. 시계를 본다. 갑자기 마음이 다급해진다. 여기저기 전화 번호들을 눌러댄다. 그림자 하나 둘 셋 넷, 떠올릴 때마다 속이 시려와서 잊고 싶었던 사람들, 지난날 동료라는 이름으로 인생의 한때를 함께한 사람들이다. 네번째의 전화에서 나는 막무가내의 휴머니스트, 퇴직한 전 부장이 한다는 기획실 전화 번호를 알아냈다. 그라면 시화에 사는 정 선생의 연락처를 알고 있을 것 같다. 더 늦기 전에 오늘은 거기를 꼭 가보아야 할 것 같다.

전화벨이 울리고 누군가 전화를 받는다.

—여보세요.

멋진 바리톤. 드라마틱한 바이브레이션이 살아 있는 음성이다.

—어머? 정 선생님!

새가 날아오르듯 내 목소리가 튕겨오른다. 놀랍게도 시화에 사는 바로 그다.

—거기 계신 거예요?

—응, 좀 쉬려는데 날 가만 안 놔두네.

역시 고전의 휴머니스트들은 할 수 없다. 방주 문을 열어놓고 "나무늘보야 헤엄쳐!" 게으른 나무늘보를 기다려준 노아 할아버지와 동물들처럼, 그들은 그렇게 살아가고 있는 모양이다.

—몸은 괜찮으세요?

—응, 술 끊었더니 많이 나았어. 한번 놀러 와.

비록 가능성이 적을지 모르지만, 미신 같은 희망일 수도 있지만 나는 그들의 동행이 무사하기를, 그들의 낡은 비행기가 세찬 바람 속을 잘 날아주기를 빈다.

창공을 뚫고 고요히 날아오르는 비행기 하나 눈에 어린다.

(『문학동네』 1998년 여름호, '눈물의 뿌리'로 발표)

은행나무 아래로 오는 사람

1

　열어젖혀진 문으로 차가운 바람이 몰아쳐 들어왔다. 문 밖에는 할머니가 쓰러질 듯 서 있었다. 얼굴이 파랗게 말라붙은 엄마가 뒤에서 부축하고 계신 덕에 그나마라도 서 있는 형상이었다. 문이 열리자마자 엄마는 할머니를 거의 떠다밀 듯하며 우중우중 들어섰다.
　문 안으로 들어서는 할머니를 내가 받아 부축하려 하자 엄마가 마른 입술로 말했다.
　—놔두고 얼른 자리 좀 깔아라.
　나는 방에 들어가 이불장 안에서 두툼한 요를 꺼내 깔고 황급히 베개를 내렸다.

놔둬. 할머니 계신 곳을 알려온 전화를 받자마자 홈드레스 위에 코트를 걸치고 혼자서 계단을 뛰어 내려가며 엄마가 한 말도 그거였다. 내게는 일별도 주지 않은 채였다. 같이 가시재두요. 내 목소리가 텅 빈 계단을 괴괴히 울렸다. 이내, 엄마가 현관문 닫는 소리가 청, 하고 들려왔다.

어떻게 생각하면 결과는 내가 비웃음 섞어 예상하던 것보다 훨씬 나빴다. 엄마도 그런 생각이었는지 나와는 눈도 마주치지 않으려 했다. 할머니가 계시다는 강남 어느 동네의 파출소를 굳이 엄마 혼자 가시는 걸 따라잡지 못한 데에는 그런 까닭이 있어서였다. 사실 따지자면 내게는 아무 감정이 없어야 할 엄마가 오래 된 식빵처럼 딱딱하게 굳어진 얼굴을 보이고 있는 것은 부끄러움이나 민망함 때문이 아니었다. 누구에게든 쏟아부어야 직성이 풀릴 것 같은 감정의 응혈 탓이었다.

할머니는 눈을 꼭 감은 채 누워서 엄마가 외투와 목도리를 풀러 드리는 대로 가만히 있었다. 엄마는 할머니 버선을 벗겨드리고 나서 발을 꼭 잡고 발바닥에 손을 갖다 대보았다.

—전화 온 데 없었지?

이불을 할머니 턱밑까지 괴어 덮어드리고 나서 엄마가 물었다.

여전히 눈길을 피한 채였다. 찬바람이 일었다. 그렇게 우중충한 얼굴로 서 있어도 다 알아 이년아, 속으로는 그것 봐요 하면서 이를 허옇게 드러내고 비웃고 있는 거. 엄마의 쌀쌀맞음에서 나는 그런 감정을 읽었다.

—없어요.

엄마는 혹시 외삼촌들에게서 연락이 오지나 않았나 해서 물은 것일 터였다. 내 대답을 듣고 나자 엄마 얼굴에 한숨처럼이나마 화기가 어렸다.

―이게 무슨 꼴인지.

엄마가 커다란 배를 씻어 속을 긁어내며 작은 소리로 말했다. 날숨처럼 가냘픈 소리였다. 배 두 알의 속을 파내고 꿀을 부어 유리 냄비에 안쳐놓고 엄마는 식탁 의자에 앉았다. 불도 켜지 않은 채였다. 창을 통해 비쳐드는 저녁 불에 얼굴의 굴곡이 드러났다. 스산했다.

―뭘 좀 드셔야죠.

나는 엄마 눈치를 살피며 물었다.

엄마는 아무 대답이 없었다. 엊저녁 할머니가 밤바람 속으로 나가버린 후 엄마는 거의 물밖에는 입에 대지 않았다. 동네 정류장에서부터 시작해서 여기저기 파출소로 공원으로 종일 발바심을 하였다. 하룻새 파리해진 모습이었다. 급한 것 생각하면 내게도 한 방향쯤은 부탁할 만하건만 엄마는 나를 끼워주지 않았다. 혹시 할머니가 전화를 하실지도 모른다는 이유에서였다. 그러나 나는 내가 들어설 수 없는 성 너머로 엄마가 훌쩍 담장을 타넘고 사라진 것 같았다. 힐끗, 나를 돌아보는 얼굴이 낯설기만 했다. 엄마의 잇새 사연까지, 뼛속까지, 너무 속속들이 알아서 마음이 불편하여지곤 하던 나로서는 생소하고 서먹한 느낌이있다.

―너한테 미안하다.

엄마의 잠긴 목에서 각질이 푸슬거리듯 메마른 소리가 새어나왔다. 나는 좀 당황스러웠다.

―저한테 미안하실 게 뭐 있어요.

그저 그렇게 말할 뿐, 나는 엄마 앞에 앉을 수도, 유리 냄비를 열어볼 수도 없었다.

―가서 할머니 이마 좀 짚어봐라.

엄마가 손바닥으로 얼굴을 쓸며 말했다.

안방 문을 조용히 열고 들어갔을 때 방 안에는 오래 된 종이 냄새가 났다. 살창에 붙은 채 햇볕에 바래고, 바람에 몸을 말리는 동안 누래진 창호지 냄새 같은 노인 특유의 체취였다. 할머니는 이미 잠들어 있었다.

지지난 저녁 엄마가 해사한 표정으로 모시고 들어선 할머니를 보았을 때 나는 퍽 놀랐다. 장난기가 조금 있을 뿐 전혀 심술스럽다거나 무섭지는 않은 동화 속의 마귀할멈처럼 할머니는 이 빠진 얼굴로 히쭉 웃고 들어섰다. 이제 더는, 큰 풍채에 찬바람을 쌩쌩 가르며 휙휙 걸레질을 하고 절굿공이를 들어올리던 기운 좋은 노인네가 아니었다. 십수 년, 풍화의 결과였다.

할머니 이마 위로 손을 가만히 얹어보았다. 약간의 미열이 느껴졌다. 그때 이불 밖으로 나와 있는 할머니의 한쪽 손이 눈에 들어왔다. 양식거리가 떨어지면 울타리를 따라 돌며 쑥이나 캐러 다니고 땔나무가 떨어지면 집 둘레 잡목이나 긁어오고, 그것도 바닥이 나면 세간살이를 쪼개 때는 재주밖에 없었다는 손. 굶어 자식새끼들이 죽어나갈 지경이어도 그저 방 안에 앉혀두고 검정 눈동자나 마주 쳐다볼 줄밖에 몰랐다는 할머니의 손. 해서 어린 시절부터 엄마의 손을 진일 마른일 가림 없이 고단케 하였다는 무능한 손이었다. 청옥빛 이불 때문에 할머니의 손은 더욱 검고 수퉁스러워 보였다. 손을 이불 속으로 넣어드리려고 가만히 잡았는데 순간 할머니의 손가락들이 이물스럽게 눈을 화다닥 파고들었다. 특히나 엄지손가락은 사람의 손이라 믿기 어려울 만한 모양이었다. 거의 작고 쭈글쭈글한 공 모양이었다. 얼마나 많은 흙과 물에 씻기고 불어야 갸름했을 손가락이 이런 황폐와 변형을 드러내나. 엄마의 어렸을 적 눈에는 건성으로 빠져나갔을 할머니만의 고단한 순간들이 손에 옹이처럼 가득 박혀 있는 것 같았다.

내가 안방 문을 조용히 닫고 다시 나왔을 때 엄마는 거실 한 켠에서 무언가를 뽑아내 신문지 위에 던지고 있었다. 더러는 봉오리가 번 채로 꽃잎 끝이 갈빛으로 타들어간 다홍의 장미 다발이었다.

2

　십수 년 만의 상봉, 하긴 꼭 필연적인 만남도 아니었다. 내가, 엄마가 축수 비원하는 대로 남들 가는 나이에 시집을 갔더라면 어쩌면 할머니는 나와 다시 말 섞을 기회도 없을 관계였을지 모른다. 그저 내 결혼식 사진 한 귀퉁이에 성냥알만한 얼굴로 삐뚜름히 박힌 채 점점 빛 바래질 인연이었을 것이다.
　그러나 나는 할머니를 십여 년 만에 그것도 그네들이 내게 퍼부었던 악담이 실현되기라도 한 몰골로 마주하게 되었다. 서른에서도 한참을 넘은 나이에 눈가가 후줄근하게 잔주름이 접힌 얼굴로 나는 아직 엄마와 단둘이 살고 있는 처지였다. 나로 말하자면 비참할 것도, 억울할 것도 없는 생활이었지만 이 나이에도 미혼인 나를 사람들은 떨어진 홍시쯤으로 보는 듯했다. 누구보다 그러한 눈치에 자괴와 비분을 드러내는 사람은 엄마였다.
　—어디 나가서 하실래요?
　늦은 아침밥을 먹으며 나는 엄마의 회갑 이야기를 꺼냈다.
　입 안에 밥알을 문 채로 지나가듯 한 말이었다. 그러나 사실 며칠을 벼른 참이었다. 당사자인 엄마에게 꺼내기에는 어색할 수밖에 없는 화제였기 때문이다.
　엄마가 남은 국을 훌부셔 마시며 말했다.
　—뭘 나가서 하니. 네가 결혼을 한 것도 아니고, 떠르르하게 하객들이 몰려올 것도 아닌데 괜히 돗자리 펴봤자 쓸쓸하기만 하지.

지난해부터 회갑 치를 일로 들떠 있을 정도였던 엄마가 웬일인지 흥이나 기대 같은 것이 숙지근해진 얼굴이었다.

—왜요, 가까운 분들 모시고 조촐하게 하실 수도 있잖아요?

—가까운 분들 누구?

뻔한 일을 두고 공연히 엄마가 날을 세워 물었다.

—누구기는요, 친척 분들 몇 분하고 친구 분들이죠.

사실 이름 있는 날이면 우리집은 유난히 썰물진 개펄 같았다. 아버지가 맏이이기는 했지만 아버지도 가고 없고 그 유일한 아들마저 가버린 집에서는 추석이고 설이고 쇠지 않았다. 아버지가 가신 후로도 몇 년 동안은 제사며 명절 등을 우리집에서 치렀다. 그러나 작은집으로 옮겨간 지 벌써 여러 해째였다.

부침개 하나 지져놓고도 아이고 허리야, 산적 하나 구워놓고도 돈이 얼만가, 하는 작은엄마를 엄마는 좀 아니꼬워했다. 허나 그건 다 엄마가 바라던 바였다. 아니 적어도 엄마의 말이 부른 결과였다. 물려받은 거 하나 없는 맏이네인데다, 그것도 장손도 없는 집안에서 전 지지고 나물 볶는 일이 가당하냐는 것이 엄마의 평소 주장이었다. 결국 몇 년 실랑이 끝에 떠름한 얼굴로 제사며 명절이 서울 끄트머리의 작은집으로 옮겨갔다. 하루에도 몇 차례씩 지나가는 비행기가 고등어만하게 보이는 동네였다. 볕 좋은 날은 길 위로 비행기의 그림자가 비껴가기도 했다.

—그런다고 내가 뭐 즈이들더러 제사 가져가랜 거니? 그렇게밖에 머리들이 안 돌아가니 참 한심한 인간들이지.

전철을 **타고**, 버스를 타고 제사를 지내고 오는 길에 엄마는 스웨터 자락을 여미며 그랬다.

—즈이들이 나를 서운하게만 대하지 않았어도 내가 그렇게 하지는 않아. 이건 원 혼자 벌어먹고 사는 여편네한테 제사까지 앵겼으

면 일찍일찍들 와서 일이라도 거들 것이지 맨날 아퍼요, 집이 비었어요, 하니까 내가 밉살스러워 말 좀 한 거지. 누가 뭔 소리를 하면 새겨들어야지. 내가 한마디했다고, 그래 소태 문 얼굴로 제사를 날롱 옮겨? 잘들 해보라지. 생전 일 안 하다가 할래면 콧구녁 단내깨나 날 거다.

밤길을 종종 걸으며, 진 데를 피해 겅중 뛰기도 해가며 엄마는 뒷말이 길었다. 아이 데리고 혼자 사는 형수를 돌보지 않았다는 원망이 저변에 깔린 말이었다. 그러나 작은아버지들도 당신 자식들 키우느라고 머리가 허연 지금까지, 스무 평 남짓한 아파트를 벗어날 줄 모르는 힘 없는 가장들이었다.

엄마는 가슴속에 울화가 살고 있는 사람이다. 때문에 누가 슬쩍 건드리기만 해도 그것은 곧잘 아무 때나 조금씩 미어지곤 하였다. 그러나 엄마는 싸움을 잘 못했다. 해서는 안 될 말을 공연히 해서 상대방의 모진 발에 꼬투리를 밟히고는 그런 뜻이 아니었다고 변명하기 바빴다. 억울한 건 자기인데 오히려 약점을 잡혀 절절매는 것을 볼 때면 나는 프롬프터처럼 엄마에게 대사를 일러주고 싶었다. 좀더 우회적으로 그러나 좀더 잔인하게 비꼬아. 그러니 그날도 엄마는 자기가 언짢게 생각하거나 혹은 원하는 것을 분명히 말하지 못하고 혼자 툴툴거리다 작은아버지의 화를 샀다. 아버지가 없고 또 남은 엄마가 가난하고 별로 약지도 않을 때, 게다가 친척들이 도와줄 마음이나 능력이 없을 때 그 집안은 평화하지 않다. 우리집은 마치 주인 없는 곳처럼 아무나 와서 언성을 높이고 아무나 와서 문짝을 발로 차고 밥상을 내리치곤 하였다. 결국은 형님이 없는 이상 반은 이집 사람이 아니라고 믿는 형수님의 소원대로 제사를 작은집으로 옮겨간다는 결론이 내려졌다.

그후로 우리집은 한층 직막하여졌다. 추석이나 설 때 작은아버지

댁에서 아침을 먹고 집으로 온 날은 엄마고 나고 별로 말이 없었다. 잘 안 보이던 탤런트나 코미디언들이 한복을 울긋불긋 차려입고 나와 시끄럽고 따분하게 소란을 떨어대는 텔레비전이나 진종일 볼 뿐이었다. 하긴 작은아버지네 식구들이 들렀다 가고 난 후 설거짓감만 한 짐일 때도 적막하기는 마찬가지였지만.

엄마는 아마 그런 적막이 점점 더 견디기 힘든 모양이었다. 날짜가 가까워지면서 엄마가 당신 회갑에 대해 시큰둥해진 것도 모두 그 탓일 것이었다. 싯누레진 이는 새가 벌기까지 하고, 볼품 없이 찐 살이 눈두덩에, 볼에 늘어진 모습이긴 해도 같이 떡을 자르고 케이크의 촛불을 꺼줄 남편이 있는 것도 아니었다. 그렇다고 아들딸 내외가 알록달록 꼬까를 차려입은 손자들을 앞세우고, 나실 제 괴로움 다 잊으시고, 를 부르다 목이 멜 자리도 아니었다.

—미딱미딱한 아들들이 죽 나와 어머니 은혜를 부르는데, 글쎄 그러다 막 운다. 자기 어머니 고생한 거 불쌍해서. 그러니까 그냥 거기 모인 사람들이 다 우는 거야.

엄마는 남의 환갑 잔치에 다녀온 날이면 그런 드라마 같은 장면을 아주 감동적으로 전하곤 했다. 콧날까지 시큰거려가면서 말이다. 엄마는 그런 신파가 살가워 좋은지 모른다. 그러나 나는 대체 그렇게 생겨먹은 사람이 못 되었다. 어릴 적부터 내게 엄마 품은 너무 숨막히고 엄마 손은 너무 뜨거웠다.

엄마가 굳이 그런 광경을 바라지 않더라도 나 하나 키우느라 살아온 애옥살이쯤이야 세상이 다 알아주는 일이었다. 사람으로 겪을 일 못 겪을 일 다 겪었다는 엄마의 눈물 주머니가 아직도 무르다는 사실이 오히려 나는 늘 신기할 정도였다.

—왜요. 하기 싫으세요?

빈 그릇들을 거둬내며 내가 물었다.

—네가 시집이래두 갔다면 몰라도 쓸쓸할 게 뻔한데 뭐하러 먹여 가면서 콧구녕 웃음이나 듣는다니?

—누가 뭐라 그래요?

나는 엄마의 회갑 잔치마저 나 때문에 흥이 깨진다는 말 같아 언짢았다. 쓸쓸한 것이 꼭 나 때문만은 아니지 않은가. 나는 엄마가 당신의 회갑연이 남들 잔치와 어차피 같을 수 없음을 알아주기 바랐다.

—뭐라긴. 짐작건대 그렇다 이거지.

—우리가 뭘 남 우세 살 일을 했다고 비웃어요?

엄마의 눈썹에 각이 졌다.

—언제는 우리가 뭘 잘못해서 홀대받았니? 우리가 제법 살아가는 것 같으니까 배알이 틀렸다가, 가만두고 보자니까 역시 그게 그거던. 그러니까, 그럼 그렇지 니들이, 그럴 거란 얘기야.

—그렇게 매사를 악의적으로 짐작하실 거까지는 없잖아요?

나는 빈 그릇들을 주섬주섬 챙겨 개수통에 담갔다.

—악의적? 너는 몰라. 지금은 사람들 됐지.

—엄마.

나는 밑도 끝도 없는 엄마의 원한이 싫었다. 길을 가다가도 연속극을 보다가도 엄마는 아무 때나 노기 팽만한 주머니 한 귀를 슬쩍 열어 독기 서린 말들을 뿌리곤 하였다. 그때마다 나도 덩달아 서러워지고 분함이 가슴에 꽉 차오르는 걸 견디기 어려웠다. 잊는 것이 상책인 지난 일을 엄마가 자꾸 들쑤셔, 나는 자라나는 긴 세월 동안 세상을 미워하였다.

—그렇게밖에 생각이 안 되시거든 엄마 환갑 아니라 명절에도 만나지 마세요. 속으로 그렇게 이글이글한 불덩이를 안고 있으면서 어떻게 같이 밥 먹고 술 마시고 그래요?

그러나 막상 작은아버지나 고모들을 만나면 싸우지 않는 한 엄마는 사이가 나쁘지 않았다. 혼자 된 여자 몸으로 딸을 잘 키워 그래도 적빈은 면하고 산다고 모두들 고마워했다. 엄마도 그런 화기 애애한 치하를 늘 흥감스러이 즐기곤 하였다.

—안 만나면, 그럼 원수 지고 사니? 다 지난 일이야. 단지 내가 아직은 살아 있어서 안 잊혀진다는 것뿐이지. 즈네들 지금 나더러 형수님 고생 많으셨죠. 아이고 언니는 더 젊어지는 것 같애 어쩌구 하면서 새살을 떨어도 속이 들여다보인다는 거야.

—지금도 비웃는다면서요?

—그래. 생각해봐라. 너 상고 안 보내더니 끝내는 대학까지 보낸다고 얼마나들 난리였어? 그 성적이면 사 년 내리 장학금이 보장돼 있는 학교를 갈 수도 있는데 욕심껏 학교를 높여 가야 하느냐고 쩧고 까불고들 하던 생각 안 나니? 행여 자기들한테 손 벌릴까봐 그랬겠지.

나는 수돗물을 확 틀었다. 쏴아 하고 쏟아지는 물줄기가 그릇들에 부딪혀 물방울을 하얗게 튕겨냈다. 그렇게 턱이 숨에 닿도록 매달려 들어간 학교를 졸업한 지 십 년, 지금 나는 무엇을 하고 있나.

그릇 몇 개를 부셔 엎고 났을 때, 엄마가 귤을 까면서 물었다.

—근데, 넌 왜 내 환갑 얘기 하면서 그렇게 볼 부은 소리니? 부담 갖지 마.

이번의 과녁은 나였다. 뭐든지 악의적으로 해석하기. 원하는 것이 있을 때 한 번 꼬아서, 해줄 맘 없는 거 아니까 부담 갖지 말라는 식으로 말하기. 그것이 엄마의 화법이었다. 인간한테 배신을 당해본 경험이 많은 사람의 흉터 같은 버릇이었다. 그러나 나는 욕창 난 자리처럼 썩어들어가는 엄마의 흉터에서 나는 냄새에 숨 쉬기가 어려울 지경일 때가 많았다. 그것이 말하려는 주된 내용이 아닐 때도 엄마는 그런 곁가지를 달았다. 상대방이 그 곁가지를 붙들고 늘

어지면 누가 지금 그 소리 했니? 하며 본론으로 당신만 포르르 날아가 앉곤 했다.

엄마가 이번에는 상대가 뭐라 하기 전에 본론으로 돌아갔다. 결국 이 이야기 한마디를 하자고 엄마는 길게 숲을 두르고 내를 건넜던 것이다.

—다 그만두고 우리 어머니나 모셔다 며칠 지내고 싶어.

나는 좀 어이가 없었다. 엄마가 삶의 한 고비를 무사히 넘겼다고 생각하는 지점에서 자축을 함께 나누고 싶은 사람이 할머니란 말인가. 엄마의 변덕같이만 생각되었다. 그냥 지나가겠지. 혼자 지난 생각 속에 빠져 기승전결을 거치는 사이 또다른 결론을 내리리라. 굳이 내가 목 아프게 반대를 하지 않아도 될 것이었다.

—이제 사실 날도 얼마가 남았을지 모르겠고. 하긴 내가 먼저 갈지, 당신이 먼저 가실지 모르지만.

엄마가 유리 탁자 위의 실밥 같은 귤 껍질 부스러기를 손가락으로 찍어 모았다. 내 눈은 엷은 분홍빛의 작약이 사방 연속 무늬로 덮인 벽번에 무연히 얹혀졌다. 오늘 날씨는 맑고 바람이 많은가보았다. 주방 벽에 창틀 그림자가 그림인 듯 어른거리다 순식간에 사라지기를 반복했다.

—요즘 자꾸 꿈에 뵈는 게…….

내 눈은 이미 창틀 그림자 속의 미나리떼에 가 얹혀졌다. 바람에 미나리떼가 음표처럼 살랑, 몸을 떨었다.

엄마의 말은 내 귓등을 타고 분분히 흩어졌다. 내 생각의 문이 이미 다른 데로 열린 때문이었다. 아니 거의 공동 상태가 되었다고 해야 옳았다. 불가항력의 일이었다. 이즈음, 방문을 열고 들어서면 나는 한쪽 벽면이 일제히 무너져내린 방을 만나곤 했다. 거기서 혼자 별을 보고 바람을 맞았다. 춥고 시퍼런 우주 속으로 뻗은 나뭇

가지에 나 혼자 매달려 있는 기분이었다. 공허하고 추웠다. 엄마는
당신 회갑 준비하느라 내가 며칠 쉬는 줄로 아실 것이었다. 그러나
나는 그럴 만한 기운이 없었다.

부담 갖지 마.

나는 속으로 핏 웃음이 났다. 내가 역시 엄마 딸이기는 한 모양
이었다. 그건 내가 그에게 했던 말이기 때문이었다. 그를 안 이후
처음 해본 소리였지만, 마음에 넣어둔 것으로 치자면 나로서는 이
미 케케묵은 이야기였다. 그나마의 말이라도 그에게 했던 것이 벌
써 일 년이 되어가고 있었다.

—저러다 그냥 돌아가시면 내가 아무래도 후회하지 싶어…….

엄마의 말소리가 벽에 나타났다 사라지곤 하는 미나리 그림자처
럼 귓전에 가까워졌다 멀어지곤 했다.

3

드문드문 택시들이 질주하는 도로에서 조금 들어선 길이었다. 어
린 은행나무가 가로등 빛 아래 작은 어깨뼈 같은 가지를 들어올리
고 있었다. 잔가지 끝에 나뭇잎 몇이 점점이 달려 있었다. 갑자기
불어닥치는 큰 바람에 어린 잎들이 일제히 와사사 떨어져내렸다.

그는 길로 비척비척 걷더니 인도의 보도 블록을 깔고 그대로 앉
아버렸다. 새벽 두시가 되어가는 시각이었다. 그는 내내 흐느적거
리며 술잔을 거푸 들어올리기만 하였다. 평소의 그가 아니었다. 자
신 있고 힘찬, 너무 잘나서 나를 주눅들게 하던 그가 아니었다. 그
의 다리가 쭉 뻗쳐졌다. 이내 고개도 푹 떨궈졌다.

술집에서 잔을 빼앗고 무거운 몸을 일으켜 걷게 하며 나는 내내

그를 달래었다.

—너무 초조해할 거 없어. 그냥 며칠 쉬어. 아무것도 하지 말구.

덩치 큰 그를 나는 아이처럼 얼렀다.

—초조해하지 말라구? 내 나이가 지금 몇이냐.

내가 생각해도 그의 낙담이 성급한 기대에서 온 것은 아니었다. 서른의 중반으로 치닫는 나이, 그는 아직도 뿌리내리지 못한 사람이었다. 그는 어떤 일에건 지나치다 싶을 만큼 열정을 바쳤다. 단지 그가 밤새워 하는 일이 그에게는 따뜻한 밥이나 안정으로 돌아오지 않았을 뿐이다.

그가 그즈음 들어 풀이 죽어 있고 내게 요구하는 것이 적어진 것도 나는 알았다. 너 많이 바쁘냐? 그럼 다음에 봐도 되고. 너 좋을 대로 해. 그건 그의 화법이 아니었다. 볼이 후줄근해진 그의 변화가 나는 싫었다. 그러나 나는 그가 의기소침해진 것을 눈치챈 내색조차 하기 두려웠다. 어쩌면 그보다 내가 훨씬 오래 전부터 지쳐버렸기 때문인지도 몰랐다.

나는 그의 말을 못 늘은 체하며 땀까지 번들거리는 이마를 손으로 닦아주었다. 그가 새삼 원주에 가고 싶다고 했을 때 나는 그가 길었던 침체에서 벗어날 때가 된 모양이라고 생각했다. 함께 버스를 타고 가면서도 그가 내내 황엽색 들녘에 눈을 준 채 침묵을 지킬 때도 그래서 이상스레 생각지 않았다.

그러나 정작 그는 자기의 늙은 아버지가 사시는 지붕 낮은 집 근처까지 가서는 선뜻 집에 들어서지 못했다. 동네 입구의 구멍가게 앞 평상에서 눈을 가늘게 뜨고 해바라기나 할 뿐이었다. 햇살은 밝았지만 바람이 차서 가게 처마 밑의 응달은 어깨가 서늘했다.

—여기서 술 좀 살까? 정육점은 어디 있어?

내가 길을 둘러보며 말했다.

다리 밑으로 두 손을 찌른 채 앉아 있던 그가 나를 올려다보았다.

—그냥 가자.

미안한지 엷게 웃었다.

그리고 또 내내 말이 없었다. 관광버스에서 내린 사람들이 왁자하게 산으로 몰려 올라가는 구룡사 초입의 파라솔 아래 앉아 그는 묵 한 접시를 앞에 두고 말없이 동동주를 마셨다. 심상치 않은 흔들림이 그 안에 소용돌이치고 있음을 나는 불길하게 느껴갔다. 다시 서울로 와서 내가 그의 술도 깨워줄 겸 저녁을 먹으러 간 식당에서도 커피를 마시려던 카페에서도 그는 입을 앙다문 채 내내 술을 마셨다. 술이 몸을 적시다 못해 팔을 세게 잡기라도 하면 살에서도 축축이 묻어날 것 같을 때, 그는 낮은 신음을 토하기 시작했다. 솔직히 말할게. 나는 영영 뿌리를 못 내릴 것 같아. 사실 네 생각도 그렇지 않니.

—요즘 너무 힘들어서 그럴 거야. 집에 가서 푹 자. 내가 내일 갈게.

보도 블록 위에 널브러진 그를 힘주어 끌어올렸다. 그러나 그는 오래된 칡넝쿨처럼 꼼짝도 하지 않았다. 그의 단단하고 커다란 몸이 내게 확 쏠려왔다. 그가 나를 번들거리는 눈으로 올려다보았다.

—천사인 척하지 마. 이런 교조주의자.

나도 모르게 그를 잡았던 팔에서 힘이 풀렸다.

—난 네 맘을 잘 모르겠어. 넌 내가 아직도 좋으니? 나한테 뭘 바라고 나를 따라다니니? 너는 내가 네 기대를 어그러뜨려도 절대 실망을 내색하지 않지. 언제나 같은 얼굴로 나를 격려하지. 그 얼굴, 성모 같기도 하고 천사 같기도 한 그 표정이 사실, 난 가면 같다. 너는 왜 나한테 화내지 않니? 왜 네가 원하는 걸 말하지 않니?

—내가 원하는 건……

그가 내 말을 파고들었다.

─형이 스스로 만족할 수 있는 생활이야. 넌 그렇게 말하지. 넌 낡아빠진 바른 생활 책만 매일 읽어대고 있어. 너는 바보이거나 거짓말쟁이야.

나는 순간, 내 안에서 무언가가 터져버리는 것을 느꼈다. 터지면 절대 안 되는 물이 가득 든 비닐 주머니 같은 것이었다. 터져나온 물은 차가웠다. 이내 나의 사지를 얼얼하게 제압하며 차올랐다. 나는 그 옆에 다리를 쭉 뻗고 앉아버렸다.

우리는 한참 말이 없었다. 그는 여전히 고개를 떨구고 있었다. 퇴폐적이었다. 나는 속에서 치밀어오르는 신물을 삼키느라 애를 썼다. 밤바람이 목덜미에 서늘한 금을 긋고 지났다.

내가 입을 열었다. 생각보다 내 목소리는 퍽 딱딱해져 있었다.

─그만할 수 없어? 그만해. 더는 못 봐주겠어.

그가 얼굴을 조금 비틀어 나를 쳐다보며 이죽거렸다.

─최후의 경고인가?

순간, 나는 내가 정말 최후의 경고를 했을지도 모른다는 생각이 들었다. 나는 내 안의 내게 그것을 묻고 또 물었다. 그는 또 한참이나 말이 없었다. 내가 그를 사뭇 결연히 돌아다보았을 때, 떨궈진 고개를 건들거리고 있을 줄 알았던 그가 고개를 든 채 높지 않은 하늘을 바라보고 있었다. 골목 안쪽에 켜진 희미한 가등빛에 그의 눈이 빛났다. 좀전까지 억병으로 술 취해 보인 모습이 무슨 값싼 수작이었다고 스스로 냉소하는 듯한 얼굴이었다.

그가 조용히 입을 열었다.

─너 가라.

나는 숨이 학, 막혀왔다. 무슨 말이든 해야 할 것 같은데 내 속에서 굴러다니는 말의 입자들은 순간 모두 흩어져버린 듯했다. 참으로 삽시에 속이 횡랑하여져 귀떨어진 철자 하나 떠오르지 않았다.

신음같이 낮은 모음이 하나 아, 하고 낮게 구를 뿐이었다. 최후의 경고랍시고 먹은 마음이 있었음에도 나는 눈물이 핑 도는 것을 느꼈다. 내 안의 성채가 무너져내리는 소리가 두 귀를 가득 메웠다.

　―미안하다.

　그가 떠듬떠듬 말했다.

　―나 이제 너한테 더 뭘 바랄 수가 없다. 너무 늦었지만 이제라도 가라. 널 책임질 수가 없어서 점점 두렵다.

　―어디로 가?

　나는 목소리에 물기를 섞지 않으려고 애썼다.

　―뭘 찾아서?

　나의 음성은 조금 떨렸다.

　―미안하다. 채근하지는 마라. 알잖니. 나를 떠나. 너만이라도 행복해지게. 너 그런 말 했었잖니, 네 수준에 맞는 행복을 찾아 떠나고 싶다고, 세상 그늘은 다 내 자리에만 고여 있는 것 같다고.

　아주 오래 전 내가 했던 말이었다.

　나에 비해 너무 잘난 그가 자기 수준으로 나를 끌어올리려 했을 때 나는 너무 힘이 들었다. 불행했고, 내가 늘 비판받아야 마땅한 이기주의자임을 인정해야 한다는 사실이 억울하기도 했다. 나는 그처럼 안락이나 밝은 앞날에 대한 오래 된 꿈을 포기하지도, 용기 있지도 못했다. 미안해. 난 못 하겠어. 그런 사람을 찾아. 나는 그에게 말했었다. 그때마다 그는 나를 잡았다. 그러곤 내 눈을 고즈넉하게 바라보며 간절함이 밴 음성으로 말했다. 그런 사람을 원하는 게 아니야, 네가 그래 주기를 바라는 거지.

　내가 바보라고, 너무 약해서 구역질난다면서도 나를 포기하지 않는 그, 그의 독선적인 속도에 멀미를 느끼고 불행해하면서도 그의 곁을 떠나지 않는 나. 그는 언제든지 팔을 치올려 뻗으며 구호를 외칠 수 있는 허름한 청바지 차림의 학생이었고, 나는 청순하지만 청승스럽기도 한 긴 생머리를 바람에 날리는 여자애였다. 나는 그를 여러 차례 떠나려 했다. 그러나 그때마다 그는 나를 때론 거칠게 때론 애절히 붙들었다. 어쩌면 나는 이 사람 인생의 유일한 기쁨이나 사치가 아닐까, 이 팍팍한 시절을 견디기 위해서는 그에게 내가 정말 필요한 게 아닐까. 나는 자꾸 되돌아오곤 했다. 기형적이고 모순스러운 우리 관계는 십수 년 동안 지속되었다.

그랬던 그가 이제, 내가 원하는 대로 헤어져주겠다고 말하고 있었다. 내 안에서 격앙된 목소리가 터져나왔다.

—그래, 보내줄 거였으면 옛날에 보내줬어야지, 이제서 가라고? 어디로 가? 여기가 어딘지도 모르는데. 너는 자신 있댔잖아. 내가 미망에 빠져 있는 거라면서? 터널을 빠져나갈 구멍이 네 눈에는 보인댔잖아.

내 말끝은 울음에 몹시 흔들리고 말았다. 나는 등신처럼 울었다. 이러면 안 되는 건데. 나는 늘 그 앞에서는 한참 모자라는 얼간이였다. 그는 내 눈물에도 아랑곳하지 않았다. 미지근하고 느글거린다는 듯이 언성을 높였다.

—그래. 그래서 가라고 하는 거야. 그땐 다 보였어. 세상에 옳은 일이 무어고 내가 해야 할 일이 무언지도 다 보였어. 그런데 이제는 아냐. 너에게 빌까? 잘못했다고? 제발 날 용서해달라고? 날 저주해. 그리고 더 늦기 전에 제발 가줘. 나중에 나 원망하지 말고.

나는 눈물을 닦았다.

—내 생각 해주는 척하지 마. 내가 너한테 기대는 것 같아? 부담 갖지 마, 짐이 되고 싶은 생각은 없으니까. 날 위해서 이런다고 하지 말고 네가 원하는 것만 말해. 차라리 내가 너무 부담스럽다고 아니면 이제 지겹다고 그렇게 말해. 복잡하게 말하지 말고.

그가 시멘트 벽에 몸을 기댔다.

―그래. 넌 너무 무거워. 부담스러워.

그는 이제 흐느끼기까지 했다.

―제발 가줘. 이렇게 부랑을 계속 하더라도 혼자라면 차라리 홀가분할 것 같아. 평균치의 행복을 바라는 너, 너무 오랫동안 기다리기만 한 너, 다 두고 달아나고 싶어.

십 년을 넘게 서로의 유일한 여자와 남자로 알고 지낸 사이에서도 풀지 못할 섬어 같은 게 있다니, 사랑하는 관계란 얼마나 한심한가. 유치한 연애 화답을 하는 젊지 않은 여자와 남자.

난 정말 그의 그늘을 벗어나고 싶었는지 모른다. 언제부터인지, 나의 미련 많은 모성 본능으로도 감당할 수 없게 그는 지쳐 흐느적거리고 있었다. 그의 넋두리가, 그리고 연일 계속되는 크고 작은 실패가, 그리고 땀과 신열 모두 다 지겨웠다.

한때, 나의 영웅, 나의 체(Che)였던 그.

그가 이 년여의 영어 생활을 마치고 세상 밖으로 나왔을 때는 넥타이 부대로 일컬어지는 사회인들까지 끼어든 시위의 물결이 거리를 하얗게 휩쓸고 지난 다음이었다. 그 시절의 변화에 그는 감격하기도 했고 당황하기도 했다. 개인들은 조금씩 자기만의 행복을 추구해가기 시작했고 조금씩 부자가 되고 행복해지는 것 같았다. 그와 함께 푸른 수의 속에 어이없게도 살찐 얼굴로 면회를 맞던 친구들도 모두 컴퓨터 장사네 기획 회사네 하다 못해 정치판에라도 기웃거리며 제 길들을 갔다. 경제학과 출신의 선배도, 국문과 출신의 후배도 사법 고시에 매달리고 행정 고시를 치르는 분위기에 그러나 그는 편승하지 못했다. 아무리 생각해도 자신은 죽어도 그렇게는 못 하겠다고, 다른 길이 있을 거라고 그는 믿었다.

그러나 그는 혼자만 뿌리를 내리지 못했다. 그것이 이른바 운동

권 룸펜 기질 탓이든 결벽증 때문이든 촌놈 기질이든 운이 나빴든 어쨌든 그는 자기 일을 찾지 못했다. 우리가 한때 실제로 목숨을 걸기도 했던 어둡고 습한 시절이 드라마나 연극에 실려 대명천지 햇살을 받았다. 그러나 그 물결 속에서 잃어버린 신 한 짝을 찾기 위해 외발로 긴 냇가를 따라 걷는 사람도 있다는 사실을, 그리고 어떤 사람에게는 그것이 평생일 수도 있다는 사실은 누구도 말하고 싶어하지 않았다. 세상이 변했어. 영웅 심리는 이제 그만 버리고 너도 좀 평범해져. 이제는 누구도 세상의 진리를 네 어깨에만 짊어지게 하지는 않아. 사람들은 말했다. 이제 그 시절은 정말 지겹다고, 설거지도 다 끝났다고. 그러나 그는 밤이 이슥하도록 긴 냇물을 따라 걷기만 했다. 외발로 돌아가기에는 그의 집이 너무 멀기 때문이었다.

공장 노동자 생활부터 시장 닭을 튀겨 파는 장사, 졸업 철의 꽃 장사, 포장마차, 과일 행상에 이르기까지 그는 자기의 생존 기반을 위해 젖은 셔츠로 돌아다녔다. 꼭이 사회 변혁의 주체가 되려는 것도 아니었다. 그저 약간의 건강한 상식을 갖고 세상을 살려는 것이 그의 꿈이었다. 남보다 잘산기 위해 악무한의 고통이나 자기 분열도 극복할 결심을 해야 한다는 것을 그러나 그는 몰랐다. 직업이 수없이 바뀔 때마다 실팍했던 가슴 근육은 느리지만 그러나 분명하게 허물어져갔다.

그러나, 나는 아직도 그가 날 처음 사랑하게 되었을 때의 모습을 간직하고 있었다. 화장기 없는 얼굴, 바람에 날리는 생머리, 넉넉한 스웨터와 치마로 바람을 쓸고 다니는 여자. 나이 서른하고도 몇 년을 지난 여자가 아직도 청순하다는 이미지에 매어 있다니. 이건 순억지였다. 나는 내가 역겹고 가증스러웠다. 십 년이 지나도 여전히 제 길을 찾지 못하는 남자를 영웅으로 알고 따르는 미혹에 빠진 여자. 그에게는 차라리 나보다는, 사업을 잘하거나 성격이 질기고 강철 같다거나 혹은 돈이나 연줄이라도 있는 여자가 필요할지 몰랐다. 예전의 그에게 나같이 대오 밖에서 빨개진 눈으로 울기나 하는 겁쟁이보다는 그를 더욱 강고하게 이끌어주는 동지가 필요했듯이.

　―제발 나를 놔줘.

　고개를 다시 떨구며 그가 말했다. 그의 음성이 바람 소리 같았다.

　나는 긴 머리칼을 쓸어넘겼다. 순간, 길 밖으로 빈 택시가 미끄러져 지나는 것이 보였다. 나는 길 밖을 향해 뛰었다.

4

　―그렇게까지 하실 필요가 꼭 있어요?

　회갑 잔치를 하느니 그저 친정 어머니와 조촐히 생일상을 받고 싶다는 엄마의 말에 나는 불쑥 그렇게 말해버렸다.

　그리고 얼른 엄마의 눈치를 살폈다. 늙은 노모를 며칠 모시겠다는 엄마의 의견이 지나친 효심이라는 듯 내가 '그렇게까지'라고 말한 것이 좀 너무한 표현 같아서였다.

　그러나 정작 엄마는 나의 그런 표현이 정말 당연하다고 생각하는 모양이었다. 내 말에 전혀 발을 걸어오지 않았다.

　―그렇게라도 하지 않으면 내가 이 다음에 무척 후회할 것 같아. 당신이야 나한테 어떻게 했든 나는 자식 된 도리를 하고 싶어.

　어쨌건 간에, 나는 엄마의 계획이나 표현 모두가 마음에 안 들었다. 팔순의 노모를 며칠 모시는 게 무슨 대단한 효도라도 되는 양 하는 것도 거북했고 다시 볼 일 없을 줄 알았던 외할머니를 대면한다는 것도 민망한 일이었다.

　그러나 무엇보다, 엄마가 할머니와 정겨운 시간을 보낼 수 있을

지 믿어지지가 않았다. 함께 알밤을 까먹고 나물을 다듬다가도 무슨 일인지 갑자기 소쿠리를 팍 엎고 마는 응어리 같은 것이 두 분에게는 있었다. 만날 때마다 서로에게 부대끼고 상처를 내는 것 같았다.

하지만 엄마가 진정으로 할머니를 모셔오고 싶다면 나는 말릴 수가 없었다. 나의 내부가 뒤죽박죽이기도 하였고 내심, 자신 있거든 해보시구라, 하는 마음도 있었다.

날이 조금 찌뿌듯했다.

—첫눈이 늦다.

목에 스카프를 두르며 엄마가 하늘을 올려다보았다. 할머니 스웨터를 사러 백화점에 가기로 하고 함께 나선 길이었다. 오랜만에 친정에 가면서 빈손으로 불쑥 들어갈 수 있겠냐며 엄마가 조른 외출이었다. 나는 내킬 리 없었다. 내 기분을 말하라면 그저 바다 밑으로 가라앉고 싶을 뿐이었다. 가능하다면 잠까지 들어서.

하늘은 물기 머금은 청회색이었다. 하늘이 흐리긴 하여도 한낮의 거리는 환했다.

십 년도 넘은 사랑과 헤어진 여자가 느끼는 자유를 아는지. 그의 구속 기사를 신문 한 켠에서 찾아 읽은 오랜 세월 저쪽의 저녁, 불빛 환한 방에서 어이없게도 나는 터져나오는 웃음에 어깨를 떨며 웃어댔다. 그 순간, 내 속에서 왜 웃음이 터져나오는지 스스로도 황당한 기분이었다. 그는 이제 피딱지가 내려앉게 두들겨맞고 동물처럼 굴려질 텐데도 나는 미어지는 웃음을 다잡지 못해 엎드려 신문을 보는 채로 흐흐흐, 킬킬킬 자꾸 웃어댔다. 불가사의한 일이었다. 그러나 우선은 무조건 좋은가보아. 속으로 나의 미친 듯한 웃음에 스스로 변호를 했다. 너무 길었던 그의 도피 생활에 나는 지쳐 있었던 것이다.

—너 요샌 걔 안 만나니?

엄마가 버스를 기다리며 슬쩍 물어왔다.

내 얼굴 어딘가에 버짐 같은 쓸쓸함이 묻은 모양이었다.

―가끔 연락 해요.

헤어졌다거나 하는 이야기를 하고 싶지 않았다. 엄마는 내 말뜻을 어떻게 해석해야 할지 몰라하는 얼굴이었다. 이상한 녀석을, 죽어라고 반대해도 십 년도 넘게 만나더니 가끔 연락이나 한다? 무슨 말인가.

―꼭 준비 다 갖춰서 시작할 건 없는데…….

버스가 올 방향으로 고개를 갸웃이 내밀며 엄마가 작은 소리로 말했다.

짐짓 지나가는 말처럼 하고 싶은 것이었을 게다. 엄마로서는 이제 와서 우리의 결혼에 대해 묻기가 낯 간지러운지 몰랐다.

―선을 봐봤자 이제 재취 자리밖에 더 있냐?

집에 놀러 왔던 엄마의 친구가 웃자고 했던 말이었다.

엄마의 노심초사가 너무 깊어 보여서 당신 딴에는 그래도 다 절로 만나지는 임자가 따로 있을 게니 선보라고 너무 성화대지는 말라는 말 끝에 붙인 소리였다.

―그것 봐. 이 미친 것아, 네가 뭘 믿구 그러구 있는 거야? 내가 복장이 터져서 제 명에 못 죽지. 사람들이 너 혹시 어디 불구 아니냔 소리들까지 해.

엄마는 친구 분이 가기가 무섭게 나한테 소리를 질러댔다. 포악에 가까웠다.

―대체 언제까지 그 미친놈 붙들고 다닐 거야? 무책임하기 이를 데 없는 놈. 여자를 기다리게 했으면 무슨 살 궁리를 해야지. 지가 아직도 대학생인 줄 알어?

그리고 엄마는 그날 저녁을 굶었다. 다음날은 내 긴 애원을 듣고 나서야 기신기신 식탁에 나와 앉아 미음을 몇 술 쓰게 떴다. 파마 머리는 떡이 된 채 멋대로 뻗치고 엉켜, 드러난 흰 머리와 벌건 두피가 기계충 자국처럼 보였다. 꼭 오래 처박혀 있던 총채 같은 모습이었다.

그후, 우리 관계에 대한 엄마의 입장은 조금 달라졌다. 어쨌든 빨리 결혼이라도 하라는 쪽이었다. 아주 은근한 권유였는데 엄마는 심지어 나에게 그런 말까지 했다. 밥을 먹다 국물을 마시면서였다. 돈은 뭐 남자만 벌라는 법 있니?

—버스 안 오는데 조 앞에 시장에 가서 사자.

나는 엄마 말에 대답하지 않았다. 이미 그 얘기는 집에서 다 끝내고 나온 터였다. 마침 버스가 왔다. 빈 좌석이 많았다. 엄마와 한 자리를 격하여 혼자 앉았다. 차창을 통해 보는 세상은 이상하게 푸르렀다. 눈이 조금 와주면 좋으련만 하늘은 울먹거리기만 할 뿐 눈발을 날려보내지는 않았다.

겨울에 이루어진 사랑은 마음이 넓은 사랑. 왠지 애잔하게 떠오르곤 하는 노래. 겨울에 끝이 난 사랑은 그러면 무얼까. 마음이 넓지 않은 사랑이었니. 그런지도 몰랐다. 전대미문의 사랑이라고 누구에게 말할 수는 없었지만 우리는 서로의 영혼까지도 사랑한다고 믿었다. 몇 겁이 지나 나는 벌레로 그는 풀로 태어난대도 이 사랑을 기억할 거라고 자신하였다.

내가 길 밖으로 뛰쳐나와 택시를 타버린 그날 이후 나는 그가 다음날쯤 아니 그 다음다음날쯤이라도 전화를 걸어올 줄 알았다.

—기다린다고 신호라도 좀 보내지. 그럼 내가 얼마나 기뻐하며 달려왔겠냐.

짧은 이별 끝의 만남이 벅차고 서러워서 울먹이곤 하는 나에게 그는 말하곤 했다. 그러나 나는 이별이 올 때마다 이번에는 진짜가 아닐까, 그가 이제는 정말 나를 떠나려는 것이 아닐까 하여 나는 그를 잡지도, 다시 찾지도 못하였다. 나는 그가 나의 그런 성격을 너무나 잘 안다고 믿었다. 그는 내가 자기에게 원하는 것이 무엇인지, 내가 자기를 얼마나 사랑하는지 굳이 표현하지 않아도 알 수밖에 없다고 나는 믿어왔다. 그런 그가 지난 겨울이 가고 다시 겨울이 오도록 나를 찾지 않는 것이었다. 일 년이 되었구나, 를 깨닫고서야 우리가 정말로 헤어졌음을 아는 나는 그런 여자였다.

그는 전혀 다른 삶을 시작한 건 아닐까. 그러면서 나도 깨끗이 잊어버린 것이 아닐까. 나야말로 그의 생활에서 가장 오래 되고 퀴퀴한 부분이니까. 아니면 그는 나를 떠보고 싶었는지 모른다. 내가 정말 견딜 수 있는지. 그리고 천사도 성모도 아닌 나를 미워하며 떠났는지 모른다. 나도 힘들다는 사실을 그가 그렇게 몰라준다면, 나는 자신 없었다. 그러나 나는 기다리고 또 기다렸다. 그가 다시 거인이 되어 내 앞에 나타나기를. 그리고 붉은 사과알 같은 희망을 내 손에 쥐어주기를.

그러나 이제는 모두 끝인 모양이었다. 일상을 유지하면서는 견딜 수 없는 감정이 척추를 파고들었다. 그것이 내 긴 휴가의 이유였다.

엄마는 나와 함께 한 모처럼의 외출이 즐거운 모양이었다. 가로 주름 가득한 마디 굵은 손가락에 빨간색 매니큐어를 호호 불어가며 바르고 입술 연지를 손바닥에 조금 묻혀서는 두 손을 착착 두드리더니 양볼에 대고 살짝 문지르기도 했다. 커다란 유리문을 밀고 들어서자마자 귀를 가득 채워오는 캐럴 송에 엄마의 얼굴이 한껏 밝아졌다. 엄마는 내 팔짱을 끼고 마치 스케이트를 타듯 매끄러운 대리석 바닥 위로 신을 약간씩 끌면서 걸었다.

—이거 어떠니? 따습겠지?

엄마가 잿빛 스웨터를 펼쳐 보이며 말했다.

—촌스러워요.

—애는, 노인네 따뜻하면 됐지 뭘.

엄마는 자꾸 값이 싼 쪽으로 물건을 골랐다. 나중에는 우거지색으로 꽃무늬가 요란한 스웨터가 어떻겠냐며 점원과 함께 내 얼굴을 빤히 쳐다보았다.

—아까 그 수박색으로 하세요.

나는 엄마를 잡아끌었다.

—엄마는 이왕 사드리는 거 좀 좋은 걸로 하세요.

—애는 그게 뭐 어때서?

스웨터 사러 같이 가자고 할 때만 해도 눈가에 물기까지 쪼물쪼물 고였던 엄마였다. 마지막일지 모르잖니, 하면서. 우거지색이든 팥죽색이든 나는 얼른 봉투에 담겨지기만을 바랐다.

—너무 좋은 거 할 거 없어. 사실 스웨터 하나라도 사드리는 것이 감지덕지지.

—엄마도 좀 못된 딸이야.

—못되기는. 나만이나 하니까 그래도 이러는 거야. 울 엄마 나한테 하시던 거 생각하면.

나는 엄마의 복잡한 심사가 물끄러미 건너다보였다.

—엄마도 할머니한테 해드린 거 없잖아요?

엄마가 내 말에 두 눈을 모로 떴다.

—내가 뭘 어떻게 해드릴 처지가 됐었니? 빈 쌀바가지 들고 쫓아다니지 않은 것만 해도 다행이지.

—외가도 가난했잖아요.

—그래. 그랬지. 그래도 다들 나보단 나았어.

—그럼 엄마 그냥 갈까요?

엄마가 나를 쌜쭉한 눈으로 흘겨보더니 앞서서 총총 걸어갔다.

수박색 스웨터가 걸린 코너 쪽이었다.

회갑 선물로 엄마에게 투피스를 한 벌 사드렸다. 당신에게 어울리지 않는 옷을 자꾸 한 번쯤 입어보고 싶어하는 통에 옷 고르는 데 시간이 많이 걸렸다. 옷을 갈아입느라 북새를 떠는 통에 엄마 얼굴에 번진 땀으로 화장이 좀 지워져서야 엄마는 감색 투피스를 골랐다.

할머니 해드린다는 핑계가 장을 보는 엄마나 나를 편케 해주었다. 그렇지 않았다면 엄마는 내가 행여 돈 많이 쓴다고 뭐랄까봐 당신이 생대구 대신 민어를 사면서도 언짢아하셨을 것이다. 엄마를 쫓아 스넥 코너에 가서 보리알 뎅뎅 구르는 열무비빔밥도 한 그릇씩 먹고 호박죽도 먹었다. 내색은 안 하였지만 엄마가 투피스 한 벌로 끝나고 마는 당신의 회갑 선물을 쓸쓸해할까봐 신경이 쓰였다. 누구네는 유럽 여행을 시켜드렸네, 은빛 밍크 코트를 사드리고도 돈을 얼마를 드렸네 하는 말들을 벌써부터 모이처럼 한마디씩 물어오곤 하던 엄마였다. 그러나 힘 합칠 형제가 없는 나로서는 최선을 다한 것이었다.

밖은 이미 어두워져 있었다. 몸을 떠나 부유하던 마음은 이미 갈가리 산화한 지 오래였다. 급하게 로비를 빠져나오려는데 엄마가 보이지 않았다. 엄마는 일층에 현란하게 늘어선 보석 진열장을 들여다보고 있었다. 점원과 함께 고개를 수그리고 몇 마디 말도 하고 고개도 주억거리고 하였다. 진주 목걸이거나 아니면 바다색 에메랄드가 박힌 반지일 것이었다. 엄마의 패물들은 금을 빼고는 다 모조품이었다. 나는 모조품이라면 질색이었다. 모조 목걸이와 귀걸이를 주렁주렁 단 엄마를 볼 때마다 나는 저건 무슨 천박한 허영일까, 손톱 때를 매니큐어로 가리는 여자처럼 쳐다보곤 했다. "그래도 내가 하고 다니면 진짜같이 보인댄다. 도둑놈 꼬이라고 그런 걸 밖에

하고 다니냐는 사람들도 있다 야." 엄마는 의기양양했다. 그 말에 내가 동조하지 않으면 이내 화살이 날아왔다. "그럼 네 년이 어디 한 번 진짜를 사줘봐."

엄마는 지나온 구덥과는 어울리지 않는 고운 태가 있었다. 당신은 그걸 스스로 천품, 이라고 불렀는데 대부분의 사람들은 그걸 믿어주는가 보았다. 눈썹을 희극적으로 가느다랗게 그린 저 점원도 지금 엄마가 곧 지갑을 열어 카드를 내밀 수 있는 사람으로 보이는지 열심히 설명을 하고 있었다. 진열장 위로 나온 상품만 해도 세 가지였다. 좀 안된 심정이었지만 나는 못 본 척하였다. 엄마가 부르기라도 할 것 같아 얼른 유리문을 밀었다.

5

칙, 하는 소리와 함께 푸른 세척액이 거실 유리창을 타고 흘러내렸다. 오래 닦지 않은 뒷베란다의 젖빛 유리도 닦았다. 엄마의 장롱은 먼지를 닦고 광택약을 칠해 윤을 냈다. 장롱이 허리께 붙은 요철 장식도 손가락에 수건을 말아 세세하게 닦았다. 욕실 바닥의 타일 틈새는 칫솔로 닦고 변기도 요강 단지처럼 끼고 앉아 속속들이 닦았다. 철수세미로 문지른 스테인리스 주전자며 치약으로 닦은 수도꼭지에 이르기까지 온 집 안이 한결 말끔해졌다.

—우리 엄마 호강하시네.

엄마는 푸새가 필요없는 목면 이불깃까지도 새로 빨고 풀을 먹여 접어서는 수건에 싸고 오래도록 밟았다. 당신 몸이 수고로워도 기분이 쾌청한 모양이었다. 엄마의 웃는 얼굴에 스무 살 처녀 같은 맑은 홍조마저 어렸다. 새로 풀을 먹인 이불깃이며 희디흰 베개는 손이라도 베일 듯 빳빳하고 싱싱했다. 청소하고 빨래하고 음식 장만하는 것으로 엄마는 하루해를 다 보냈다. 집 안도 엄마도 보기 좋았다. 내 안에 쌓인 퀴퀴한 어둠도 다 몰아내지는 것 같았다. 어쨌든 나도 며칠간은 밝아야 했다. 생각하면 엄마의 회갑은 쓸쓸하다 못해 적막하기까지 했다.

　―살았으면 내 속을 얼마나 썩였겠니. 내가 지레 죽었겠지.

　가신 아버지를 두고 엄마는 말했다.

　그러나 정말 살아 계셨다면 이 나이에까지 평화가 아주 없지는 않았을 것이다. 아버지는 맨정신으로는 세상에 적응을 못 하는 사람이었다. 그러나 패기만만한 젊음을 불태울 만한 곳을 찾지 못해 떠돌던 바람도 기운 빠지면 둥지로 돌아왔을 것이다. 그래서 늙은 입술로 내게, 긍정적으로 살아야 한다, 는 훈계를 할 수 있을 만큼 고요한 말년을 보내고 있을지 모른다.

　엄마는 아버지에 대한 원망이 대단했지만 나는 그렇지 않았다. 외롭고 가난한 우리 살림에 아버지라는 존재에 대한 기억은 금붙이처럼 번쩍거리는 훈장 같은 거였다. 무식한 아버지가 품을 팔아 사는 집보다도 세상에 적응을 못 하던 잘난 아버지가 요절까지 해버려서 가난한, 몰락한 양반 같은 우리 살림이 차라리 난 견딜 만했다.

　엄마는 커다란 모조 진주 귀걸이를 달고 거울 앞에 섰다. 모처럼만의 성장이었다. 엄마는 휴지로 연지 바른 입술을 한 번 찍어내고는 두 눈을 깜박깜박 해보았다. 오랜만에 가는 친정 나들이. 누구나 금의환향의 꿈은 있는 것이다.

　―엄마 오실 때 꼭 우등 고속버스 타세요.

　엄마의 어깨를 털어드리며 한 번 더 짚어말했다. 할머니가 사시는 외가는 기차가 닿지 않았다.

　―아무 거라도 먼저 오는 거 타야지.

　오랜만에 할머니 모시고 오면서 노인네 고생시키지 말라고 일껏 일렀건만 엄마는 또 딴소리였다.
　―엄만…….
　내가 엄마를 살짝 흘겨보았다.
　―알았어.
　엄마가 목에 스카프를 매면서 시물새물 웃었다.
　현관에 선 엄마가 팔을 약간 벌려 보였다.
　―나 괜찮니?
　밝은 얼굴이었다. 귤 향기가 나는 듯도 했다.
　―좋아요.
　참말 보기 좋았다. 들고 다니시지 말라고 내가 그렇게 성화를 대던 모조 샤넬 핸드백을 엄마가 들고 있음에도 눈에 거슬리지 않았다.
　엄마는 자존심 강한 여자였다. 비록 남편을 잘못 만나 세상 고생은 하였지만 그래도 아주 바닥 생활을 하지는 않았다. 배움이 없는 사람도 아니고 남들 앞에 나서서 그다지 교양 없다거나 촌티 나게 굴지도 않았다. 적어도 엄마가 친목계를 같이 하면서 돼지갈비집이다, 노래방이다를 함께 드나드는 아줌마들과는 달랐다. 모였다 하면 엄청나게 큰 소리로 떠들고 음식이란 음식은 싹싹 비우고 포도주 몇 잔에 불콰해진 얼굴이 겸연쩍어, 문득 열려진 문을 향해 어색하게 웃음짓곤 하는 중년의 여자들.
　―그래도 해외 여행들만 다녀요.
　엄마는 말하곤 했다.
　―나도 너 공부 안 시켰으면 지금 그 정도는 살 거다.
　서낭당같이 울긋불긋 화장한 얼굴로 돈 자랑을 하느라고 거의 일어서서 말을 하는 여자들 흉을 한참씩 보고 나서 엄마는 가끔 그랬다. 엄마보다 못나고 교양 없고 더구나 젊어서는 함바집 설거지나

여관 조바를 하였다는 아주머니들이었다. 어울릴 친구들이 달리 없어서 같이 다니긴 하여도 엄마는 당신 스스로는 그 아주머니들과 다르다고 자부했다. 내가 보기에는 그게 바로 엄마의 딜레마였다. 부모의 과거는 다 미스터리다. 과거 속의 부모는 생전 어른 속을 썩이는 법 없이 태어날 때부터 철든 아이들이었고 공부는 일등만 했고 무어든지 잘하고 모범을 보이는 애어른들이니까.

엄마는 내가 초등학교 다니던 시절부터 중학을 마칠 때까지 동네의 작은 시장통에서 조그만 한복집을 했다. 여자들이 덕수궁을 가거나 친정을 가는 나들이옷으로 더이상 한복을 입지 않게 되면서 엄마의 작은 가게는 문을 닫았다. 그후 엄마는 이렇다 할 직업 없이 있는 돈을 요령껏 굴려가며 살았다. '궁전 다방' 몇 년 한 일로 별명이 '궁전 다방'으로 붙어버린 엄마 친구나, 반주로 소주를 곁들여 내기도 하는 국밥 장사를 두고 '물 장사'라고 말하는 세상에 엄마는 체머리를 흔들었다. 몇 년만 있으면 대학 졸업해서 시집갈 딸을 둔 엄마로서 조신하게 살아야 한다는 것 때문에 엄마는 우동집이나 김밥집 하나도 할까 말까 몇 년을 망설이다 유야무야 흩어버리곤 하였다. 가난하지만 곱게 살고 싶은 것이 엄마의 꿈이었다. 그러나 나이 들어가면서 나는 엄마가 분칠한 엄마의 인생이 조금씩 겉때를 벗고 한 귀씩 드러나는 것을 가슴 아프게 쳐다보아야 했다.

—일찍 오시죠?

내가 계단을 따라 내려가며 물었다.

—그래 집에 와서 저녁 먹을 거야. 참, 너 물 끓여놔라. 구기자 볶아서 대추 세 알 넣고. 구기자 볶으랜다고 또 기름 둘러서 볶지 말고.

—엄만 내가 언제 그랬다구.

—네가 그렇지 뭐. 여태 삼치랑 고등어도 구분 못 하는 것이.

엄마는 얼굴을 찡그려 웃어 보였다.

— 엄마나 우등 고속 잘 알아보세요.

빈 가지를 해 아래 하얗게 말리고 선 플라타너스 밑으로 종종걸음을 놓는 엄마에게 내가 말했다. 엄마는 대답 대신 살짝 돌아보며 실긋 웃어 보였다.

내가 아무리 염불 외듯 역까지는 택시를 타시라고 해도 역에서 집까지 이어지는 거리를 엄마는 당신 방식대로 줄여갈 것이었다. 버스들이 매연을 뿜어내는 길에서 입술이 오그라들도록 떨다가 멀찌감치 멈춰 선 버스를 타려고 다리도 휘청거리는 노인네의 소매를 잡아끌고 뛸 것이 뻔했다. 그러면 할머니는 치렁치렁 차려입은 치마를 걷어올리고 딸이 이끄는 대로 물기 찔꺽한 길을 경황없이 뛸 것이었다. 두 분이 찌그러진 양은 냄비 같은 버스를 덜덜거리며 타고 오든, 더러운 그물 주머니가 한 귀 찢어지기까지 한 폐차 직전의 고속버스를 타든, 그것은 내가 관여할 수 있는 바가 못 되었다. 그들 모녀에게 가장 익숙한 방식대로 그들은 치마 걷고 뛰기를 할 것이었다.

주전자를 불에 올리고 구기자 한 줌을 넣어 살짝 볶았다. 옛날 이야기 같다고 할까, 구수한 냄새가 났다. 물을 끓여놓고 쌀을 씻어 소쿠리에 건져놓았을 때 전화벨이 울렸다. 젖은 손을 바지에 닦으며 수화기를 들어올렸다. 아무 소리도 없었다.

— 여보세요.

예사롭게 발성되던 나의 음성이 조금 떨리기 시작했다. 그일지도 모른다는 생각이 문득 들었다. 아니, 꼭 그 사람일 것만 같았다.

— 여보세요. 전화를 하셨으면 말씀을 하세요.

평소 같으면 그냥 내려놓았을 수화기에 대고 나는 말을 길게 했다. 소리는 내지 않았지만 나는 속으로 '제발'이라고 외치고 있었다. 그러나 전화에서는 이내 뚜— 하는 소리가 났다. 나는 잠시 망연자실하였다. 그러니, 턱없는 기대였음에도 갑자기 세상으로 통하는 모든 교신의 통로가 차단된 기분이었다. 비쓸비쓸 내 방으로 걸어 들어갔다. 다시 전화벨 소리가 났다. 나는 거의 고꾸라질 듯 달려갔다. 그러나 이번에는 미처 내가 받기도 전에 전화는 침묵 속으로 가라앉았다.

나는 외투를 집어들었다. 집도 안전하지 않구나, 엄마의 회갑을 치르고 나면 어디든 훌쩍 떠나야겠다고 생각했다. 그가 아무리 내게 연락을 취하고 싶어도 더는 연락이 닿지 않는 곳으로 가는 것이 내 평화를 지키는 방법일 수 있을 것 같았다. 그의 전화를 기다리는 이 한심한 상태에서 벗어나는 방법은 그것밖에는 없을 거라는 생각이 들었다.

길로 나섰을 때는 이미 해가 저무는 시각이었다. 요사이 내내 흐리기만 하던 하늘에서부터 저녁 이내가 대기를 푸르고 축축하게 적시고 있었다. 나는 천천히 플라타너스를 지나고 은행나무 아래를 건너 화원으로 갔다.

유리창에 물방울이 맺힌 화원 안에는 겨울인데도 퍽이나 많은 꽃들이 작은 밭을 이루고 있었다. 나는 장미를 사고 싶었다. 엄마는 평생의 생일을 지나는 동안 아무에게서도 나이 수만큼의 장미를 선사받지 못했다. 장미는 흰색에서부터 등황, 연분홍, 다홍, 진홍, 흑자주에 이르기까지 색색으로 피어 있었다. 나는 튤립만큼 봉오리가 번 다홍의 장미를 골랐다. 예순한 송이의 장미로 꽃바구니를 만들었다. 다홍의 장미 바구니는 화려하고 퍽 기품 있어 보였다. 화려함과 기품을 나는 엄마에게 선사하고 싶었다.

꽃바구니를 들고 나온 길에는 저녁의 박명이 한층 깊어져 푸르고 혼몽한 어둠이 길 끝에서부터 젖어오고 있었다. 장미의 다홍빛은 묘한 보랏빛으로 변하며 빛을 끌어모았다. 꽃바구니를 받아들고 환하여질 엄마의 얼굴이 떠올랐다.

그러나 일순, 나는 속이 황폐해졌다. 감당하기 어려운 감정의 변화였다. 길에 우두커니 서고 말았다. 멀리서 신호등의 초록불이 들어오는 것이 꿈결인가 싶었다. 어둠 속에서 희게 선을 드러내고 누운 횡단보도를 향해 천천히 가는데 눈앞으로 텅 빈 전화 부스가 다가왔다. 옥색 테를 두른 작은 유리집 안에는 빨간 글씨가 부표처럼 떠서 반짝이고 있었다. 잔액을 표시하는 숫자였다. 나는 갑자기 충동적으로 접이문을 몸으로 밀고 들어갔다. 바구니를 전화기 위에 올려놓고는 일곱 개의 숫자를 서둘러 눌렀다. 그러다 벨이 울기 전에 끊고 다시 처음부터 천천히 꼭꼭 눌러갔다. 혹여 숫자 하나라도 잘못 연결될까보아서였다. 그를 향해 날리는 교신이었다.

벨이 두 번 울리고 나자 저쪽에서 전화를 받았다. 그러나 이내 음악 소리. 이 전화는 없는 국번이거나 결번이오니 확인하시고 다시…… 번호를 다시 눌렀으나 마찬가지였다. 그럴 리가. 나는 물에 빠진 듯 정신이 아득해졌다. 그러나 114 안내는 말했다. 네. 맞아요. 결번이에요.

길을 어떻게 건너 은행나무 아래를 지나고 불빛에 빈 가지가 드러난 플라타너스 밑을 지났는지 모른다.

서른아홉 개의 계단을 천천히 밟아 올라 문에 열쇠를 꽂을 때 난 또 어이없게도 손이 빈 것을 알아야 했다. 다시 길로 나섰다. 이미 어두워진 길에는 이제 플라타너스고 은행나무고 모두 검은 실루엣으로 잠들어 있을 뿐이었다. 멀리서 신호등의 초록불이 깜박거리기는 것이 보였다. 나는 허위허위 달려 횡단보도를 건넜다. 차들이 빵빵거렸다.

어둔 허공 속에 떠 있는 옥색 전화 부스 안의 꽃 바구니는 무사하였다. 빨간 잔액 표시도 내가 처음 발견한 숫자 그대로 찍혀 있었다.

6

나쁜 사람. 이 따위도 사랑이란 말인가. 지나간 십수 년의 사랑이 검은 강물로 발을 적시고 흘렀다.

어디든 훅 날아가야지. 이제 정말 끝이야. 나는 거듭 결심을 다졌다.

그러나 정성 들여 세수를 하고 로션을 발랐다. 어쨌든 엄마 자존심을 상하게 하지는 않는 모습으로 있어야 하니까.

내가 혼자 국에 밥 몇 술을 말아 오랫동안 먹고 나서도 한참이 지난 밤이 되어서야 엄마와 할머니가 계단을 올라오는 소리가 부산스레 들려왔다. 나는 미리 문을 열었다.

—아이고 알고 여네.

무슨 짐인가를 무겁게 든 엄마가 나를 올려다보며 말했다.

바람에 수분을 앗겨 좀 파리했지만 해사한 얼굴이었다. 나는 계단을 내려가 짐을 받아들며 할머니께 인사를 드렸다.

—잘 있었냐?

할머니가 웃음 띤 얼굴로 내 손을 잡았다. 예전보다 무척이나 수척해진 얼굴은 치아마저 다 빠져 내가 기억하고 있는 할머니의 얼굴이 전혀 아니었다. 숨을 고르느라 그러는 건지 할머니가 내 손을 오래 잡고 있어서 나는 좀 어색했다.

엄마가 들고 온 종이 상자 안에는 시루떡이랑 늙은 호박이랑 참기름 한 병이 호박오가리, 무말랭이, 깻잎 나물, 시레기 같은 나물 봉지들과 함께 올망졸망 들어 있었다.

—이거 노인네가 동네 공터에서 기른 거랜다.

엄마는 식탁 위에 나물 봉지들을 줄줄이 꺼내놓으며 말했다.

—하여간 어무니도 극성이셔.

할머니를 돌아보며 엄마가 그랬다.

—나도 이거 봐요. 파랑 미나리 같은 건 심어 먹어요.

엄마는 주방 창턱에 놓인 미나리 분을 턱으로 가리켰다.

—여름내 화분에 아욱이랑 상추 심어서 먹었어요. 금년은 날이 너무 더워 그런지 호박이 하나도 안 열립디다. 겨우 참외만한 거 하나 땄어요.

할머니가 다리를 쭉 뻗어 톡톡 두드리며 말했다.

—니가 할 줄 모릉게 그렇지 안 열리기는 왜 안 열려.

—그런가?

엄마는 아이처럼 히히, 웃었다.

—니가 뭐 언제 농사 지어봤어?

할머니가 밉지 않게 흉잡듯 말했다.

—그래도 다 어깨 너머로 배운 덕에 이렇게라도 지어 먹지 않수. 이 동네에서 그래도 아욱 심어 먹는 사람은 나밖에 없어요.

—나는야, 금년 짐장까정 심어서 해먹었다. 거기가 마늘이랑 고추가 안 되여. 그래 그것만 사고 알타리부터 배차까지 다 지은 걸로 했다 아.

—극성이시우.

—놀면 뭐할껴.

엄마와 할머니의 이야기는 길고 긴 연실처럼 끝이 없었다. 가을에 김장거리 배추나 알타리 거두고 나면 바로 마늘이랑 시금치를 심는데 그래서 시금치랑 마늘이 몸에 좋은 거다, 겨울을 나서. 인분을 뿌려 키운 시금치를 봄에 거두고 나면 감자를 심고 콩이랑 녹두도 심고 그거 거두고 나면 벼도 심고 배추랑 무 심고…… 땅 한 뼘만 있으면 놀릴 새 없이 오지다는 이야기를 할머니와 엄마는 주고받았다.

—농사를 많이 지으셨어요?

담장 밖 살림을 통 몰랐다던 할머니가 농사 이야기를 하는 것이 나는 좀 신기하였다.

—많이는 뭐, 땅이 있어야 많이 하지. 할아버지가 한 뙈기 마련해준 거다 쫌 지었어. 그래도 양념거리나 채소거릴랑은 게서 다 나왔어.

—그 밭이라도 있을 때가 그래도 부자였지.

엄마가 말했다.

—그렇지. 죽이라도 끓여 먹었을껴. 그 밭 팔 때 왜 콩꽃이 노랗게 피었을 때잖여. 나는 낭중에 그 콩이라도 조금 줄 중 알았다.

—째보네서 그 밭 샀었죠? 우리 밥도 굶는 거 알면서 콩 한 알 안 줍디까?

—콩 한 알이 다 뭐여. 내가 즈네 집 앞 공터다 알타리 좀 심을라니까 내외간이 나서서 으떻게나 지랄들을 해대던지. 내가 뿌렸던 씨알을 다 눈앞에서 파 엎어버렸다.

—그래도 그 집에서 우리한테 잘했잖아요?

—낭중에는 서로 속 알고 잘 지냈지. 그 공터다 심거 먹은 것도 솔찮었어.

내가 시루떡을 썰어 담고 연시를 씻어 내오는 동안, 그리고 두 분이 긴긴 이야기를 나누는 동안 나는 별로 끼어들 수가 없었다. 해소병 걸려 죽었다던 아랫동네 아재, 한쪽 다리를 저는 몸으로도 돈을 많이 벌었다는 살구나뭇집 당숙, 횟배 때문에 잡아먹은 쥐고기로 머리가 굳어져 초등학교 일학년을 세 번이나 다녀야 했다던 우물집 막내 등 내가 모르는 사람들의 모르는 이야기를 엄마는 끝없이 묻고 할머니는 끝없이 대답하고 하였다. 이야기가 낮아졌다, 속닥거려졌다 하는 걸로 보아서 누구 불행해진 뒷소식을 묻는다거나 팔자땜을 지지리도 오래 한다는 이야기가 오고감을 느낄 수 있을 뿐이었다.

엄마와 할머니는 내가 자리에 든 지 한참이 지나도록까지 내내 이야기를 나누었다. 낮게 흐르는 긴긴 냇물 소리처럼 두런두런한 말소리를 베개 머리에 베고 잠이 들었다.

다음날 내가 일어났을 때는 할머니는 수건으로 귓바퀴를 돌려 닦으며 욕실에서 나오고 있었다.

—일어났어? 어제 시끄러서 못 잔 거 아녀?

세수를 한 말간 할머니의 얼굴에 겨울이라 한창 고도가 낮아져 거실 깊숙이 들어온 햇살이 환하게 얼비쳤다. 간밤 처음 뵈었을 때만 하여도 너무 수척해지고 작아져서 적이 놀랐지만 살구빛 햇살 아래서 보니 역시 예전 얼굴이 있기는 하였다. 안방에서는 엄마가 이불을 개 얹고 있었다. 창이 활짝 열린 채였다. 밝은 햇살이 방 안에도 가득하여서 엄마의 노란 얼굴도 맑아 보였다.

—어무니 이거부터 바르세요.

엄마가 할머니에게 로션 병을 건네며 말했다.

—그렇게 바르지 마시구 좀 두드려줘야죠.

엄마는 무릎걸음으로 다가가 할머니 얼굴에 발라진 로션을 톡톡 두드렸다.

—에이 놔둬. 화장품이 먹기나 하냐?

하면서도 할머니는 싫지 않은지 얼굴을 엄마에게 내밀었다.

—쟤도 매일 나한테 잔소리야.

엄마가 나를 쳐다보고 웃었다. 분을 하얗게 바른 위에 아직 눈썹이나 입술을 그리지 않아 드러난 잇몸과 이가 유난히 벌겋고 누런 것이 기괴하였다. 엄마는 내게 당신 화장하는 모습 보이기를 싫어하였다. 눈썹이 완전히 눈사람 눈썹이네? 얼굴로 칠판 지웠수? 나는 꼭 잔소리를 했다. 해 아래서 보면 피부와 친화하지 못한 화장품의 입자가 콧등이나 광대뼈에 가루져 얹힌 것이 보기 싫어서였다.

우리는 셋이서 화장품들을 옹기종기 모아놓고 둘러앉았다. 거실 창을 통해 들어온 밝은 빛이 발치에 어려 엄마의 발가락 끝이 투명해 보였다. 화장품이 스며들지 않아 얼굴이 번들번들해진 할머니가 엄마의 화장하는 양을 물끄러미 바라보았다. 그나마의 젊음이라도 부러운가보았다.

화장을 하고 엄마는 외출복으로 갈아입었다. 내가 사드린 투피스였다. 할머니에게도 굳이 한복 대신에 당신 원피스를 입히셨다. 엄마의 옷은 할머니에게 조금 큰 듯했다. 치아가 다 빠져 합죽한 얼굴로 엄마의 원피스를 입은 할머니가 내 눈에는 꼭 우장 쓴 병아리처럼 보였다.

엄마는 문을 나서기 전에 분무기로 장미 바구니에 물을 뿜어주었다. 분사되는 자디잔 물의 입자들이 햇살에 하얗게 떴다 가라앉았다.

―정말 색깔 곱다.

엄마는 손으로 살짝 꽃들을 흔들어보았다. 엊저녁 꽃바구니를 발견하고 엄마는 소녀처럼 좋아하였다. 너무 행복해해서 측은한 생각이 들 정도였다. 엄마가 가장 좋아하는 선물이 꽃이나 책이라는 것은 진작부터 알고 있었다. 정말 즐겨서라기보다는 당신을 인정해주는 선물 같아서일 것이다.

―어디 가실 거예요?

내가 물었다.

―할머니가 육삼 빌딩 가보고 싶으시대.

현관에서 부츠를 신으며 엄마가 쿡쿡 웃었다. 나도 따라 웃었다.

―봐서 경복궁이나 들렀다 올까 해.

―춥지 않을까요?

―뭐 오늘 날씨 좋은데.

―한 군디만 가.

할머니가, 엄마가 사드린 스웨터를 입고 나오며 말했다.

―온천이라도 하시죠 왜. 새로 생긴 데 있다면서요.

나는 서울 변두리에 새로 개장한 온천장을 떠올리며 말했다.

―그러까 어무니? 내가 어무니 밀어드릴게.

할머니가 신을 발에 꿰며 말했다.

―인자 늙어서 때도 안 쪄.

왠지 가고 싶지 않은 눈치였다.

―서울은 어디 갈 데가 별로 없어서.

엄마가 작은 소리로 말하자마자 할머니가 말을 받았다.

―갈 데가 없긴 왜 없어.

엄마는 아무 대답이 없었다. 나는 엄마 얼굴을 쳐다보았다. 찰나에 지나지 않았지만 엄마의 미간에 푸르딩한 어둠이 스쳐가는 것 같았다. 할머니가 가고 싶어하는 어딘가가 아마 엄마에게는 마땅치 않은 모양이었다. 그곳이 대체 어디일까. 물론 내게 짚이는 바가 없는 건 아니었다. 그곳은 아마도 서울 외삼촌 댁일 것이었다.

엄마와 할머니가 나가자마자 나도 집을 나섰다. 대중 목욕탕에 가서 오래오래 때를 밀고 미용실에 가서 머리를 잘랐다. 거울 속의 내가 생경스러웠다. 홀가분한 기분이기도 하고 조금 슬프기도 했다. 심경의 변화 때문에 머리를 자른 것은 아니었다. 긴 머리는 내가 원했던 나의 이미지가 아니었기 때문이다. 언제부터인가, 아주 오래 전부터 나도 변화하고 싶었다. 크게 웃고 뛰어다니고 가볍게 말하고.

고등학교를 졸업한 이후 아니 그를 만난 이후, 그리고 그가 내 긴 머리가 인상적이라고, 말할 수 없이 깊은 여성성을 느낀다고 말한 이후 나는 한 번도 머리에 변화를 주지 않았다. 젖살이 덜 빠져

볼이 제법 통통할 때부터 볼이 홀쭉하고 눈두덩이 깊숙해진 지금까지 내내 미련처럼 긴 머리를 하고 다녔다.

—한결 어려 보여요.

미용사가 거울을 함께 들여다보며 말했다.

나를 좀 위로해야겠다는 생각을 했는지도 모른다. 나는 짧아진 머리를 찰랑거려보았다. 마음에 들었다. 이제 나도 가볍게 살 거야. 그리고 내가 원하는 대로 말하고 행동할 거야. 내가 추구하는 작은 행복을 위해 마음껏 손을 내뻗을 거야. 누구 눈치도 더는 안 봐.

미용실에서 나와 내일 엄마 회갑 기념 사진을 찍을 필름을 두 통 사고 내가 입을 두툼한 스웨터와 양말 두 켤레를 샀다. 그리고 서점에 들러 지도책과 시집 한 권을 샀다. 이제 길 떠날 준비는 다 된 것이었다. 외할머니가 시골 역에 발을 내리실 때쯤이면 나도 가방에 칫솔과 속옷을 챙겨넣을 것이었다.

7

유리성 같은 빵집에서 일곱 자루의 초와 케이크를 샀다. 생크림 조각이 깃털처럼 덮인 하얀 케이크였다. 집에 돌아와 문에 열쇠를 넣고 돌리려는데 안에서 문을 딸칵, 열어주었다. 엄마였다.

—일찍 오셨네요.

응, 입으로는 대답을 하면서도 엄마의 눈동자는 내 머리에 달라붙었다.

나는 머리를 쓰다듬었다.

—잘랐어요.

—왔나?

할머니가 방에서 나오셨다.

─머리 잘렀어? 꼭 애기 같네.

내가 겸연쩍게 웃었다. 엄마가 주방으로 들어가며 말했다.

─화려하게 파마나 하라니까, 썰렁하게 자르기는.

왠지 심기가 편치 않은 모양이었다. 물론 내 머리 때문일 리는 없을 것이었다.

─구경은 잘 하셨어요?

내가 할머니에게 물었다.

─응. 어지러워서 혼났다 야.

─경복궁은 가셨더랬어요?

할머니는 손바닥으로 바닥의 먼지를 쓸어 모으며 아니, 춰서 그냥 왔어, 하고 가볍게 말했다.

엄마는 음식 준비를 하는 모양이었다. 주방에서 엄마가 그릇 달각이는 소리가 났다. 아직 불을 밝히기에는 이르지만 날이 갑자기 흐려져서인지 엄마가 있는 주방은 희푸른 어둠에 젖어 있었다. 할머니를 혼자 두고 방에 들어갈 수도 없고 그렇다고 무슨 말을 섞게도 안 되어서 나는 어서 엄마가 나와주었으면 하였다. 할머니는 마치 내가 전혀 알지 못하는 전설로 만들어진 병풍 속에서 걸어나온 사람 같았다. 그래도 엄마가 어릴 때 공부를 잘했다는데 정말인지, 소풍 도시락이 없어서 보릿겨를 찧어 소다 넣고 찐 것을 가져갔다는데 정말 그런 것도 먹었었는지, 이야기를 하자면 지난 일들이 다 설화였다.

그러나 나는 할머니와 왠지 말을 섞지 못하였다. 어색함 때문일까. 할머니는 잊었는지 모르지만 나는 기억하고 있는 한 가지 사건이 나를 켕기게 하는 것인가.

외가를 생각하면 늘 어둡고 높은 툇마루부터 떠올랐다. 할머니는 굳은 떡을 아랫목에 묻어놓고 녹여가며 손녀딸을 기다리거나 화롯

불에 알감자를 구워주며 옛날이야기를 해주는 분이 아니었다. 나는
외가에 가면 한참을 툇마루에 앉아 있어야 했다. 엄마가 얼른 신을
벗어놓고 올라가지 않는 때문이기도 했지만 외가에서 나는 늘 꿔다
놓은 보릿자루였다. 우리가 옷보따리를 들고 마당에 들어서면 할머
니의 알은체는 한마디였다.

　─왔냐?

그뿐, 하던 일을 놓지 않고 마당에서 펌프질을 하고 시래기를 씻
어 건지던 할머니. 그 할머니에게 이것저것 안부를 챙겨 묻느라 신
도 벗지 않은 채인 엄마. 나는 그 엄마의 옆에서 마치 잊혀진 손가
방처럼 높직한 툇마루에 엉덩이 끝을 걸치고 앉아 다리를 대롱거리
며 있었다. 너무 짧은 원피스 아래로 두꺼워서 답답하기만 하던 하
얀 타이츠가 흘러내려왔다. 얼른 방으로 들어가 타이츠부터 벗고
싶은 생각밖에는 없었다.

그러나 할머니는 연신 펌프질을 해가며 헹군 빨래를 또 헹구고
씻어 건진 푸성귀에 또 물을 쏟아붓곤 했다. 할머니의 일이 끝나지
않는 한 엄마의 띄엄띄엄 안부를 묻는 소리도 끝나지 않았다. 건너
삼촌네 막내는 장가갔대요? 올해는 뒤란에 고추가 좀 맺혀요?

마루 끝에 매달려 언제까지나 가느다란 두 다리만 대롱거리고 있
어야 했던 나는 그대로 모로 쓰러져 잠든 적도 있었다. 그러다 저
녁 무렵에 식구들이 들어오고 알전구가 사람들에게 가려져 방 안
벽이 그림자로 얼룩질 때에야 누군가 나에게 아는 척을 했다. 이
녀석 많이 컸네? 너 엄마 말 잘 듣냐? 그 사람이 내 머리를 쓰다듬
으면 나는 쑥스러워 종이 바른 방바닥을 두 손으로 쓸었다, 당겼다
하릴없는 동작을 반복하곤 했다.

　─여기서 떠들지 말고 얼른 가세요.

나는 할머니의 가슴팍을 밀고 있었다. 할머니에게서는 두 시간

너머를 버스에 실려오느라 묻은 바람 냄새가 옷깃에 남아 있었다.

지금 생각해도, 새침하기만 한 나의 내부 어디에서 그런 당돌함이 폭발했었는지 모른다. 그러나 당시의 나로서는 오래 준비한, 아니 기다려왔던 세상으로의 포문 열기였다.

—아니 이년이 왜 이랴.

할머니는 가슴팍을 떠밀리며 무척 당황스러워했다. 이제 고등학교를 갓 졸업한 손녀딸이 문을 열자마자 가라고 떠밀다니.

그때도 역시 할머니와의 만남은 오랜만이었다. 외가와 어쩐지 소원해지기도 했고, 살기 바쁘다는 핑계로 친정의 대소사를 엄마는 그저 전화 참례로나 치르던 무렵이었다. 이른 개나리가 몇 점 물오른 가지 끝에 맺힌 때였다. 나는 대학 입학일을 앞두고 있었다. 대학 마칠 일이 엄중히 남아 있기는 하였지만 엄마나 나는 그 무렵 긴긴 양의 창자를 빠져나온 기분이었다. 엄마 표현을 빌리자면 내가 '가슴에 뺏지를 달고 옆구리에는 책을 턱하니 낀' 대학생이 되었다는 건 우리의 신분 상승을 뜻했다. 내가 세상에 이겼노라고 엄마는 지붕에 올라가 깃발이라도 휘젓고 싶어하는 것 같았다.

그러나 내 기분은 어쩌면 그 이상이었을 것이다. 나는 이제 아이 가면을 벗고 내 본래의 얼굴, 사실 너무 오래 전부터 세상의 시시비비를 다 아는 어른의 얼굴을 드러낼 수 있었다. 이제 나는 누구에게든 나의 존재와 나의 유일한 가족인 엄마의 존재에 대해 꽝꽝 말할 수 있을 것 같았다. 누구도 엄마에게 뒷구석에서 혼자 원한 맺힌 눈물을 쏟게 할 수 없었다. 이제는 엄마도 하소연할 데 없는 사연을 두고 더는 초 담그고 술 담가 그 초에, 술에 나를 취하게 할 수 없었다. 이제 나는 내가 생각하는 대로 살 수 있는 나이가 된 것 같았다.

—엄만, 매일 참고 살지만 말고 이제 하실 말씀은 그때그때 하고 사세요.

꼭이 나의 그런 권유가 없었대도 엄마도 그 일만큼은 그냥 넘기려 들지 않으셨다.

—혼자 된 딸년 불쌍해서 살림 거들어쳐주지는 못할망정 아니 우리 아버지가 남기신 재산까지도 다 아들자식들 주지 못해서 늙은이가 그렇게 눈에 불을 켜고 난리야.

그즈음 며칠 외가와 전화 통화가 빈번했다. 외할아버지가 돌아가신 지 얼마 지나지 않은 무렵이었다. 재산이라야 털어봤자 콩 쭉정이 반 말도 안 될 터인데도 외할아버지의 유산을 문서상으로 정리해둬야 할 필요는 있었던 모양이었다.

담 너머 남의 집 일이라면 어지간히들 해두지, 하고 한데 몰아서 흉보고 말 일이었지만 기름 짜고 남은 콩깻묵이라도 있으면 그걸로도 채반을 당기고 밀치는 것이 형제간의 재산 싸움인 모양이었다. 길고 짧은 것을 아무리 대봐야 그저 흉하기만 하여서 제 식구들끼리 한 이불 속에서 먼지 폭닥이며 실컷 싸울 뿐 누구에게 시비를 구할 일도 아니었다. 그래서 엄마는 당신 지분의 유산을 포기하는 각서를 써주기로 하였다. 허나 그 이야기가 서로를 염려해주는 분위기에서 이루어지지 않았던가보았다. 이야기가 한 땀씩 진행될 때마다 묘한 노여움이 서로간에 쌓여갔다. 그래서 내가 가로막고 나섰다.

—법적으로도 인정된 권리를 왜 엄마만 포기하시려구요? 외갓집 식구들은 정말 유난들도 하셔.

나는 평생 지고만 사는 엄마가 싫었다. 엄마로서는 져준다고 하였지만 그건 정당하지 않았다. 최소한의 인간적 목소리도 못 낼 만큼 힘이 없기 때문이었다. 그것은 엄마가 모든 관계에서 취하던 비굴함이었다. 그러나 그런 울분은 나를 상대로 두고두고 터졌다. 내가 크기만 해봐라. 어른만 되면 나는 엄마가 갖지 못한 힘을 가질 수 있을 것 같았다. 어린 시절, 엄마의 치마 꽁지에 숨어 가난한 과부의 딸의 설움을 앙다문 채 견디는 동안, 적분은 나와 함께 자라면서 세상을 살아가는 내 힘이 되어주었다.

엄마가 할머니로부터 온 전화에 대고 한참을 따따부따하더니 수화기를 거칠게 내려놓았다.

—하여간 이 노인네 아들 타령은! 아니 내가 평생 아들놈들한테 치어 살았으면 됐지, 더 뭘 어떡하라고 혼자 사는 딸년을 볶아?

그리고는 아주 본격적인 싸움이 시작되었다. 언성 높은 전화가 더 오가더니 할머니와 숙모가 날파람처럼 달려오신 거였다. 벨을 누르고 문이 열리기까지 기다리는 것도 열불이 나는지 할머니는 빨리 문 열라고 소리를 쳤다.

나는 문을 열자마자 할머니를 떠밀었다. 누구도 이제 함부로 우리집 문을 부서져라 두드리거나 밥상 귀퉁이를 내려치게 둘 수 없었다. 어린 내게 맞대거리를 할 수도 없고, 그렇다고 허허 웃고 피할 일도 아니어서 할머니는 얼굴이 붉으락푸르락해진 채 내게 눈을 부릅떠 보였다.

—아니 이년이 왜 이랴.

현관 기둥을 붙들며 그 말만 자꾸 했다. 도끼눈을 한 숙모가 내 팔을 아프게 붙들고 흔들었다.

그때였다. 현관에서 벌어진 광경에 놀란 엄마가 쫓아나오더니 다짜고짜 내 어깨며 등에 주먹질을 해대는 것이었다. 전혀 예상치 못했던 일이었다. 그러나 더욱 놀라운 것은 엄마의 표정이 거의 울 듯했다는 것이었다.

본격적으로 엄마 편이 되고자 했던 나로서는 참으로 어이없는 일이었다. 내가 이렇게까지 하는 것을 엄마가 원치는 않았음을 느낄 수 있었다. 엄마는 나도 당신처럼 뒤에서 욕하고 원망을 쌓아두고 할망정 포악스럽게 감정을 드러내며 아귀아귀 싸워대는 것은 원치

않는 것 같았다. 나는 내가 뭔가를 단단히 잘못 짚었다는 생각이
들었다. 전혀 쓰일 데 없는 칼을 이십 년을 두고 갈아온 것이었다.
엄마에게 속은 기분이 들기도 했다.

엄마는 늘 그런 식이었다. 방 안 퉁수처럼 아무도 없는 데에서는
한참 지난 일을 되작거려가며 풀어놓곤 하였다가도 막상 똑같은 경
우를 만나면 역시 마찬가지였다. 엄마가 툭하면 들춰낸 켜켜이 쌓
인 서러운 사연들이 온 방 안 가득 어질러져 나를 누르고 숨막히게
할 즈음, 그래서 내가 무어든 행동을 해야겠다는 결심을 굳혀갈 즈
음, 엄마는 언제나 혼자 말간 얼굴을 하곤 했다.

나는 그날 엄마와 할머니네가 한결 낮아진 음성으로 이야기하는
동안 옆방에 있다가 잠이 들어버렸다. 악몽 같은 낮잠에서 깨어났
을 때는 이미 초저녁도 지난 시간이었다. 집 안에서는 찌개 끓는
소리가 조그맣게 났다. 살짝 열어두었던 창에는 벌써 저녁 네온이
물기를 띠고 맺혀 있었다. 할머니와 숙모는 이미 돌아가고 없었다.
어두운 방에서 나는 내 가슴속에 숙모가 쏟아부은 악담 한마디가
만져지는 것을 느꼈다.

—아이고 못된 년, 똑똑한 척은 한다만 네 년 이 다음에 잘되면
내가 열 손가락에 장을 지지고 하늘로 올라간다.

많은 것을 잃은 것 같았다. 열려진 창에서 들어온 바람이 가슴을
쓰리게 훑고 지났다.

—눈이 올래나.

할머니가 거실 창으로 하늘을 내다보며 말했다. 아마 나의 침묵
이 불편하신가보았다.

—아침만 해도 날씨가 좋더니 그러네요.

나도 혼잣말처럼 말을 받았다.

나의 응수에 할머니가 반색하는 눈치로 내게 말을 걸어왔다.

—넌 시집은 안 가냐?

살짝 웃는 입 속이 작은 구멍처럼 검게 드러났다.

—가야죠.

내가 웃으며 대답하는데 엄마가 과일 접시와 찻상을 들고 오며 말했다.

—지 에미 사는 거 보면 어디 시집가고 싶겠수?

그러고는 앉아서 사과를 깎기 시작했다. 손동작이 왠지 신경질적이었다.

—왜 네가 어때서? 자도 공부를 너무 오래 해서 그라지 뭐. 너도 내가 시집 일찍 가라구 안 했냐? 너두 맨날 씰데없이 책만 끼고 돌아다니다가 나이만 많이 먹구 그란겨.

엄마가 사과를 깎다 말고 못을 박듯 말했다.

—어무니는 그런 소리 하지 말어요. 진짜 날 제대로 공부시켰어봐. 내가 시집을 그렇게 가나.

—다 지 팔자지 뭐. 쥐괴기를 몇 마리 잡아먹은 것들두 시집가 잘만 살드라.

—에이 관두셔요. 말해봤자 내 속만 터저.

엄마가 미간을 찌푸렸다.

—아이고 다 살구 왜 저랴.

엄마의 말이 늙은 딸의 투정만 같은지 할머니가 합죽하게 웃었다. 엄마가 깎은 사과를 뚝뚝 썰어 할머니 쪽으로 밀어놓았다.

—드셔요.

할머니가 다리를 쪽 뻗고 앉아 사과 접시를 실쭉 한번 내려다보고는 이내 일없다는 듯 고개를 들었다.

—니나 먹어. 난 이 없어서 못 먹어.

나는 슬그머니 자리에서 일어나 내 방으로 들어왔다. 뒤에서 엄마의 목소리가 들려왔다. 아니 그 잘난 아들들이 엄마 이도 안 해줘요.

8

완전히 어두워져서야 나는 방에서 다시 나왔다. 쓰러져 조금 잤던 모양이었다. 언제부터인지 밤잠을 잃은 후로 낮에 힘없이 졸곤 했다. 엄마와 할머니는 아무 말씀도 없이 텔레비전에 시선을 묶은 채 앉아 있었다. 왠지 팽팽한 긴장이 느껴졌다.

―밥 차릴까요?

내가 주방에 불을 켜며 말했다.

―어떡하실래요, 어무니.

엄마가 내 말에는 대답도 없이 할머니한테 불쑥 물었다.

―지금 가실래요, 진지 잡숫고 가실래요.

할머니는 하릴없이 무릎을 톡톡 두드리며 말했다.

―넌 워뜩할껴. 같이 갈게믄 한 술 뜨구 가구. 아니믄 일없어.

―난 안 간다잖아요.

―……그람 전화라두 혀.

엄마의 표정에 날이 섰다.

―아니 어무닌 왜 그러서요. 지들이 알아서 찾아오면 몰라도, 하나밖에 없는 누나 환갑인 것도 모르는 애들한테 뭘 내가 와라 마라 빌어바쳐요.

―너두 나이를 먹었걸랑 맘을 좀 넓게 써라.

할머니가 턱을 이죽대며 말했다.

―내가 맘 잘못 쓴 게 뭐 있어요? 왜 나는 지네들한테 다 해주고도 뭘 잘못해서 맨날 고개를 숙이고 들어가요? 난 과부로 살 적에

도 지들 신세 안 졌어.

엄마가 치마를 탁 털며 말했다.

또 외삼촌들 이야기를 하는가보았다. 외삼촌들은 사춘기를 우리 집에서 보냈다. 엄마가 다리 건너에다 시댁을 두고 분가해서 살 때부터 대학에 다니던 큰삼촌이 와 있었고 큰삼촌이 학교를 졸업하고 또다른 객처로 떠돌 동안 작은삼촌이 교복 차림으로 올라와 있었다. 우리집이 아주아주 어려울 때여서 삼촌들은 국수 한 가닥도 배불리 얻어먹지 못하였다. 자연, 엄마는 자주 "내 팔자야"를 들먹였고, 겨우 학비만 마련해온 삼촌들은 우리집 마루에 걸터앉아 눈물을 똑똑 떨구며 밥을 먹을망정 하숙을 얻어 나가지 않았다.

그러던 어느 날이었다. 작은삼촌이 문득 사라진 일이 벌어졌다. 엄마가 산발을 하고 찾아다녔다. 이 불쌍한 놈이 어디서 굶어 죽었나보라고 엄마는 학교로 친구네로 미친 듯이 헤매고 다녔다. 그리고 며칠이 지나서였다. 기진하여 있는 엄마 앞에 쩍 열린 대문으로 작은삼촌이 할머니를 대동하고서 나타났다. 딸네가 오죽하면 그랬을까, 할머니는 헤아리지도 않고 다짜고짜 작은삼촌의 옷가지와 앉은뱅이 책상을 끌어내갔다.

그 일을 두고 엄마는 삼촌들을 배은망덕한 놈들이라고 이를 갈았고 삼촌들은 누나네서 온갖 설움 다 받았다고 뼈에 사무쳐했다. 그리고 얼마 지나지 않아서였다. 매일 술만 먹고 들어오던 아버지가 어느 날 차가운 주검이 되어 돌아왔다. 그때로서는 흔치도 않은 교통사고였다. 왠지 내키지 않아서 한사코 피하려던 결혼을 친정에서 하도 참한 신랑이라고 등 떠미는 바람에 혼례를 치르고 나서야 엄마는 신랑이 자기네 집에서도 포기한 사람이라는 것을 알았다. 아버지가 가시고 난 후로 더욱 각다분하여진 엄마의 불행은 거기서 끝나주지도 않았다. 남편 없이 혼자 살기에는 너무 이른 나이였지만 엄마는 오직 자식들 위해 살겠다는 생각밖에는 없었다. 그랬건만 두 해 뒤에 엄마 폐부에 무덤이 하나 얹혔다. 오빠가 물에 빠져 죽은 것이었다.

이 대목까지의 나의 기억이란 희미하거나 전무하였다. 모두 자라면서 엄마로부터 두고두고 들어 알게 된 내력들이었다. 오빠가 죽고 말았을 때 내 나이 겨우 다섯 살, 내가 기억하고 있는 거라고는 마당 한가득 모여든 사람들 틈에서 엄마가 뒹굴며 울부짖던 것과 그곳이 외가의 마당이라는 것뿐이었다.

그후로 외삼촌들과는 별 연락이 없었다. 친가든 외가든 엄마는 아는 사람들의 반경을 훌쩍 벗어나고 싶어했다. 엄마가 사회 생활 경험이 없대서, 남편이 없대서, 자식을 잃은 여자래서 주어지는 세상의 혜택은 전혀 없었다. 오히려 멸시에 가까운 소외감을 뼈아프게 새기며 살아야 했다. "돈 없을 때 설움 주는 사람들이 누군지 아니? 바로 핏줄이야." 엄마는 남에게 신세지지 않으려고 했고 늘 비장했다.

큰일이건 작은 일이건 외가에 갈 엄두를 못 낸 엄마가 비교적 최근에 외가 식구들을 상면한 것이 십여 년 전 할아버지가 남긴 집터 자리 보상을 두고 유산 싸움이 났을 때였다.

—그래. 시집 식구들이나 불러 놀아.

친정 어머니로서의 질투심인지 할머니가 빈정거리듯 말했다.

—시집 식구들? 흥, 어무니는 내가 시집 와서 인간 취급이나 받고 산 줄 아슈?

엄마가 눈까지 가늘게 뜨고 말했다.

저게 또 무슨 소리인가. 나는 머리가 아파왔다. 환갑 잔치 안 한다고 성화를 대는 작은집과 고모들을 달래느라 며칠 전화통을 붙들고 있어놓고선. 엄마는 아무래도 자기를 비극의 주인공이라 생각하고 눈물을 짜야 직성이 풀리는가보았다. 엄마의 기억 속에는 모든 사람이 다 팥쥐고 엄마만 콩쥐였다.

엄마의 말에 할머니의 얼굴이 벌게졌다.

—왜, 왜 너를 인간 취급도 안 햐.

엄마가 눈썹을 치켜올리며 냉담하게 말했다.

—왜 그랬겠어요? 다 못 배우고, 친정 가난해서죠.

—친정 가난해서 즈네들한테 언제 쪽박 내밀었댜?

할머니의 음성이 마구 떨렸다.

—나쁜 인간들, 즈이 아들은 또 을매나 많이 갈쳐놔서.

나는 다시 엄마의 대리전을 치를 생각은 없었다. 그리고 내가 생각하건대 세상에 절대 콩쥐나 절대 팥쥐는 없었다. 엄마의 말만 듣고 세상 사람들을 미워하며 커왔던 나는 그러므로 공정한 개입자가 될 수 없음을 안 지 이미 오래였다. 나는 자리에서 일어났다. 어떻게 매듭을 짓든 그건 엄마의 숙제였다.

갑자기 엄마가 소리를 친 건 그때였다.

—얼마나 많이 갈쳐놔? 왜, 고등학교 나온 남자라며? 어디다 사기를 못 쳐서 지기 딸한테 사기를 쳐요? 겨우 입 하나 줄이자고?

엄마는 당신 다리까지 내려치며 토악질을 하듯 말했다.

—사내라고 뭘 배운 게 있어야 해먹을 게 있지.

할머니가 자리에서 일어섰다.

—그래. 끼닛거리 없어서 매일 자식 송장 묻는 년이 뭐 사기 하나 못 쳤겠냐? 아나 이년. 너 그 소리 하고 싶은 거 오래도 참았구나.

할머니는 방에 들어가 두루마기를 걸치고 나왔다.

—어디 가시려구요.

내가 할머니께 다가갔다.

—내가 다 복이 없어서 저승갈 날이 낼모렌데도 자식새끼들이 화

합을 못 한다.

할머니는 현관으로 걸어가며 고름을 맸다.

—그렇게 가고 싶은 아들네를 왜 여태 안 가셨수?

—너두 매일 그렇게 꽈서 생각해서는 좋다는 사람 없을껴.

할머니의 말이 땅에 떨어져 흙이라도 묻을세라 엄마가 얼른 받았다.

—그래요, 난 못 배워서 이렇게밖에는 못 해요. 엄마가 날 천막학교라도 보내줘봤수? 가서 잘 배운 아들들한테 호강하시우.

할머니는 나 보기가 민망한 모양이었다. 자꾸만 고름을 고쳐맸다.

—어딘 줄 아세요?

어두운 계단으로 따라나서며 내가 물었다.

—알어. 몇 번 가본 적 있어. 택시 타구 신사동 가자구 하지 뭐.

—전화번호는 있으세요?

—있어. 추운 데 섰지 말구 어여 들어가. 니 엄마나 잘 달개. 내가서 전화할게.

할머니는 불 꺼진 계단을 서둘러 내려갔다.

집으로 들어와보니 엄마는 의자에 앉은 채 눈을 꼭 감고 있었다. 나는 조용히 텔레비전을 껐다. 텔레비전 위의 장미 바구니가 눈에 들어왔다. 누군지 모르는 손님처럼 낯이 설었다.

9

아침에 누가 흔드는 서슬에 눈을 떴다. 여섯시도 채 안 된 시각이었다. 엄마는 밤새 한 잠도 못 주무신 것 같았다. 할머니에게서 연락이 없으셨던 것이다. 엄마는 할머니 택시를 태워드렸는지 물었다. 내가 고개를 가로젓는 걸 보고 금세 얼굴이 허물어졌다. 아이고 태워드리지. 이걸 어쩌니.

　나는 사실 엊저녁 엄마 걱정에 할머니에게 차편을 보아드릴 여유가 없었다. 차를 잡아드리는 것이 마치 가시라고 밀어내는 것 같아 선뜻 내키지도 않았다. 그저, 한사코 가겠다는 할머니를 더 말리지 못하고 돌아섰을 뿐이었다. 하객들이 중중이 몰려와도 서늘할 판에 이게 무슨 난리 굿인가. 조금 언짢은 일이 있을지도 모른다는 생각을 하기는 했지만 이런 최악의 그림은 상상하지 못하였다. 자업자득이라 해도 엄마 가슴속에 불고 있을 삭풍에 신경 쓰이지 않을 수 없었다.

　엊저녁 엄마는 시선이 얼어붙은 듯 앞만 응시하다가 방으로 들어가 누워버렸다. 저녁을 좀 권하여 보았지만 나를 쳐다보지도 않았다. 나는 혼자 불 꺼진 주방에서 선 채로 포도주 몇 잔을 마시고 누웠다.

　날이 밝으면 걸려오리라 믿었던 할머니의 전화는 해가 중천에 뜨도록 오지 않았다 오래만에 전화를 한 외삼촌이 엄마의 환갑을 축하한다는 말을 할 때는 이미 모든 것이 확연하여졌다. 할머니는 서울 어딘가를 배회하는 것이었다. 그러나 외삼촌으로부터 온 전화에 대고 엄마는 차마 할머니의 소식을 묻지 못했다. 그러고는 나에게 도움을 청하지도 않고 밖으로 나갔다. 엄마의 예순한번째 생일이었다.

　날이 또다시 흐려진 모양이었다. 별도 하나 없는 하늘을 무연히 바라보고 섰을 때 밖에서 엄마가 움직이는 기척이 들렸다. 할머니가 깨신 모양이었다. 거실로 나가보니 엄마가 배를 접시에 받쳐 들고 방으로 들어가고 있었다. 나도 따라 들어갔다. 할머니는 벽에 베개를 고인 채 기대 앉아 있었다. 흰 머리칼이 이맛전으로 흘러내려와 늘어붙어 있었다.

엄마가 어떡하다가, 혹은 무얼 바라고 할머니와 지난 일을 두고 시비를 시작했는지 나는 알 수가 없다. 이미 너무 오래 전의 일이어서 혹은 사소한 기억 속에 쓸리고 깎여서 더러는 이끼에 녹에 형체나 색깔도 변질되었을지 모르는 지난 일들이었다. 엄마는 그저 지나가는 듯한 말투로라도 상대의 무딘 기억을 콕 찔러보고 싶었을까. 그래서 엄마는 듣고 싶었을까. 모기 소리만하게라도, 그저 무람없이, 그때 왜 옛날에 요렇구 조렇구 해서 내 맘에 못 박은 거 기억하시우 못 하시우. 사과를 깎으며 함께 굴비 살을 뜯으며 지나는 듯 아무렇지 않게 얘기하고 싶었을까. 그러면 할머니가 늙어져 넓어진 마음으로, 배시시 웃으며 달건 쓰건 지난 일이 떠오른 것이 아스라이 그립고 좋아서, 내가 그랬냐? 미안하다. 그때는 이러고저런 시리고 비린 사연이 있었나니라. 그래도 내가 너 시집 보내고 을마나 걱정을 해쌓는지 아냐. 뭐 그런 얘기를 노모의 구릉진 얼굴에 로션을 발라드리며, 미리 사둔 털 스웨터를 입혀보고 품을 살펴드리며 엄마는 듣고 싶었는지 몰랐다.

은평 쪽의 신사동으로 가야 할 할머니는 강남의 신사동으로 갔다. 할머니는 공중전화를 찾았지만 강남이란 동네의 아파트촌에는 공중전화가 귀했다. 겨우 찾은 공중전화는 카드를 사용하는 전화였다. 동전을 쓰는 공중전화를 찾았을 때에는 거리에 번호판을 눌러줄 사람들이 모두 집 안으로 들어가버린 후였다.

— 할머닌 일이삼사도 모르셔.

엄마가 한숨처럼 말했다.

어두운 밤 낯선 동네에서 공중전화에 적힌 '카드 판매소 우측으로 100미터'를 암암히 바라보기만 하였을 할머니의 모습이 그림처럼 떠올랐다.

우리가 들어가는 기척에 눈꺼풀을 무거운 듯 들어올리며 할머니
가 작은 소리로 말했다.

—오늘 아침에 미역국은 끓여 먹은겨?

엄마는 할머니 곁에 쪼그리고 앉았다.

—미역국은 무슨 미역국. 밤새 한 잠도 못 잤는데.

엄마가 할머니 앞으로 배를 디밀며 수저를 쥐어드리는데 할머니
는 배는 쳐다보지도 않고 눈을 감았다.

—미친 것, 서방두 없는 년이 잔치를 그렇게 치르고 마냐.

눈물인지 할머니 눈가에 물기 한 점이 비쳤다. 엄마는 코끝이 말
개지며 수저로 뱃물을 떠서 할머니 입으로 가져갔다.

할머니는 뱃물을 입에 대지도 않고 눈을 감은 채 말을 이었다.
우는 상이었다.

—너, 네 아들 큰애가 죽였다고 그라는 줄 내가 다 알어. 제발 그
라지 말어. 그랄 리가 있었냐. 너 남의 집살이 가면서 애들 맡아달
랄 때 갸가 싫은 소리 한 거는 사실이여. 하지만 그것도 진짜 싫어
서는 아녀. 다 저도 형편이 안 되니깨 잘 못 돌봐줄 것 같으니깨 싫
나고 한 거. 그라도 믹상 지 책임된 게 갸기 애 많이 쓰더리. 이무
러면 갸가 부러 물에 빠지라고 훴겄냐, 물에 빠진 것을 부러 안 건
졌겄냐. 갸는 그래도 네가 그 집 늙은이에게루 팔자 고쳐 갈지 모
른다고, 그러면 자기가라도 애들 잘 키워볼란다고 애들게다 엄허게
는 했어. 동네서 니가 무슨 말을 들었는 중은 몰라도 사람들 말만
듣구 니가 그랄 일이 아녀. 아비도 없는 저것들 에미꺼정 팔자 고
쳐 가면 사람들 눈 밖에 나기 쉽다구 단속을 잘 해서 키워야 한다
구, 지딴에는 잔소리 한 자락이라두 더 해 키운다고 한겨.

엄마가 배 접시를 딸강 내려놓았다.

—내가 언제 팔자 고친댔었수?

─너야 그냥 식모루 간 거지. 그 집서 그럴 마음이 있었다는겨. 너도 딸 있으니깨 이제 알 거다, 너라면 딸이 그 지경이 됐는데 그냥 두고봐지겠냐? 그놈도 야단맞고 나간 애가 바로 그 지경이 돼갖고 온깨 환장을 하더라. 지가 잘만 살믄 지금도 저라고 있을 놈이 아니여. 집에 생활비나 들여놓고 있는지 어쩐지, 네 말대로 아들이라고 즈들만 공부시켰는데, 먹고살기가 힘든가부다. 나도 갸들네 갈 염치가 없다. 메누리 눈치가 뵈서.

나쁜 놈들, 교복 바람으로 내 밥을 몇 년씩 처먹던 놈들이 단지 며칠을 못 참아서 애를 잡어? 엄마의 뜬금없던 혼잣말이 떠올랐다. 그러나 엄마는 할머니의 말을 듣고 있지 않았다. 이미 배 접시를 내려놓고 밖으로 조용히 나가버렸기 때문이다.

나는 엄마를 따라 거실로 나갔다. 엄마는 어두운 창 밖을 내다보며 서 있었다. 어떤 액체가 솟구치려 해서인가, 엉망으로 일그러진 얼굴이었다. 어깨에 손이라도 짚으면 후두둑 진저리를 치며 오열이 터질 것 같았다. 팽팽한 긴장에 혹여 금이라도 갈까봐 난 가까이 갈 수도 없었다. 그저 말라붙은 입술로, 검은 유리창에 비친 엄마의 얼굴 위로 황금색 가등 불빛이 어룽지는 걸 바라보았다.

10

아침 일찍 일어났다. 하루가 지나기는 했지만 나는 오늘이 엄마의 생신이라 생각하기로 하였다. 내 손으로 미역국과 따뜻한 밥을 지어 올리고 싶었다. 커튼 내려쳐진 창이 이상스레 환했다. 무릎걸음으로 다가가 커튼을 활짝 열어젖혔다. 밤새 거짓말처럼 눈이 쌓여 있었다. 첫눈이었다.

그 아침 우리는 눈으로 더욱 밝아진 거실에 앉아 함께 밥을 먹었
다. 커튼을 환히 걷어올린 거실 창으로 희디흰 설경이 한가득 들어
찼다. 엄마는 고기를 거의 다지다시피 잘게 썰어서 만든 불고기를
자꾸 할머니 쪽으로 밀었다. 서설이 덮인 것 같은 엄마의 생일 케
이크에 일곱 자루의 촛불을 밝혔다. 비록 다홍의 장미는 없었지만
유난히 밝은 아침 대기를 사르며 타오르는 촛불로 조촐한 축연의
기분이 났다.

밥을 먹고 유자차를 나누어 마시고 엄마는 큰외삼촌 댁에 전화를
했다. 외숙모가 큰길가까지 나와 있기로 하였다. 우리는 함께 집을
나섰다. 나도 내 여행 가방을 집어들었다.

—어디 가니?

엄마가 물었다.

—시집.

내가 대답했다.

—어떡하지? 엄마 혼자 두고 가서?

엄마가 손사래를 치며 말했다.

—아이고 하루라도 세발 빨리 가서.

간밤 어두운 주방에 앉아 두 손으로 얼굴을 감싼 채 숨죽여 울던
엄마에게 아무 말도 하지 못하고 들어온 후 나는 엄마가 잠이 들
때까지 방 안에서 내내 서성거렸다. 나로서도 소화시켜야 할 일들
이 명치에 매달린 때문이었다. 물론 이제 와서 대단할 리 없는 일
이었다. 분명히 고백하지만 정말 아무렇지도 않다. 이미 땅에 묻은
지도 오래이고 살아 계셨더라도 이제 와서 내 삶을 좌지우지할 문
제는 아니었다. 그렇지만, 내가 방황하는 인텔리로 알았던 아버지
가 먹고살 일이 아득할 정도로 배운 게 없는 사람이라는 사실을 어
쨌든 나는 소화시켜야 했다. 진작부터 눈치채고 있었던 것이지만

당신 입으로 배운 것 없다는 엄마의 토설도 얼른 삼켜지지 않는 말이었다. 누가 등을 파내기라도 한 것 같았다. 가슴이 아파왔다. 이 나이에 그런 일로도 슬퍼하는 내가 부끄러웠다. 진작 눈치채두지 못한 나의 미욱함이 이해되지 않았다. 중요하지 않은 일이었다. 그런데 자꾸 바보처럼 슬펐다. 처음으로 나의 아버지와 어머니가 가여웠다.

관계의 어긋남이란 시작의 사소함에 비해 그 그림자와 상처는 얼마나 길고 고통스러운가. 오래 살을 부비고 살아온 가족끼리도 자기 진정을 털어놓는 일은 얼마나 힘든가. 행복해지는 데는 용기도 필요한 것이다. 더 늦기 전에 나도 내가 진정으로 원하는 것을 찾는 데 용기를 내야 할지 모른다는 생각이 절박하게 가슴을 쳤다. 내 삶을 동반해줄 가장 큰 힘, 내가 진정으로 원하는 것이 무엇인가. 그걸 내 안의 나는 알았다. 그건 바로 그였다. 세상에서 승승장구하는 잘난 남자가 아니어도 좋았다. 붉은 사과알 같은 희망을 들고 오는 사람이 아니어도 좋았다. 그냥 그였다. 그가 나를 잊기로 했든, 이제 정말 다른 사람을 사랑하게 되었든 나는 그를 찾아야 했다. 너무 늦기 전에. 그것이 내가 지금 나에게 해줄 수 있는 최선이었다.

그 밤에 나는 세상 속으로 미친 듯이 통신을 날렸다. 서른 군데도 넘게 전화를 해서야 그의 전화번호를 알아냈다. 그는 겨우 숫자 몇 개의 암호 속에 있었다. 그를 향해 숫자 하나씩을 징검다리처럼 눌러 건넜다.

열한 개의 숫자 끝에 그는 정말 나타나줄 것인가. 벨이 울리고 저쪽에서 전화를 받았다.

—여보세요.

순간, 가슴이 콱 막혀왔다. 그였던 것이다.

—……여보세요.

잠긴 목소리로 내가 말했다.

—여보세요.

저쪽에서 다시 말했다. 분명 그였다.

—나예요…….

목이 막혔다.

—여보세요.

저쪽에서 다급한 목소리가 들려왔다.

—…….

나는 목소리가 나오지 않았다. 갑자기 눈물이 복받쳐서 아무 소리도 낼 수가 없었다. 이렇게 쉬운 것을. 지난 시간이 삽시에 억장 무너지게 다가왔다.

—……여보세요, ……여보세요.

나는 아무 말도 잇지 못했고 그도 바보같이 내내 그 소리만 했다. 마침내 눈물이 목구멍을 타넘고 말았을 때 나는 입을 주먹으로 틀어막고 수화기를 올려놓았다.

나는 그에게 직접 가기로 하였다. 직접 가서 분명히 말하기로 했다. 나는 너를 사랑하는데, 너는 어떤지. 나는 이세 너를 많이 사랑해줄 수 있는데 너는 어떤지.

눈이 풀솜처럼 쌓인 길 위로 다시 진눈깨비 같이 성긴 눈발이 간간 흩날렸다.

—나, 작은애네 밥 때문에 오래 못 있어. 너 올래면 빨리 와.

할머니가 눈길을 뒤뚱뒤뚱 걸으며 엄마에게 말했다.

—알았어요.

할머니를 부축하기 위해 팔짱을 끼고 걸으며 엄마가 말했다.

—나 이번에 내려가면 다시 서울 못 올꺼.

—제가 갈게요.

온다고 할 수도 없이 성긴 눈발이 할머니 앞머리에 맺힐 때마다 엄마는 손으로 일일이 털어드리고 목도리를 자꾸 여며드리느라 두 분은 거의 제자리걸음을 걷다시피 하였다.

엄마는 아무래도 이 길로 할머니와 같이 큰외삼촌 댁에 갈 마음이 생기지는 않는 모양이었다. 그러나 내일쯤이면 분명 은평의 신사동으로 엄마도 가실 것임을 나는 알았다. 엄마는 그러면서 "내가 또 지지" 하겠지만 그것이 실은 엄마가 살가운 정을 그리는 마음 약한 사람이기 때문이었다.

길가의 빈 플라타너스에도 은행나무에도 옥빛 전화 부스에도 눈은 하얗게 쌓여 있었다. 그때 저만치 길 끝 은행나무 아래를 걸어오는 사람이 있었다. 비알진 내리막길을 급한 마음에 자꾸 조금씩 미끄러지며 휘청거리며 뛰다시피 걷는 모습이었다. 키며, 걸음새며 그인 것 같았다. 그가 내게 허위단심 달려오는 것 같았다.

정말 그인가? 쌓인 눈 때문인지 길 끝을 바라보는 눈이 시어왔다. 나는 천천히 고개를 뒤로 돌렸다. 가슴이 미어져서 조금씩 커져오는 저 검은 실루엣을 바라볼 수가 없어서였다. 내가 은행나무 아래를 걸어오는 사람을 굳이 쳐다보며 기다리지 않아도 그 사람은 어차피 이 앞을 지날 것이고 그 사람이 내가 기다리는 그가 아니더라도 나는 이제 상관없기 때문이었다. 어쨌든 나는 그를 찾아가 만날 테니까.

내게서 한참이나 뒤처진 채, 눈이 푸지게 쌓인 길 위를 엄마와 할머니가 옷섶을 터느라 서고 목도리를 여며 매느라 서면서 뒤뚱뒤뚱 걸어오고 있었다.

내가 그에게로 가는 아침이었다.

(『북 파크』 1998년 9 · 10월호)

화해의 시선과 불화의 언어

최인자(문학평론가)

회해가 섣부른 타협처럼 수치스럽게 느껴지던 시절이 있었다. 화해는 굴복의 배다른 자식이었다. 그리고 화해의 방식이 삶의 가장 놀라운 경험이자 미덕처럼 느껴지던 시절도 있었다. 화해는 지혜와 같은 배를 타고 있었다.

이제 과연 우리가 세상과의 화해를 오욕으로 단정짓지 않을 수 있는 시절을 맞이하고 있는가에 대해서는 의심스럽지만, 혁명이나 투쟁과 같은 말이 낡은 유행어처럼 들리는 것은 물론이고 심지어 화해를 하느니 마느니 하는 물음 자체가 어리석게 여겨지기까지 하는 마당에 우리에게는 어떤 방식으로든지 이 세상과 화해하는 것 이외에는 달리 남은 길이 없는 것처럼 보인다. 진정으로 시대와 화해를 힐 마음이 있는지 스스로에게 물어볼 겨를조차 없이, 내 손은 이미 한때 불화했던 그들의 손을 굳게 잡고 있다는 사실을 문득 발견하곤 하기 때문이다. 좀더 솔직하게 말하자면 지금 우리가 찾고 있는 것은 정당한 화해의 방식이 아니라 어느 틈엔가 정해진 사실로 주어지고 만 화해를 받아들이기 위한 그럴듯한 자기 변호의 말이 아닐까 하는 생각이 들 정도로 시절은 우리를 훌쩍 앞질러 가버린 것이다.

박자경의 첫번째 작품집 『은행나무 아래로 오는 사람』은 바로 이러한 시절에 세상과 화해한다는 것의 의미를, 그리고 화해하려는 자가 가질 수 있는 따스한 시선을 보여준다. 그러나 그와 동시에 그의 작품 한편에는 한순간만이라도 너와 나의 만남을 통해 너와 내가 '뜻'을 교환하는 그런 고전적인 양식의 화해는 이제 완전히 불가능하다는 근원적인 절망감을 함께 드러내고 있다.

사실 얼핏 단조롭게 느껴질 수도 있는 소재들과 평면적인 구성에도 불구하고, 박자경의 작품에서 남다른 미덕을 느낄 수 있는 것은 바로 분노와 미움이 하얗게 증발되고 난 후에 일상적인 삶의 반복만이 남은 순간, 따라서 마땅히 화해를 할 상대마저도 사라진 순간, 우리는 어떻게 또다시 세상과 화해하고 있는가를 그림자 놀이처럼 희미하면서도 뚜렷하게 보여주고 있기 때문이다. 빛의 극단에 놓인 어둠이 그림자 놀이 그 자체를 확연하게 드러내는 것처럼, 세상의 모든 것과 화해하려는 따스하고 환한 시선을 배경으로 불길하게 어른거리는 화해의 불가능성에 대한 절망적 인식은 이 작품이 이루어내는 두 가지 풍경이다.

『은행나무 아래로 오는 사람』에 실린 몇 편의 단편들에서 작가는 그 동안 우리가 맺어놓았던 세상과의 여러 가지 매듭들을 조심스럽게 풀어나가고 있다. 그리고 그 매듭들은 대개 80년대의 기억과 세대간의 갈등 그리고 실직과 그에 따른 가정의 파괴 등으로 정리될 수 있다. 「젖은 발」이나 「한 남자」와 같은 작품에서는 이미 우리 사회의 보편적인 현상이 되어버린 실직과 그에 따른 가정 파괴의 문제를, 「은행나무 아래로 오는 사람」이나 「분꽃 전쟁」과 같은 작품은 모녀간의 갈등을, 「달에게」와 같은 작품은 80년대의 아픈 기억을 풀어야 할 매듭으로 설정해놓고 있는 것이다.

사실 이러한 아픔이나 갈등은 이전에도 많은 작가들이 거듭 다루었던 소재라고 할 수 있다. 그러나 박자경의 소설에서 반드시 주목해야 할 것은 그 갈등 자체가 아니라 그 갈등을 바라보는 '나'라는 화자의 태도 그리고 그 '나'가 갈등의 매듭을 풀어나가는 방식이다. 나는 세상을 좁고 깊게 보지 않는다. 나의 눈에 비친 세상은 얇고 넓다. 세상이라는 비좁은 구멍 속에 내 몸을 억지로 집어넣을 수는 없지만 손바닥으로 세상을 감쌀 수는 있다. 세상을 덮는 손.

박자경이 만들어가고 있는 문학적 세계 속에도 한동안 『햄릿』에 등장하는 아버지의 유령처럼 빈번히 많은 작가들의 작품 속에 출몰하곤 했던 80년대 학생운동의 기억이 여전히 어른거리고 있다.

「은행나무 아래로 오는 사람」에서 직장을 다니는 미혼의 '나'는 학생운동을 하다가 감옥까지 갔다온 남자와 십 년이 넘게 사귀고 있었다. 하지만 "그와 함께 푸른 수의 속에 어이없게도 살찐 얼굴로 면회를 맞던 친구들도 모두 컴퓨터 장사네 기획 회사네 하다 못해 정치판에라도 기웃거리며 제 길들을" 가는 동안 남들이 다 따라가는 세상의 변화를 따라잡지 못하던 그는 결국 그녀와의 관계조차 감당하지 못하고 결별을 선언한다. 그의 어깨에 얹힌 세상의 무게는 너무나 무거웠던 것이다.

이 작품 속의 남자는 나름대로 세상과의 화해를 끊임없이 모색하지만 이십대의 기억을 특권처럼 부여잡고 있는 한, 그래서 세상과의 화해가 그 특권을 여전히 의미 있는 또다른 모습으로 변모시키는 것이거나 혹은 특권 자체가 전혀 쓸모없는 과거가 되어서 폐기처분의 대상이 되는 것 이외의 다른 의미를 지니지 못하는 한, 그에게 '화해'란 절망 아니면 순응일 수밖에 없다. 그리고 그것은 바로 지금까지 비슷한 소재를 다루었던 대개의 소설들이 보여준 화해의 방식이기도 하다.

그러나 박자경은 그 한 시절의 기억에 오랫동안 머무르지도, 거기에 매달리지도 않는다. 또한 80년대의 기억만이 우리가 치유해야할 유일한 상처라고 말하지도 않는다. 왜냐하면 우리의 삶에는 그와 똑같은 정도의, 아니 그보다도 더 깊고 오래 된 상처와 매듭이 있기 때문이다.

「은행나무 아래로 오는 사람」에는 또다른 이야기가 나란히 펼쳐지는데, 그것은 바로 어머니와 딸 사이에 단단히 굳어져버린 애증의 줄기이다. 남편과 아들을 잃고 혼자 몸으로 힘들게 외동딸을 키워온 '나'의 어머니와 아들을 위해 딸을 희생시켰던 외할머니는 어머니의 환갑을 맞이해서 오랜만에 하루를 같이 보낸다. 두 사람은 밤새도록 이런저런 이야기를 나눌 수 있는 사이면서도 일순간 서로의 아픈 상처를 건드리면서 원수처럼 돌아서는 사이이기도 하다. 나는 그 두 사람이 푸념하고 싸우고 우는 모습을 담담하게 지켜보면서 다른 한편으로는 그 남자와의 이별 때문에 속앓이를 한다.

작가는 언뜻 아무런 상관도 없는 것처럼 보이는 두 가지 이야기를 어느 쪽이 더 중요하다고 할 수 없을 만큼 똑같은 비중을 두고 동시에 진행시킨다.

그런데 우리가 주목해야 할 것은 이런 식의 구성이 단지 「은행나무 아래로 오는 사람」 하나만이 아니라 이 소설집에 실린 대개의 작품들 속에서 드러나고 있다는 사실이다. 한 편의 소설 속에서 서로 다른 것처럼 보이는 몇 가지 이야기들이 동시에 진행되는 구성을 갖고 있는 것이다. 예를 들자면 「달에게」와 같은 작품에서는 주인공인 내가 직장에서 겪는 경험과 이십대에 사랑했던 운동권 남자에 대한 기억 그리고 그 당시에 만났던 미란과 진주에 대한 기억과 더불어 지금 신도시 아파트에서 함께 살아가는 남편의 이야기가 별다른 연관성도 없이 진행되다가 느닷없이 옥살이를 하고 나와서 끝내 자살하고 만 남편 친구의 이야기까지 끼어든다. 「젖은 발」에서는 이혼한 여자친구의 이야기와 더불어 정리 해고를 당하는 회사 동료들의 이야기가 나란히 진행되고 「한 남자」에서는 지하방을 세놓는 이야기와 회사에서 제자리를 찾지 못하고 구조 조정을 당하는 중년 남자의 이야기가 함께 진행되고 마지막에는 몸이 불편한 영세민 엄마와 아들의 이야기까지 이어지는 것이다. 더구나 이 이야기들이 서로 연결되는 서술적 장치라고는 주인공이 길을 가다가 우연히 누군가를 만났는데 그 모습이 기억 속의 누군가를 떠올리게 했다는 식이 전부이다.

「젖은 발」에서 오랜만에 옛 친구 명경을 만나러 가던 주인공은 역에서 의자에 앉아 있는 한 남자를 바라본다. "내가 철길 끝을 바라보던 시선을 거둘 때이다. 내 시야로 누군가의 얼굴이 비처럼 들이친다. (……) 그러나 교정 시력이 겨우 영점칠밖에 안 되는 눈으로는 그가 내가 아는 바로 그인지 확신이 서지 않는다." 그리고 이야기는 곧장 주인공이 회사에서 만났던 평범한 가장들, 비루먹은 쥐새끼처럼 굴면서 간신히 자리를 연명하던 남자들에 대한 기억으로 넘어간다.

이렇듯 박자경은 별다른 개연성이 없을 뿐만 아니라 사회적 층위도 다른 몇 가지 이야기들을 병치시켜놓는다. 그중에 어떤 이야기는 사회적 문제를 담고 있는가 하면 어떤 이야기는 지극히 개인적인 아픔을 건드리고 있다. 또 어떤 이야기는 이미 지나간 시대의 기억에 관한 것인가 하면 어떤 것은 바로 지금 우리가 함께 겪고 있는 고통에 관한 이야기이다.

이러한 구성 때문에 박자경의 소설은 언뜻 산만하고 낯설게 느껴질 수도 있다. 그러나 역설적이게도 박자경 소설에는 이렇게 약점처럼 보이는 구성 방식을 오히려 그의 소설이 가진 가장 커다란 특징이자 장점으로 단숨에 바꾸어놓는 힘이 있다. 그것은 바로 갈라진 실가닥처럼 여러 갈래로 제각기 흩어져 있던 다양한 아픔과 갈등들이 마지막 순간에 이르러 거짓말처럼 하나로 만나게 해주는 '화해의 힘'인 것이다.

「은행나무 아래로 오는 사람」에서 화자인 '나'는 어머니의 환갑을 맞아 한자리에 모인 어머니와 외할머니가 서로 푸념하고 싸우고 가출까지 한 끝에, 결국 서로의 머리에 맺힌 성긴 눈을 일일이 털어주고 목도리를 여며주면서 걸어가는 모습을 보며 새삼 헤어진 '그 남자'에게로 가는 길을 발견하게 된다.

관계의 어긋남이란 시작의 사소함에 비해 그 그림자와 상처는 얼마나 길고 고통스러운가. 오래 살을 부비고 살아온 가족끼리도 자기 진정을 털어놓는 일은 얼마나 힘든가. 행복해지는 데는 용기도 필요한 것이다. 더 늦기 전에 나도 내가 진정으로 원하는 것을 찾는 데 용기를 내야 할지 모른다는 생각이 절박하게 가슴을 쳤다.(「은행나무 아래로 오는 사람」, 308쪽)

어머니와 외할머니의 화해가 어째서 나와 그의 화해로 이어질 수 있는지, 거기에는 특별한 이유가 없다. 논리적인 설명이나 사회적인 연관성은 더구나 없다. 다만 그 모두가 우리가 살아가면서 풀어야 하는 많은 관계의 어긋남 중의 하나일 뿐이라는 깨달음밖에. 그러나 케케묵은 모녀의 갈등과 자못 한 시대의 아픔으로 생각되는 젊은 남녀의 갈등이 나란히 취급됨으로써 박자경의 화해는 구세대와 신세대의 아픔, 시대의 아픔 그리고 가족간의 아픔을 모두 동시에 감싸안는 깊이를 지니게 되는 것이다.

작가의 또다른 소설 「한 남자」에서는 이러한 화해의 양상이 좀더 구체적으로 나온다. 이 작품에서 '나'는 난방 시설도 화장실도 없는 지하방을 세놓기 위해 고심하고 있다. 창고나 다름없는 방이지만 한때는 동거하는 커플도 살고 아이를 키우는 부부도 살았던 곳이다. 그러나 이제는 화장실도 없는 방에서 살려고 하는 사람은 아무도 없다. 아무런 쓸모도 없게 되어버린 이 지하방은 자연스럽게 명문대에서 외국 문학을 전공했다지만 별다른 능력도 없고 한쪽 다리는 불구인 채 그대로 나이만 먹어버린 정 선생의 모습과 겹쳐진다.

정 선생이라 인물은 "별로 인기 없는 수도권에 작은 아파트를 사놓고 융자금 물랴 중도금 치르랴 삐듯히면서도 장차 들어갈 내 집이 있고 차가 있고 사귀는 여자가 있고 간혹 파출부가 멸치 볶음을 해놓고 간다는 사실이 너무 행복"한 표정을 짓는, 그야말로 중산층도 아니면서 중산층의 환상에 사로잡혀 사는 지극히 평범한 남자이다. 그러나 정리 해고의 물결에 밀려나고 만 정 선생은 몇몇 회사를 전전하다가 결국 실직하고 만다. 그리고 나는 그가 지나친 과음으로 인해 한쪽 몸마저 마비가 왔다는 소식을 듣는다.

이 소설은 지금 이 순간에도 우리가 피부로 느끼고 있는 정리 해고와 실직 그리고 그로 인한 삶의 파괴라는 심각한 사회 문제를 건드리고 있다. 이 문제야말로 우리가 당면하고 있는 가장 어렵고 비극적인 사회 현상이라는 사실을 아무도 부인하지 못할 것이다. 작가도 이것을 "이웃들이 천천히 아사되어가고 있는 전쟁"이라고 표현하고 있다. 대개 이러한 문제를 다루게 되면 우리는 당연히 작가의 시선이 그러한 비극을 낳은 사회로 향할 것이라고 기대한다. 더불어 그 비극에 대해 단 한 가지 현실적인 해결책도 없는 이상, 단순한 화해는 절망보다 못하다고 생각한다. 그러나 박자경의 나침반은 어리석게도 오히려 화해의 방식을 가리킨다.

난방 시설도 화장실도 없어서 내놓는 사람이 욕먹기 딱 좋을 그런 지하방이 한 가난한 남자에게는 커다란 횡재가 된다.

　─저, 방 값은 언제 올리실 건가요?
　그는 이 방을 얻은 것이 무슨 횡재라도 한 것같은 기분인가 보다. 그에게 행운이 될 일을 만들어주었다니 기쁘다.(「한 남자」, 248쪽)

사실 박자경의 소설 속에서 지하방은 단순한 공간이 아니다. "우리가 만들려다 실패했던 낙원을 누가 만들어놓은 것 같은" 신도시 아파트가 90년대를 대표하는 표상이라면, 음습한 지하방은 80년대의 기억과 이십대의 아픔이 살아 있는 곳이다.

「달에게」에서 도피중인 그 사람을 위해 내가 마련한 은신처가 바로 화장실도 난방 시설도 없는 지하방이었으며 「젖은 발」의 명경이 이십대에 절망적으로 집에서 나와 숨은 곳도 그런 지하방이었다. 파랗게 곰팡이가 솟는 지하방에는 분신을 시도한 그 사람의 얼굴이, 자신의 집에도 안주할 수 없었던 고통스러운 이십대의 모습이 도사리고 있었다. 그러므로 짧은 풍요를 맛본 끝에 다시 가난해진 이 시대의 한 남자가 그 지하방에서 다시 시작할 삶의 터전을 찾았다는 것은 겉으로 드러난 것 이상의 깊은 화해의 의미가 담겨 있다.

지나간 80년대와 저물어가는 90년대는 이 지하방을 통해 서로 손을 잡은 것이다.

또한 어느 회사에서도 받아줄 리 없는 정 선생은, 그와 마찬가지로 회사에서 정리 해고를 당한 막무가내의 휴머니스트인 부장이 차린 기획실에 취직이 된다.

—어머? 정 선생님!

새가 날아오르듯 내 목소리가 튕겨오른다. (……) 역시 고전의 휴머니스트들은 할 수 없다. 방주 문을 열어놓고 "나무늘보야 헤엄쳐!" 게으른 나무늘보를 기다려준 노아 할아버지와 동물들처럼, 그들은 그렇게 살아가고 있는 모양이다.(「한 남자」, 249~250쪽)

"계약보다는 사람의 선천적인 선량함을 믿고 싶어하는 세대, 남자의 기를 살려줘야 세상이 편하지 않냐고 하는 세대, 장유유서의 질서를 존중하는 세대. 그러면서도 4·19 정신을 신봉하는 민주주의 1세대들."(「한 남자」) 결국 박자경이 선택한 화해의 방법은 사회 제도적인 변혁이 아니라, 그런 ┼세대들끼리 서로의 무능력을 용서하며 받아주고 사는 것이었다. 그리고 비록 그들의 "세계관은 앞뒤가 안 맞고 모순이 많"을지라도, 그들에게는 게으르고 약점투성이인 사람까지 기다려줄 수 있는 미덕이 있음을 "그들의 선량함 이면의 무능함 때문에 겪어야 했던 단칸방의 가난이" 싫기만 했던 신세대의 '나'는 깨닫게 된다.

삶이 벼랑과 같은 순간에 이르게 되면, 화장실조차 없는 지하방이 새로운 터전이 되고 약삭빠르지 못한 무능함이 삶을 가능하게 하는 넉넉함이 된다. 그런 순간에 어머니와 딸은 손을 잡고 80년대의 아픈 기억은 90년대의 힘이 되고 구세대의 무능력함이 때로는 미덕이 된다는 사실을 신세대가 인정하게 되는 것이다. 그리고 무엇보다도 삶이 계속되는 것이다.

조금만 사는 일이 더 힘들어지면 그나마 그들의 평화는 깨지고 말리라 생각했던 내가 틀렸다. 시절이 어려울 때 드러나는 놀라운 결속력, 그건 오랫동안 어렵게 살아온 한 가족이 공유하는 생금 같은 지혜랄까.(「분꽃 전쟁」, 35쪽)

박자경의 소설에는 일반적으로 기대하는, 어떤 극적인 화해의 순간이나 인식의 전환은 없다. 심지어 어떤 구체적인 상황의 변화조차도 일어나지 않는다. 「은행나무 아래로 오는 사람」의 어머니와 외할머니의 관계는 실질적으로 달라진 것이 없고 어쩌면 두 사람은 다시 만나서 여전히 똑같은 말다툼을 벌이고 똑같은 행동을 되풀이할지도 모른다. 「한 남자」의 지하방은 새롭게 난방 시설을 갖추거나 화장실을 만든 것도 아니며, 정 선생이나 부장을 정리 해고하게 만든 사회적 여건은 조금도 변한 것이 없다. 다만 함께 힘들어하고 함께 울며 살아가는 것뿐이다. 그것도 안 된다면 그저 마음속으로만 안녕을 비는 것뿐이다.

지금까지 어떻게 해서든지 무엇인가를 바꾸어놓고 해결이 된 이후에야 진정한 화해가 가능하다고 생각해온 우리의 눈에 이런 식의 화해는 작가 스스로 말하듯이 종이 날개 비행기가 하늘을 무사히 날리라고 기대하는 것만큼이나 가능성이 적고 미신 같은 일처럼 보인다.

그러나 더이상 '너'와 화해하기 위해 애써 '너'를 변화시키거나 혹은 반드시 '너'를 직접 만나려고도 하지 않으면서 그저 그들의 안녕을 소망하고 믿어버리는 '나'의 화해의 태도는 어쩌면 우리 시

대에 어쩔 수 없는 화해의 한 방식처럼 느껴진다. 「젖은 발」의 ‘나’
는 이혼한 친구 명경에게 끝내 위로의 말을 건네지 못하고 「달에
게」의 ‘나’는 아픈 유년 시절의 기억을 찾아 떠난 남편을 마지막까
지 만나지 못한다. 지금은 이미 어떤 것도 바꾸어놓을 수 없는 불
가항력의 시대이며 ‘너’와의 의사소통을 통한 화해가 불가능한 시
대이기 때문이다.

  불가항력의 시절을 함께 살아가는 존재로서 그들의 수고와 안녕을
  실은 잘 알고 바란다는 것을 어떻게 전할 수 있을까. 무심했음이 미안
  했노라고 전할 수 있는 길은 어디 있나.(「젖은 발」, 188쪽)

  우리는 서로의 진심어린 화해조차 사실은 잘 전할 수 없는 그런
시대에 살고 있는 것이다. 박자경도 한편으로 이러한 화해의 믿음
이 때로는 참혹하게 배반당할 수도 있다는 가능성을, 의사소통이
불가능한 상황에서 일방적인 화해가 무서운 비극을 낳을 수도 있다
는 예감을 갖고 있음이 틀림없다. 그러기에 의사소통의 불가능함으
로 인해 죽음에까지 이르게 되는 「빨간 손금」과 같은 통렬하고도
무서운 작품을 썼을 것이다.
  「빨간 손금」은 이 소설집에서 유일하게 죽음이라는 어두운 전망
으로 끝나는 작품이다. 정신이 번쩍 들 정도로 통렬하고 강렬한 이
작품에서 모든 일이 잘 되리라는 식의 화해의 전망은 완전히 무너
져버리고 만다.
  직장생활을 하면서 맞벌이를 하는 나는 뜨락이 아름다운 다세대
주택에서 꽃무늬 치마를 입고 하얀 양말을 신은 한 여자를 만난다.
아이를 키우며 살림을 하는 그녀는 소위 자아 실현이라는 것을 위
해 문화 센터에서 노래를 배우기도 하고 박공예를 하기도 하고 봉

제 인형의 눈을 붙이는 부업을 하기도 한다.

　그녀는 직장생활과 가정생활을 성공적으로 해나가는 것처럼 보이는 나에게 일방적으로 접근해서 자신의 이야기를 털어놓지만, 나는 그녀가 낯선 불청객처럼 느껴질 뿐이다. 무엇보다도 나는 그녀의 이야기를 받아들이지 못한다. 그녀에게는 인생을 건 진지한 이야기가 내 귀에는 사춘기 소녀의 유치한 투정처럼 들리는 것이다.

　나는 여자가 결벽증에 걸린 것인지도 모른다는 생각이 들었다. 남자가 그럴 때 여자는 누구나 힘들다. 표현을 할 수 없어서 더 힘든 것이다. 그렇지만 누구나 적응하게 마련이다. 아직도 적응을 못 하다니, 여자의 면역 체계에 이상이 있을지 모른다. 그런 면에서 여자는 사춘기다. 난 여자에게 너무나 화가 나기 시작했다.(「빨간 손금」, 57쪽)

　이 소설 속의 '나'는 분명 그녀와 같은 여자이다. 그러나 오랫동안 직장생활을 했던 나는 이미 사회적인 담론에 익숙하게 되어버리고 말았다. 남성의 언어에 편입한 것이다. 이제 나는 때로 남자들보다 더 야한 농담을 하거나 남자 사원 어깨에 팔도 걸칠 줄 알게 되었다. 그러나 살림만 하는 여자들과의 의사소통에 있어서는 커다란 어려움을 느낀다. 반상회에 참석한 나는 그녀들의 말을 한 마디도 알아듣지 못한다. 그네들과 나와는 '화법'이 다르기 때문이다.

　이 소설에서뿐만 아니라, 박자경의 다른 많은 소설들에서 서술적 구성은 화자인 '나'에게 크게 의존하고 있다. 대개의 경우 오랜 직장 경험이 있는 여성으로 설정되어 있는 '나'라는 화자의, 인간을 바라보는 독특한 시선과 관심이 박자경 소설의 전체 분위기를 좌우하고 있다고 해도 과언이 아닐 것이다. 화자인 '나'는 여자임에도 불구하고 성공적으로 직장 생활을 하면서 오히려 직장에서 밀려나는 남성 동료들에게 연민과 동정의 시선을 보내기도 하고 생활에 시달리는 남편을 애정으로 감싸안으며, 혹은 신도시 아파트에 살면서 한때 하숙을 했던, 초라한 개량 한옥에 사는 가난한 한 식구의 삶을 걱정하기도 한다. 그러한 '나'의 따스한 시선은 이미 앞에서 살펴본 바와 같이 분명 우리의 과거와 현재를 아우르는 화해의 전망으로 받아들여졌다.

하지만 여기에는 분명한 단절이 있다. 그것은 화자인 나의 화해가 단지 '시선'에서만 그친다는 것이다. 나는 단지 그들이 안녕함을 바라보고만 싶어할 뿐이다. 그러므로 '나'의 화해의 몸짓은 전화나 혹은 삐삐로, 그렇지 않으면, 마음으로만 전해지는 것이다. 그러나 단절은 「빨간 손금」 속의 이 여자처럼 한사코 상대방에게 자신의 '말'을 전할 뿐 아니라, 자신의 마음까지 이해시키고 싶어하는 사람에게는 분명 단단한 벽이 되는 것이다.

「빨간 손금」에서 여자는 나에게 열심히 자신의 이야기를 전하려고 애를 쓴다. 아니, 사실은 남자인 남편에게 묻고 싶은 질문을 나에게 던지면서 그 대답을 듣고 싶어한다. 그러나 나는 꼭 그녀의 남편처럼 말할 수 있을 뿐이다.

—좀 생산적인 고민을 하세요. 세상 살기가 얼마나 어려운데 그런 고민하고 살아요? 남자들 그런 이야기 아주 쉽게 해요. 그냥 남자들의 어린애 같은 꿈 아닌가요? 당신이 좀 이상해 보여요.

—당신도 꼭 우리 남편처럼 말하는군요. 난 그저 왜 말도 안 되는 이야기를 그렇게들 쉽게 하는지 그걸 말하고 싶었을 뿐이에요.(「빨간 손금」, 59쪽)

　결국 그 여자에게는 나의 낙관적인 화해의 전망이 받아들여지지 않는다. 귀여운 아이들과 사랑하는 남편이 있으니까 너무 힘들게 살지 말라는 나의 다독거림은 공허한 위로가 되어버린다.

　그녀는 비명을 지른다. 하지만 그 비명은 더이상 들리지 않는다. 그녀의 비명은 무거운 침묵에 짓눌려 있기 때문이다. 벙어리의 외침.

　여성의 언어에는 '말'이 없다. 담론이 존재하지 않는 것이다. 그렇기 때문에 그 여자의 말은 단지 의미 없는 주절거림이나 푸념 혹은 신세타령에 지나지 않는 것이다. 그러나 언뜻 부조리한 것처럼 보이는 그녀의 말은 정작 그녀 자신에게 있어서 자신의 전 존재를 드러내 보이는 대화의 방식이다.

　—그럴까요, 남자들은 정말로 모를까요. 그렇게 싫다고 하는데도 정말 모를까요.

　나는 이야기의 마침표를 찍듯이 말했다.

　—그럴걸요. 그런 문제로 누가 죽거나 아니면 자신들이 죽거나 하기 전에는 모를 거예요. 그때 되면 알겠죠. 아, 이만큼 싫어했구나…….(「빨간 손금」, 65쪽)

　결국 남성의 언어에 편입할 수도, 남편과의 의사소통을 포기할 수도 없었던 그녀에게는 '죽음'만이 유일한 화해의 언어로 남았던 것이다.

　하지만 화자인 '나'는 그 여자의 남편이 몰던 진초록색 자동차 위로 꽃비가 내린 것을 보았을 때, 그 아름다운 풍경에 쉽사리 그녀와 남편과의 화해를 떠올리며 그 예감을 믿어버린다. 그러나 나의 믿음은 곧 빗나가고 만다. 그 여자는 의사소통이 불가능한 그 상태에서 단지 바라봄으로써만 화해하기보다는 차라리 그녀에게 마지막 남은 언어, 죽음으로 남편에게 말을 거는 쪽을 선택했기 때문이다.

　문득 나는 그 집 앞을 지나가며 어떤 무서운 예감이 몸을 스치는 걸 느꼈다. 무슨 육질이 썩는 듯한 경험해보지 못한 악취였다. 순간 나는 고개를 홱 돌려 여자의 베란다 창을 바라보았다. 아무도 없을 거라 믿었던 그녀네 집의 거실 커튼은 조금 젖혀져 있었다. 그리고 놀랍게도 먼지 낀 창 너머 어둠 속에서 한 여자가 뜨락을 내려다보고 있었다. 여자의 공허한 눈이 이렇게 묻는 것 같았다.
　이러면 나 나쁜 거예요? 그 사람, 이제 알았을까요?(「빨간 손금」, 69쪽)

화해를 꿈꾸는 '나'의 시선은 따뜻하다. 그 시선은 이 세상 어느 누구든 바라보며 감싸안을 수 있다. 그것이 우리에게 얼마간의 위로가 된다는 것은 분명한 사실이다. 그것이 우리 시대에 가능한, 또 가장 세련된 화해의 양식일 수 있다는 것 또한 분명하다. 하지만 박자경 자신이 놓치지 않듯이, 단지 바라봄만으로 만족할 수 없는 이들도 있다. 여전히 말을 걸고 몸으로 부딪히지 않고는 견딜 수 없는 이들도 있다. 그래서 의사소통을 용납하지 않는 이 세상과 여전히 불화하는 이들이 있다.
　결국 '나'가 믿는 것처럼 "잊어버려"라든가 "잘살고 있어. 다 잘살고 있는 거야"라는 희망의 시선을 던짐으로써, 벼랑에 몰렸던 삶이 화해로 이어질지 혹은 「빨간 손금」의 그 여자처럼 죽음으로 '말'을 걸어도 여전히 "그 사람, 이제 알았을까요?"라고 반문할 수밖에 없는 완전한 침묵에 도달할지 그것은 아무도 모른다. 박자경

이 그려내는 세계에는 그 두 가지 가능성이 모두 잠재되어 있기 때
문이다. 그것은 또한 바로 우리 삶의 생경한 맨얼굴이기도 하다.

■ 작가의 말

당신께

　등단한 이래 발표한 소설을 엮는다. 때 낀 손가락 하나를 잘라 내놓는 기분이다.

　그러나, 나의 바보 시대가 가년 삶에 싯든 힘잔 아름다움에 대해 말할 수 있을 것이다. 가을 사과향 같은 상큼하고 조촐한 기쁨을, 사무치게 그리운 얼굴을 당신께 드리고 싶다. 내 때 낀 손가락이 물고기처럼 투명한 지느러미로 물살 헤치며 당신 가슴으로 화르르 쏟아져 들어가기를, 감히 빈다.

　모든 인연들에게 고마움을 전한다.

　기쁘고 조금 쓸쓸한 오늘, 누가 불러주었으면 좋겠다.

1998년 깊은 가을

박자경

문학동네 소설집
은행나무 아래로 오는 사람

ⓒ 박자경 1998

| 1판 1쇄 | 1998년 12월 7일 |
| 1판 2쇄 | 1999년 1월 25일 |

지 은 이	박자경
펴 낸 이	강병선
펴 낸 곳	(주)문학동네
출판등록	1993년 10월 22일 제22-188호

주 소	110-521 서울시 종로구 명륜동 1가 31-9
하 이 텔	podo1
천 리 안	greenpen
인 터 넷	www.munhak.com
전화번호	765-6510~2, 743-2036, 743-9324~5
팩 스	743-2037

ISBN 89-8281-149-4 03810

* 잘못된 책은 바꿔드립니다.
* 이 책은 1998년 문예진흥원 창작기금 수혜 도서입니다.